U0733925

天河倒影

刘谷 著

文匯出版社

图书在版编目(CIP)数据

天河倒影 / 刘谷著. — 上海：文汇出版社，2021.3
ISBN 978-7-5496-3461-3

Ⅰ. ①天… Ⅱ. ①刘… Ⅲ. ①散文集-中国-当代
Ⅳ. ①I267

中国版本图书馆 CIP 数据核字(2021)第 033568 号

天河倒影

作　　者 / 刘　谷
责任编辑 / 熊　勇
装帧设计 / 书香力扬

出版发行 / 文匯出版社
上海市威海路 755 号
(邮政编码 200041)
经　　销 / 全国新华书店
排　　版 / 成都力扬文化传播有限公司
印刷装订 / 成都兴怡包装装潢有限公司
版　　次 / 2021 年 3 月第 1 版
印　　次 / 2021 年 3 月第 1 次印刷
开　　本 / 710mm×1000mm　1/16
字　　数 / 540 千
印　　张 / 27

ISBN 978-7-5496-3461-3
定　　价 / 55.00 元

目 录

市井百姓

街巷履痕

乡土风物

生活，是一座恒在的富矿

肖代夫

楚地汉水，老河口的天河，传说是牛郎织女故事的发源地，它是人们追求幸福生活的伊甸园。这条河从远古蜿蜒而来，水势浩浩荡荡，自老河口向东南方向流去。千百年来，它孕育了多少黎民百姓，也成就了多少烟火味的文字。书案上的这本《天河倒影》散文集，是青年作家刘谷恰逢其时的一束文字光芒的亮美折射。在子夜昏暗的灯光里，生活默默地倾诉着生活是一座恒在的富矿的深阔意蕴。毋庸置疑，它是文学创作取之不尽、用之不竭的源泉。刘谷的《天河倒影》，就是来自生活这座富矿的丰厚产物，是一部值得品味的散文作品集。

爱尔兰著名作家乔伊斯说："人类社会是永远不变规律的体现。这些规律存在于人们各自不同的个性与机遇中。文学的领地正是这些偶然的举动和习性中。"刘谷武当问道，汉水采风，春种秋收，硕果累然。《天河倒影》，是他紧紧拽着历代老河口人各自不同的个性与机遇的心灵版图，而勤奋笔耕，耗时十载，精心创作的一部散文力作。贾岛诗曰："十年磨一剑。"刘谷却将其化为十年磨一板锄。旨在要锄去尘世间的杂草，必须先锄去自己心灵上的杂草。可见他是多么地谦逊慎独，并有着博大而无畏的济世情怀。刘谷的作品文笔畅达，语言生动，句象绚美，不事雕琢。有读者对我说，《天河倒影》里的《泥土醒了》《镰刀弯弯》《汉上行》《洋油栈的夜》《一把蒲扇》《酂阳锣鼓》……其句法特征、语言节律、咏物抒情等，仿佛是受了“山药蛋派”或汪曾祺、贾平凹的影响。但我认为，不管刘谷是受了谁的影响，刘谷就是刘谷。读万卷书行万里路的刘谷，他牢记古人读书既修身又修文的教诲，重在践行上下功夫。其实，刘谷也早已脱颖而出，从这个意义上而言，文以载道的刘谷是创造的独特的，是黑格尔所称道的“这一个”。

刘谷的散文内容赡宏，题材宽泛多元，涉猎点多面广，这是其散文写作的优势。关键是他有着深久的丰富阅历和扎实的生活积累。刘谷驾轻就熟，操持并穿越恣放迸涌、奥义玄幽的汉语言文字，几乎写遍了他所在市域（并在向外扩展）的历史演绎、人物传奇、山水草木、丘岗田畴、街巷餐铺、酒肆茶坊、河岸船埠等方面的轶事和传说。毫无疑问，这些给其写作创辟了广阔的自由度和纵横驰骋的无限空间。刘谷匠心独运，逐梦情真，从而成就了他散文深邃高阔的壮姿意境和瑰奇质纯、独树一帜的艺术风格。综读《天河倒影》，它大体可分为如下三个板块。

一是街巷历史板块。人杰地灵的老河口是一片生长神奇的沃土。它是春秋战国时期，威震天下的骁将伍子胥的故里。刘谷文笔的触角在不断地延伸。原本已销声匿迹，甚至已被人们遗忘的轶事或传说，却在他的笔下得以救赎和复现。在抒写的过程中，刘谷总是站在一种思想境界的高度。从写现实中的人和事而展开或追述历史上的某个片段，某些人物或某些事件。这样，就使文字有了脉动、呼吸、筋骨和分量。在《凉水河》一文中，刘谷描述了在治理汉江水患途中，大禹在一湾溪水里歇歇脚的情景。由于水的沁心清凉，他便脱口而出，这湾溪水就叫凉水河。虽是对一湾溪水的随意命名，却让读者加深了对凉水河的印象。光化古时为阴国。当外来者侵犯或掠夺阴国时，《岗上江南》里写道："干烈的土地，养育了百姓干烈的性格。就是吃红薯面，喝南瓜汤，他们也要守着这一方家业。"这段文字，让我们看到了古时阴国人的脊梁，也看到了阴国后裔的脊梁和刘谷突现的文字的脊梁。挑夫、纤夫、官方驿道……已被过往的岁月淹没。《汉上行》反映了时代的巨变里有失落、欣喜、慰藉、信赖、企望……刘谷在对抚今追昔的抒写中，着墨于厚古博今，忆古颂今，歌赞古贤，意在激励来者。

"从及物写作与非及物写作"（南鸥语）而言，它主要阐述的是实写与虚写的关系。实写与虚写的区别在于：实而沉而真而深，虚而飘而隽而灵。实质上是"实写易，虚写难"。及物写作，其作品多属纪实性，易懂，一看就明了。非及物写作，其作品虚之又虚，晦涩难懂，很难找到它的题旨及其主线。例如奥克塔维奥·帕斯的《太阳石》里的一些散文诗，又如少数青年寄给我的一些所谓的超现实主义散文……它们都是云里雾里，不知所云。一般来说写故事是实写，写传说是虚写，有些传说又像神话，它们是虚实兼具，非及物写作往往又有及物写作之情形。

在这种实写与虚写上，刘谷稳操胜券，挥洒自如。他在《马窟山寻古》中，所叙写的三国东吴大将陆逊，率部镇守老河口马窟山的故事，就是实中有虚，虚中有实，虚实互动的例证。时年老河口遭旱，饥民遍野。陆将军宰杀战马，用以接济饥民。驻襄蜀军闻讯前来攻打马窟山。大军压境，情势危急之时，此山石窟一举跃出数百匹战马助阵，速将蜀军击败。马窟山因此而得名。刘谷用及物与非及物的写作手法，把民间传说写得兵马威猛，活灵活现，逼真形象。本已无马，转眼之间，便突然从山窟里跃出数百匹战马助阵的虚写，让其所叙写的人与物披上了神秘的色彩。它起到了画龙点睛的作用和升华英雄人物形象的艺术效果。此段文字，虽是依据民间传说虚构写就，但人们的传统习惯却是宁可信其有，不可信其无。因为正义与邪恶的较量，即使是虚构的，心怀诚愿的人们也总是会信赖，并义无反顾地站在正义的一边。

欧阳修在老河口任职仅一年，可他的政绩却被世世代代的老河口人传颂。读《欧阳修在老河口》，我们从中看到了北宋时期，任乾德（老河口）县令的欧阳修，他上任伊始，乾德春秋连旱，田禾枯槁。“民被其灾者数千家”，“饥民食糟麦为命”。他体恤民情，引堰灌苗，祭五龙祈雨，天遂人意，果降甘霖。因此，他备受百姓拥戴。平时，欧阳修极注重访贤问能，荐才用才，具有伯乐相马之精神。偶尔他还到谷城、襄阳等近邻的州县，以诗会友，交流共勉。通过刘谷对欧阳修这一人物形象的塑造，一个理政治学，关心百姓疾苦，坦荡磊落，公正廉明的欧阳修，仿佛就在我们中间。时代呼唤欧阳修这样德才兼优的七品芝麻官。他对于今天的我们，仍然有着激励、警策、启迪的帮导作用。在刘谷的笔下，欧阳修就像一轮当空悬立的皓月，在我们的顶空静静地倾泻着银辉，渗照着我们的灵魂和足迹。

《张秋甫》中的张秋甫，他是前清秀才，人俊才博，满腹经纶。他由挑担走街串巷叫卖桐油起家，到做起“地贾”，到挂牌成立“张庆发号”桐油商铺，再到合资买断蔚丰碾磨公司，合伙经营，生意兴隆，赢利巨丰。可好景不长，日寇侵华的战火硝烟已烧到了老河口。日机的狂轰滥炸，致使张秋甫与他人合营的碾磨公司毁于一旦。历史见证了日寇轰炸老河口的滔天罪行。家仇国恨，刻骨铭心。老河口一代儒商精英张秋甫的传奇经历，将被老河口人世代传承。

“由于李宗仁将军抗日爱国的开明政策，当时一批文化名人如姚雪垠、碧野、臧克家、田汉、李公朴、老舍等，相继来到老河口演出、演讲、写文章”。文化工作者们激情高涨，义愤填膺，他们用铁血行动宣传抗日，聚集民心，鼓舞斗志。

白玉楼在戏剧《台儿庄》里扮演李宗仁。李宗仁观看后握着白的手感激地说:“你扮的我有点太高大了，宗仁实在惭愧。”文化工作者们宣传我党的抗日主张,宣传爱国将士浴血奋战,前赴后继的壮烈牺牲精神。他们为促进国共合作,一致对外,共同抗战，驱逐日寇起到了推波助澜的作用。老河口是著名词作家、诗人光未然的故乡。在《天河倒影》里，我们看到了有关光未然的文字。1939年,他去延安途经黄河壶口瀑布时，写下了气壮山河的《黄河大合唱》这首激情昂扬的热血壮歌。在抗日战争，解放战争中，它激发了中华儿女保家卫国的豪情壮志和誓与敌人血战到底的决心。至今,《黄河大合唱》这首久唱不衰的壮歌，它仍像火炬般在刈谷的文字里闪耀，在人们心梦的旷野里燃烧。

二是市井百姓板块。刘家世代务农,与犁耙绳索打交道。土生土长，出身寒门的刈谷，靠自己的奋搏打拼上了大学,拿到了进城的门票，而且还到了掐尖的市府机关部门，给市领导当秘书。作为一名工作人员，他常随领导下基层，走乡村，体察了解民情。这为他沉入底层，接触民生，收集创作素材开了绿灯，也为他日后专事文学创作，打下了牢固的基础，提供了有力的支撑。文学创作是人生之旅的历险、探险和冒险。它有着通向东方日出、阳光普照的光明坦途，也有着高峻崎岖、壁陡凌霄的悬崖。稍有不慎，就极有可能坠入渊谷。我同刈谷谈论文学创作的危险性。话虽是这么说，可有着使命感和责任担当的刈谷，却依然热爱文学和执着于文学。他文稿出手快,而且一发不可收拾。刈谷用犀利的文笔,穿过现实中的沉寂与阻隔，其作品展示了时代嬗变，人情冷暖，世态炎凉的精魂样貌。它歌颂了真善美，抨击了假恶丑,传递了正能量，再现了老河口市井人物的真情实况。

师从父业，钟表修理、照相洗相、镶牙……样样精通、技艺高超的馆主章少斋,突遭劫匪枪杀。一波未平一波又起,章家的凶案一桩接一桩。章少斋的次子，吸毒成瘾的福祥，将其师承父业的胞兄庆祥毒死，同时还将其姑妈毒死。从这几起凶案来看，它既是章少斋个人及其家人的悲剧，也是整个社会芸芸苍生的悲剧。因为它是旧社会亿万劳苦大众中诸多悲剧的一个缩影。刘谷对此采用剥笋法，层层剥离而暴揭了旧社会人为财死、鸟为食亡的极端残忍性。其万恶之源是旧社会的腐朽黑暗。不经地狱，就不能直抵天堂。沧海桑田，天翻地覆，新社会时世巨变。家庭、社会接纳了悔过自新的福祥。时过境迁，物是人非，庆祥、福祥的后生尽释前嫌，了结了世代的恩仇怨怼，最终握手言和，接续传承家祖章少斋创下的基业，造福百姓，惠及民生。刘谷驾驭文字，穿越历史，穿越时空，揭示了旧社会的腐朽没落，传递了新社会的问责宽容，厘清了章少斋个人及其家人惨遭不幸的因由。《风雨百年“章少斋”》这篇散文作品，像章氏家族在人生长旅的道路上竖起的一座碑石。它上面既雕镂着惊心动魄、血泪悲凄的文字，也雕镂着不经漫漫长夜、岂能见绚灿日出的文字。它让人们记住了章家的血泪斑斑的悲惨祸事，也记住了因祸得福的一代匠人章少斋。

建库调水，在汉江丹江口交汇处以下800米的位置拦江筑坝，使老河口水运业凝滞，导致江岸码头的消失和船帮们的失业。乐观豁达的船帮们喜好茶道和茶文化，他们用品茶诠释岁月的沧桑和轮回。鉴于此，船帮们不等靠、不观望，积极再谋就业门路。最终，他们在市有关部门的协调下，工作都得到了合理的安排。这充分体现了他们“舍小家为大家”和为国家分忧解难的高尚襟怀。平时，老河口人爱看戏品戏，“人生如戏，戏如人生”。他们从戏的剧情和唱词里，品出了自我的价值，品出了人生的真谛，让生活变得既有意义又有奔头。《老街中医滕世举》中的滕世举，他深谙“中医之道，不光在于通读《黄帝内经》《伤寒杂病论》《医宗金鉴》，而在于寻百草，辨百病”的道理。滕医生医术精湛，医德高尚。他在治病救人、解除患者病痛上，苦练内功，做到望问切脉准确，对症下药，使众多患者药到病除。滕医生对于无经济来源者，或经济收入微薄者，一般不收费或少收费。滕医生悬壶济世、救死扶伤的精神，在平民百姓中，已是口碑载道。

这老头“光溜溜的头圆盘脸，黑乎乎的短褂妖猴眼，直挺挺的腰背手像钳”。刘谷用机灵智慧的文字，仅寥寥几笔，就将《铁匠老黎》中的猴精老黎和其职业身份，给刻画得淋漓活脱，惟妙惟肖。一篇千字文里的我、老黎、李卿英、老张四人，个个形象突出，而老黎的形象最为突出，大有众星捧月的情势。老黎从十八岁开始学打铁，现在他八十三岁了，依旧在干他的老本行，且乐此不疲。闲隙时，他也串串门，逛逛商场，看哪儿都觉得美，但总觉得还是自己的铁匠铺最美。说话间，老黎“拿起我的刀，过火、除锈、抛光、开口，一支烟工夫，明晃晃的钢刀，已削铁如泥”，可见老黎打铁的技术了得。老黎爱铁匠铺这巴掌大的地儿，因为只有铁匠铺才是他的用武之地。铁匠铺是老黎“一个人的乌托邦”。在铁匠铺里他是他自己的王。

《老酒坊的人物》里的众酒匠，他们名不见经传，一生都在尘埃里穿越苦奔，个个心怀坦诚，为酿好酒出谋献策而殚精竭虑。魏伯对己严苛，好酒，但他是厂里的“酒管”，却从不沾厂里的一滴酒。张二爷一曲二窖三工艺，视酒曲为酒之骨，系制酒曲的匠人。一句“别人都一样”的口头禅，谦卑的他当上了车间主任和副厂长。拐子徐顶风拜师学艺，酿就酒中极品。酒匠幺叔一辈子最风光的事，莫过于他跑销售，将光化特酒送进了中南海和人民大会堂。这一闪光的幸事，成了他一生中最骄傲最自豪的殊荣。刘谷用写实叙事的表现手法，为酒匠们立言，突现了他们超拔的境界，坦荡的胸怀，其形象栩栩如生，跃然纸上，呼之欲出。刘谷用他梦幻般的笔墨，追述酒匠们的爱岗与敬业，人品与酒品，美德与情操……意在启导和激励后来者，让先辈们的酒匠精神得以弘扬和传承，让光化特酒之光永远闪耀。

三是乡土风物板块。“笔的真正力量在于：想说时就能说出其所想”（哈基姆语）。在《废墟上的豌豆花》《乡村院子遐想》等作品里，刘谷所展述的是在经济开发中，肥沃的土地从乡村版图上逐一被抹去的概况。令人感到土地被圈用的无可奈何。《废墟上的豌豆花》一文，对有关圈用土地的表述，其言语含蓄、平缓、委婉……仅用机械施工的“撞击声”作影射性的抨击，作者不露机锋，不显话痕，似乎也已达到为民请愿的目的。在《乡村院子遐想》里，刘谷秉笔疾书，直抒胸臆，显山露水，大有针尖对麦芒之态势。他展露给我们的是梨花山庄的兴盛景象，简家花园倒塌的凄凉颓废，秋丰路与古院落的破败，乡村院子的消失，取而代之的是“巍巍宅楼”的一种阔绰镜像。刘谷对梨花山庄的赞美慨叹，倾注了他对皇天后土的无比留恋和不得已而为之的揪心情结；倾注了他对简家花园、古院落、乡村院子消失的诉求，以及在失落的惆怅里包裹着无尽的乡愁。实质上是他对土地消失的深切关照，也是对其吁请救赎的一种责任感使然。过度开发，无休止地圈用土地，会使自然环境、生态环境遭到严重破坏，也会给我们的子孙后代的生存带来危机。刘谷的《废墟上的豌豆花》《乡村院子遐想》结构严整，言理精到，布局巧妙，文字纯朴简洁，具有鲜活生动，清新委婉的艺术感染力、给人印象深刻。

《天河倒影》散文集里的《泥土醒了》，全文仅九百四十余字，但它篇幅小却容量大，场景小却天高地阔。这是一篇有着春天体温而又充满诗意的文字，它冲击并颠覆了我们的视角，让我们不得不对此文另眼相看。行文中，刘谷不刻意塑造父亲这一人物形象，或描写其衣着修饰，体貌特征。他把人物形象、衣着、体貌……都施诸于父亲的心理表现、行为表现。父与子的关爱,父亲对牛的呵护和对春天泥土醒了,都用情真意切的一系列动作来表白。

《泥土醒了》一文，刘谷主要是运用了白描的写作手法。它描述了务农的父亲，从年轻力壮到年老体弱，他每年春天，都精心翻耕平整秧母田的一个极普通的农事片断，文字跨度数十年。用“泥土醒了”这个穿珠式的线型结构，涵盖并贯穿父亲辛劳的一生。“暖暖的春光,银辉般倾泻在紫色的苜蓿花上，泥土就醒了。”“……手伸进泥土里，树根儿在发芽。寺庙睡着,钟声却醒了。该动犁了。”这既是刘谷对父亲心系春耕的真实写照，又是父亲对春耕念兹在兹的内心独白。春天是侍弄农桑的时令，它像无声的号角，朝着地平线日出的方向吹奏着春耕进行曲，催促着父亲扛犁下到湖田里，在犁耙水响的声乐里，履职尽责，同牵牛的儿子和“老伙计”牛一起，耕播祈愿，耕播福旺。勤劳智慧的父亲，满怀希冀翻耕平整秧母田时，他仿佛看见了金灿灿的稻穗，甚至嗅到了热腾腾的米饭的香味。“地里长出的人,要懂地里的耕。不要四体不勤，五谷不分。”忠厚传家的父亲言传身教，恳望年幼的儿子，将来也像自己一样，做个种田的行家里手。父亲憨厚纯朴的言行表现令人感动。

在乡下，像翻耕平整秧母田这等寻常的农事，它往往会被采风的作家们忽略，也会被生活这个无形而神秘的筛子漏掉。可刘谷却从生活的底矿里,发掘并提炼了其写作素材,用散文这一体裁,把它给完美地呈现了出来。看似他人心中有,笔下无的不起眼的农业题材，刘谷却把它写得诗意勃然，风采多姿，飘逸灵动……再现了在场的人物、农事、场景。刘谷用“泥土醒了”这一内心主题独白，来烘衬父亲在春天对翻耕平整秧母田的责任、担当、守候、信赖、祈望……一种无限诗意的氛围,始终贯融着全文的语境。“今年的春天，父亲却没有下田了。”因为父亲年老体弱，疾病缠身，他再也干不动农活了。儿子对父亲说：“岁数不饶人，该歇歇了。”可父亲对春天农耕的事，却依旧时时牵念。“……泥土醒了，人也是要醒的。……你们年轻人，一亩三分地，就是自己的工作，可别耽搁了。”父子的对话，体现了父子之间深挚的情感关照和对务农务工永不放弃的责任感。

一般诗文都有潜意识。散文的潜意识，是其艺术内涵蓬勃生命力的再造或深化的秘境之所在，是散文自身储藏而被遮蔽的一触即燃的地火一样的火种。不过，它一直都隐匿在众多颗粒似的文字里，或整篇文章的渊处。多数时候，它又悄然而不动声色地离开文字，乃至整篇文章，静静地待在它们的外围。《泥土醒了》这篇散文告诉我们，农民进入城市，撂荒的土地将由谁来耕种。而最关键的是，农民也应有养老保险，也应同城里的工人一样享受退休待遇。这些是文章的潜意识，也是话外音。《泥土醒了》，它既激人拼搏奋进，又令人陷入无尽的深思。

从《天河倒影》散文集来看，刈谷的有些散文，有着相当持重的小说情结，例如《缸货郎的女儿》《坐在咖啡屋的女人》《一道河湾》等等。因为其人物、故事、环境，这些小说的要素，总会或明或暗，或隐或现地附着在作品的字、词、句子的内部。其实，我们既可以把它们当作散文来读，也可以把它们当作小说来读。它们多半都富于诗意。刈谷的散文写作，在布局谋篇上，走笔会很自然地穿行在诗歌与小说之间。尤其是在抒情与叙事相融合的表情达意上，它的语句时诗时文，时张时弛，时长时短，时实时虚。文字里渗透或潜隐着诗歌意含情愫的欲说还休或含而不露，也流显或弥溢着小说诗意写作的丰姿摇曳或绚灿靓美。刈谷的散文，在穿透与糅和诗歌和小说这两种体裁的节点上，他注重语言修辞的运用出新，词语句子的空灵隽逸；注重文字的立意和篇目的血肉丰满，尽量突显文字骨质的硬度。我想这是一个作家的修为、责任和义务。

刘谷的《天河倒影》散文集，蕴隐着“金自矿出，玉从石生”的深刻哲理和质朴厚实的文化内涵。它之所以扣人心弦，能令人的心灵受到强烈的震撼，是因为其作品的真实性、金质性、睿思性和融会贯通而呈显的创造力、清颖力、魅惑力所致。它集中体现的思想性、艺术性，来自刘谷对现实生活经历经验的提升，来自他对客观存在的人、物、事的细心洞察，他对其火热情感的深度体验。读《天河倒影》散文集，像是行走在深山幽暗的隧道里，眼前突然亮起了一盏灯火，它焰芒熠熠，激情四射，指照路径；像是穿行在茫茫戈壁大漠里，身边忽然出现了一片绿洲或一泓清泉，它荫及旅者，滋润枯涸，沁人心脾；像是夜行者的天幕上，倏然破梦诞生的一轮明月，它月光银亮，朗照夜空，星辰遁隐……刘谷正当盛年，其创作处在上升的黄金时段，可以写出更多的优秀作品。诚望刘谷今后的脚步走得更远更稳健，用力在生活这座恒在的富矿里挖掘、淘洗、筛选……锻铸金子一样颗粒的文字，迎着灿丽的日出，再奉史诗般的精美新著。

2018年10月18日

作者系中国水利作家协会会员，丹江口市作家协会副主席，文艺杂志编辑。

肥马轻裘与正常盐味

席星荃

近两年来，刘谷的文章是写得越来越好了，这使我感到惊奇，或者说感到意外。因为前些年是根本看不到他的文章的，而忽然就连篇累牍地发表起来，真让人有目不暇接的感觉。所以现在他要出这个集子，实在也是顺理成章的事情，并不让人感到意外。

我跟他的交往其实是很浅的。大约七八年前，在一个笔会上，他作为一个参会学员同我认识了。他说他是政府办公室的，好像是个小负责人什么的。他看起来很年轻，我之前又从来没看到过他的作品，连姓名也是头一回听说，因此，对于他那年轻干部的派头就有点感觉，猜测他是不是来笔会上混个新鲜。当时他也说过邀请我们有时间了去他那里玩。可是说归说，到底也没后文，而且从那以后，似乎再也没听到他的信息。这更加强了我对他的最初的看法。总之，我觉得他不是一个真正的实在的文化人。

这事说起来一晃七八年过去了，我几乎已经淡忘了这个人。然而，忽然有一天在本地报纸副刊上读到一个叫刘谷的人写的散文，而且觉得还真像那么回事；是不是那个刘谷呢？看看作品内容，倒正是那个刘谷工作的城市的历史和现实事情，这又使我半信半疑了。后来，接二连三，刘谷的作品似乎一发而不可收，而且每一篇都不差，比起其他作者的作品，明显高一个水准。这时候我已经肯定这个刈谷就是那个刈谷了，就是那个当年一副官场派头的青年了。是的，当年他不过三十出头吧，正是一个肥马轻裘的年龄段，这正是大多数这个年龄段的比较顺的人所难以认识到,更难以主动避免的。但他的文章却与我当年的印象不合，他的作品明显地老练多了，与生活很近，对生活中的人物，特别是底层人物有相当真切的了解，也有相当的亲密感情。可以看到作者对生活对历史的扎实的态度,也可看出作者超出一般作者的文字能力，以及对于散文这种文体的掌握程度。特别是语言，不像一般作者：一般作者的语言总是模模糊糊的，大众脸谱化的，或者充满了廉价的时髦词语。看这些作者的作品，这一篇与那一篇，其语言的感觉就像一瓢水泼进了另一瓢水，全无滋味，甚至连正常的盐味也没有。而刈谷的语言不同，首先是词汇量大，尤其是文言词汇的储存较厚实，行文之间可以看出作者对古代词汇的自觉运用，因此有点典雅的风度。我在心里默默地庆幸，我们的身边又多了一个爱好写作的青年，这比多一个小官员于社会更好。

后来，刈谷忽然给我打来一个电话，这使我又有了点意外：我们多年不曾交往，我又不是一个有权势者，难得他还记得我呢。通了电话才知道，原来他是向我通报近来写作的情况，希望得到我的指点。这当然是谦虚之辞了。他告诉我现在他已经不在政府办公室了，他到了文联，他愿意好好地写点东西。放下电话，我对他的认识刷新了。原来这些年他并没有放弃写作，可见当年我对他有点误解，毕竟我们并不曾进行过内心交流。

现在他请我写这个序言，我说什么好呢？我看散文的眼界历来很高，评价一篇作品或一个人的创作，我的标准也非常地苛刻。所以,我从来不会随便拔高谁。我愿意说真看法，提真建议。得罪人也无所谓。说刈谷的作品已经多么好，多么成熟，这显然是奉承话。但以他这样的年龄，能写出这个水准的散文，的确是不多见的，也是值得鼓励的。这本书对一座城市的历史和现实下了大功夫，内容丰富几乎一如现实的模样。所写名胜古迹，里巷人物，地理变迁，风土人情，社会百态，饮食男女，诸多方面，种种色色，一本书就是一个城市的缩影。这样的书是实在的，有味的，值得人看一看、品一品的。这样的书，不虚浮，不掩饰，不装腔作势，这是正确的路数。年轻的写作者，正应该取这样态度。

当然，我主张继承使用传统的古代词汇，这是我们民族语言的精髓；但对古代词汇的掌握需下长期细致的功夫，而且要态度极其严谨小心，切不可一知半解或想当然地望文生义。而对于生活内核的深入体察，对于人生的独到体悟等等，也是需要更进一步的。我相信，只要持之以恒，完美就与刘谷越来越近。

2018年1月11日

作者系襄阳市作家协会原副主席，冰心散文奖获得者。

薅除心灵的杂草

刘谷

“汉水连天河，河口通四海”。一个码头城市，一个码头的百姓，是有故事的。一个人经历了人生的种种磨难，难免是有一些冲动的。我写的一些文字，写的那些黎民百姓，与其说是写他们，不如说是写自己。写着写着，通过不断的涂抹，也就不断地锤炼自己的心性。

写这些文字，应该有十年以上了。我不知道自己是如何写的，可我却热爱这些人文故事，想与它们一起同呼吸共命运，又到了俗不可耐的年纪，只找一个藉口，权当是抡一板锄，锄去自己灵魂上的杂草。

文学，是一声灵魂的呼唤，或为汉江一点渔火，或为弄梅岸上疏影，或为踏歌离别愁绪，或为坊间侠肝义胆。有人说，文学就是生活，生活就是文学，它是涓涓的小溪，它是咆哮的雷鸣，它是欢快的鸟鸣，它贯穿我们人生的整个世界。

初学散文，抑或聊以自慰，为一草一木喜与忧。有春江明月初升，一叶扁舟浮江下；有寒梅迎霜傲雪，疏影弄香月轻度；有如泣如诉难自禁，离乡背井别愁绪；有身陷十面埋伏，四面楚歌，只叹英雄气短；有秋月秋风秋夜长，孑影徘徊思故乡；有从此而绝的广陵散，聂政孤刺王。今有幸撰写此拙文，以让自己人生顿悟。

马窟山犹存，欧阳修何在？老河口，山川秀杰，井邑丰富，民气醇雅，我不止一次警示自己，低入尘土，激发自己对生命的想象力和创造力。

夜幕降临，在这南船北马之地，允我于心灵的深处浅吟低唱吧。

2017年12月22日

詹记酒家

铁匠老黎

老裁缝

弹花匠

顽主

一封来自美国的信

红匣子

老友记

鱼贩崔小五

老街中医滕世举

老蔫

寻找守城的人

……

市井百姓

詹记酒家

过大年，我是酒客。

撩开门帘，走进一间低矮斑驳的屋子，就能闻到酒香了。

不是晚饭时间，六七个汉子就早早地坐在这酒坊里，一人一把木靠椅，面前，放一方凳。凳子上，有一海碗绵柔的黄酒，一把花生，或者，一袋兰花豆，就够了。掰一粒花生，往嘴里一送，咂一口美酒，那感觉，是一个倍儿的滋润。

不管来的是谁人，我自酒海赏明月。

找这样一家酒馆，得从河埠口岸上寻起，要七拐八拐，扭过三道湾，找一条叫乐盛街的老巷。往北，是山货行的深宅大院，往南，是巡司衙门的地界。西头，紧挨正兴街，是船帮混杂的码头。纤夫们下汉口，上安康，像放飞的鸽子，出门月余，风尘仆仆，回来落了巢，总会拿几个铜板，往曲尺柜台上一扔，佯装有钱人，“老板，来碗缸擞。”缸擞，自然是上等的好酒了。

纤夫们下汉口，上安康，像放飞的鸽子，出门月余，风尘仆仆，回来落了巢，总会拿几个铜板，往曲尺柜台上一扔，佯装有钱人。

不知过了多少年，自从丹江筑起了大坝，船上生意就萧条许多，山货都顺公路装汽车跑了。船上的人，闲了下来，兜里的银子少，他们依然眷恋这条老街，喝这里的黄酒，一把花生米，一碗美娇酒。花钱不多，就可掬一口这老街的沧桑辛酸，品一品生活的平平淡淡。

酒客们微醺中，家长里短，这酒，就像海碗中映出的日月，只有剥落掉这老街的黑漆和膏泥，裸露出柴扉和青砖，才能显示出生活的真滋味。

一条石板路，一架老葡藤，几株常青树，伴着这百年老宅，挂着红灯笼，昭示着人们期盼着日子的红火。乐盛街上，有酒馆三五家，向家、曾家、刁家，都挂有酒幌。要喝上等的黄酒，得去这剥花生的老詹家。这初春，是喝酒的好时节，我们呼朋唤友三面坐，留有一面与桃花。詹家有啥好？掌柜的说，喝酒，要懂酒的。比如，酒坊里，这酒香，不是真正的酒香。真正的酒香，一入口，是感受不到苦、酸、甜的。它是一丝丝清淡的幽香，呷几口，口舌生津，像江上的浪，风起云涌，像热锅粉，绵里抽丝。越尝越有味，清淡的糯米香，温暖到你浑身的血液里。

它是一丝丝清淡的幽香，呷几口，口舌生津，像江上的浪，风起云涌，像热锅粉，绵里抽丝。

“苦、酸、甜是咋回事呢？”有酒客问。

这是一位八旬的白发老掌柜，他说：“苦，是大曲配的多；酸，是发酵还不够；甜，是糯米伏汁配的多一些。”

我们这番肚里有点墨水的人，与散客自然不同。散客，宁守一方凳，独享一片云，乐得逍遥。桌客，邀知己打围，吟诗词曲赋，求一个氛围，只为喝些老酒，讲究一些喝酒的味道。

哈哈哈，老者轻轻地发出憨厚的笑声。“酒香，从哪里来的？是糯米发酵的味道，只是制作黄酒的前奏罢了。”这童颜鹤发的老人，是这街上的“老把式”，“好酒，真粮食，纯酿法。一般是，晕而不醉的。詹家的酒，糯米纯、酒曲纯、发酵纯。采用酒米发酵，酒母是绍兴酒渣半年发酵、半年贮存、蒸馏出来的，是纯粮食酒，一斤米呐，一斤酒，不掺一点杂质。”

如此一言。我们这些桌客，犹如壶酒沸腾起来。

“听得槽雨声，好比泉叮咚。”有人拽出酒槽的词来。桌中人，不知这话是新编，还是旧句。只是啧啧附和：“随州人聪明。”有人打插，“随州地是曾国，门里头一个合，咋读？”“日高睡足犹慵起，小阁重衾不怕寒。”画师说，

“xia 不是 ge，随州与安陆交界，有个阁家河。”此谜破猜，大家会心一笑。

平顶山人不服，拿起筷子敲起桌，“哎，哎，哎”，刚开嗓，便停下来，说：“我得喝口酒。”众人轻笑。喝罢，这老汉扯起豫腔唱大调，仿佛和着二胡声、梆子声、钗鸣声：

吃罢了饭俺上南场，半路上碰见俺同行，我见俺同行哈哈笑，俺同行见我哭了一场。我问同行为啥哭，他说他娶了个老婆爱尿床，一更尿湿了红绫被，二更天尿湿了象牙床，三更天尿湿鸳鸯枕，四更一看不好了，床底下成了个太平洋。打南边来个撒鱼类，照着床前撒一网，撒个鲫鱼秣梳背（意指梳子），撒个麻虾抗着抢（指发卡子），撒个鲤鱼八斤半多半两。

嘶哑的豫腔豫调，咿咿哟哟，先紧后慢，抑扬顿挫。他唱着刘忠河的豫东调，桌客们跟着摇头晃脑。酒坊的伙计，拎着酒壶，倚墙观望。邻桌的女子，轻抿秀口，一脸娇羞。中途，豫调时不时顿一下，与食客打趣。唱着环视一周，唱罢咧嘴一笑，颇为得意。光化人说，好是好，可就是“没个老婆怎么活呃”。呃呃呃，一个拖音，一个紧收。曲罢，一壶酒下肚，酣畅淋漓。

人的心，就像碗中酒，暖暖的；像锅中肉，烫烫的；像盘中鱼，焦焦的；像碟中的豆，脆脆的。

这番围炉，看花半开，品酒微醺。人的心，就像碗中酒，暖暖的；像锅中肉，烫烫的；像盘中鱼，焦焦的；像碟中的豆，脆脆的。如此熨帖，我想，或许倚窗观月，求的是平淡。炉火正红，为的是暖心。酒客们，来到这老街，穷也好，富也好，官也好，民也好，或许为的就是有一个豁达的心境。

其实，这家詹记酒家，我是熟识的。白发掌柜，叫詹平安。是詹家的二掌柜，从一九六一年起，就削尖脑袋秘制黄酒，一解酿造技艺。父詹义仁是从汉江黄帮上来的，詹母是汉中人。20 世纪 30 年代，为李兴发酱园学徒，往陕西汉中经商。不巧，被抓为壮丁。后脱逃回乡，却被误为旧军人，只得在老街租房酱酱腌腌为生。有兄弟三人，长安、平安、福安。可巧，1980 年，大办工业，平安、福安都进了酒厂，当上了工人。十年后，厂子散了，可手艺还在。便在这老街上，重开这间老酒馆。

夜色已酣。老街的天空，没有一丁点星星。

咬得菜根香，识得人生味。我们踢踢绊绊出门。酒客们仍不断地吆喝着，“哥俩好，七巧梅，八匹马。”不知哪家院子的黑狗，听有脚步声走近，汪汪狂吠。黑乎乎的老门楼里，走出一位老头，发出沧桑的咳嗽，似乎言道，我已来巡街呐。冷冷的风中，天虽黑，但它会给你一些宁静。街虽老，但它会给你一些真实。酒虽醺，它会给你一些清醒。这老街，人人都是老百姓，就这样，过着自己平淡的日子。

冷冷的风中，天虽黑，但它会给你一些宁静。街虽老，但它会给你一些真实。

走着走着。画师说：“老詹家的酒，好喝。”

铁匠老黎

这年头，打铁的是个稀罕物，很少了。

而老黎却仍执拗着这个事，叮叮咣咣，一干就是六十多年，乐此不疲。说老黎挣了多少钱，没有的事，他穿的粗衣褴衫，经年与铁器磨磨蹭蹭，都泛着亮光。住着巴掌大个地儿，黑咕隆咚的，来了客人，都转不过圈儿。

有人说，众乐乐，却不知他之乐？

我也是这么认为的，天天咧着个撮瓢嘴，不知笑的啥名堂。老黎的铁匠铺，在城外头二里地。过去门前是条出城的驿道，后来驿道边挖成了菜地，再后来菜地建成了工厂，现在工厂向南搬走了，驿道变成了街。街坊四邻，要么轧花，做成衣，要么蒸蛋糕，吹糖人，都是赚钱的行当。老黎仍守着这个铁匠铺，一年还得出三千块的房租。八十又三的老爷子，守着乱七八糟冷冰冰的屋子，看着让人揪心。扳着指头算一下，一天得挣十块钱。要是一天打了白板，都得亏本。

街坊四邻，要么轧花，做成衣，要么蒸蛋糕，吹糖人，都是赚钱的行当。老黎仍守着这个铁匠铺，一年还得出三千块的房租。

早上，我去见老黎，想把自己用了十年的老刀戗一戗，免得切菜硌虎口。老黎不在。有一七十多岁的老妇人守着铺子，铺檐下的炉子也熄着火。

我问："老黎呢？"妇人答："逛街去了。"

白跑一趟。说话间，我循着妇人的应声往里看，一台忽闪忽闪的电视机还亮着，间或，还响着话。见着这黑乎乎筒子般的铺子，闷得不透气。我惊讶道："你们住这里呀？"老妇人乐呵呵地说："我们都住三十年喽。开铺子时，隔壁的小孩子才六岁，现在小孩的小孩都六岁了。”她乐，我却有点乐不起来。看如此窘境，再一次为他们揪心。无奈，只有三顾茅庐了。

下午见老黎，这老头真在，还带来一个玩伴老张。炉火红彤彤地烧得正旺，炉口填着铁钉，炉面支着黝黑的水壶，突突地冒着白烟。一人打铁，一人拉箱。一五二十，忙得不可开交。街道上，有节奏地响着“咣，当，咣，当”的打铁声，铁花像箭般飞洒在地上。据说，这是为修省道公路打的一百根桩钉。见了来者，两人方停了下来。我哗哗啦啦把三把菜刀往地上一倒，老黎掂起一把，左右一瞅，撇撇嘴说：“你这都锈成花儿，才拿来？”我递上一支香烟，笑笑说：“这不正好嘛，麻烦您戗个口。”老黎挠挠手，不抽。这会，我才认清老黎这老头，光溜溜的头圆盘脸，黑乎乎的短褂妖猴眼，直挺挺的腰背手像钳。有股狠劲，有点精劲，眨眼再瞧，还是个大咧人。

街道上，有节奏地响着“咣，当，咣，当”的打铁声，铁花像箭般飞洒在地上。

见他放下手里的活，我打趣说：“您七老八十了，一大早，还出去遛弯儿，来个逍遥游？”

老黎温和起来：“活不能整天干撒，那不累坏了。我去串个门子。”

“串啥门？逛武商……他说，要到我屋里看一看。这哪是我屋？是商场。看到漂亮的姑娘，故意问，房子漏不漏？人家说，大爷，这是商场，不漏的。进个电梯，一只脚探探探，不敢进。又说，算了，商场不逛了。”老张插话道。

“不是说，去公园听戏吗？”老黎辩驳。

老张瞧不起这老头：“没听两分钟，又嫌音箱聒耳朵，要回，还是铁匠铺美。”

两人一唱一和，说起铁匠铺的美，老张特意看向老黎身后的老伴。老妇人笑了，笑得像一位年轻的女人，还有一些羞涩。

扯这铁匠铺的美，是有故事的。原来，老黎，叫黎德志，解放前是黎家卡子村的乡下人。老伴李卿英，是城内永福铁匠铺的大小姐。按说，门不当，户不对。老黎十八岁当学徒，一眼就瞅中这个大小姐，可是不敢奢望。咋办呢？穷人自有穷办法。每天，第一个开门的是黎德志，给师父打洗脸水的是黎德志，给炉膛拉风箱的是黎德志，出挑吆喝的是黎德志。水滴石穿，忠厚朴实，终于赢得师父的信赖。两小无猜，终于抱得美人归。婚后，生得三男两女，都进了城。

要说，老黎最得意的事，就是，大集体时，老黎在城里，户口在乡里。每年，村里要老黎向村里交四百块钱，才能分得口粮吃。那个年月，老黎犹豫，媳妇二话没说，随老黎一家老小回到村里，犁田耙地，一下就是二十年。农村娃娶了个城里媳妇，方圆十里，好不羡慕。改革开放，老黎进城打铁没房子，租住这间小黑屋，李卿英没怨言，端茶递水，一住又是三十年。

说起这些往事，老黎像中了奖，又咧着他标志性的撮瓢嘴，赶快跑去买来一包烟。还未站定，一把撕开，笑眯眯地撒给我们这些无聊的看客。又拿起我的刀，过火、除锈、抛光、开口，一支烟工夫，明晃晃的钢刀，已削铁如泥。我给老黎二十块钱，他推脱不要。当然，这是不合买卖规矩的，我硬塞给了他。老黎不知啥时候，猴眼珠子上戴了副老花镜，对我说，开铁匠铺虽然不挣钱，但是三十年来，有老伴陪着，也不用花儿女一分钱，就算很好了。

又拿起我的刀，过火、除锈、抛光、开口，一支烟工夫，明晃晃的钢刀，已削铁如泥。

看着这张撮瓢嘴，望着旺旺的炉火，我明白，为什么老黎傻乐乐地守在这间铺子？是因为，铁匠铺，给了他一个家，给了他一生的幸福。

老裁缝

老裁缝，叫金信安，住高升门。

要说他老，从气色上，看不出他有多老，今年整八十。这老头租住在一个临街的天井院里，最讲派头，每天都戴礼帽，着礼服，拎着茶缸街街道道里走上一遭，乐乐呵呵与人打招呼。只为挣得一句话：金师傅，您老，这身体好哇！他便得意地掸一掸衣服，格外地满足。

其实，他在意的是这身衣服。他，这一掸，就是裁缝的派头。

我打小对裁缝还是有些好感的，他靠一针一线打扮人，谁个不喜欢？20世纪七十年代的人，都记得且知道，一到冬月间，娃儿们都掰开眼盼着家里人到集市上，扯块新布做件新衣。要是大人们用“新三年，旧三年，缝缝补补又三年”搪塞，娃子们就一百个不愿意，多数是撅着个嘴。

20世纪七十年代的人，都记得且知道，一到冬月间，娃儿们都掰开眼盼着家里人到集市上，扯块新布做件新衣。

高升门，在谭家街西首，过去是巡司衙门的地儿。这谭家街，20世纪三四十年代是个富人街。金堡楼、银堡楼，都在这条街上。按老百姓的话说“富人街，只有富人家才换得起季，穷苦人只有干着急”。常言道：裁缝是有钱人的亲戚，不假。高升门，自然是裁缝的云集地。走到高升门巷子口，你总会发现，这巷口，总出其不意地站着一个裁缝摊。男的操熨斗，在铺案上，隔着一条湿毛巾，呼哧呼哧地熨着衣服，案子上便升腾起一股股白烟。女的低着头扒拉着衣物，脚踩缝纫机，嘟嘟嘟地扎着衣裳。

可这老金的铺子，却躲在巷子的最里边。他也不出摊，把铺案摆在街面上，方便主顾。而是扒了个窗户作个门儿，就做起了生意。我觉得，这金信安不靠谱，不是个做生意的材料子，是把自己装起来，像个装在套子里的人。事实上，就是这样。我去见老金，他的裁缝铺挂着几件新作的冬衣，地板上置一布艺沙发，还像个样子。可卧室的墙壁，光秃秃的，榻褥，薄溜溜的，相当冷清。

我觉得，这金信安不靠谱，不是个做生意的材料子，是把自己装起来，像个装在套子里的人。

面对这样一个与世无争的人，我问：金师傅，你是咋投了这行当呢？金信安答：投师傅呗。

原来，这金信安，是南阳英庄人氏。父叫金朝品，同村里有好友，叫熊光举。两人自幼苦读，想考一秀才，求取功名。民国年间，这汉江上的老河口镇，南船北马，人声鼎沸。随着时势变换，这熊光举便流落于此，开“熊富盛”裁缝铺为生。不料想，这谭家街、太平街、东启街，真是淘金的地儿。金朝品便央请好友留犬子信安为徒，寻口饭吃。

要说，这金信安，十五岁投裁缝铺，也真下血本。1950年，全国解放，人民翻身得解放。做得起衣服的人多了，到“熊富盛”裁缝铺做成衣的人排起长队，摆起龙门阵。做一件中山装，从量体裁衣到缝纫，需两三天。

这小信安，手脚不使闲，要忙到深更半夜。夜里十二点后，还要到街头去站岗，清查流串分子。搞得自己白天打瞌睡，挨了师傅不少戒尺。老金说，什么锻炼人？从八月十五到大年三十，天天熬夜，没歇息过。尺子“量”得真不少，自己长了记性，自然也长了手艺。

这老金的手艺不是吹的。一般人做衣服，要做纸样子的，好把握尺寸。有时，就是依葫芦画瓢。做出的衣服，就是抬不开腿迈不开步，胳膊像被一根绳子牵着。可这金老头贼眼骨碌碌一瞅，袖长肩宽掐腰，了然于胸。动手下裁，不差毫厘。遇上瘦子，衣收一寸；碰上胖妇，展宽一指。他的眼光，深得家庭主妇的欢心。

这手艺，也被英庄村一个叫魏德华的姑娘看中了，哭着喊着要嫁给他。老金说，我没房子？姑娘说，嫁。老金说，我不拿一分钱工资，吃食堂？姑娘说，吃。老金说，给你安排不了工作？姑娘说，我居家。缠得没法，两人的被卷一合，算是成了一家人。街道居委会的大妈说，金二胖，好福气，捡了个漂亮媳妇。这话，传到光棍汉耳朵，醋意十足：河南娃儿，话都说不伸腿，跟娘儿们混到一起，有啥出息？

街道居委会的大妈说，金二胖，好福气，捡了个漂亮媳妇。

不是光棍汉说，单看金师傅这派头，要人有人，要貌有貌，可就是从裁缝铺，到合作社，再到服装厂，干了一辈子，没挣下一砖一瓦。一辈子窝居在这天井院，说这事，谁都不信。我说，金师傅，你缺过钱嘛？老金说，去厂里借过，发了工资再还。这时，裁缝铺的一位中年女人搭腔说：我师傅，人好得很。我打量一下这个女人，一副手脚麻利、待人诚恳的样子。女人继续说：金师傅，在铺子里，早就不做衣服了。我下岗后，他把铺子转给我。不收一分钱房租。

我一惊诧。这老头，租着别人的房子，转给徒弟，还不要房租？用襄阳方言说，说点别的吧。一打听，老金头真是这脾气，看似温文弱弱，实则是一个硬骨头，一辈子就是这样。1980年那会，知青返城，有一位从上海返乡右派的子女安排在金师傅的车间，有人就是风言风语。这金二胖拎着茶缸站在车间大骂：小龙，没犯法。就是犯了法，也有国家，与你们何干？一顿骂去，鸦雀无声。我佩服这老头的倔。他说，我们裁缝铺的蓝师傅，是川军，日本人打老河口，他舍了命地干，你说他是历史反革命？木器社的李师傅，是傅作义起义的队伍，你抓他去劳改？国家都认定的事，不要盲从嘛。

金信安说，右派的子女，到我家去吃饭。原来，这老裁缝与世有争的。他争的是，人性向善这个理儿。

弹花匠

铺子门口，老余煞白着脸，戴着口罩，身上沾满着棉絮，像个慵懒的梅花鹿，靠在躺椅上，等着生意。他的白，不是病了。因为租来的弹花铺，在路西的两间平房里，就是有点太阳，也照不到他的脸上。阴冷的铺子，让他有点病态的白。

我总觉得，古铜色、红白色，才是劳作者的本色。一个弹花匠，只有在一床棉被上耕耘，阳光下，用弓一样的曲辕犁，在白雪掩盖的土地上翻种、挖掘、收割，听着“嘭嘭噎”的弦声，才能找到土地上走出农民的根儿。

这时，一个七旬老者从脚踏车儿上，抱下一包棉絮，说：“个舅子的娃儿，睡瞌睡。就把被子都蹬了个洞。”“爹妈，在浙江打工撒，没人管。让他分床睡，娃儿说，给弄床被子，就分。”又是一番絮絮叨叨。

“天转暖了，娃儿火力足，该分开睡。”老余见了客人，一边应承，一个欠身，站了起来。一步向前，接过包裹，往磅秤上一放，低眉一瞅，说：“六斤，老价钱，二十块。”

说罢，这白脸老余，抓过包裹，径直往黑洞洞的里屋走。一把扯开被单，把棉絮往一个长着烟囱的“铁老虎”嘴里，一扔。推上电闸，这老虎，便吃得津津有味。呜呜，两分钟。虎肚下，伸展出毛茸茸的棉胎来，体格方正，平平整整。老余顺手一卷，端放到平台上红红的网线上。一支烟工夫，包边，覆网。转手，又铺到揉花机下，降下揉板。说话间，一阵颤动。翻面，再揉。十分钟，一床崭新的棉被，告成。老

虎肚下，伸展出毛茸茸的棉胎来，体格方正，平平整整。

人，喜笑颜开地说："今晚，可睡个安稳觉。"

应该说，机械化作业，省时省力，是一件幸事。我却说不上它的好，怀念过去的老物什来。小的时候，总有弹花匠，挑着吃饭的家具，行走乡村。叫喊着"弹棉花嘞，弹棉花"。若有哪家姑娘出嫁,需打制新禧棉被,他便安营扎寨。一条布带捆在腰间，布带上插着一根五六尺长的斑竹，竹竿紧贴背脊高过头顶，竹梢钩子上吊一张巨大的弓。弹花匠左手把住弓梁，右手拿着一个两三斤重的木槌击打弓弦，木槌顶端有沟槽，击在弦上不会打滑。随着"嘭——嘭——嘡——"有节奏的声音响起，棉花被弹得柳絮般飞舞，逐渐蓬松成一堆，像天空中柔美的白云。接着，网线穿竿，一人挥竿送线，一人将线接住卡在小竹钉上，一前一后，竹竿在空中极快地划着优美的弧线。布线妥帖，那艺人双手按盘，反复磨压，线棉结合。这样磨压几遍后，那师傅纵身跳到圆盘上，扭秧歌一般扭动身子，脚下的圆盘或进或退，或左或右，功夫精彩纷呈。

随着"嘭——嘭——嘡——"有节奏的声音响起，棉花被弹得柳絮般飞舞，逐渐蓬松成一堆，像天空中柔美的白云。

老余说："啥年代了，弹花弓、弹花槌、纺线篾，都当作柴火烧了。"烧了？是谁烧了？事实，这把弹花槌就是烧了。确实，乡村不再有嘭嘭嘡的皮弦声。弓烧了，槌烧了，篾篓烧了。纺线、布线、揉棉，这一切都将不复存在。手艺人，不再有强健的筋骨，只有煞白的脸。递给老余一支烟。啪，打着了火。我说："有个弹花槌，两头都落好。你家那弹花槌，不烧。若干年后，你拿出来，说不定就是文物喽。"老余面露喜色，恍然道："咿，那是的。"

太阳暖暖的。这铺子，确实有点阴冷。我掐灭手里的半支烟，告别这轰隆隆的机器，决定找个木匠，打一套这弹花的老把式。

顽主

何谓小群？小群是名，西关村的一介乡丁。群儿，不就是说诸如此公者，一抓一大把，多如蚊蚁的群么。

他家兄弟多，是谓群。说他顽主，因为上世纪六七十年代，在鄂西北，家里只要娃儿多，就是穿身老粗布，腰板儿就硬，说话气就粗。更何况，刘小群，生在老河口老县城的西门外，俗话说：那是生在皇城根下。生得好。城门口长大，这家伙浑身骨子里，长点见识，就有股纨绔之气。

1967年春，西关门的刘家庄，小群生时，城内外，红卫兵到处贴大字报、跳忠字舞，尘土飞扬。成天不是批这个，就是斗那个，他妈得出工，没功夫奶这三娃了。没奶呀。打小，他身板瘦小，手脚笨拙。满眼木讷，一腔愁肠。像墙脚下的小石头，灰头土脸，静静地待在那儿，没人搭理。没人陪玩，他就野，野到城垣上，野到鄺头滩，野到洗马池，野出一身痞气，与石为伍。

打小，他身板瘦小，手脚笨拙。满眼木讷，一腔愁肠。

没过几年，城里修汉丹铁路。这城里的古牌坊、青石条、檐下墩有了新的派场，被人们砸成一筐一筐的小石子儿，挑到东城铺路基。小群就追着大人屁股后头，捡刻字的石头玩儿。

小群与石头亲。

可石头不能当饭吃。小群，就拿棍棍在地上画字。大地作书，执棍为画。这一画，还真画出了点名堂。城里有个书者刘毅，见这娃儿的字，虽瘦得像根棍，却含有点富态味，便蓄意点拨。有个雕版师陈义文，见他是个倔巴头，是个耐得住性子的料，便顺手指点。

要说，野惯了娃，说话就顺溜。

友谊刻字社招人，问："你会啥呀？"小群没上过几天学，也敢说："会写字。"像是拍着胸脯别着脖。旁人不服，他提笔就写。三五涂抹，一挥而就，还真有点颜柳之风。就这样简单，他成了国家人，吃香的，喝辣的。有同行者无奈苦言："听爹又听妈，招工不如他。"说他命里有福。

没过多久，街面上，盛行迪斯科、喇叭裤、大背头。这小群像被一江春水扑来，不安分了。他丢了铁饭碗，跑到襄阳谋营生。那个年代，襄阳火车站门口，人潮涌动，中原路的市场，空着一批又一批的门面房。群娃子不管三七二十一，租了两间，放上泡沫板。不承想，泡沫就赚钱。

"铁打的襄阳，纸糊的樊城"。没上十年，光怪陆离的马路，让小群的心生了厌倦。他觉得，鹿角门，不再是那古老的鹿角门。它，被一缸缸黄酒簇拥着，也看不见江的对岸，看不见对岸的鹿门山。襄城北街石友社的木雕、西门剧院的大越调、鱼梁洲的皮影戏，都是从自己从小捡石子的老城根儿下跑来的。

它，被一缸缸黄酒簇拥着，也看不见江的对岸，看不见对岸的鹿门山。

说怪也不怪，老河口人念家，怨不得别人。只要住着舒坦，就是住间茅草棚，也乐意。行在燕山，头发胡子白了，也要回到生他打绳场的老街，依着门板，与发小扯淡吹牛，说光屁股，在汉江河里摸胖鱼头。小群就这德性，宁愿在河里捡石头，也不愿去襄阳城里发大财。

小群捡的石，好多。堆了一院子，别人问："捡石头搞啥子？"他说："上边有字、有山、有人。"看着石头，就像跑趟神农架。开的饭馆没客人，他不管，抱着石头傻笑；厨师工资开不出，他不管，天天下河捡石头；老婆说馆子干脆转给别人，他不管，似笑非笑随你便。有一次，上陕西丹凤捡石头，前前后后半个月。回家一看傻了眼，他精心剪植的盆景，干死一大片。他痛楚，心一揪，钱也不是天上飘来的，石痴不如人痴，人痴不如傻子。

倔不是个头。小群,不再是埋头拉车,而是抬头看路。他游历大江南北，从云贵川到大海边，从云黄到溶岩，细细品摩。只要是石中珍品，他必是风卷残云。小群的石，有人戏称佳丽三千,一点也不为过。有的赛嫦娥，有的如貂蝉，有的似稚童，有的比老汉。在刘家庄，他设一陈列室，犹如深山石涧。七拐八拐，曲折蜿蜒，室内有亭，亭内套亭，石架以金丝楠木曲就，更显繁华。其间，有一窗“中国石文化”枕石，让人惊叹。

有的赛嫦娥,有的如貂蝉,有的似稚童，有的比老汉。

其实，小群也不是藏石第一人。宋景祐年间，欧阳修就寻得一块《娄寿碑》，置敕书楼下。讲述娄寿先生隐逸民间，启教乡人的故事。这些石头，从西汉到宋王朝，虽说石不能言，却给人们的是一个最真实的历史，一个最真实的自己。

一个冬天,小群在馆前树一石,上书《欧阳修在老河口》。隔壁妇人问：“写的啥东西？”他笑着说：“写一个人，一个不会说话的人。”妇人骂：“群娃子，读书不多，你咋有恁多歪理呢。”

嗨，这顽主。

一封来自美国的信

在襄阳，这个夏天，伸个胳膊就是一身的汗。凌晨，睡回笼觉是最美的时光。

大约七点半钟，邹阿姨来电，说是收到一封美国的来信。肯定不是儿子的，因为儿子会写中文。更何况，母子前天，才通过视频聊天，看到过两个活泼可爱的小孙子。

这封文字曲扭拐弯的信，来自美国中部的南达科他州首府皮尔。写信的人叫安妮贝尔•沃丽丝，一位六十三岁的老太太。沃丽丝很直接地说："密斯兹 • 邹，什么时候再来莫尔，想念你的粥，想念你的马苋菜，想念你的襄阳孔明菜……"

这封文字曲扭拐弯的信，来自美国中部的南达科他州首府皮尔。

我不知道这位外国老太，长得胖瘦与高矮，也没太注意她还写的其他家长里短，而她与我们襄阳的马苋菜和孔明菜杠上了，让人感到尤为吃惊。

邹阿姨是付家寨人，从厂里退休很多年了。儿子大学毕业，在南达科他州立大学教书。做学问，她拗不过年轻人。就这一个儿子，还隔着一个太平洋。实在想他了，就通过视频见上一面。

去年春节，邹阿姨病了一场。儿子王淳从美国飞了回来，商量着让爸妈去南达科他州住上一段时间。飞美国十三个小时，算不得什么。邹阿姨受不了的是，上个超市很不方便。儿子住在郊区小镇莫尔，开车上超市，还得半个小时。下个楼，遛个弯，尽是美国大胖子，说话乌里吉拉，听不明白。

儿子想让两个老人享福，可牛排、沙拉，让人索然无味。

邹阿姨闲得发闷，就在楼下空地上，开辟一片菜园。茄子、青椒、西红柿、黄瓜，种上两垄。要说，种菜不是中国人的专利。邻居有位老太太，也种有一块，她还喂鸟。是一只巧嘴八哥，张嘴就说："舍油，给喂。"邹阿姨想，这贪嘴的东西，是要吃的。儿子听了一笑说，它的意思是："明白不？给你。"噢，怪不得这白毛老太，还拿着两茄子给自己。

从此，邹阿姨记住这个邻居，她的名字叫安妮贝尔·沃丽丝。蓝眼睛，白头发，胖胖的，足有两百斤。两个老妇人，没事，就在菜地里比划。圆的、扁的，挺费事，可搞明白了，大家都会心一笑。

邹阿姨觉得美国人大鱼大肉不健康，就教沃丽丝："小白兔，白又白，爱吃萝卜和青菜。"沃丽丝老太听不太明白，这是中国童谣。总是伸出大拇指："鼓的。"邹阿姨却很严肃，一板一眼，按中国的生活习惯教这些糊涂的老外。

邹阿姨生在老河口。这地方，特殊的地理环境，马苋菜长得特别好，面蒸马苋菜是邹阿姨的拿手好菜。一天，中国老太与美国老太比划这马苋菜，沃丽丝瞪大着眼睛："窝特？"当她得知这种食物消肿、止渴，又给中国老太一个大大的拥抱。但她最受不了这菜上大蒜的味道，头摇得像拨浪鼓。

沃丽丝更想不明白的是，中国人喜欢吃腌制食品。当她吃上粥配孔明菜，头又点得像小鸡啄白米。邹阿姨说，三个小国，打仗，准备的干粮。沃丽丝似懂非懂，更不知道孔明是何许人也，但两个人却结下了深厚的友谊。

当她吃上粥配孔明菜，头又点得像小鸡啄白米。邹阿姨说，三个小国，打仗，准备的干粮。

秋后，邹阿姨实受不了南达科他州的热，比武汉的火炉还火炉。她和老伴便返回了襄阳。下楼遛弯，拍瞎话儿，方便多了。

有时，也挺想美国老太沃丽丝的，她热情、友好。

红匣子

一个方方的红匣子，就像一双深邃的眼睛，望着长河与落日。

它，尺把长，一指宽，上面插槽里有一盖板，薄薄的桐板牙口完美契合，严丝合缝。一开一合，还算灵便。细细一瞧，朱红的老漆，脱落得不成样子。匣面上，污着一层一层的油泥，似乎还流淌着庄稼人的的汗水和气息。匣子里，一片油乎乎的破布头，一把锈迹斑斑的刮胡刀，半块干裂了的香皂。

匣面上，污着一层一层的油泥，似乎还流淌着庄稼人的的汗水和气息。

匣子是城郊方营村我朋友家的。群山下，吱吱呀呀的老门、光亮发黑的门墩、肃穆沉静的春台，本来是它朝夕相处的伙伴。而今，它却孤独地呆在一个包裹里，离开了那个叫长岭的群山。

朋友是南水北调的移民。过去，在汉江上打渔，住郧县茶店镇长岭村，是小队长，算个九品芝麻官。匣子是他父亲每天早上侍弄的小物件，也是他母亲的一件藏品，现在却落在了他的手上，依旧包在母亲出门带的那个花包裹里。

毛主席说，北方水少，南方水多，我们可以借一点。2009 年寒冬腊月，湖北的移民搬迁工作开始了。要说这长岭村，生来，就是个奔波的命。修丹江口大坝，他们搬嘉鱼；修黄龙滩，他们搬长岭山；南水北调，他们搬得五离四散。

长岭村的乡亲们舍不得离开世代栖息的故土。有的拿着尺子，在自家的地里量了又量，东到四道沟，西到长岭滩；有的把自家的衣柜，擦了又擦，这是土地联产责任制那年大包干卖粮钱打的；有的在门口的碾盘上，坐了又坐，三岁时抱着奶奶的腿磨过来。

平素里，父亲总要第一个起床，打开红匣子，利索地擦净刀片。热水敷面，抹上香皂，刮净胡茬。收割庄稼一般，把自己收拾利落，要下地干活。自从患上肺气肿，红匣子几个月都没有打开过。人瘦得像一把苞谷秆，坍塌在偌大的田地里，随风飘散，流落得无影无踪。朋友是村干部。日日夜夜，帮助别人丈土地、忙评估，老父亲只在病床上眼巴巴地望着日落日起。

薅芝麻苗的时节，朋友一身疲惫回到家，刚脱下满是汗渍的衣裤，还没缓过神。母亲气喘吁吁地跑到家门口，喊："老二，你爹气出不上来，快不行了。"朋友三步并作两步，跑到父亲的床前。当他握住父亲的手，父亲却说不出一句话，怔怔地望着忙碌的儿子，无奈地吐出了最后一口气。

搬迁前夜，朋友与弟弟拆下自家门板当饭桌，请来留守的哥哥，吃顿团圆饭，拿出自酿的老黄酒，一一饮酒道别。然后，留下母亲，大家一行十人，打着手电筒，拎着两瓶白酒，四个酒盅，一包香烟，十斤火纸，默默来到亡故百日父亲的坟前。儿子洒酒作别，给老人家点上照亮天堂的灯。朋友肃穆地说："爹呀，儿子明年春节再来看您。"他轻轻地亲了一下墓碑，捧起父亲坟上的一把土，装在布袋里，带往新的家园。

他轻轻地亲了一下墓碑，捧起父亲坟上的一把土，装在布袋里，带往新的家园。

然而，就在他回头的那一瞬间，看到十米外，一位颤巍巍的老人，蹒跚走来，手不时在眼前抹了抹。是年迈的母亲！朋友再也忍不住了，他满眼热泪，一个小跑冲上去，抱着母亲。"妈，你咋来了？您放心，我们都一定会回来看爹的。"

八月二十日凌晨五点钟，朋友和村干部开始召集移民上车。锣鼓喧天，简单的告别仪式后，戴着大红花的移民们踏上前往新家的路途。朋友问母亲："东西都带全了么？"母亲没有吱声，只是紧紧地攥着一个花包裹。

朋友知道，包裹里放着父亲的红匣子。

老友记

我去高升门道子会老友。白炽炽的光照在街上，耀眼，看不见河西一字眉的荆山。楼下稍有点荫影，食客乘凉，就挤桌而坐。随意一条街，一桌接一桌，像街宴长龙，就连曲扭拐弯的小巷，也会出其不意地站着一桌。领略过者，皆曰：此乃鄭地人的狼性。

鄭地者，汉相萧何的食邑也。他们仿佛不是楚人，而是汉军。吃的不是一面席，而是唱一出《垓下歌》。水煮花生、毛豆、马十菜、兰花豆，和梆子、二胡，敲打出街宴的大调曲；顺风、卤鸡、牛板筋、羊血，恍若项羽花脸登场，粗腔深吼，一身枪伤；真正的主角，是黄酒，那必须是乐盛街的，饱含着虞姬仗剑出营的深情。

他们仿佛不是楚人，而是汉军。吃的不是一面席，而是唱一出《垓下歌》。

这一吃，便是王的盛宴。也是高升者的理由。

这入夏，天长。谐翁先生早到，院子里七八席，已满当当的。见接不得地气，他拐上二楼。先生自嘲：一介白毛老头，谁管你是个领军人物？不过，还好。今天，有咂舌的兰花豆、猪血、老酒，够了。外加，朋友给一帧小姑娘的灵动和小外甥的懵懂，爽了。

“吱呀”。门响。

进来一光头老汉，舞阳人，叫秋中。说起话来，就是“喝汤，喝汤，俺中”。意思是豫中人缺少吃的，吃饭叫喝汤。饿，寸草不生。谐翁打趣：“毛咋少了呢？”秋中正儿八经地回：“咋看的呐？今儿春的，我光头。现在还长了几根，不过是白的。”多日不见，眉一皱，嘴一嗫。白毛责怪白毛：“那你从舞阳回，还拐到襄阳去待两天？还不快马加鞭？”两个过六旬的人，像顽童，一调一侃，众人皆笑。

这个烈烈的天，太阳走得慢，它一直停在屋脊上，照得山墙烫烫的。太阳像井上的轱辘，人摇了一圈又一圈，它仍不见下山。人们恨不得把一桶一桶的水浇到天上去，把白天泼成黑夜，天不就凉下了么？

街上，依然吆五喝六。院子里，停满一溜的自行车、三马儿。独独的一棵香樟树都纹丝不动了，人们还往深处挤。

一楼，人齐了。二楼缺一人，是画师陈文平。他没订到去海口的机票，只有过两天才能走。先生唤，他允。打小与谐翁就在这胜利街混。一日，这两小厮在街上扔石子，闯下大祸，吓得不敢进家门。一个想当记者，一个想当画家。可巧，记者没当成，当成了官。画家，从湖北画到了海口。

他爱静，泼墨绘画，像哪吒闹海，这会，嘴上却像上了锁，不言不语。

风一吹，画师来了。他爱静，泼墨绘画，像哪吒闹海，这会，嘴上却像上了锁，不言不语。总是黑乎着包公脸，笑呵呵的，甩着弹簧般的铁臂手，又像是在写字。你说，他听。

街宴，讲究个打围。不管人多人少，大家肩膀挨肩膀，杯子碰杯子，才是个乐。只求有一碗老酒。酒要碗装，菜可手抓。没有繁文缛节，就像一介武夫，玩个糙味。

把酒话桑麻，谐翁最逗。他嗜烟如友，却虎着脸说：“我最讨厌，自己不抽烟，一个劲儿给别人发的。”几个拘谨者，不懂，掉到坑里，他便抓一把脆豆，粒粒入口，悄然一笑。先生白发，不染。何故？曰：崇尚自然。他说：“我们李家沟，不好。把‘李’字放前面，好像人定胜天。秋中，舞阳沟里的，‘沟’字在前边，自然。”一个沟里儿的，襄阳人知道，不用细想，便会乐喷。秋中红着两腮酒脸，一抹嘴：“你这是酂阳侯挤怼舞阳侯，萧何怼樊哙呀。”

秋中最皮。他生在豫东的农村。20世纪七十年代，为给媳妇解决商品粮户口，来到老河口。不管怎么个摔打，他都皮实。反正生是萧何的人，死是萧何的鬼。一言不合，他就唱："穷人穷，穷人穷。穷人腰里，系个粗麻绳。穷人走慢了，穷撵穷。穷人走快了，掉穷坑。"一天，走到穷爷庙，一群小鬼儿直喊穷。那年，多亏来到襄阳地。一家翻身当主人。锣响镲鸣，一个拖音，"吆呵呵"，戏毕。这河南梆子，像酒一样绵长、柔韧，铿锵。

仙桃的小伙子，是个八零后，睁着一双大眼，听得有趣，细嚼起来，自然不知道是怎么回事。

文平最静。席间，他兀自盯着汉江河捕的沙丁。沙丁，一指长，指头粗，糊上面，一过油。一入口，那是倍儿的脆。牛蹄筋，肉连筋，薄薄的，劲劲儿的，讲的是卤的火候。这海口断然是没有的。他想，这日子过得真有趣。乡下的人围着土地转圈圈，街上的人围着地摊转圈圈，还有多少人围着外地转圈圈。老一辈的，就是爱那老家的牛屋、铁匠、老粗布，爱这地摊的黑乎乎。可这日子，却再也回不去了。

乡下的人围着土地转圈圈，街上的人围着地摊转圈圈，还有多少人围着外地转圈圈。

太阳下了山，黑夜上了街。聚散，就像这一日的轮回，说短不短，说长不长。说来也怪，有酒有戏有友，挺热闹的。我却生怕说错什么，打断了他们的一段难得的闲叙。

鱼贩崔小五

崔小五，我不熟悉。只知他是三仪街卖鱼的。

三仪街，是一条卖杂货的巷子。杀鸡的，卖茶的，理发的，炸馍的，歪歪扭扭地挤在一块，短短五百步的街，背街背巷，总是湿漉漉和忙碌碌的。要说，大家都挺守规矩，唯有鱼贩崔小五看着别扭。他在这巷子的北头，置一条石案，独独地蹲在街边。案上，放着一块圆圆厚实的砧板和一把尖刀。案下，置三口大盆，里边放着不少大大小小的活鱼。尖刀下，不知谁何时就成为别人砧上的肉。

其实，这拿刀人崔小五，看着并不是凶神恶煞，反而和善许多。有四十多岁的年纪，圆滚滚的身材，八字眉，矮鼻梁。脸像刺猬般圆挤在一起，揉包着自己的五官。幸亏这家伙有一双黄豆大的贼眼，见人满脸堆笑，要不然，你都找不到他的鼻子和嘴巴。

他从乡下进城，快二十年了。能在这巷子里立足，一个本事，就是嘴甜。“三哥，来客人了。鱼拿家去，我送您。”意思是不要钱。这张三，是小吃店的师傅。过去，是大商场的业务员，见过世面，满目都是三教九流，出口就是无所不晓，生意做得智慧。对面有一江湖郎中，夫妻两人白白净净，坐堂问诊，生意做得体面。隔壁轧面的掌柜，拿一张纸写写画画，人家开的车是奥迪，生意做得气派。唯有崔小五，整日里，穿一身防水雨衣，脏兮兮的，只有见人赔着笑的份。

过去，是大商场的业务员，见过世面，满目都是三教九流，出口就是无所不晓，生意做得智慧。

崔小五，是竹林桥镇崔庄人。要说，也是撸锄头把的把式，平时，寡言少语，老实巴交。一九九六年那会，经媒人撮合与雷祖殿贾秀梅认识，也真巧，郎有情，妹有意。不过一年，两人竟结为夫妻。俗话说，打箱制柜容易，过日子难。崔小五要外出打工，妹子舍不得。实在没办法，贾秀梅的小爹说，这样，自己在北张堰水库，有一库鱼，正准备出售，小五子身强力壮，去打鱼。

打鱼，是个技术活。只有在大冬天的晚上，围网捕鱼，才能卖个好价钱。俗语叫冻狗。约摸子时，崔小五伙着五六条的渔船齐齐划向河中央。头船，挂一马灯，引鱼趋光。余船，埋伏四周，伺机出动。起先，默不做声。渔夫，静静地吸上一支烟，屏住呼吸。半个时辰后，三两条渔船，见得水下鱼头，一暗一明，便携网围堰，一旦网口合拢，吆喝声四起，再抡竹篙击水，啪啪的篙水声，惊得鱼群逆网而上。如此一番，不用一顿饭工夫，十几篓草鱼、鲫鱼、鲤鱼便轻松上岸。

半个时辰后，三两条辐船，见得水下鱼头，一暗一明，便携网围堰，一旦网口合拢，吆喝声四起。

一切准备停当。这渔夫，并不急于进城。因为，离早市的时间，尚有两个时辰。他们就喝一壶小酒，蜷缩在堤脚下，眯着眼呼呼大睡。天刚麻麻亮。不知谁，咳嗽一声，惊醒众人。大家拍拍尘土，撒一泡尿，驮上鱼篓，骑着自行车，叮叮哐哐往城里赶。崔小五说，起早贪黑，一趟，挣得到二十块钱。

崔小五贩鱼，是个新手。大码头、路家巷码头、丁字街码头，这些闹市，没他的地儿。他也不敢往那凑，怕遭那渔婆娘的白眼。东瞅瞅西瞄瞄。三仪街，是露天的菜市，可巧，没有一家卖鱼的。也没人欺生，便落下脚来。要说，这坐地贩，一天卖不得四百块的鱼，那日子都没法过。

与崔小五的鱼摊比，隔壁的小吃店，要热闹得多。店面不大，十几平方米。鹌鹑蛋和粽子紧俏，要命的是，它还有油炸水蜻蜓和水知了。味碟里，没几只，但很抓人胃口。这汉江河，特产这稀罕物。三岁的孩童，尚未睡醒，就嚷着要去看这八爪牙。张三说，明年春上，这江面上，会成群结队地飞着这蜻蜓。娃娃们，吃一口粥，像听着一个童话。崔小五没生意，也伸长了脖子专心地听，然后憨憨地笑着。一天一天的，崔小五的生意照例不大好。可这小五子，真有个倔劲，在这街口，一守都是好多年。

没有人知道，崔小五的鱼贩生意，到底咋样。也许十年的苟延残喘，似乎早就关门大吉。立冬那天，我去找街头郎中扯闲篇。

这崔小五竟拎着两个鱼头送来。说,要设鱼头宴庆贺。大家只摆手，不中不中。崔小五说：其实，不光是这个事。刘谷兄弟，是我的贵人。要不是，他来我鱼摊腌鱼，我在这条街真守不下去。

原来，十年前的一个冬月，我去鱼摊买鱼，想腌制一下。可巧的是，他们没有腌料。我说，不腌，恐怕鱼会坏掉的，那就不买罢。崔小五逼得无法，只有硬着头皮腌。真是祸兮福之所倚，这一腌，就腌了十年。腌来了生意，腌来了自信。崔小五说，一直在找这个恩人，那天，就像这样，也是拿一本子，在街口聊天。这些年来，因为腌鱼，崔小五，不仅在这三仪街买下了店铺，而且把媳妇儿子都接进了城。

崔小五逼得无法，只有硬着头皮腌。真是祸兮福之所倚，这一腌，就腌了十年。腌来了生意，腌来了自信。

众人听此，笑说光拿鱼头来，这不算，还得下酒馆。崔小五说,一言为定。看着崔小五一个嘴巴鼻子都找不到的人，活得倒挺自在。我想，或许，生活给予的，无论是苦难，抑或幸福，都要懂得感恩。

老街中医滕世举

说起滕世举这个名字，我说，老滕，你老家是邓州的？老滕说，是。我说，邓州知县范仲淹写《岳阳楼记》，就是写给巴陵郡守滕子京的，滕子京是你祖上喽。你应该当举人，却为啥半途当个郎中？

老滕说，郎中也包治百病，积德行善。在正兴街，小孩儿得了惊风，老年人一定会说，快找滕医生。

不到半个时辰，自然是药到病除。这滕医生，名世举。是河南邓州滕楼人氏。年逾五十，唯唯诺诺，相貌和善，一副书生派头。早年间，中医学成，随父问诊，落户在这个小城。叫了一辈子世举，也没捞得个一官半职。不过，按行医来说，挺邪乎，不管什么疑难杂症，一入他手，都有法子。

早年间，中医学成，随父问诊，落户在这个小城。叫了一辈子世举，也没捞得个一官半职。

有人不服，说他是碰巧捡到便宜。人，吃五谷杂粮，偶有恙疾，但凡是个学医生的，那都不叫难事。巡司街的八爷说，你别不服。小东门的周秀丽，得了肝腹水，寻遍十里八乡，也不见好转，肚子肿得像孕妇，满脸黄裱纸颜色。这滕世举，就是十天五副中草药，把这瘟疫赶得没影儿。你说，他没有狠招？

这正兴街上，多半是拉纤弄船跑江湖的，什么世面没见过？可滕世举这中药铺的花花草草，一经他手，就会让人五体通透，神清气爽。

岳母的血压有些高。我去见滕世举。他的诊所，已搬到三仪街。

这天，恰巧有一八旬老妇人请医。这样一个大冬天，只见她脸色苍白，心躁厌食。这老滕，看了一眼，让妇人端坐在杌凳上，伸出一只手来，三指把脉。稍有沉思，说："脉象沉数，湿热不注，怕有小便下血。不是什么大事，吃两剂清热利湿的药就好。"妇人说正是。说着，老滕便开了边稸、瞿麦、滑石、木通、枝子等六味药，竹叶作药引子。妇人的女儿说，老人年岁大了，肠胃都弱。老滕又说："原起一点火气，中药要微火煎炖，饭后再喝。三四天，自然都病退了。"

当下的中药铺，没有合作医疗，日子自然清淡一些。好在，来的，都是些老主顾。见过老滕的手艺，人人信服。我说："滕医生，你这行道有术，有些高招。"老滕说："没啥窍。也就给老街坊，解下病扰。中医疗程长，出师难一些。"

中医是温柔绵长，治根；西医是壮士断腕，治急。老滕说得有道理，学中医不易。中医之道，不光在于通读《黄帝内经》《伤寒杂病论》《医宗金鉴》，而在于寻百草，辨百病。滕家祖孙三代，从辛亥革命起，就背药箱，走乡野。从淅川到竹溪，从黄梅到亳州，他们尝遍山间千般滋味。古藤泡茶祛风湿，崖上金钗甘护胃。当归红枣炖乌鸡，黄芪熬粥也养人。现在，不少铁斛是家养的，野生的，十分珍贵。老滕，就到秦巴山区的悬崖上，去找这些宝物。好药要对症。为了检验药性，老滕有时干脆自己服用，以观其效，临床逾数十万例，处方累榻。

从淅川到竹溪，从黄梅到亳州，他们尝遍山间千般滋味。古藤泡茶祛风湿，崖上金钗甘护胃。当归红枣炖乌鸡，黄芪熬粥也养人。

二十三岁，滕世举出师了。一干就是三十年。巡司街、乐盛街的大爷，都是些老船帮，现在老手艺不吃香，没有了收入。家里经济上，拮据一些。老滕就不收钱，少收钱。把灵芝、肉苁蓉、茵陈等益于养生的药材，送给这些老街坊。天寒地冻，杨家巷的季大爷，中风在床，老滕就把药熬好，送到床前。太平街的王二婶，腿脚不灵便，老滕背着药箱上门。十年来，老滕为老街的乡亲无偿送药十万多元。老滕说，家有祖训：不为良相，即为良医。匡扶危难，济世延生。只图钱财，自己咋好做人，有口饭吃就行。

不为良相，即为良医。匡扶危难，济世延生。只图钱财，自己咋好做人，有口饭吃就行。

几天后，岳母的病情好转。我给老滕示谢。老滕说："应该的。诊治高血压，注意些药膳，镇肝熄风，就可以固本。"问其故。这是仲景的行医之道。原来，滕世举老家滕楼外，三十里地，穰东，就是一代名医张仲景的故里。千年医术，一脉相承。怪不得，鄂豫川陕，总有人慕名前来，找这个滕神子，拔掉病根。付家寨，一个叫左顺党的小伙子，娶妻五六年，媳妇肚子没动静，闹得要离婚。老滕一把脉，男人肝肾不足。这神医滕，掐指一算，抓药两个疗程，结果，女人真怀上了，人人称奇。

老滕说，他家祖上，真有做官的。祖公滕霄，曾任黄州知府。正统五年（1440）公子滕昭又中举人。成化七年（1471）由漕运都御史升兵部左侍郎。这老滕家，不管当官的，还是行医的，真还有个济世的情怀。

街上有妇人说，滕是日本姓吧？鲁迅的日本老师姓藤。老滕说，不是日本的，他带草字头。滕是周王朝姬姓的派支。一众人笑道，那是皇亲国戚。

滕世举，这郎中仿佛中了状元状惊喜。

老蔫

低眉顺眼是老蔫的符号，说他当属摄影那点事儿。

某年某月某一天，他与友人聚在一处老酒坊，推举摄影界的枭雄，一屋子人，聚在一起，说东说西，实在难得。

躲在青砖黛瓦，躲在蓝天白云，躲在人缝之间。

老蔫自谓嘴拙貌丑，羞于见人，总想着躲猫猫。躲在青砖黛瓦，躲在蓝天白云，躲在人缝之间。你说说，排铺、酒缸、窖池、瓦砾，都是勾人魂的景致，而其却身陷其中，躲也没处躲。为啥？瞎呀，这里，有第三只眼，镜头呗。

屋子里，人多。足有二十人众，却也有三人提溜出镜。众乐乐。俗话说，照一次相，丢一次魂。幸亏，有人一起丢魂喽。

其时，老蔫一张温良恭谦的红脸，就是一圈络腮胡，却被一眶长眉，压得没一点破马张飞的狂劲儿。大家说，白长了一副青髯。一进屋，非得坐在下头。有人说，蔫，你是摄影界的头儿，得坐上头。他挠挠手，谦让。别人白他一眼，非得拉拉扯扯么？拗不过，他抠抠摸摸，才黄袍加身，矮身坐到上头。

要说老蔫蔫不？不蔫。

这不，一单反镜头，一扛就是十多年，跑遍了这丹河谷的山山水水。不管遇见谁，他都点头哈腰，一脸傻乐，腿勤、唠叨，一腔真诚。一提照相，老蔫就是1839年大清国那会，把话头摞到天边，收不回来。别人谙熟他的秉性，也不插言，由他海谈。有人喊，老蔫，合影照相。他又躲，照例扭扭捏捏，理由是不是头儿了。

一众人，或蓝腰绿裤，或花帽红鞋，或油头粉面。最有派头的，当属老霍。老霍黑脸汉子，生得精壮，似乎娘胎胎里出来，就是把舵的人。像库叉鱼、网箱鱼、江河鱼，他伸手一掂，便洞晓精明。他喜欢在这汉江上游走，乐于在镜头中，述说江河日圆，袅烟人家，渔舟唱晚。我说，要摄一幅精美的作品，可能要构图精美，色彩纷呈，光足亮够。老霍大惊："你是摄友？"我摇头，他不信。老霍沉醉这酒坊的老宅，一砖、一窗、一树，透露着人生的淡定。

他喜欢在这汉江上游走，乐于在镜头中，述说江河日圆，袅烟人家，渔舟唱晚。

老霍嗓门大，像使着一股牛劲，四脚着地，曳纤拉犁。调焦、逆光、构图、蒙尘，他对摄界的事如数家珍，他说，众人允。贾山说，跟老霍跑，就是得有劲儿。其实，洋洋洒洒，老霍说的，无外乎是摄者的本真，去抓住生活一瞬的灵动。

席间，还有一玉面书生，人称丁儿。丁儿与霍不同的是，他醉心于用镜头讲故事。他会荡舟西排子河，讲一座尉桥的过往；他会跪在地上，搜索锣鼓架子的神采飞扬；他会瞄准红水河中的一排白杨，讲李自修的五百短枪。丁儿说，他是在用光影记录生活。丁儿还学会了京腔，一定会天南海北聊得痛快。

有人说，丁儿是个鳖子。可他就是个不唯上、不唯书、只唯实的鳖子。当听他吟诵："金马词臣赋上诗，梨园弟子唱新词。君恩还似东风意，先入灵和蜀柳枝。"有人就抓瞎。你不能不服他拍摄的《三请樊梨花》《傻子相亲》一颦一笑，是另类的人文情怀。

雪未融，人心暖。听说，老胡要在酒坊里设一处照相馆。一众人喜，遂随老霍游而乐。天欲晚，三三两两行走在素竹斋、听风亭，有一青衫少年禁不住喊：好景。

寻找守城的人

去老县城，看一个人，叫老杜。

太阳，白赤赤地耀眼，照得池塘里的青蛙呱呱地叫，城外的杨树哗哗地响，城壕里的溪水簌簌地流。城，老了，像一只破碟子，扔在泥土里，失去了往日的色泽。听得脚步响，一只小黑狗倏地跳进麦丛里，一顿张望。

城，老了，像一只破碟子，扔在泥土里，失去了往日的色泽。

公路，穿城而过，老街，荒在草里。我拐过逼仄的巷子，找老杜。几个工人模样的人，在修城壕，一人叼着一支烟儿，呼呼地搅拌着水泥。壕沟，还是一百年前的壕沟，二十五步。修复中有点蜿蜿蜒蜒，但至少有了“方方正正”的威严。要说，这皇城根下，过去有南门，叫“登云门”，城门洞上，有闸楼叫“思贤楼”。往北两百步，与门正对，就是黉学，明万历元年（1573）修的，是“跳龙门”的地儿。老话叫“九架九檩朝王殿”，“农事既毕，乃令子弟群居，还就黉学”。

老杜，住在黉学的后边，一个灰砖砌筑的瓦房里，黑乎乎的窗户窑儿。老杜灰头土脸，我满脚黄泥。我们说着闲话，他说，我听。

据老杜讲，他的小脚拇趾甲壳儿，是分成两片的，祖上是大槐树下的老西儿。老辈子在县衙里当过差。跑老日那年，邱扇子结婚，新媳妇没下轿，就被炸没了。老妈硬拽着他，赶紧卷了金银细软，向北跑。不巧，在楝树沟又遇上土匪，十几年的家底，被掠了去。这老杜的家运，从此便房倒屋塌，没落了。

好歹捡了一条命。回城，靠刨一垄地，收几筐青菜，度个饥荒。邻居说，这杜老爷子，性情温弱，眼珠子都是善的，一辈子宠个瞎眼儿婆。让她，不下地，不做饭，只端个簸箩，缝补，做针线。老杜说，在楝树沟，是这丫头救了难。人，要懂得感恩。

邻居说，这杜老爷子，性情温弱，眼珠子都是善的，一辈子宠个瞎眼儿婆。

老杜，当过民兵连长，他一直住在这古老的宅子里。按说，就住城的正中间。因为往北，过迎晖街，就是县衙了。往日，可是热闹非凡，书声朗朗。现在，这老宅，安静得连个猫叫狗叫都没有。只有两个女童，污着黑黑的墙灰，在地上挖石子。房后，几个农妇，斡着曲曲的身子，在垄上弄菜苗。

一眼荒芜。我问老杜："日本人炸我们的钟鼓楼，我们不拿枪跟他们干？

"干啦！我表哥搓草绳，河滩上，遇上发小赵汉娃儿，喊去当兵。"连长不要，说这娃儿年纪太小。你猜我表哥咋说，你说年纪大好，还是年纪小好？年纪小，他会越长越大撒。一句话，连长收了表哥何青山当了兵。上了马头山，跟敌人干。"

谈起往事，老婆子花着的眼，也亮了。凑到跟前说，"你说日本人厉害，还是中国人厉害？县城里，有三种堰。一种是泮池，黉学的砚王，考秀才的；一种是菜地里的藕池子，日本人丢炸弹炸的，丈把远；一种是陈疙瘩门口的堰塘，修城挖的，一百多步。按大小，中国人办事的能耐，就是比日本大。"

"可惜，没打赢。"大家面面相觑，"那时候，太穷，搓草绳挣饭钱。"

老杜接过话茬，"穷，我们才穷不丢书，富不丢猪撒。日子，才会太平。"

老人们的话，像麦浪，一浪一浪地向远处飘荡而去。听着老杜头这硬朗朗的话,我仿佛看见了一座古城,方正四百五十步,春光明媚,商号林立,酒幌招展。一位叫钟桐山的知县,带着一干民众,挑石畚土,筑西门,上书“挹汉”门。一位叫韩应龙的长芦盐运使,在城中树一牌坊,刻“襄郧要道,秦楚通衢”。还有,很多很多的父母官,他们正在为老城添砖加瓦。面对这样一座座的城宅,我想,老杜这个民兵连长的心,一直与城的命运,是相通的。他,头发胡子白了,仍守护着这座城。

面对这样一座座的城宅,我想,老杜这个民兵连长的心,一直与城的命运,是相通的。

看老杜,黉学还在,城根儿还在。

老酒坊的人物

一座马头墙，一对铁门环，一院青砖楼阁。

酒坊里，二十多个短褂汉子，挥锹铲锅。热腾腾的酒糟，扬起一股股香气。阳光透过朦胧的格子窗，忽闪忽闪，飘出一段老腔："嗨哟，嗨哟哟。酿酒咧，酿酿酿，酿一壶老酒日月长。第一杯老酒，敬上苍。第二杯老酒，敬地荒。第三杯老酒，敬祖上。"这样一群人，青筋暴露，大汗淋漓。他们，酿着一江汉水的豪迈。

第一杯老酒，敬上苍。第二杯老酒，敬地荒。第三杯老酒，敬祖上。

一道道的身影，被一轮金色的太阳，拉得越来越长。

这群正兴街上的酿酒人，吼出了码头人生命的力量。丹凤人说："下了龙驹寨，光化酒上抬。三杯落肠肚，诗从酒中来。"

邱蛮子

泡桐树下，住着一户从蜀地来的人家。主人叫邱蛮子，说话乌力吉拉，湖北人听得都绕脑壳儿。

六月，一场夏雨，把院子里的草，催得有人把高。碗口粗的桐树，窜出蒲扇大的叶子，格外阴凉。已是九点半钟，街上吆喝声起，而蛮子却起不了床，只有隔着窗户，与人说着话儿。

蛮子瘫了，我们看他，他再也起不了床。蛮子的婆娘，上诊所抓药去了，锁着这个动不了身的一把老骨头。我们进不去，他也出不来。他，像一头无用的狮子，连伸胳膊都无力。该死的。他的话，我一句也听不懂，是打豆豆儿的川音。蛮子，是四川省内江人。来正兴街三十多年了。可还是个棒棒，学不会老河口话。人们听不懂他的发音，都叫他蛮子。

说起这蛮子，他有名，叫邱修智，这家伙，长得一表人才，白干白净，一九八五年，要不是市长夫妇两口子亲自到内江请到这正兴街，这个棒棒和幺妹，还在内江要得快活。那个时候，光化县改市，酒坊是个香饽饽。市政府里有个头头叫蔡本训，他把酒坊当作自己的小老婆，“爱”得不行。用俗话说，那叫“含在嘴里都怕化了”。还得聘一位师傅教她“琴棋书画”。

邱蛮子，心动了。说这是要把式的地方。

民国时，老河口是有名的“小汉口”。不少川军，在这里驻守。他生在内江城，也因家境破落，娶不上个老婆。去汉江，往长江，那是大码头。更重要的是，他一身武艺，得甩开膀子干。

在正兴街，过去酒糙一些，能喝就行，没多大讲究。这老酒坊，因是一口大铁锅、八口老窖池，十把黑铁锹。三十号码头上的工人，磕磕绊绊，像一支“土八路”。听说，要来一个科班的老把式，学从泸州老窖，师出蜀中诸葛，人们都伸长脖子，像一只只鹅。

邱蛮子泸州的老工艺一出笼，低温续糟，连续发酵，一举摒除了过去酿酒苦涩的杂质。

是金子还是草？得拉出来碾一碾。这牛皮可不是吹的。邱蛮子泸州的老工艺一出笼，低温续糟，连续发酵，一举摒除了过去酿酒苦涩的杂质。人人服了。老酒坊，香的是什么酒哇？个个叫好。有了好嘴头子。酒坊里，人人挥汗如雨；酒缸里，丝丝叮咚如泉。发酵、发酵、再发酵，他们的酒，香飘十里八街，全城人轰动了。

这是好酒，岗上的粮食，日照长，糖分大，入口绵。一日，湖北的品酒名家陶家驰尝得此酒，顿生感慨：此乃，好酒！遂题诗道：“浓香独放花一朵，特曲开瓶香四方。”一传十,十传百。中南海的人知晓了，也喝上这口酒。

担酒上商洛，挑酒下汉川。蛮子，依旧埋头在他的槽坊里。有人说，这老头蛮子，搭不上话，只会酿酒。三十年，三十年的风风雨雨，媳妇熬成了婆。他，依旧住在一个陈旧的院落里。他说，他喜欢这门前的老桐树，喜欢它春天开的喇叭状紫色的花。

他，依旧住在一个陈旧的院落里。他说,他喜欢这门前的老桐树,喜欢它春天开的喇叭状紫色的花。

蛮子见得来人，格外地兴奋。像一扇黝黑的窗户，拉开了布帘，见到阳光。蛮子说，“他把自己的青春献给了内江，把自己的中年献给老河口,把自己的老年只想留给自己”。蛮子说，他不求什么了。就喜欢一天一天地隔着窗与桐树上的鸟儿说着话儿。

这，就够了。

人人去见他，心头的肉就会一紧。诸如育明兄说，这内江蛮子，真他妈不容易，苦了一辈子，落到个“异想天开”。临了临了，躺下了。他，白内障，双目失明了，坏了膀胱，挂着个尿袋，只有异想一下，天开一下喽。他，躺在床上，头向天花板，一脸的肌肉笑起来。笑的是过往的风光：成功实验“低温续糟，六甑发酵”，建立厂科研所，酒质达到国标。他说，儿子在广州沃尔玛，孙子在上海工作，值了。

月是故乡明。我说：“老酒坊改制了，您咋还留下呢？”“老家里的人是要接我回去。可我不能枉了老河口人对我的一片心。”熟悉的人都知道，蜀中人杠子头，就一个秉性，应承的事，咬下的牙印。这个犟蛮子，总有他的道理。“不能辜负了人家。”

门口的薄荷，驱走着飞虻。兰花的摇曳，风带着草香。草木一生，总有它生命的力量，就像一颗泡桐籽儿，不管丢在哪里，它就会生根发芽，开出喇叭一样的花。人如树，树如人，生命如此普通，却又不一般的普通。而今，三五人聚，蛮子热闹闹地说着他的故事。我却想起一句话：人，除了命之外，还有更重要的东西。

那是什么呢？我想，应该是信义。

蛮子说，想出去走走。

我说行。

魏伯

从正兴街进入一个废弃的院落，一堵老墙孤零零地立在那里，看岁月沧桑。这是酒厂的老根儿。1952 年 10 月，城里的人喝的第一杯白酒，都从这院子里酿出来的。

说起酿酒，人们总记起一个人，叫魏伯。年过五旬的唤魏伯，黄毛小儿也唤魏伯。他总是乐呵呵的，不急不恼，慈祥得像尊佛。

魏伯是河南省邓县胡营人，早年随父流落在化城门卖布为生。土改分田地的时候，父亲回到胡营，讨得一份口粮田。魏伯没有，他在下襄白公路上开汽车。20 世纪 40 年代，汽车烧煤气，车上有个炭罐。魏伯年少，是烧炭的伙夫。

街道上的人晓得，魏伯是个会玩机械的人才。办电厂、农具厂，都抢着要他。办酒厂，上面的头头，指名道姓要他。别的厂子，没得法，忍痛割爱，才把他送到这正兴街。这酒坊，踩曲的、粉碎的、挑水的、勾兑的，一个萝卜一个坑，独缺一个管库的。指着谁，谁都不愿意。为啥呢？这酒是粮食精，越喝越年轻。头锅酒下来，总有人咂舌生津，偷抿两口。出酒与存酒对不住，闹了不少故事。

这酒是粮食精，越喝越年轻。头锅酒下来，总有人乍舌生津，偷抿两口。

20 世纪 60 年代，酒金贵。就是批个条子，要等半年才买得到酒。管酒，是个得罪人的活。这魏伯，管酒不喝酒。家里的媳妇，知道他的脾气，知道揽下苦差使，只摇头。

酿酒不喝酒，真是个难事。酒色、酒香、酒味，咂舌头锅酒，是一件幸运的事。师傅们，有这个好口味。魏伯就抱着水杯优哉游哉地喝。说来也怪，这每一锅酒，总是后半夜入库。天黑地黑一盏灯，只有他一双眼睛。酒香得让人心痒痒的，魏伯吞一口水，披着衣如数过秤入库。

看着魏伯不喝酒，有人打趣，男人不喝酒，枉在世上走。他依旧笑眯眯的：“你们喝，你们喝。我一沾就醉。”有人心存幻想，暗记酒桶的刻度。提酒时，自然没有跑漏一珠一滴。便说，魏伯是个老古董，傻劲装一桶。至此，后生们有句歇后语：找魏伯喝酒——没门。

那时，有的小媳妇，为了给孩子喂奶方便，就把这小家伙带在身边。可巧，这小人精，会沾酒喝。一不留神，他会把手指头放到酒坛里，引来不少争端。巧嘴与利嘴的两个女人，就会嚷着找魏伯。魏伯慈眉善目，“这娃不是喝酒，是误放了手。你明儿生了娃，沾点酒，还以为是糖水。”于是，女人们说，娃子沾了酒，那是魏伯的手。言下之意，那是不喝酒的。

魏伯处事公道，不偏不倚。厂子里老老少少格外敬重。

厂子红火时，在正兴街，盖了一幢楼。家家户户踮着脚望。魏伯自从到酒厂上班，都是在三仪街租房子住。一家六口，挤着一张铺。要说建厂“四剑客”，他是第一个。魏伯说，挤挤没事，还是让人口多的人家住。有人想抢房，有人论资历，有人摆困难。魏伯这一让房，厂子里几十号人，没有人再嚷嚷。魏伯说：人，一天三顿饭，一晚三尺床。多宽才叫宽呢？魏伯，住在平房里，一直住九十二。儿女都在外成了家立了业。他仍守着这个老厂院。

魏伯说：人，一天三顿饭，一晚三尺床。多宽才叫宽呢？

一日，几个白了胡子的徒弟，到魏伯家喝茶，扯白话。说：“魏伯，一辈子，不喝酒，仁义。”儿子根说，父亲是喝酒的。从记事起，每一天，都让他到中山路，面筋腿的酒楼里，打一两绿豆酒。吃一盘花生，抿一口小酒，正好。这酒，悄悄地喝了几十年。

众人大惊。魏伯，喝酒。静下来想，这是神人，不知是咋管住自己的嘴，从没喝过厂里的酒。

魏伯，叫魏志安。这真是一个怪老头。

张二爷

从巡司街拐进河南馆道子，矗立着一幢灰色的小楼。张二爷，这个酒厂的踩曲老师傅，就住在这里。他七十有五。

张二爷，爱酒。想喝两盅，却喝不上半两，就醉了。老哥们几个，要图个乐儿，若是抢马吃车，让他多饮上一杯，他那个海量的老婆子，就一脸儿坏笑，挡在身前，“黑子哥，国强喝不下，我替他喝。”一圈下来就是一瓶，不倒刃。老伙计只有叹气地说：“自己给自己栽下苦瓜秧呐。”晕的晕，歪的歪，傻了眼，秧了劲。

有人不服，说她使了手段。老婆子嗫嚅一笑：“再来？”不不不。一顿告饶。她说：“酒量是天生的。当姑娘时，就觉得酒香。”

这张二爷，姓张，名国强。从 1962 年进厂，就玩“酒曲”。练就了一副狗鼻子。随便抓把酵母，就能闻出是“德国二号”，还是“东酒十号”的菌种，有几种微生物。可要让他陪个酒，比登天都难，五十年，酒量没长进。

张二爷有个口头禅：“别人都一样。”常梅亭说，国强，踩曲真辛苦。他就会说“别人都一样”。街头老大妈说，国强，真是个孝顺娃。他照旧一句“别人都一样”。胡老三，是个猴精。趁势问张二爷：“强哥，今晚上加班，你跟嫂子亲热吧？”他没回过神，糊糊弄弄一句“别人都一样”。这话一出，老伙计、小媳妇们，都乐弯了腰。

街头老大妈说，国强，真是个孝顺娃。他照旧一句“别人都一样”。

要说，张二爷与媳妇玉珍这两口子，你情我爱，还有一段波折。

这张二爷，年轻时，也是白面书生，一表人才。可就是父亲过世早，家庭寒薄。二十郎当岁，别人都保媒拉纤，花前月下。他就只知道做酒曲，不开窍。天天背《齐民要术》记载九种酒曲生产技术，其中八种以小麦为原料。荷包里，没攒下俩银子。

太平街的魏大妈，看这强娃子忠厚老实，没多的话。想把化城门的玉珍姑娘介绍给他。要说，玉珍，也是个苦命闺女。老父亲起早贪黑，好不容易把七个姑娘养大，却积劳成疾患上重病，一病不起。家里揭不开锅。

见到新姑爷，本来是个开心事。可张家的，也是“天当被，地当床”。日子，没法过。玉珍娘忧心忡忡地说：“嫁汉嫁汉，穿衣吃饭，你倒会个啥手艺？”这不经意的一句，把张国强问住了。“别人都一样”，这话说不出口。

玉珍，条个水色，一百个满意。可让老人家担心，不是个事。书不是白读的。张国强知道，自己的几斤几两，都在这“酒曲”上。常言道：一曲二窖三工艺。其中，酒曲就是酒之骨。每一环都有几十道工序，曲决定了酒的香味。不在这踩曲上有两板斧，还不如穿着草鞋挑水去。

常言道：一曲二窖三工艺。其中，酒曲就是酒之骨。

张国强，笨人笨办法。从小麦的碎度把控做起，小麦应该有多碎，大了不行小了也不行；加母曲和水分的监测，达到多少量适度;发酵房的温度控制，当时没有仪器，全靠人工掌握;压曲、入仓、翻仓、拆曲。张国强跟着老师傅们，认真揣摩每一个制曲的工艺流程，心中装的满满都是“制曲经”。

有一次，玉珍找国强去西山砍柴禾。这张国强，仍在挥汗赤脚，磨麦碎米，加水拌母曲，踩曲成形。好在胡老三说，“强子，这晒干的酒糟，就可以当柴烧。”一块二,一车。张国强，憨睡变醒人，拉了几车，往玉珍家送。

一来二去。玉珍娘的心，融化了。“勤快也能当饭吃。”这张国强,还是那句“别人都一样。”玉珍娘笑着说“傻子”。三个月后，一对心里怦怦跳的年轻人，落了石，领了证，幸福地搭上了那条朝思暮想的客船。

张二爷，经街道办的大婶推荐进了厂，找了个饭碗儿。可巧，魏大妈做的媒，娶了新媳妇。这老张，安居更乐业。

他发现，通过赤脚踩曲，达到四边紧中间松的工艺要求，更适合于微生物的生长，从而提高曲香和黄曲率。应该把制曲过程从机械制曲改为人工制曲。

二爷的意见得到了领导的支持和采纳，光化特酒的酿造，既传统，更适用。

要说，张二爷除了酒量不行，狗鼻子真不错。他还提出，应该根据当地气候条件，按季节不同，对仓库结构、地面设置、层高、母曲配比作出调整，让曲块更天然更醇和。二爷的意见得到了领导的支持和采纳，光化特酒的酿造，既传统，更适用。从进入老河口酒厂到现在，他成为厂子里的“老把式”。

有人说，张二爷是资深制曲专家。他还是那句话：“别人都一样”。不过，这话，还让他当上车间主任，副厂长。胡老三说，他走狗屎运了。

拐子徐

拐子徐，是徐永长的雅号。在光化酒坊，这个名字，不少人都知道。

有人说，徐永长这伙计，真是个赶了巧。说他会酿酒，十一年酿出个赛茅台。说他是个机灵鬼，把一坛老酒玩出了个名堂。

老徐，中等身材，瘦瘦弱弱，天生一个林黛玉。1961 年招工时，他却有个小聪明，一考就中，全家欢喜。于是，他逢人就讲，全厂老人手不说，自己是第二十七名，马黑子二十八。有人说他是胡球灵，瞎猫碰到死耗子。他也不理会，认为自己是个角儿。

没高兴两天。这二十七，真成了二十七。二十七岁这一年，他的腿拐了，成了拐子徐。患上了脊髓性骨结核，站不起来。小县城治不了，搞不好，两条腿都废了。

肚子里有点墨水的学徒是个宝。厂长亲自送他到省城找关系，访名医。端茶递水，忙里忙外。终于，找到一位叫王太义教授，他以骨科见长，望闻问切，对症施药，一针见效。听说一位老红军服用“骨球灵”,是妙药。厂领导买来。这徐永长，一服，还真绝了。这小伙子站起来了。工友问：“永长，腿咋治好的？”“喝骨球灵。”一来二去。骨球灵成了徐永长人生站起来的灵丹妙药。

拐子不拐，滴水之恩当涌泉相报。可这徐永长高小毕业，英文字母都搞不懂。恰巧，他看病认得县医院的药剂师余恒香，上海医科大的高材生。戴着“右派”的帽子，下放到鄂西北这小地方工作。别人都不敢接近。

徐永长不怕，顶风拜师。

那时候，三年自然灾害，物资短缺，农村吃食堂，城市发票券，蔬菜都供应。这徐永长，真有个钻劲，真心打动了余恒香，遂学得满腹经纶。

老酒坊的酒，糠味重、苦味大。有的老酒仙，喝得只摇头。这徐机灵，真还找到了卯巧。原来，粮食计划受限，厂里进的红薯当原料。红薯有黑斑，乳酸高，产出的酒就苦味。要说，这骨球灵真灵光。他改清蒸为双蒸。对稻谷壳进行双重杀菌，高温润料。一锅酒下来，苦味没了，糠味没了。

原来，粮食计划受限，厂里进的红薯当原料。红薯有黑斑，乳酸高，产出的酒就苦味。

1973年，省城专家感到穷秀才捡到个金娃娃，要扶持开发光化特曲。这老徐，算是出了师。可一池料下去，发酵一个月，蒸酒再装酵池，发酵一个月。翻糟工火了：“骨球灵，瞎球整。”累得一滴汗四瓣子，落不到个好。酒的绵、甜、净、爽，不纯。

窑与窑，池是池。酒品就是有差异。不比不知道，一比吓一跳。人家老牌酒坊，是粘土窑。这正兴街，砌的是青砖窑。窑泥是浓香型酒品质的关键。抓住了牛鼻子，这徐永长，在凉水泉找到上等黄泥，不露风不跑气。

要说，这凉水泉，在老县衙北十里地。宋乾德年间，大文豪欧阳修任乾德县令，喝的酒，就是这泉水酿造。公元1038年，他写诗一首："日泛花光摇露际，酒浮山色入樽中。金壶恣洒毫端墨，玉麈交挥席上风。"如此，老酒匠感慨地说，八百年前，古人比我们聪明。

一经出炉，便成金枝玉液。送到中南海，酒品比茅台，不纳头，不伤胃，不醉人。

这酒，经中药炮制，分段酿造。一经出炉，便成金枝玉液。送到中南海，酒品比茅台，不纳头，不伤胃，不醉人。老百姓奔走四方，说"闻到香，喝到甜，一瓶也就块把钱"。

提及徐永长，人们都说，天津有个狗不理，光化有个赛茅台。拐子徐真是个人才。有广州、天津、上海的老板，悄悄找到这徐永长，想高薪聘请他。他犹豫了，谁都有自己的小九九。可他一想到那瓶治腿的骨球灵，还是决意留下来。

千金难买一生情。徐永长说，土窝，才是自己的家。

詹福安

要说詹福安的本事头，就是有一副好舌头，能尝出世间万物千般的滋味。我觉得他海量，是个江湖高手，是整日里操酒斛微醺的家伙，唯有好酒，才称得上他的名号。我爱酒，总期冀饮而不醉，饮而独醒。于是，想去讨教他。当我多次邀约见到他时，却十分失望。此公，貌不惊人，生性儒雅，不抽烟，不嗜酒，偶有小酌，仅限应酬。

酒，这个尤物，温润如玉，他缘何如此谨慎呢？

有人说，詹福安怯酒，怕酒后失态；有人说，詹福安拙中藏慧，醒眼看醉人；有人说，詹福安先礼后兵，久树威名。但都没有经过考证，像是酒坛的绯闻。我不甘心，问：詹工，你应是千客吧？意思就是公斤的酒量。他谦虚说：没有。父亲爱酒，随父出街，就是讨点花生米吃。对于酒，只是懂些道道儿，知道它的禀性。酒，是奔腾的野马。酒，是温婉的河流。酒，是夜晚的枕香。如此种种，遮遮掩掩，真让人摸不着头脑，他到底有好大的把式。

记得江边的非凡茶楼，曾有一副对联：茶亦醉人何必酒，书能香我不须花。让一个爱酒的人弃武从文，去喝茶，可能是件头痛的事。一日，我说，詹工，我们喝茶去？对于这份尴尬，他竟欣然应允。

詹福安，生肖属虎。有兄弟三人，长安、平安、福安。父詹义仁为新洲移民，詹母为汉中人氏。旧时，为李兴发酱园学徒，往陕西汉中经商。不巧，被抓为壮丁。后脱逃回乡，却被误为旧军人，只得在太平街租房为生。詹义仁，六十岁，下放薛集镇西柳河为生，生活困顿。一去十年，生活，纵然万般艰难。母亲说，人啦，在困境中要少说话，审慎方能自保。

这詹福安，年少黄发，竟懵懂记住了这句话，流落四乡，开荒拾柴，求学为本。万般无奈中，依靠在宜昌工作的长兄詹长安的扶助，才得以完成学业。勿容置疑，生活的艰辛，在詹福安的性格中，打下了深深的烙痕。

有时，人生就像一杯茶，生活就在这杯茶中起起落落。这些日子里，詹福安，就犹如这杯中的叶子，飘飘荡荡，再审慎，也被束缚在一个困境中，冲不出一个藩篱。

当然，这一切还是被时势打破了。拨乱反正。一九八〇年，父母返城了。詹福安，回到阔别已久的家乡，招进了光化酒厂。小城上下，彩旗飘飘，歌声阵阵，到处洋溢着向上的力量。十八岁的詹福安，朝气蓬勃。要说性格决定命运，真有一些道理。学制曲，学拌糟，学粉碎，学糖化，学勾兑，詹福安审慎不出一点差错。他不知疲倦，不亦乐乎。化验室的周桂兰，是武汉大学化学系的高材生，詹福安虚心学习糖化技术。拌料车间的徐永长，是酒坊成长的土专家，詹福安挤破脑袋学习发酵技术。短短五年实践，职工培训中，詹福

小城上下，彩旗飘飘，歌声阵阵，到处洋溢向上的力量。

安考取了华中理工大学。厂党委书记焦玉吾说:“你有积极向上的态度,难得。你有能力考上,更难得。你能学成归来,更是难得的难得。企业再困难,我们支持你。”这一年,企业拿出一万元,供詹福安深造。

要说,这时的詹福安,就像厂里的驸马爷金枝玉叶的,那身份那地位是相当的尊贵。人人都嫉妒得牙痒痒,骂道:“这娃子,癞蛤蟆吃上了天鹅肉。”有人说,詹驸马肯定拣高枝飞了,哪瞧得起这穷地方。但在人们的质疑声中,詹福安并没有食言,他回来了,回到了资助他求学的厂子。而此时,厂里正推行泥窖生物发酵技术。耗资数十万元的砖孔式黄泥窖坍塌一地,人们噤若寒蝉,生怕背上个乱摊子。

詹福安却二话没说,揽下这苦活累活坏名声的活计。有人说,他是个实足的傻瓜。他跑遍方圆五十里的山山水水,驮回了上百种黄泥。真是个二球性愣子。好在傻人有傻福,砌筑成十六座腐粘性梯形黄泥窖池。酒糟一经发酵,香飘四溢。对此,人们诧异着。有了好窖,就像好马配好鞍,好酒配好盏。这老詹,又像中了邪,捉摸起酒品来。真不亏爹妈生得好。他有一副好舌头,无论何种稻麦黍粱窖出佳酿,一旦入口,就像在舌尖上跳舞的风情女子,他都洞晓已然。2000年,詹福安的舌尖功力在荆楚大地已数一数二,成了品酒师中的名角儿。

好在傻人有傻福,砌筑成十六座腐粘性梯形黄泥窖池。酒糟一经发酵,香飘四溢。

酒品如人品。我说:“老詹,你这鬼舌头,都没打过乌拉?”这话在鄂西北,意思就是喝醉过。老詹回话说:“慎酒,才能品出真滋味。”我笑了,他没有中我的圈套。这个活见鬼。

幺叔

老街上,幺叔,是一个乐呵人。没事,就拎着只茶缸,在江岸上遛弯儿。胜利街码头,遇上酒厂里的老伙计,嘴里笑骂着："好久，没见你个龟孙，上哪儿哩？""在武汉哩，照顾孙娃子。"两个白毛老汉、双手相握，格外亲热。

这幺叔，叫孟跃书。老父亲，郧阳人，是江上放柴排的纤夫，吃了一辈子苦。轮到幺叔这一辈，赶上了好日子。正兴街办酒厂，要挑水的，也要烧柴的。幺叔家，穷得丁当响。凭着一点，成分好，又红又专，遴选到厂子里。这一年，幺叔，二十二岁。

要说，一辈子最快慰的事，是幺叔随父亲，从郧阳放排到老河口。因为这码头上，是鄂豫陕繁华地界，能吃香的，喝辣的。马悦珍的锅盔馍、清真寺的羊头脸、兰州的拉面、老海的胡辣汤，那叫一个爽口甜心。

早上，一千条帆船簇拥在码头上，二十八级的台阶，总是湿漉漉的。草鞋，踩出一叽一叽的摩擦声。晚上，太阳金晃晃的，被乌黑的房檐挑挂在河面上。幺叔随老爹放排，记得一句民谣：月亮走，我也走，我给月亮赶牲口。一赶赶到老河口，买个猴翻跟头，吃牛肉喝烧酒。幺叔，不知这是那个山坳里的歌儿，听着就香。

草鞋，踩出一叽一叽的摩擦声。晚上，太阳金晃晃的，被乌黑的房檐挑挂在河面上。

幺叔的老爹，兜里没多少钱，只够让他喝了一碗清汤。他很满足，见到了街上的花花绿绿。回老家，他总说：老河口，是个大码头，人口就有十万九。秃子三说：屙屎蛆都不吃的地方，有啥好。但这秃子三的眼光是泛亮的。

有人说，幺叔是有福气的。解放军南下，船掌柜吓得跑进了山。爷儿几个，才算在竹排场站稳了脚跟。幺叔成分好，街道上，就派他去站岗，查路条，纠察捣乱分子。以前，十七岁那年，先在豆腐社谋了一份差使。没过半年，推荐到汉丹铁路上工作。

铁路完工，幺叔挂念这码头上的口福，便回到竹排场。大妈说，孟跃书，肚子有墨水，该到酒厂作贡献。幺叔知道，自己就是个烧柴禾的料。厂长说："你娃子，不会学？"吓得幺叔一个月，在酒窖出酒糟，不敢吭声。

20 世纪 70 年代，酒厂生产最红火的时候，生产规模大，工人一天三班倒，产量大，一年能生产三四千吨，当时北京路新厂和正兴街老厂同时生产。酒厂开始建立供销部门，有专门的推销员跑银川、兰州，当时是散装，用罐子车装过去。

厂长盯上了幺叔。这厂子的当家的，眼珠子一睃：跃书，你是要书，还是要猪？啥本事头，就看今儿的。1977 年，幺叔开始跑供销。

20 世纪 30 年代，洵阳县就有谭家街慎诒堂代印的钱票，丹凤县用老河口的橡木酒桶。

老河口是大码头，盖过沙市和宜昌。陕南、鄂西大山的老百姓都信赖码头上的酒。20 世纪 30 年代，洵阳县就有谭家街慎诒堂代印的钱票，丹凤县用老河口的橡木酒桶。那时候，酒厂自己并不销酒，交由专卖局来销售。当时酒度数普遍较高，达到 65 度，吻合秦人豪放的口味。

看着装的一车低度酒，1963 年才开始生产。关键的是，百花山牌光化大曲，是快曲酿造，人们爱不爱喝呢？幺叔心里打鼓。“在外三十年，临了回郧阳县”。山里的胖婶笑话他，头三脚难踢。

一日，幺叔到石泉。拎着瓶酒，到农家海谈。上到龙驹寨，下江有竹排。喝酒不吃菜，人从酒中来。这山民也不恼，只顾听。七个碟子八个碗，四荤四素。大声划拳，大口吃肉，酒过八成，无比熨帖。人人躺在竹排上，听凭河风吹拂，自比龙床安稳。随意一瞥日照山色，赛过神仙。

这一喝，降服了山民的酒虫。他们订下五百吨。

过兴安，幺叔遇上一妇人。这老妇人，听说这年轻人来自老河口无比亲切。她说，我们冷家，祖上是老河口人。清末，迁往陕西。五岁时，家道中落，被人从临潼卖到兴安，给人放牛割草。每每听到村里来戏，听到刘备借荆州，她都会哭。荆州的老河口，是她的娘家。

幺叔说，这是娘家的酒。福聚槽坊的酒，想家的时候，尝一口。

在陕西商南的山山水水，幺叔卖了一辈子酒。听说，花棣的作家贾平凹，也爱喝他卖的酒。他没有觉得干了多大点事。他说，人这一辈子印象最深是1985年，他随酒厂副厂长马耀辉一起，将光化特酒送到中南海和人民大会堂。

听说，花棣的作家贾平凹，也爱喝他卖的酒。他没有觉得干了多大点事。

幺叔，这个白毛，不卖酒了，还是乐呵呵的。走在这个老街上，街坊说，这白毛，不简单。

风雨百年“章少斋”

“秋风起，老叶落，街巷行人稀。玉米黄，蝉鸣急，何人随吾意？罢罢罢，府馆颓，楼墙废，瓦碎一地。”写下这样的词句，只为感慨一个百年老店的沧桑。

已是丙申年，街上已没有往日那般喧闹，秋雨随着江风眨巴眨巴眼睛，还算秋高气爽。

已是丙申年，街上已没有往日那般喧闹，秋雨随着江风眨巴眨巴眼睛，还算秋高气爽。九月的一个上午，在照相馆一个叫王小军师傅的引领下，我们相约去拜访百年老店“章少斋”照相馆的后人。玉皇阁西首的镶牙师章新生先生和洪城门居住的章桂英老太太，去触碰那个岁月给我们的伤与痛，了解在那战乱年代里老河口第一家照相馆的起起落落。

一

清末民初，老河口由于水、陆交通便利，商业兴隆，形成为鄂、豫、川、陕四省物资集散地，被誉为“小汉口”。因此，在民国五年（1916）章少斋先生独闯老河口，在原新盛街东福建会馆内租了一间公房，开设钟表修理业务。章少斋先生，祖籍河南省开封市人氏。章先生的父亲春山，擅长钟表修理，早年因故从开封迁至南阳市内，开设修理业务。那章少斋先生子承父业，怎么又学会了民国年间新潮的照相技术呢？

说来也巧，民国六年，意大利修士撒必约来到老河口，在天主堂建一钟楼。这钟楼因楼高钟大，声响十里。那钟原是德国人安装，此后人回国，大钟维修成了问题。撒必约得知城内有位叫章少斋的师傅技艺不凡,特聘为钟表维修协理,长年负责维护大钟正常报时运转。此钟为西洋玩艺儿，章先生也不大懂。他把维修的洋钟，置于桌几之上，白天抽烟喝茶,看着说明书反复琢磨,观者甚众,就是不动手。晚上,方动手捣鼓，几下便成。撒必约十分赞赏。一来二去，章少斋先生看上撒必约的新玩艺照相机以及那照相技艺，只要快门一按，再经过“洗印”，一张真人真景的洋画就会立马再现，让人爱不释手。这洋人倒也大方，爽快地教会了章少斋先生照相“洗印”等技术。

旧社会有句俗语“艺多不压身”,章少斋先生唯恐钟表修理一旦生意不好,无法生存,在学会照相技术的同时,又学会了修理电影放映机、镶牙、修自行车等技术。到了民国十二年，章少斋先生正式挂牌成立“章少斋”照相馆。这便是老河口有史以来第一家照相馆了。它以照相为主，兼营镶牙生意。要说这照相生意,起初也不大好做。有胆大的人,逞能去照了相，碰巧便生了病，说是这西洋玩意儿勾了魂。就找到照相馆里要砸铺子。后来，市面繁荣，湖南会馆的戏楼，来了筱家班，进士巷一楚楼，来了盖七省，中华楼，来了大京班。这筱家班唱《狸猫换太子》，那盖七省唱《西厢记》，白玉楼唱《麻姑上寿》,热闹非凡。为了抢得生意，这刀马旦筱菊红，第一个彩妆下来，都要到“章少斋”照相馆照相，留存宣传。那一楚楼的海清，中华楼的白玉楼也不示弱。戏楼的繁荣带活了照相馆，好年份一年可挣一千多块大洋。经过数年艰苦努力，生意兴隆，业务大了，人手不够，章少斋先生就把妻子，还有两个儿子庆祥、福祥和女儿接到了老河口让他们跟着打下手帮忙，后又分别教儿女们学会了照相、镶牙等技术，当自己的助手。

到了民国十二年,章少斋先生正式挂牌成立“章少斋”照相馆。这便是老河口有史以来第一家照相馆了。

然而，好日子没过十年，1933 年春，章少斋先生为给女儿说亲,携妻子从老河口到南阳路过林扒,遇上一众土匪,说是老王泰的人。拿枪抵住章少斋先生，章说，出门说亲，没带银两。这贼人们见章少斋先生身着新绸长袍马褂，脚蹬细呢布鞋气度不凡，但搜遍全身钱财不多，气得当头一枪。聪明一世的馆主死于非命。章妻抱着少斋先生在荒天野地，哭得死去活来，幸得一赶马车的好人相助，把章少斋先生运回南阳安葬。

二

丈夫故亡，生意也就落在妻子身上。那年月，一个妇道人家要出头抛面来经营一个偌大的照相馆，实属不易。再说这长子章庆祥也二十出头已成人，人向善厚道，又跟其父少斋先生学会了照相、镶牙手艺，老人家就顺势把照相馆生意交给其管理经营。那庆祥也不负母亲所望，日夜辛劳把那照相、镶牙生意打理得红红火火。可小儿子福祥过继给少斋先生的弟弟章化堂先生为子，他生相聪慧，惹得老辈娇宠，种下不好苗子。照相馆，常来的有达官贵人，也有戏子票友，更有不少土豪阔少。有的人为了照相提神，不可避免在烟馆吸上大烟。这二少福祥倒也学得快，年方十五，少不更事，竟染上烟瘾。不仅把养父钱财，吸个精光，而且就连母亲春节置办的些衣物，他拿了换钱“过瘾”。实在无法，气得养父登报脱离父子关系。

再说这长子章庆祥也二十出头已成人，人向善厚道，又跟其父少斋先生学会了照相、镶牙手艺，老人家就顺势把照相馆生意交给其管理经营。

说这庆祥也算乐善好施，结交朋友。有一山东人，叫韩许民，在当时老河口汽车站做事，经常出入章家，章少斋先生去世以后，人手不够，韩就经常来章家帮忙，久而久之，老奶奶看此人不错，就托人将女儿许配给韩，韩许民满口答应，章家就招婿上门。这韩许民婚后，也精于经营，同时也结识了光谷警备司令部稽查室稽查长柏珍堂。市面上大大小小，有个照应。民国二十四年（1935），汉江发大水，城内到处进水，房屋紧张，加之城中心修建了一处野园，章家便把照相馆迁到野园（现中山公园）西门北侧继续经营，取名“同章”。

可人算不如天算。1938 年夏天，天气太热，这二少鬼使神差地在兄长茶壶放了泻药。章庆祥肚痛难耐，腹泻一天，后请名医治疗略有好转。福祥说去“马悦珍”给大哥买点好吃的补补，家人允许。结果而立之年的这少馆主，也死得不明不白。这一年，章家人探知韩许民在外包养情人，其妻也死于腹泻。章家认定是其女婿韩许民下毒害死的，不叫埋人，申冤告状。而韩贿赂了其山东老乡柏珍堂，柏掂着手枪亲自带人到章家，强行叫埋人，并当场威胁章家母子说：“不叫埋人老子枪崩了你们。”其后，县衙勘验，疑为二子所为，遂将其法办，送往襄阳监狱。后监狱遭日寇飞机轰炸，牢房炸塌，犯人们死的死，伤的伤，没死没伤的乘机逃出牢笼奔四方。那福祥是幸运的，不但逃脱了牢狱之灾，而且靠着父亲传下的照相、镶牙手艺没饿着，没冻着，竟活到日寇投降，囫囵个回到老河口。此时，原县政府已换了人，此事也再没有人追究。

那福祥是幸运的，不但逃脱了牢狱之灾，而且靠着父亲传下的照相、镶牙手艺没饿着，没冻着，竟活到日寇投降，囫囵个回到老河口。

花开两枝，各表一朵。如此一闹，算是断了章韩亲情。到了 1939 年，韩将接手的照相馆扩展到中山公园西门三间门面，更名为“真善美”照相馆。两间作镶牙室，一间陈列广告。此时，李宗仁迁来老河口，街上军人众多，逃难百姓涌向老河口。这真善美照相更是红火，韩许民就把远在山东的两个弟弟、三个妹妹，都接来老河口，一同生活。章家无法周转，只得找朋友借一部分，自己拼凑一部分钱，在后街开设一个叫“同章”的照相馆。

三

本来红火的照相馆，到 1945 年，在日本飞机的空袭下，生意受到不少影响。人们连命都保不住，哪有心情照相。这警报一响，老奶奶就带着一家大小往洪城门的防空洞跑，带些干粮充饥。只听说城里塌死不少人，有的人皮肉都炸到树枝上。为了生计，没办法，男人们不得不回到店里，继续经营馆业。一到晚上，屋里不能有一点灯火，有巡察拿着枪到处检查，发现就会冲过来吆喝制止。那时，章桂英是十五六岁的大姑娘了，家里人生怕遇上歹人，所以在洪城门住了很长一段时间。

一到晚上，屋里不能有一点灯火，有巡查拿着枪到处检查，发现就会冲过来吆喝制止。

可这福无双至，祸不单行。没过几个月，日本人长枪大炮的来了。照相馆生意更是难以为继。没得法，章家人拖儿带母先跑到谷城，住在一间仓库里。好心人给点吃的。后来，听说，日本人进了城，可能会打到谷城，又慌慌张张逃到石花，借住在一个好心人家里。尽管有一身好手艺，在这难世，混口饭吃，却也真难。半年后，日本人走了，章家人才敢回到老河口，那里到处长满一人深的蒿草。“真善美”和“同章”两家照相馆的房屋，都被飞机炸塌了，难以存身。

为了找口饭吃，同章照相馆就在公园东南角，找到一处还算平整的地段，盖了几间茅草屋，算有个栖身之处。随着回城的人增多，日子还要过，章韩两家才又捡起老爷子少斋的技艺。这生意已大不如前。为了招揽生意，稍有些钱，他们又把草屋修葺成瓦屋，设住房四间，后建一个小花园，为方便照相取景。这韩许民虽与章氏生了两女，可早年发生与章家不睦之事，两家早断了往来，你走你的阳关道，我过我的独木桥。老奶奶虽然健在，可改变不了这些情状。尤其，章家子弟仍耿耿于怀。解放初，韩许民看到形势对他不利，弃家私逃山东，“真善美”照相馆物归原主，章家叔侄将“同章”与“真善美”合并，在公园西北角原址重开“真善美”照相馆。

金无足赤，人无完人。1949 年 10 月，老河口解放，章福祥因案情不清，监狱倒塌，跑回后，人民政府没放过他，把此人关了起来，继续进行劳动改造。有幸的是，他改除恶习，重新做人，社会家庭重新接纳了他。在搬运公司，找了个烧开水的活计。他后来经人介绍成了家，育有三子一女，生活和美。1953 年，老河口市商业服务行业由真善美、留真、显真、北虹等八家照相馆第一个组织起来成立了合作社，1955 年 12 月，社会主义改造高潮到来，照相社归口商业系统饮食服务公司，挂牌成立了老河口国营照相馆。1978 年党的十一届三中全会后，市饮食服务公司根据中央全会精神和服务公司实际情况，提出让照相、镶牙等专业部门，进行承包。福祥在和平路承包镶牙，章庆祥儿子章鄭生在公园北照相馆隔壁租房，第一个独自承包了镶牙业务。

在玉皇阁“新生”镶牙室，章新生先生拿出父亲章福祥给自己儿时照的相，颇为得意，从采光、选角、取景，仍有西式照相术的味道。鄭生大姐章桂英已年近九旬，磕磕绊绊一生，或打零工，或拉板车，幸有政府救济，培育子女得以成才，开有烟酒、饮食两家小店，生意兴隆，四世同堂，其乐融融。“人为财死，鸟为食亡。”但人不同于鸟的是，人还有亲情。新世纪以来，庆祥与福祥的后人主动牵起双手，尽释前嫌，靠着章少斋先生传下的技艺造福于小城的百姓。无论谁是谁非，大家都说：“这就很好。”

在玉皇阁“新生”镶牙室，章新生先生拿出父亲章福祥给自己儿时照的相，颇为得意，从采光、选角、取景，仍有西式照相术的味道。

张秋甫

人生，总是需要有盼头的。就像深秋过后，我们期待瑞雪的来临，盼望着来年有个好收成。

我想讲一个桐油行的过往，我想讲它主人们的人生。人生，总是需要有盼头的。就像深秋过后，我们期待瑞雪的来临，盼望着来年有个好收成；大雪纷飞，我们期待春天的温暖，盼望着春花烂漫、花团似锦；夏荫蔽日，我们期待着沉甸甸的果实，盼望着仓廪实衣食足。一个秀才，考取了功名，总想报效官府，可这个官府却没有了。你说，他还盼着什么呢？

我站在小城的汉江边，迎着潇潇秋雨，想起一个人，叫张秋甫。光绪初年生在老河口东乡的莲花堰村，着长袍，戴瓜皮，中等身材，瘦瘦弱弱，留着一把山羊胡子，一派秀才模样。他是前清秀才。要说此人，要才有才，满腹经纶，参加过晚清的“消寒诗社”，赏雪咏梅，出类拔萃。膝下四子，都以伯、仲、叔、季相称，饱得儒学精髓。本盼望着捐一官半职，却听到武昌一声炮响，人们纷纷剪了长长的辫子。据说是民国了，这秋天出生的男人，却硬是没长成一把好庄稼。

1911 年，也是一个秋天，张秋甫胆怯怯地来到县衙，与同期的余联源、胡幼甫、隗朗斋、张攸斋、邓小城、赵文芝、陈性初四目相对，想去寻问这城中的老夫子唐静斋，“唐公，这江下蛮子，把县太爷都抓起来，我们考了公学，如何是好？”唐老爷子，蹙蹙眉，撇撇嘴，摇摇头，咬着嘴唇，一言不发。这八秀才徘徊良久，无奈散去。张秋甫知道，自己是好肥料瓮出了烂庄稼哟。靠天靠地，不如靠自己。因为自己的夫人与儿子伯生、仲雅、叔生，季约，还在莲花老井旁，等着自己的音信。散罢，散。

东乡的莲花堰,坐落在一处黄土岗上。自宋朝以来,八百多年，都是军屯田。张秋甫，心里格外地空荡，这张家的读书人，难道就是种田的命?

一

这张秋甫毕竟是识文断字的人，脑瓜子转得快。回来村里，他一不沮丧，二不声张，请木匠二黑给自己做了一担油桶，一对梆梆。他对内人陈氏说:“二姐，这公学住不得，我们得做买卖糊口。”夫人见他身子骨单薄，虽有不舍，但也没有其他最好的办法。东乡邻近河南，兵荒马乱，方圆百余里，打柜制箱，编箕撑伞，装门上窗，都缺一件罕物：桐油。

东乡邻近河南，兵荒马乱，方圆百余里，打柜制箱，编箕撑伞，装门上窗，都缺一件罕物：桐油。

稀罕就是珍贵，珍贵就是营生。早上，这张秋甫趁着三更，挑着一担木桶，赶到县南的老河口镇，那里的太平街满街尽是山货行。天刚麻麻亮，已是人声鼎沸。街北的，扯了嗓子喊：“郭四娃子，汉中客的早饭上了没？”“掌柜的，放心呐，四客四餐，一主两小菜，早办妥呐。”这里的桐油，都是陕南的上等货，过去下四川，因蔡锷云南兴兵，去往四川。这陕货便顺江而下，来到了老河口。要说，这镇子得了便宜，因为往均州只能行十余吨筏子船，百吨楸子船，只得在老河口转货上岸。这张秋甫见得又清又亮的篓子油，自然心里翻甜。他估摸，一桶桐油，两块银元加七串铜板，回到乡里，沿村一路分吊子卖，一去一来，油满分量足，加个一块辛苦钱，自然是不错的买卖。日上三竿，他挑着佛坪贺记的桐油，想着秋后农闲，家家收拾屋舍，油柜漆箱，走得格外轻松。

从此日起，过半店，越三同碑，总有一个布衣短衫的货郎吆喝“卖桐油呐，又清又亮的佛坪桐油呐，一道光，二道亮，三道光堂堂”。要说这晚清政府的分崩离析，一个重大失策，就是读书人失去了工作。一部分被迫经商，像张秋甫；一部分投了革命军，像蔡锷；一部分留了洋，西化救国，像危浩生。而张秋甫生性胆小，他断做不出过格的事情，只求儿女过得安稳。胆虽小，可他精于算计。他教育子女勤俭节约，他有一句顺口溜：“卖油苦，卖油苦，半夜起来下河口，挑起担子迈方步，一年下来穿的还是老粗布。”一传十，十传百，家里五子二女都十分懂事，吃差点，穿差点，只求私塾读好点。短短半年，张秋甫手里攒了五百大洋。

他教育子女勤俭节约，他有一句顺口溜：卖油苦，卖油苦，半夜起来下河口，挑起担子迈方步，一年下来穿的还是老粗布。

张秋甫的墨水也不是白喝的，自然识得市面上的报刊杂志，听得货行掌柜的话外之音，摸得到这汉江码头的买卖行情。老河口之下一马平川，襄阳、钟祥、鄂州、汉口在西洋文明的带动下，城镇人口聚集，桐油需求日盛，下江生意是一条大鱼，艘艘江船如过江之鲫。穷扒苦作，三年后，张秋甫在吉庆街上赁下一宅店铺，做起坐地买卖。行商坐贾，张秋甫四十而立，做起“坐贾”。由于此人生得单薄，一介书生，为人谦恭和善，诚信厚道，生意自然上手得快。要说这店铺与汉江不过一个箭步，正对上大码头，是均州下来江船第一个落脚点，龙驹寨、蜀河、紫荆关、房县下来的山货首先抛锚上码头。张秋甫与太平街的土豪不同，他精于书信来往，简便快捷，不误时不误货，受人敬重。整年下来，押上四十亩田契，张秋甫在吉庆街购得一院房产，前店后货。正式挂牌“张庆发”号，张是外掌柜的姓，庆是街市的名。开业那日，吹吹打打，黄道吉日，贺喜满街。

二

自从“张庆发”号开了张，字号获了利，尊为贵人。但张秋甫并没有放松对子女的教育，他把五子二女都送入教会学校，学习格致物理。长子伯生入省立商业学校学习商贸，次子仲雅术业为师，三子叔生入学省立乙种农业学校，四子季约考入燕京大学。

尽管1916年来，驻军张联升部先后投北洋军阀和南方军政府，张秋甫不涉政治。专心经营，与不少山货行业主，结为知己。诸如与谭家街的程华山，后街的但更生，陈家井的刘仲华，均为生意合作伙伴。1919年元旦，张秋甫将大闺女嫁与程华山，结为翁婿关系。在老河口镇这条街上，张秋甫已是一位一言九鼎的大商家。要说张秋甫家财万贯，是不假的。在吉庆街，张庆发号拥有院落三座，泱泱一百多号人住在一起，其乐融融。要说，这商号，青砖黛瓦，巍巍峨峨，两层阁楼，一进三院，古杉木铺筑，下置鹅卵石甬道，甚是气派。院前，一座观音庙，肃穆幽静。院内，一棵棵梅花盛开，飘香四溢。

要说，这商号，青砖黛瓦，巍巍峨峨，两层阁楼，一进三院，古杉木铺筑，下置鹅卵石甬道，甚是气派。

伯生娶张罗氏，仲雅娶张刘氏，叔生娶韩瑞兰，季约娶张氏，任职育德中学。平日里，人来人往，吆喝阵阵。竹篓油桶放在檐下，以便观瞻，放置两条大板凳，供来客使用。秋甫抱子弄孙，招来送往，夫人抹个纸牌，以图闲乐。如此生活，应该是盼上了好日子。可天有不测风云。1929年10月，张伯生组织数条江船下汉口，当船行至太平店，突遇大风。船主说："今日风大浪高，应泊岸停息。"可伯生为赶时间，执意前行。"我不是没下过汉口，一点风浪算个啥。"九船的桐油，均倾覆在江水中。当张秋甫得知这一讯息，悔不当初，也叹犬子无能。虽然惋惜，但山货行还断断续续坚持着，还好能度个饥荒。

张秋甫毕竟是见过世面的人，这个戴瓜皮帽、留山羊胡的汉子再一次，做出人生的调整。这一年，老河口商会开办了启明电灯公司，他敏锐地发现新的商机。水西门内正街，一家蔚丰协记商号要转让。这是一家江西人兴办的机器碾磨公司，雇佣十二人。但老河口从中原迁来人居多，不喜食米，商号便开开停停，不受百姓欢迎。几年下来，不仅没赚到钱，而且还亏空不少。1930 年 6 月 15 日，张秋甫商请刘仲华、程华山一举买断蔚丰的房屋设备。秋甫出资二千元，庆发号出资一千三百元，仲雅出资一千元，其余二十三人入股二万六百元。报省政府建设厅批准营业。从武汉慎昌洋行代购英国“飞尔丁”动力设备，张仲雅为经理，叔生、季约参与管理。

面对这样变故，伯生实有不甘心，以期有所参与，将功抵过。终拗不过父亲，仍在张庆发主持商号业务，两下相安无事。伯生育克献、克全、克定、克昌、克成五子，生克云、克彩两女，因仲雅生两女克斐、克文，遂将克全过继为子，叔生生子克昌，季约生子克威，女克霖、克霞，五弟眉良生功、安、俊、全生、祥生。一家人出出进进吉庆街，倒也筑就着“张庆发”号的祥和。而“蔚丰”号，松虎牌面粉在郧县、郧西、竹山、竹溪、安康十分畅销，年产面粉二万四千袋。1939 年，五战区司令部移驻老河口，蔚丰协记年产面粉高达五万袋，以三元核算，赢利达十万元以上。对这些，都没有张伯生什么事，他觉得自己的日子没有了盼头，一场沉船，沉没了大半个家业。终日抑郁，遂英年早逝。这一年，伯生夫人罗氏年仅三十六岁。

三

1945 年早春，天寒地冻。老河口镇山高水浅，码头依然繁忙。人们的心情，就像这汉江水中的石头，看得见，摸不到。不知水有多深，打仗的日子何时是个头。

“张庆发”号的院落里格外清静，人人都闷着一股劲，大人们焦头烂额，小孩子嬉嬉闹闹。

“张庆发”号的院落里格外清静，人人都闷着一股劲，大人们焦头烂额，小孩子嬉嬉闹闹。张秋甫已六十又七，加上风寒，咳咳喘喘，身子骨似乎已撑不过这个春天。他还盼望着什么呢？盼望着仗，别打起来，日子仍安安稳稳地过。老伴陈氏，瘦瘦高高地，她一双慈祥的眼，似乎安抚着这一家人，没有像张秋甫那样，眼凹陷很多，像一口老井，黑黑的，看不到尽头。

3 月 28 日，随着密集的枪炮声，吉庆街不能再待了。五战区的司令官都跑了，老河口城里只有四川人把守。张秋甫和张仲雅分两拨逃往房县大闺女振贤家。仲雅携妻刘氏，伴克全一家绍真、延年，拉车挑筐逃往河西。冒着日本飞机投下的炸弹，伙计占营挑三岁的绍真，一路飞奔。有的人炸死在河里，漂在了河滩上，有的年轻媳妇怕新生的娃儿哭声招来敌人，紧紧捂着孩子的嘴。占营一路磕磕绊绊，诚惶诚恐，翻过几座大山，回望河东的吉庆街，到处冒着狼烟。而绍真这三岁女童，何知恐惧？她用手抚摸着这山河的水，是那么的悠闲。对这样的一个世界，孩童是多么的天真。对这样的杀戮，孩童是多么的无邪。她所盼望的，就是父母的安在。

占营一路磕磕绊绊，诚惶诚恐，翻过几座大山，回望河东的吉庆街，到处冒着狼烟。

经过百十里的奔波，一百多号老老少少、男男女女，总算来到房县的县城。说是县城，也就一条街，没有多少商户，还要防范山里土匪，打家劫舍。为了不给姑娘家找麻烦，张秋甫决定，在街道东西两头租房居住。山中到处是逃难的人们，到处有打冷枪的，谁也不知道，这样的日子要过多久。

一夜间，张秋甫的头发全白了。尽管每天儿女们都来请安，可他仍牵挂着他三十五年的心血。因为，那是他和他儿女日子的盼头。有一天，占营发现调皮的绍真。他说：“闺女，我们到这间屋里来，有好吃的。”绍真信以为真，结果占营瞪着双眼，说“我要把你绑起来，看你听话不听话。”听话，听话，一个女童的哭声，穿过一座又一座高山，回到了汉江河畔，回到了吉庆街，回到了张庆发号的院落里。这里才是她的家，才是她的温暖。

山里的日子是难熬的。有的掌柜，睡地铺，有的伙计，就得睡牛棚，总比没有被褥强。扳着指头算日子，太阳从东山出来了，太阳从西山下去了。张秋甫眼眶越陷越深了。家眷们，也不再穿体面的衣物，这穷山沟里也体面不起来。终于熬到八月，张秋甫真熬不住了。听说日本鬼子走了。这一家大小才踉踉跄跄地携家带口，回老河口。心里充满着希望，心里充满着恐慌。

一渡河，张秋甫倒下了。“张庆发”的院落，被炮弹炸得一塌糊涂。张秋甫的眼泪，似乎沿着汉江水，一江东流去。是三十年河东，三十年河西么？没隔一月，张秋甫随着他的老伴，在这充满希望的老宅中，失望地离去了。留给他孩子们的，是一片瓦砾。

四

1945 年 8 月，天气闷热，杂草丛生。老河口镇上，驻守的川兵走了，怀庆、黄州、江西的掌柜走了，江上的航船走了。张季约作为燕京大学毕业的高材生，接起了“蔚丰协记”号的担子。尽管张季约学问深厚，外表帅气，资历过人，他千方设百计拯救这个破落的商号，但全城的破落，终没有实现父亲的遗愿。他记住了父亲张秋甫的一句话：要儿女们多读书，读书是立命之本。他挤出有限的资金，资助张氏子弟读书求学。

他记住了父亲张秋甫的一句话:要儿女们多读书,读书是立命之本。

荒芜的四年，他的学识和意愿，一直在历史的风云中，像一片落叶，在江上悠悠地飘荡。1950 年初，张季约因对“蔚丰协记”号财产清理的抵触，终失去自己对生命的支撑。而此时，他的儿子张克威和女儿张克霖，双双参加南下的革命队伍。在“蔚丰协记”的后楼上，还留着几卷草绳，有的草绳上，还留有这个燕大生搓草绳，磨破手皮留下的血迹。他想用这粗糙的绳索，换些钱两，度过战后穷苦的日子，给生活一点盼头。然而，他终究是旧时代的人物，他没扛过历史的潮流。

“文运长开泰，一元永世明，克承宗祖绪，光辉延儒林”是张氏宗谱。为了躲过满清文字狱，改为“文运长开，家声丕正，克绍宗绪，光延儒林”，但终没有躲过日本人的炮火。耕读传家，仲雅的继子张克全从恩施回来了。他回到了吉庆街，回到“张庆发”号，担起了教育张氏子弟的重任。1952年，襄阳地委筹办高中教育，张克全义无反顾，躬耕陇亩。古镇需要他回到这座小城，他毫无怨言。在这条吉庆街上，他赁着一间十平方米的房屋，一家八口人挤在一起，凭着两条大板凳，两个格扇窗，支就一张大床，算是卧榻，凭着两条被褥和一筐青菜，充饥饱腹，这一切都不算什么，但他从不让子女缺读书。

而“蔚丰协记”在政府的扶持下，五十四家大商号投资入股，恢复了生产。这时的老字号，叫赞光电面厂，白天加工面粉，晚上发电。1956年，赞光电面厂分出电厂，成立公私合营面粉加工厂，蔚丰又焕发了新的生机。

“逻人横鸟道，江祖出鱼梁。水急客舟疾，山花拂面香。”这是写张秋甫家族的事迹么？人生总是要有盼头的。人生盼功名，盼利禄，但都没有家人的幸福来得真实。我走在老河口小城的街上，寻访着张庆发和蔚丰老字号，这里，它曾是一代人的脊梁，更是一代人的希望。今天，张氏的子孙，绍真、延年、兆年，他们的生活正呈现出新的幸福，因为耕读传家，成就了这一切的祥和。街北楼立起，街南何感伤？张秋甫，确是一个不该遗忘的名字。

人生总是要有盼头的。人生盼功名，盼利禄，但都没有家人的幸福来得真实。

朱芒先生

戴老师去上海时，央我去看望朱芒先生，说先生，是鄂西北的文化奇人。戴父子腾与先生交情甚笃，一同参加过渡江和上海战役。入城后，一起在上海警备司令部，负责文学创作工作。二十世纪六十年代，才回到湖北的。

碰巧的是，我与先生就住在一个弄堂的院落里，他鲜有出门，也见不上几面。十一月二十四日，下起了毛毛雪。天气有些冷，我要去看一下朱芒先生。这鄂西北的雪，下一会儿，晴一会儿。太阳，在云中露一下脸，雪坨，便咻地从梧桐树上掉了下来，钻进行人的脖子里，格外地冷。有人说，毛毛雪就是妈妈眼中孩子的泪。不错。孩子，面对突如其来的雪，终抵不过顽劣的寒冷，伤风了，感冒了，一把鼻涕一把泪的。

太阳，在云中露一下脸，雪坨，便咻地从梧桐树上掉了下来，钻进行人的脖子里，格外地冷。

若说老变小的话，先生怎么样呢？

下午四点，我穿过楼下的杉树林儿，敲响了一幢老式宅子的门。开门的是位老先生，戴一副眼镜，穿一件半旧的藏蓝色上衣，一点也没有文化人的派头，倒像街头守门的老者。不过，声音还很洪亮，身板也硬朗，有些军人的威严，一点也不像八十八岁的老人。屋子里很怪，没张贴一张字画，沙发拐角上覆着一条陈旧的纱巾，也没丢放一张报纸。我疑惑，“先生，是与青岛话剧院邵宏来老师合作的编剧么？”“是的，是朱芒先生。”

见了来者，先生拧开了一器物，它瞬间便红彤起来。

他说：“下雪，天气有些冷。”

我答：“年轻人跑跑腿，算是锻炼。你老身体是个宝，一定要保护好。”

自然，虽没有下雪了，天儿，确实有些冷的。先生，不是燃炉，就是倒茶，他迫不及待地要让屋子暖和起来。窗外，一帘白濛濛的雪。屋内，一老一少，一桌暖烘烘的光。此刻，我们像认识多年的老友。先生说，“我听说过你的，写一些文字，有见功底。”这是戴一龙让我见先生的托辞，没有那么好。与先生的鸿篇巨著比，仅是一粒尘埃。我抓住话头，意欲解嘲：“《襄阳晚报》的周建春，写过贵公子朱光的画，说他师从莫斯科国立苏里科夫美术学院，笔下才是好文采。”他喃喃地说：“混口饭吃。”

窗外，一帘白濛濛的雪。屋内，一老一少，一桌暖烘烘的光。

先生说，他没有做什么值得一说的事，就是一个平头老百姓。我说：“先生，你参军，下武汉，往徐州，去东山岛，是功臣。”“那时候年轻，到处瞎跑。”先生双手撑了撑沙发，向前倾了倾身子：“不值一提。现在老了，都不出门，你们才是春天。”

他淡淡的话，平静如水，又就像一股暖流，融化着窗外的雪。我不知道，我这样的春天，能写出什么样的春天呢？但先生的春天，是一定有的。

顺着他的肩膀看去，地上晒一幅三尺的《牡丹仕女图》，既娇嫩妩媚，雍容华贵，又设色淡雅，清丽可人。对先生画牡丹，是有故事的。五十年前，先生自上海返乡湖北，犹记中美鄂西北联合抗战的往事。创作大型历史剧《飞虎情》和牡丹图，赠予陈香梅女士。陈夫人亲笔回函：色泽富丽，春意盎然，群芳四向，呼之欲出。并题书：同仇敌忾，友谊长存。

就这样，不经意的一幅牡丹图，书写着，中美两国间春天的故事。

“你的名字，是哪两个字？”先生问。

我说：“文刀刘，文武斌。也叫刘谷，割庄稼的意思。”

朱芒先生说：“割庄稼好，有百姓情怀。写文章，要顺着感情走，就要有父亲爬过铁路，抱着橘子，送儿子，那种情感。”

我说：“那是朱自清先生的《背影》”。

我说：“先生，街道上一位钱师傅，认识您。说您，是位爱国爱民的画家。”

“不是画家，只是画画的。我下过乡，乡里人不容易。据说，竹林桥，一个学校两个厨师吵架。吵到市公安局解决，公安局同志说，这还叫什么事，回去。学校问，公安局怎么判的？厨师说，让回去。学校就把两人开除回村。回去，是回学校，不是回村。荒唐岁月的荒唐事，老百姓不容易。”

东拉西扯，天南海北。你会隐隐感觉到，朱芒先生是一个有家国情怀的人。

东拉西扯，天南海北。你会隐隐感觉到，朱芒先生是一个有家国情怀的人。他的歌舞剧《海防战士》，国画《滨江》《人面桃花相映红》《鄞阳八景》，小说《龙魂》，大多叙写着一些老百姓的情与愁。它，就像街道上的一根根丝弦，弹奏着市井的高昂与低沉，欢笑与冥想。

不知觉，天色暗了下来。谈了一个小时，先生还好。他说，正写着一部作品，摊了一床的资料。我想，在这个冬天，他一定会写出又一个美丽的春天。

关于《朱芒先生》的信

刘谷先生：

您好！

拜读大作。文字清新流畅，随意朴实有情。一点感受，仅供参考。

1. 关于“注”。我非作家，更非“著名”，但我专崇作家。以前在上海时，因我们部队住的地方是四川北路底，与鲁迅故居很近，不时去瞻仰，看先生手稿和先生逝世瞬间他的友人为他以石膏做的拓像，及他写作的桌椅与日历。

不时听在上海的作家，如艾青，夏衍剧作家，李健吾，陈白尘，姚文元（当时，他也是一文人），吴强等人的文学报告。

2. 关于“注”。我也非画“家”，仅为美术爱好者，偶画馈赠亲友。

3. 关于攻东山岛。那是1953年台湾蒋介石攻东山岛，并想以此反攻大陆，当时，还有美国顾问随舰。司令员郭化若将军派赴岛采访。郭曾是毛泽东秘书，1955年授中将。

4. 关于竹林桥那段。我也是听的，“据说”，您文中可不必提及。

您文中“像街头看门老者”。过奖，只写老者即可。我们那一代人，背负的历史陈迹太沉重。现实有很多事情要做，您青春有为年华，更是以您的才华去歌颂一带一路，关乎人类发展的大事。发挥您的智慧，我这小人物，不值您耗费精力时间。

现实有很多事情要做，您青春有为年华，更是以您的才华去歌颂一带一路，关乎人类发展的大事。

关于拙画。天稍暖时，我画赠您“花月春风”，以作纪念。

祝福！

朱芒

2016年11月26日

米帮码头有书声

章公是谁？章公是章荣发。章荣发是谁？普通百姓大多无从知晓，就连年轻的学书者可能也不大知道。可在20世纪90年代，章公的一幅榜书“剑”字享誉四海，在全国烟草书法大比武中一举夺魁。

公元前320年，孟子周游列国，梁惠王为其建楼阁讲学。后人为纪念孟子，楚北魏南遂在讲学地以“孟楼”置设集市。

“十年磨一剑，霜刃未曾试。”有人说，章公虽读书不多，但他的书画间总渗透着一种智慧。我想是有道理的。老河口有一典故。公元前320年，孟子周游列国，梁惠王为其建楼阁讲学。后人为纪念孟子，楚北魏南遂在讲学地以“孟楼”置设集市。孟楼北为南阳邓州、孟楼南为襄阳老河口，集市之上树一牌坊，南书“中州贤林”、北写“唯楚有才”。湖北佬倒是多有才，谁人知道？应该说，湖北人、河南人均有一种勤学的天分。要不，老河口人张士逊怎能仕至宋朝中书门丞相，邓州人李贤又为何官为明朝内阁首辅？其实，是得益于老河口小镇为一个南船北马的重要埠口，八方能人汇聚，稍作用心，便可发蒙启智。

老河口依汉水而兴，其间有十四码头，米帮码头便是其一。民国年间，码头之上，章公父母章乐意、彭三姐，在此开设豆腐铺坊，聊以营生。1941年，章氏夫妇喜得一子，依五行十二宫，取名荣发，望其有帝旺之命。然则，兵荒马乱，家无斗米，及至读书，只有送一肖家私塾识得几字。像大梁、莲溪、三间、晴川、齐安等帮会书院，其唯有凿壁偷光的本分。尽管这样，商贾云集，过往码头的各色人等，还是练就了幼年荣发先生内在的聪慧。望着陕西会馆门前“庙貌永巍峨千秋恍见青龙跃，神灵有感赫百代常闻赤兔嘶”的鎏金匾牌，更留下其习书绘画的种子。

一

章公学书，始于懵懂自觉。孩童之年，与父共灯一盏，随意涂抹，谈不上真正学书。生活在汉水河畔，章公酷爱画鱼。要说画鱼有所起色，得益于小城名家“金爷”的点拨。1956 年初冬，章公捧着一幅青鱼，请金爷赐教。这位七旬老金，见来者谦恭有礼，憨厚模样，手脚麻利，画作倒也有几分味道，便说“是个上进的娃”，才有意授学。

金爷是谁？金爷是金殿臣，老河口民间知名画家。清同治十七年（1883），金殿臣出生在老河口普宁街金昌茂的木器店。少时天资聪慧，耳熏目染，学得一手木匠绘画和雕刻技艺。重要的是他一生沉迷作画。在坊间，以刨花作画；在河埠，以青石作画；在菜市，以盆桶作画。金殿臣画鱼有一特点，爱画活鱼。下笔精准，一笔几点，即刻成形，栩栩如生。据说，殿臣父酷食活鱼，自金殿臣观鱼作画，其家甚难食得活鱼。逾数年，房县知名花鸟画家闻先洲来鄚，识得金殿臣雕龙画凤颇有成色，遂唱和为友。闻先洲父亲为宫廷画师，供职翰林院，后因言获罪，贬放房陵。自此，金殿臣得师真传，画技大进。金先生告诉章公，画鱼需静心观察，骨法用笔，用极其简约线条勾出游鱼之态。动态约定，方可略施皴擦，以显骨骼肌肉之微妙起伏，或淡墨浸染，以呈圆润蕴藉之致。然后对眼睑开合，口角松紧，尽精刻微，方显形神兼备。

金先生告诉章公，画鱼需静心观察，骨法用笔，用极其简约线条勾出游鱼之态。

只可惜，仅仅数载，金爷撒手西去，带走了一身好技艺。

1961 年夏，章公不甘投师无门。当他打听到国画大家齐白石弟子孙万青，尚栖身老河口，便毛遂自荐，拜其为师。1939年，受战事逼迫，孙万青辗转老河口，在育德中学充任美术教员。他北承红花墨叶一派，主攻花虫鸟鱼一宗。主张"意在笔先，情在画外"。他多随机成画，弃刻板程式，尤以《鸡鸣秋色》为最，于拙老中显空灵，生机勃然，动感十足。晚年，纵沦为小镇文化馆杂役，仍自品清高，乐在民间。遗憾的是孙先生传世画作甚少。

他多随机成画，弃刻板程式，尤以《鸡鸣秋色》为最，于拙老中显空灵，生机勃然，动感十足。

老河口小镇，章公书艺的领路人，当是郭夫之。20世纪30年代，河北大城县人郭夫之作为国民革命军张自忠部的上尉书记官，随军驻守襄阳。1941年，因罹患肺病留置老河口，在培德小学教书为生。郭夫之平生未曾师过一人，宗过一家，经年临帖民国书法家潘龄皋的行书帖《胡大川幻想诗》，视书法为性命，钟爱一生。章公崇尚其师承颜真卿的遒劲古穆、黄庭坚的长枪大戟。遂结为忘年之交。郭夫之劝诫章公，书艺有三境：一曰法，二曰精，三曰境，而境界高雅者须品高，不可枉自轻薄。

章公挚友查德元先生说："荣发习书从不张扬，做事向来低调，更不为名利所惑。"这也许是继承了金殿臣老师的遗训。1957年秋，金先生为章公作画《青白传家》，题款说"一鱼青似一鱼白，几许清高几许洁；摇曳身姿复生色，世间俗眼谁识得"。师言情亦真，理亦明，值得一生铭记。1991年，台湾一书商欲高价购买这一画作，章公不为所动。当然，章公经年学书，以指练势，指磨被穿，幸而篆刻入碑、草逸生风、隶骨爽利，书艺日臻成熟，可谓字如金玉。老河口博物馆央其为第五战区长官司令部二门门楣题写匾额"熏风南来"，他欣然挥笔，不为名利，分文不取。章公有自己的一番理由：悠然娴雅乐逍遥，坦荡谦恭常自嘲；不慕官禄轻权贵，腹有诗书气自豪。

书亦有道，人应有品。在庸常的市井之间，能够摒弃喧嚣和浮躁，实属难得。

二

荣发公喜书，更爱藏书。因幼时家贫无资，一时求得书帖字画，便奉为珍宝。荣发先生的藏室在老河口黄州会馆一个僻静的院落里。三间60平方米的简易陋室，却珍藏着民国《鸡鸣图》《太尊太保》、明清古砚、奇玉镇石、民族书法近万件宝物。装裱者，以柜秘藏。珍贵者，以皮纸包藏。这些藏品就像院中那棵135年的乌檀树，像一位文化艺术的守望者，依旧散发着自身独有的魅力。每每拂拭这些珍品，章公总有说不完的背后故事。

这些藏品就像院中那棵135年的乌檀树，像一位文化艺术的守望者，依旧散发着自身独有的魅力。

1961年，章公分配到武当山下的一粮所上班。为免书画失落，他一根扁担两个筐，挑上书画前往。破四旧的年代，为防这些花虫鸟鱼、丹青仕女沦为封建遗毒，焚为灰烬，他主动要求到农村驻队，偷偷把书画藏往农家。孙万青作为“臭老九”，遗墨罕见，连其家人后代无一遗作。1993年8月，孙万青儿子孙柏刚得知荣发先生还藏有其父作品，专程拜访，感慨万千：“家父如有所知，当含笑九泉。”

荣发公收藏书画，从未置卖，以益学养。尤以其著录《水墨故道》《墨痕石韵》名溢坊间。收录现当代精品藏画218件，启功、沈鹏、程思远、臧克家、张海、欧阳中石等佳品不断，更有蒙文、满文、女文、水文等30多个民族书法，诸体兼备，各领风骚。可谓名迹如林，令人叹为观止。与公闲聊，荣发先生向名家索书颇有“趣味”。他从不直接央人赐作。每每奉上自己佳作或大家上品请予鉴赏，逗得仁人学士，主动挥毫，甘愿与名家真品为伍。其实，先生也有“马失前蹄”的时候。1994年春，章公去武汉拜访黄松涛先生。松涛翁听说来者求字，便断然拒绝。当得知是北京张明明先生荐才时，方才破例题书“天道酬勤”。结果返乡途中，黄老题字，连同臧克家、柳倩、郭寄峤书画作品一并遗失，先生叫苦不迭。幸运的是愚贼不识真迹，见得乱纸，扔弃一旁。有好心人依名片按图索骥，失物竟送了回来。章公老夫聊发少年狂，欣喜之至。

1995年，章公意欲从收藏作品中编撰《当代中国书法名家楹联荟萃》，偶有发现台湾作品甚少。萌生与国民党元老、著名书法家陈立夫先生函商的念头。时年陈老先生96岁，荣发先生笔走龙蛇，挥毫“寿”字为其赐福。同年12月10日，陈先生亲笔回信曰：大书敬悉。承赠大“寿”字祝我健康，至为感谢。兹遵嘱写寄书名，请查收为荷。来年底，还赠“天爵常修”，鼓励多做善事。

他一直认为，少数民族文字文献是中华民族多样文化的历史见证和宝贵遗产，是中国书法的新元素，值得珍藏与弘扬。

知情者熟知，章公藏书，少数民族文字书法堪称一绝。他一直认为，少数民族文字文献是中华民族多样文化的历史见证和宝贵遗产，是中国书法的新元素，值得珍藏与弘扬。西藏布达拉宫研究员达瓦次仁赏其学识，遂赐藏书作品《萨迦格言》：“智者学富似府库，其学善格言；大海淼淼水之库，江河溪流归于斯。智者为学万般苦，只图舒适难成才；知足一时小安乐，实难获得大快乐。书体丰腴雄厚，恣肆飘逸，寓意深刻，藏学相长。”

观章荣发藏书，其未尝是不做文章流为清谈，而是一种新的文化砥砺。据说，他想将其藏书捐为老河口的馆品，可喜可赞，可谁人又能彰显其志呢？

三

主持人赵忠祥喜爱绘画，曾与黄胄、范增弄墨交友。一次，遇见黄、范二位餐叙，赵忠祥用淡墨画了两头驴，想请两位大家修改，添些枝加些叶。黄胄先生补了一头驴，范增又添了个小孩，最后黄胄落款：俯首甘为孺子驴，忠祥老兄醉画驴，范增补孺子，黄胄戏题。三人见三驴，哈哈大笑。这种对生活淡然的调侃，显示着名人雅士对人生的达观。

章公或许也是一头驴。对书艺，驴劲十足。像《中国艺术报》张虎先生对其评价："一个人在工作岗位上，工作几十年，工作顺利，生活不错，可不甘心这种满足，舞文弄墨像着了魔。何故？对书法的钟爱也。"2010年，著名书法评论家张炳安先生因故回故里，一睹荣发先生集藏，洋洋大观。感其个中辛酸自不待言，遂题书"集真阁"为贺。

十数载，章公解甲归田，仍不断地奔走忙碌。他唯一的嗜好就是学书、集古、交游。归根结底两个字"书艺"。这就是他生活的全部。在老河口街巷，章荣发与何乐惺惺相惜、执手为友，章公视何乐乐观豁达，何乐视章公谦恭庄重。何乐先生，八旬又三，身世传奇。曾祖父是前清秀才，父亲是行商巨贾。1947年，考入南京国立剧专，后入中南军区政治部。荒唐年代，海外关系和买办家庭下使他沦为牛鬼蛇神。至今仍在街市摆摊为生。每每见面，章公总主动问候。一次，拿出十几本汤礼春的小说《魔窟倩影》凑摊。虽礼轻则情义厚重。何乐回赠自书《老河口旧事》，荣发先生再赠王昌龄《出塞》隶书中堂，笔势纵横，墨法凝练，与乐共赏。

在老河口街巷，章荣发与何乐惺惺相惜、执手为友，章公视何乐乐观豁达，何乐视章公谦恭庄重。

闲暇之余，章公与友唱和为师。郭寄峤生于1902年，学成保定陆军军官学校，为国民政府第一战区长官司令部参谋长，竟也与荣发先生视为知己。1945年8月，日本投降。9月，郭寄峤以第八战区代理司令长官兼新疆省主席及警备总司令的身份，整集残军，驻防边疆。其间有人赋诗赞曰："百尺雄关万里墙，祁连山势压沙场。男儿未觉西征远，更嘱天山侍道旁。"与荣发先生结识，郭公亲自修书一封共勉：不幸入官场，犇劳日日忙；何曾真富贵，依旧布衣裳；负性共谦假，宜人说短长；莫如归去好，诗酒任疏狂。其实，老子两千多年前就说过这种道理，“天下莫柔弱于水，而攻坚强者莫之能先，以其无以易之。”倡导的就是人，应该淡定、自在，享受生活，往往也有所得。

喧嚣过后是平淡，堂皇转眼是凋零。事物总不是一成不变的。我去拜访章公，其乐在民间寻野趣，淡然了许多。时而独居一室，默默书画；时而三五知己，茶楼品茗；时而贤孙绕膝，涂画自乐。偶尔，赴上海、往厦门、去北京，与老友相聚，切磋技艺，不亦乐乎。徐渭《葡萄图》曾自咏：“半生落魄已成翁，独立书斋啸晚风。笔底明珠无处卖，闲抛闲掷野藤中。”我想，荣发先生断然没有这种可能。

偶尔，赴上海、往厦门、去北京，与老友相聚，切磋技艺，不亦乐乎。

滔滔汉水南逝去，米帮码头今犹在。以章公的驴劲，他的书品将永远是一道美丽的风景。

从襄阳走出一个欧阳修

有人说，欧阳修是一生纵情山水的，他歌赋吟咏，一派逍遥自在。

在襄阳，写有《岘山亭记》《汉水行》《秋日与诸君马头山登高》，把酒对江山，飞鸟意自闲。可我却觉得，诗酒之外，欧阳公其实是钟情于师古交友的。他游必有友，学必有师。

据史料记载，宝元元年（1038）春，欧阳修由夷陵赴乾德，朝廷一篇迁贬的告文，让他听得醍醐灌顶。朝廷说，欧阳某，偶弗慎于言阶，敏智从事，尔尚勉勤，宜迁通邑之良。但一路上，欧阳修剖析得更深，他认为，自某获罪，窜身南楚，是“如修之愚，少无师传，而学出已见，未一发其蕴，忽发焉，果辄得罪，是其学不本实，而其中空虚无有而然也。”

朝廷说，欧阳某，偶弗慎于言阶，敏智从事，尔尚勉勤，宜迁通邑之良。

学不成，作不实。欧阳修遂谨以师古为怀。乾德，就是当下的老河口。宋乾德二年，以襄州阴城镇建光化军，析谷城三乡为乾德县。

初来乍到，欧阳公便欲结识文人雅士。乾德，虽是通良，但亦荒蛮，求师是不可得的。他怅然若失说，“羁游宦学之不至，风俗言语之不通，顽然囚拘，谁与为偶？”当他人行汉上，见得江水悍暴，江上数千家，竟安然自若，问其长老，筑江岸石堤者，谓光化知军李仲芳也。

于是，喟然而叹，颂其有德于民，刻石于隧。又问乡里贤能，当地人说，有三个人。其一是太傅、中书令邓文懿公张士逊。其一是尚书屯田郎戴国忠。其一是泉州永春县令欧庆。三人忠信笃于朋友，孝悌称于宗族，礼义达于乡闾。尽管这些名士皆不在乡，无足以与讲论，但欧阳修寻获诸多古碑，以益学养。这一年，他在县郊的数座大冢之间，找到一块汉南阳娄寿先生的祀碑，遂求教于京师王源叔，得一佳士风范。

尽管这些名士皆不在乡，无足以与讲论，但欧阳修寻获诸多古碑，以益学养。

要说，考察欧阳修一生，他文学素养的精进，当属与胥偃、晏殊、尹洙、谢绛、梅尧臣的访友唱和。宝元二年（1039）三月，任乾德令的欧阳修，当他得知谢绛守邓州，梅尧臣宰襄城，时值郡府多暇，县衙无事，遂邀谢绛偕行同游中原，乐于文宴诗会，留数日方还。他在《集古录目序题记》中说："陈郡谢希深善评文章，河南尹师鲁辩论精博，余每有所作，二人者必申纸疾读，便得余深意。以示他人，亦或时有所称，皆非余所自得者也。"曾经有一次，在西京洛阳，钱惟演筑一阙馆，命谢绛、尹师鲁、欧阳修各撰一记。谢绛写了五百字，欧阳修也写五百字，独尹师鲁三百八十字而成。

欧阳公不服，拿着酒向师鲁请教。师鲁说"大凡文字所忌者，格弱字冗"。欧阳公依此别作一记，更简师鲁而成之。师鲁对人说"欧九真一日千里也"。在襄阳，欧阳公才大何可涯，春深花未残。在张氏园亭，欧阳修题笔一挥"君家花几种，来自洛阳滨；惟我曾游洛，看花若故人"；在马窟山上，他揽山色入怀中，直言"惟有渊明偏好饮，篮舆酩酊一衰翁"；在襄阳大堤，他触景生情，"襄阳下来滩复滩，七十二回相见湾。南风乍停北风起，愁杀行船牵水人。"但凡欧阳修访山问水吟诗题赋，多目睹景物有感而发，摒弃西昆体，迥出尘土的风骨，与他熟知襄阳的人文风物是分不开的。

正是欧阳修"言之有物，文以载道"的创作方法，使他的诸多作品淡而有真味。在《乐哉襄阳送刘太尉从广赴襄阳》中，不仅描述襄阳种桑植麻、柑橘枇杷、玉笋争新、万屋连甍的繁盛景象，而且提到襄阳的水中特产“槎头鳊”。在《金鸡冢》中，呈现山有多物怪，山鸡、禽鸟之多，看得游客转目睛惫。还有稻粱长势很好，像云一样深厚。在《初冬归襄城弊》中，一句“垅麦风际绿，霜鸦村外还。禾黍日已熟，杯酒聊开颜”，道出了北宋“以黍制酒”的社会情状。

康定元年（1040）春，仁宗皇帝对欧阳公说，朕意汝尚儒雅，博考辞艺，使优游并进。特授守太子中允，依旧馆阁校勘。欧阳修方离开襄阳。对于这样一种“语简事备，复典重有法”的文风，经二十年沉淀，顿然酿出了一壶好酒。嘉祐二年（1057），欧阳修权知贡举，选贤任能，以诗律长短歌杂言举士，创千年科举先河，录384人，不乏苏轼、苏辙、曾巩等名士。这一年，有进士刘从广赴襄阳，欧阳修兴致高昂，撰诗道：“荆州汉魏以来重，古今相望多名臣”，“嗟尔乐哉襄阳人，道扶白发抱幼孙”，“远迎刘侯朱两轮，刘侯年少气甚淳”，“往时邢洺有善政，至今遗爱留其民”，“谁能持我诗以往”，在这个大好的日子，有谁愿意拿着我的诗送给他呢？

对于襄阳的山水，欧阳公虽已官至枢衙，仍与友人互为踏歌，切磋词赋。友人赋诗赞襄阳，他也附和“东津绿水南山色，梦寐襄阳二十年。顾我百忧今白首，羡君千骑若登仙。花开汉女游堤上，人看仙翁拥道边。况有玉钟应不负，夜槽春酒响如泉”。欧世英是乾德人欧庆的儿子，曾任襄阳邓城县令。一年，去拜访欧阳修，公多有褒奖。他说“昔日青衫令，今为白发翁。俟时君子守，求士有司公。况子之才美，焉能久困穷”。

友人赋诗赞襄阳，他也附和“东津绿水南山色，梦寐襄阳二十年”。

熙宁三年（1070），友人史中辉守襄阳，欲铭羊祜、杜预的功德。欧阳公六十四岁，仍纪事于石，以让襄阳人览考自得之。对于欧阳修师古交友、精勤奋进的情怀，明人何迁在乾德《重修欧阳文忠公书院记》中写道：“光化有书院，自欧阳文忠公始。”乾隆五十七年（1972）知县魏世鼐重修欧阳修公在当时，议论不在韩范下，顾横被谗谤，久沉郡县间。

祠时评论他："公在当时，议论不在韩范下，顾横被谗谤，久沉郡县间。而乾德以偏小之区，遂首蒙仁人之惠。然公之拂郁，实邑之光荣也。"

行走老河口

有幸与查德元先生同居一座小城。

他寓居在清真寺旁的一个院落里。相传，清真寺与寓所之间尚有一所崇真小学。1942 年白崇禧到老河口视察军务，专程为崇真小学捐资二千大洋，以兴教建国。而如今，两仪街像一位温情的妇人拉着寺庙和学堂，用沾满菜根泥巴的双手数着五角、一元卖得的菜钱，供读书伢们长知识。

我一直觉得老河口是一座散淡、随和的小镇。它胸怀坦荡，淡定恬适。自汉魏以来，汉水总是出丹江口峡谷，冲刷这个平原的城廓，冲就冲呗，以至集市屡屡南移到现在的位置，是谓新集。1938 年，日本人攻陷武汉，老河口作为第五战区长官司令部所在地，天南海北的国民蜂拥而至，来就来呗，来的都是客。老河口以她博大胸怀迎接臧克家、老舍、碧野、姚雪垠等文人墨客在这里生柴灶，挥椽毫。50 年后，大诗人臧克家远在北京，仍记起在老河口的时日，感慨道："战时风云飘泊身，酂阳有意暂留人。老来回首壮年事，梦里他乡也觉亲。"

老河口以她博大胸怀迎接臧克家、老舍、碧野、姚雪垠等文人墨客在这里生柴灶，挥椽毫。

查德元先生，其实也不是老河口人，他满口鄂东口音，为武汉人士。曾捧读两湖书院，游历在梅子山下，月湖水畔。而梅子山遗有古琴台，那里的自然风物曾让其心驰神往。据明末话本《今古奇观》记载：战国时代，楚国郢都人氏俞伯牙，仕至晋国上大夫，精于音律，善操琴。某年，奉晋使楚，办完公事，张一风帆，返乡省亲。行至汉阳渡口，巧遇钟子期。伯牙操瑶琴，始奏志在高山，钟子期赞道“善哉，峨峨兮若泰山”。伯牙续奏意在流水，子期又赞道“善哉，洋洋兮若江河”。他们通过“辨琴音，论道艺”终结为知己。然而查德元却远离这样一个大都市，乐居在鄂西北偏僻的老河口，一晃就是六十多个春秋，是谓何故呢？是丁字街、牌坊街、普宁街两边屋檐下的排排小摊，是湖南码头、均帮码头上的雪后初晴，是挪威教堂鼓楼顶上的当当钟声？也许吧，也许是。因为在这里，走一走，看一看，总值得徜徉其间，聊为知音。

然而查德元却远离这样一个大都市，乐居在鄂西北偏僻的老河口，一晃就是六十多个春秋，是谓何故呢？

市井

多少年来，老河口的街市总是热热闹闹的。南来北往的客人，如果不在老河口品戏、品茶、品小吃，那叫没有真正读懂老河口。老河口有句顺口溜叫“三天不吃菜，看看周新爱；三天不吸烟，看看张凤仙；三天不喝茶，看看刘玉霞”。在晴川楼、洋油栈、水西门的各家茶馆里，无论剃头挑夫，还是提篮小卖，抑或商号掌柜，人们总能找到悠闲的消遣方式。一赏花旦名角的魅力，总是快慰的事情。要招待外地客人，那必须得有知名小吃马悦珍的锅盔馍、清真寺的牛羊肉。若是本地人的话，或十人一席，或三五知己，或一人独坐，均可在罗盛街、巡司街上一条盘卤鸡、顺风、猪蹄、豆干、毛肚等各色卤菜，倒上一海碗地封黄酒，侃千古奇事、道街巷烟云。有些老街坊酒浓话浓，便口无遮拦起来：“你知道啥子是‘三十六步不见天，七十二步不见干’？”不知情者，当然是尴尬无语。其实，他所指的掌故是翔鹤楼城门的纵深和杨泗码头的台阶。

没有在老河口住上一年半载的人，可能认为这个镇子上官实无雅士，不足与谈论。据史载，宋景祐四年（1037）十二月，欧阳修迁任老河口县令时，就给远在夷陵的好友丁元珍回诗："经年迁谪厌荆蛮，惟有江山兴未阑。醉里人归青草渡，梦中船下武牙滩。野花零落风前乱，飞雨萧条江上寒。荻笋时鱼方有味，恨无佳客共杯盘。"认为老河口地僻人陋，没人可举杯共盏。可事实上，乡里皆有三位贤士能人，即张士逊、戴国忠、欧庆。张士逊官拜礼部尚书、同平章事（即宰相），戴国忠也官至尚书屯田郎中，欧庆任福建永春知县。到后来欧阳修自然改口对丁元珍说："荆楚先贤多胜迹，不辞携酒问邻翁。"纵然受人鄙视，老河口人也不足为怪，他们依旧悠闲练摊出货，观棋喝茶，雕刻作画，过百姓生活。

就是这样街街巷巷、质朴民风的小镇。上世纪五十年代，查德元先生由鄂南艺术工作团、中原文艺学院学成，辗转一路，来到了老河口，便也从此沉浸其中。1956 年 8 月，经光化县委批准，查德元、胡传亮等一批热血青年在不懂编辑、划版的情况下，竟刀刻、石印创办了《光化报》，向群众讲解党的方针政策，介绍国内外大事。县委提出一个要求，让"识字的人看得懂，不识字的听得懂"。历经四年，出报 765 期。基于这样的百姓情怀，他出夫当差、下乡蹲点，仍笔耕不舍，看百姓生活，写百姓文章。正如他自述"凡是有作为文学艺术家的文学作品，必须具有真实的时代风貌，只有深入和心入其中，才能领略，才能写出经久不衰的作品"。查德元先生是钟情民俗文学的，他钟情这片热土和纯朴市民，锤炼自己人生和人格，不断陶冶，获取营养。

"凡是有作为文学艺术家的文学作品，必须具有真实的时代风貌，只有深入和心入其中，才能领略，才能写出经久不衰的作品。"

正如他在散文《老赵的挑水功夫》中写道：

他挑水的姿势十分好看，上身挺直，两腿轻轻倒换，不急不慌，不摇不晃；他用的扁担是竹子的，两头大桶装满了水，扁担就会颤悠悠地上下起伏，一闪一闪地上下摆动，但桶里的水一点洒不出来。不过在桶的鼻梁上有一块小小的木板儿，漂在桶面上，据说它的功能就是不让水泼出来。

……

每挑满一缸之后，老赵总喜欢把扁担拿下来放在两只桶间，一头一个，他就坐在中间，此时此刻他拿出一个竹制的短烟管儿，竹管上吊着一个小布袋，这就是装烟叶的大荷包儿。身上还带了一个小竹管，里面装的是火纸，他把火纸捻放在火石上用火镰轻轻地一敲，火星沾上火纸灰，一下就燃起来，用口轻轻一吹，火苗就着了。他吸烟也像挑水一样，轻轻悠悠的，两只眼睛凝视着刚刚喷出的那股淡淡的青烟。像是在想什么，又像什么也没想，总是呆呆地坐在那，一声不吭地默坐在那儿。

他吸烟也像挑水一样，轻轻悠悠的，两只眼睛凝视着刚刚喷出的那股淡淡的青烟。

读着这样绘声绘色、白描勾画的词句，老赵的挑水功夫，若不是十年八载，是拿不下来的。如此这般，你不能不佩服查德元先生对市井生活观察之细，感悟之深。一个勤劳朴实的形象便跃然纸上。老赵挑水，一老着实，不管挑多远，总都是满满的一桶水，从不偷奸耍滑。老赵赢得一妇人的好感。文章由此继续写道：

有一天，老赵挑水到了张婶家。张婶看见他穿的布鞋露出了脚趾头，忙从屋里拿出了一双千层底、黑布帮、毛边底的鞋，那手工实在让人看了叫绝活儿。张婶向老赵说，这鞋你拿去穿吧，看你那脚闹饥荒，跑出来了。

说得老赵脸红脖子粗，实在不好意思，感激得眼里噙起了泪珠儿。要吧，不太好意思；不要吧，盛情难却。只好呆呆地说，我一个月不要挑水钱了。张婶心里一紧呵斥道："不要挑水钱，叫你喝西北风去！"

"那……那我……怎么穿这鞋……"

"穿，你怕啥，一分钱也不要，就是做给你穿的。"张婶理直气壮。

有些人知道，老赵穷得娶不起媳妇，张婶死了丈夫，日子过得并不顺畅。打这以后，一晃过了四年，听说老赵与张婶在一锅搭伙了。女有了依靠，男有了女伴。查德元先生正是这样笔力入木地描述，将一个语言泼辣，但内藏温情，又渴望真爱的张婶，一个生性木讷，穷扒苦做，老实可靠的穷酸汉，这样一对中年男女相互关爱的感情生活刻画得那么朴实、真切。人吃五谷杂粮，有七情六欲，都有追求幸福的权利。这也正是我们创作的源泉。正如查德元先生自述，“在人类社会中，乡土作为人的精神家园，那是永生相伴的灵魂的居所”。就像湖北省作家李传锋所说，读过德元同志的这些作品，给人最多的是生活实感，是汉江风味，是山野泥土的芬芳，作家对市民有一种超负荷的爱。

“在人类社会中，乡土作为人的精神家园，那是永生相伴的灵魂的居所”。

1986年，查德元先生出任老河口首任文联主席。他亲力亲为，编撰有《鄂西北文学》《月溪》等群众性文学刊物。他倡导作者从自己熟悉的山川大地、人文历史、风俗民情，写出耐读的好文章。一时间，风起云涌，鄂西北这座小镇，出现了像叶宗佩、卢苇、汤礼春、郑浩等一批知名作家。

郑浩的《摸脐》或许是得了先生的真传。

摸脐是小城十八条街七十二巷的传奇人物。跑老日那年，鬼子飞机轰炸老河口。福音医院房顶震塌，同屋三个产妇受到惊吓，腹中胎儿提前掉进裤裆。助产士扒开裤子一看，三个小家伙都是带把儿。一个双手抱着脑袋，一个双手护着鸡鸡，第三个个头最小，像个刚剥了皮的野兔。小家伙一不抱头二不护球，两鸡爪子似的小手紧紧捂着肚脐。干过巫婆营生的二奶奶说：“这小鳖仔捧脐来世，生有异相，人贱命不贱。”摸脐长相丑陋，前胸前长不歇气，后胸后长不服气。二十郎当岁，硬娶了一房俊俏媳妇。一年后，这女子还生下一对双胞胎。两三个光棍汉妒火中烧，硬说不对劲儿。摸脐七拱八翘的，干那事对不齐，这俩崽肯定不是摸脐的。摸脐听了也不光火，豆包嘴一咧：“老子横竖有办法。龟儿子连酸葡萄都是吃不到，还想吃肉葡萄？”

治学平实方厚重，为文情真始感人。鄂西北这批作家正是用纯朴、幽默的文字，更多是生活中老百姓的语言，塑造着诸如老赵、摸脐之类小人物，他们的音容笑貌铸就着乡土文学的血肉与灵魂。

文学或许就是这样，越是百姓的东西，传承得越久，流传得越远，越受老百姓喜爱。老河口就是这样一个小镇，她五方杂处，淡定从容。虽不富足，但幸福活着。像老舍先生《老河口》诗中所说："三步一家茶馆 / 五步一座戏园 / 河南坠子配着单调的丝弦 / 汉调京腔争鸣着鼓板 / 如雨的汗 / 不断的烟 / 山东的马戏人海人山。// 柳阴下 / 大道边 / 五光十色尽是小摊 / 私货杂着土产 / 瓜枣配着冰莲 / 南腔北调的吆唤 / 九州四海的吃穿 / 成排的草棚 / 各方的饭馆 / 锅勺交响 / 酒辣鱼鲜。"官商巨贾是这样，庶民百姓是这样，文人墨客是这样。他们的生活是这样，他们的文学也是这样。

这便是老河口的市井街巷。

临池

尚书者，皆知"临池学书，池水尽墨"。查德元先生，却不是这样。他家道贫寒，少时读书不多。到解放初期，方才在武昌两湖书院习作书画。1950 年 2 月，参加工作后，他干过工厂学徒、手工社雕工、机关宣传干事，鲜少纵笔弄翰，贻误了不少时光。及至退休，先生才又重拾笔墨纸砚，读史诵经，唱和为师。

他们虽沦落市井之间，但能偷师宫廷，或师出名门，或师法自然，笔牵情走，墨寄燕呢。

在老河口，提及书画者，不乏卧虎藏龙。他们虽沦落市井之间，但能偷师宫廷，或师出名门，或师法自然，笔牵情走，墨寄燕呢，留下了《青白传家》《百燕图》《鸟鸣秋色》等诸多精品佳作，实属不易。细数，晚清遗老遗少的有历东园、孟兰皋、唐芝定、王鸿宾，民国闻名遐迩的当属三杰：

金殿臣、孙万青、郭夫之。时下该是章荣发、查德元、余鸿声、叶宗佩诸公人等。

兵荒马乱的年代，那时的书画家，多窘于生计，流落街头，打把式卖艺，实为养家糊口，讨口饭吃。金殿臣是木匠出身，河南邓县穰东庄村人。清同治十七年（1883），金殿臣出生在老河口普宁街金昌茂的木器店。自幼天资聪慧，学得一手绘画和雕刻技艺。稍年长，房县知名花鸟画家闻先洲来鄮，竟巧遇金殿臣，志趣相投，收其为徒。闻先洲父亲为宫廷画师，供职翰林院，后因言获罪，贬放房陵。自此，金殿臣得师真传，画技大进。观金殿臣的画，涉猎宽泛，无论工笔花鸟、写意山水、宫廷仕女、民间百姓，均自成一格，观则俗，品则雅。

稍年长，房县知名花鸟画家闻先洲来鄮，竟巧遇金殿臣，志趣相投，收其为徒。

与金殿臣不同，孙万青，北平人，是国画大家齐白石先生的得意弟子。

老河口小镇，欲寻仿郑板桥者，皆指郭夫之。20 世纪 30 年代，河北大城县人郭夫之作为国民革命军张自忠部的上尉书记官，开拔来到襄阳。1941 年，因罹患肺病留置老河口，在培德小学教书为生。郭夫之平生未曾师过一人，宗过一家，经年临帖民国书法家潘龄皋的行书帖《胡大川幻想诗》，视书法为性命，钟爱一生。他崇尚颜真卿的遒劲古穆、黄庭坚的长枪大戟。实则，昭示其师法自然、不衫不履、行坐无拘的庶民心态。

幸运的是，此“三杰”的画魂皆传授予章荣发公。

查德元先生与章荣发唱和为友，捧砚为师，互为踏歌。三十年如一日，携子执手在艺术的经纬线上穿越。观查先生画作，其一幅《荷情》既师齐白石“红花墨叶”的技法，又承金殿臣“黄鹂捉梗”的俏皮，更显耄耋“老树新枝”的勃然心境，都是静研所得。正如山东作家刘浩歌所说，查德元先生是一位让自己安静下来的艺术家。他的“沉与静”，不退而求其次，而是静而求其大，描绘一种“大爱”“向上”的具象具物。他的《醉卧钟馗》，那似醉非醉，左眼大睁，右眼微闭，洞察分明的神态让人三思。先生题书：“酒醉仍留三分醒，各路小鬼莫乱来。”可谓老朽虽解甲还田，犹能为黎民百姓祈福。诸如国画《孺子牛》《惠安女》，都是这般心境下泼墨天成。章荣发先生认为，“书艺有三境：一曰法，二曰精，三曰境，而境界高雅者须品高。”欧阳修研寻金石，对陶渊明逃避世事也不以为然，说其是“惟有渊明偏好饮，篮舆酩酊一衰翁”，可能就是这个道理。

我拜访过先生，他多半是在研墨挥毫。宋时，襄阳大书法家米芾曾说：“学书须得趣，他好俱忘，乃入妙；别为一好萦之，便不工也。”先生的书斋里，一直挂着一幅“天道酬勤”的锥骨之作，这也许是他追求“心手合一，心手达情”的勉言佳品。先生学书从楷入手，承唐宋之风韵，临摹《临池墨宝笔萃》，研习欧阳询、虞世南、褚遂良、颜真卿和柳公权，意为容纳百家之长。

先生的书斋里，一直挂着一幅“天道酬勤”的锥骨之作，这也许是他追求“心手合一，心手达情”的勉言佳品。

不久前，捧读《查德元先生书画集》，如获珍馐。收录的书作中，正、草、隶、篆皆有，石古文、金文、甲骨文齐备，含晋人韵致，露明清风貌，显当代气息，可谓百花齐放，万紫千红。观其书法，行书错落有致，楷书线条参差，隶书柔中见刚，草书神凝气畅，篆书刀刻入碑。其中四帧草书条幅苏轼的《赤壁怀古》，确是难得之上品，大字逾米，小字润尽，纵横跌宕，疏密有致，布局大气，一气呵成，有如神助一般，浑然天成。对于书画艺术，德元先生主张理论与创作并重，他说：“艺术需要学养支撑，只会玩弄笔墨，没有书学常识与理论修养，算不上真正懂得书画，也不可能在艺术上有所作为。”

斗室

查德元先生的居室，有个雅名，叫“养静斋”。何谓静？诸葛亮《诫子书》载：“夫君子之行，静以修身，俭以养德。非淡泊无以明志，非宁静无以志远。”窃以为，人生一世，处动静之中，得之淡然，失之泰然，确需一生的修炼。

先生的斗室因书而拥挤，因书而飘香。一进门，你便见两只褪色的老式沙发簇拥着一个经年茶几，修边的玻璃板下，压着一条发乌的桌布，显得如此简约。先生蓬着花白头发，趿着棉布拖鞋，抓一把衣服胡乱套在身上，更衬得身子瘦弱。当他轻轻寻来鹅黄的书刊、报纸，与人探讨。你如何知晓先生竟是书画院士？

这也许就是老河口文人的性格吧。就像齐白石，70多岁时，仍对人叙说自己不会画画。人们都说其太过谦逊。

先生蓬着花白头发，趿着棉布拖鞋，抓一把衣服胡乱套在身上，更衬得身子瘦弱。

在老河口街巷，何乐先生，八旬又三，可是身世传奇。曾祖父是前清秀才，父亲是行商巨贾。1947年，考入南京国立剧专，后入中南军区政治部。荒唐年代，海外关系和买办家庭下使他沦为牛鬼蛇神。待至平反，已年过五旬。有好事者问：“他们有没有给个说法？”答：“有。”他们说抓你是对的，放你也是对的。精彩绝伦的黑色幽默让人无言以对。纵是这样，何乐仍笔耕不辍。撰有《老河口旧事》《老河口 老码头 老故事》《记忆老河口》等史诗性文字。何乐诙谐逗趣，别人不解。他说：“愉快是人找的，痛苦也是人找的，天堂与地狱一步之间。”

1970年，55岁的郭夫之下放到竹林桥莲花堰村放猪。住在一座土窑里，仍用放猪的鞭杆在地上练字。学生替他解嘲道：“顽儒为敌放小猪，执鞭当笔书大地。”他笑着加横批道：“乐在其中。”学生问他：“您在这种条件下还要练字啊？”他回答：“春天练，秋天练，四季皆练，练字不休。”学生对道：

“处馆书，放猪书，顺逆都书，精神可嘉。”

“斗室乾坤大，寸心天地宽”。查德元、何乐、郭夫之先生，他们就是这样一群街巷文化人，去雕饰而显质朴，剥浮华更呈淡定。不囿于处斗室一隅，欣然依栏捧读，品窑之寒韵，闻书之墨香。对于人生况味，他们像妇人拉鞋底一样，一针一针地拉出来，情溢四方。

与查德元先生攀谈，逾年情越深，其更醉心于斗室之趣。或锦书交友，或剪纸自乐，或品茶赏花。文人学士，偏处斗室，把管仰屋，鸿雁往来，或卧于木榻，或坐于竹椅，顺手拈来，细致品味，无不是人生一大快事。广东诗友彭怀来信说:“文朋诗人，互为知音，在某种意义上讲，它要比亲戚还可贵得多。文朋诗友遍天下,那将是人生最自豪的。”它不是一团和气、两句歪诗、三两黄酒、四季衣裳的阿谀奉承，而是挚友感情互为关照的真切流露。当先生向作家刘浩歌寄去作品，请求赐教，刘先生手书:“一个醉心于事业的人，能在自己的色彩和对象中找到心灵的归宿和向往。所有的艺术都是表达真实的灵魂,所有的灵魂都是情感的歌唱。”这种来信亲切自然，是一种安慰和人性的温暖，是艺术道路上的和鸣。先生作为《江海文艺》的文学顾问,与友人们探讨文艺创作,无不是对朋友的一种真诚、一种信任、一种心胸。当先生读到黑龙江作家沈学印即将出版的《悠然居读书笔记》的样稿,遂像老友品酒般写下了《用心灵的阳光去灿烂生活》的评论,鼓号前行，情深意长。

“一个醉心于事业的人，能在自己的色彩和对象中找到心灵的归宿和向往。”

查德元先生酷爱剪纸。他一直认为,剪纸作为非物质文化遗产，其传承无法依赖于物质世界的具体实物，而更多地要依靠人有意识的文化选择与保存，通过前后相继的传承人的继承与弘扬,才能得以延续。他创作的作品多取材神话民俗、现代居民、运动健儿。诸如《鹊桥相会》《奶孙同乐》等等。风格拙朴温厚，造型简约饱满，技法生动丰富。尤其《幸福卡》，采取锯齿纹与挺拔线条，主人公嘴角微微向上，身体前倾，沉浸在读卡的幸福之中，把一个“因孝获福”的父亲形象刻画得栩栩如生，不愧为一幅成功作品。先生主张：“只有传统技法与现代题材相结合，民间艺术才能焕发新的活力。”受南派木版年画传人陈义文盛邀，其创作的《上海世博会》《让生活更美好》等雕版画作，既古朴厚重、沉着凝练，又动中有静、潇洒飘逸，广受推崇。

在斗室，与友人品茶论诗是德元先生理想中的生活方式。“落日平台上，春风啜茗时。石阑斜点笔，桐叶坐题诗。”沐浴春日暖阳，在台榭之上，品茗赏景，这是多么惬意的生活。

但先生最爱的还是秋天。身处室内，他会神游汉阳的归元寺，撷一片红叶，寄给台湾的朋友，友人更回赠一袋各色枫叶，这是何等一样秋的沉醉！秋的怀念！马窟山下，桂花飘香。古道边，吟颂：“何物动人，二月杏花八月桂；有谁益我，三更灯火五更鸡。”明年的此时，谁人又能金榜题名？《采兰杂志》记述：“昔有妇人思所欢不见，辄涕泣，恒泪于北墙之下。后洒处生草，其花甚媚，即秋海棠也。”陆游、唐婉戚戚往事，揪住了多少人的心。“山盟虽在，锦书难托。”窗外花工的秋海棠是陆游的那一种么？

一路故事，一路书痕。

“莫道桑榆晚，为霞尚满天。”德元先生，我相信，您一定会书出更多老河口街巷的味道。

身处室内，他会神游汉阳的归元寺，撷一片红叶，寄给台湾的朋友，友人更回赠一袋各色枫叶，这是何等一样秋的沉醉！

缸货郎的女儿

南河水从崇山峻岭中奔涌而出，投入汉江的怀抱。

在这个两江交汇的地方，江南叫格垒嘴，江北叫杜家河。民国初，住有一户从船上落籍生根的人家，户主叫李耀庭，是一个货郎，平日挑些烧制的瓦缸，换些油盐钱。这李耀庭没有光宗耀祖的本事，一九一五年，倒也生得一对如花似玉的姑娘，大的叫李文华，小的叫李文秀。这两小女子倒也生得乖巧，不仅能言善语，而且会纺线织布。惹得街坊四邻眼热，羡慕不已。

一

春去秋来。文华、文秀出落得更加俊俏，这闺女大了总得嫁人啦。泼出去的都是水呀，谁来继承香火呢？文秀十三岁这一年，货郎的媳妇肚子争气，生得一个太子爷，唤作文炳。货郎出门，总把幺儿子放缸里，当作宝贝。转眼间，文炳五岁了。一日，货郎李耀庭挑着两摞缸，缸里坐着儿子，到黄楝树岗的靳家湾去卖缸。

靳家湾的靳家祖上是楚国的大将靳尚，自宋朝以来，就在此居住，算来也有十世人脉。这靳家湾，刀山冲连冲，山连山。尤其主峰叫温泉峰，风景秀丽，山上珍奇野兽，百药丛生，是养生的好地方。山下有一口老泉，已有千年。冲中百姓常年汲出清泉，蒸熟糯米，配制草药，盖上锦被。半月

尤其主峰叫温泉峰，风景秀丽，山上珍奇野兽，百药丛生。

余，佳酿方成，老少皆喝。

这天，李耀庭换得些酒钱。便从酒家，购得好酒。担子上，一头挑着儿子，一头挑着美酒。高兴地对文炳说:“幺儿，今晚回家，让你妈炒盘黄豆，我们下酒喝。”两人一唱一合，走到黄楝古树下。他想换换肩，歇歇脚。刚把大缸落地，只听得“啪”地一声脆响，缸脚摁到一个石子。黄酒像泉水沿着裂缝往外涌。这对父子顿时傻了眼。老子愣了片刻，好像醒了，说：“幺娃，看啥子。赶快趴到缸上喝，还等菜呀。”

刚把大缸落地，只听得“啪”地一声脆响，缸脚摁到一个石子。

当父子俩撅着屁股喝酒时，靳家湾一中年汉子，看到这窘状。快快从家里挑来一大缸救急。酒算是挽回了一些。李耀庭便对这大善人感恩戴德。细问来，这大善人，叫靳光来。家境还算富有，膝下有一独子，叫靳化忠，年方十八，相貌堂堂。家有沃田十七亩，院落一座，就在那口老井边。

说者无意，听者有心。李耀庭盘算如何与这样人家攀上亲家，那才算是一件耀祖的事。

这天，货郎回家，心里格外轻松。

二

一去二来，李耀庭与靳光来结为私交好友。靳光来到杜河乘渡船下汉口，总要到李家小酌一杯。李耀庭到靳家湾卖货，也会到靳家吃上珍稀野味。

年尾，货郎李耀庭请来村里的媒婆老姑娘捅破那层窗户纸。先前，文华已有婚配，欲将二闺女文秀嫁给靳化忠，靳家也是满心欢喜。三请四聘，掐八字，寻得良辰吉日。正月十七、十八，是婚嫁吉时，正好。这一天，李家拿出多年的积蓄。准备了六床套，六床被面，两口红木大箱。借来花轿一座，吹吹打打，一队人马，把如花姑娘嫁到好比桃花源的靳家湾。

这二女娃儿文秀，哪有见过新郎？揭开红盖头，虽然不甚满意，倒也朴实，懂得疼人。靳化忠捧得美人归，自是一百个欢喜。捧在手中怕飞了，含在嘴里怕化了。新姑娘过门，半年不下地，这靳化忠，一年都不让媳妇下地。新媳妇不下地，新郎官下地。他不仅自家十亩地耕了，而且把新媳妇那处女地也耕了。十月怀胎，文秀生得一个大胖小子，叫靳立学。人家说两年抱一个。有这美妇娇妻，靳化忠，三年就抱俩。日子过得好不红火。

一九三九年六月，一个中等个头的军人乘着夜色，悄悄来到老河口胡家营的四合院里。这个人说的是广西口音。他是李宗仁。听说日本人都打到武汉了，前线吃紧，不少部队缺少兵员。七月七日刚过。仙人渡镇的民团茹树堂带着乡丁，来到了靳家。靳化忠是独子，家有美妇，千求情万送礼。大的哭小的叫，可茹树堂一百个不同意，说靳家自古都是英雄豪杰。种田完粮，养儿当兵，天经地义。硬是把靳化忠五花大绑，送到谷城去当兵。

大的哭小的叫，可茹树堂一百个不同意，说靳家自古都是英雄豪杰。种田完粮，养儿当兵，天经地义。

这靳化忠说来也巧。当民团把他们这一批人乘船从仙人渡溯南河到鸭子坑，入伍受训，二十八个人把船舱挤得满满的。这天，日本人派飞机来炸老河口、谷城。两颗炸弹丢在这运兵船边。一个浪头，靳化忠掉到江河里，没见了人影。这船上的兵士赶快划船，脱离险境。把丢掉在河里的人忘记得一干二净。

一个时辰，一个壮实的小伙，顺江漂到太平店的龚家洲，才从河里爬上岸。悄悄躲到上茶庵的一个破庙里，生怕被人发现。晚上，乘着夜色，靳化忠回到靳家湾，连夜带着新媳妇李文秀，到襄阳南湾的舅舅家，躲茹树堂来抓壮丁。

三

这兵荒马乱的年月，襄阳南湾，地处山中，有不少土匪干些偷鸡摸狗的勾当。

李文秀把家里的金银细软都往包裹里一装，一对金镯子缝在衣角里。踉踉跄跄，一家四口，爬山岗，溜山冲。天色已黑，喘着粗气，才在襄阳姚河大冲沟找到间草房，落了脚。全部的家当都包在包裹里。文秀小心翼翼地把它藏在里间卧室的枕头下，抱着熟睡的大儿子靳立学，枕在枕头上，还不放心，又把一堆破布也揽到床上。

文秀小心翼翼地把它藏在里间卧室的枕头下，抱着熟睡的大儿子靳立学，枕在枕头上，还不放心，又把一堆破布也揽到床上。

文秀赶紧在堂屋西侧的厨房里煮些野菜，填饱一家人的肚子。饭后，收拾正要停当。猛然，客厅的门被人一脚踹开。只见四个精瘦的蒙面人，操着黑突突的火枪，顶着靳化忠的头，压低嗓门说："兄弟，识相点，给我们八爷交点赶路钱。"

"没有。"抬高嗓门，"我们穷家小户，哪有钱。"靳化忠不知哪蹦出来的勇气。

说时迟，那时快。话音未落，三个汉子，一把薅着靳化忠的脖子，往门外拖。文秀见男人被带走，三步并作两步，冲上去，抓住黑衣人的衣角，哀哭道："爷们啦，要钱，别伤人呀，莫伤我男人性命啦。"

拉扯间，另一位黑衣人已窜进卧室，一脚踩在靳立学这伢娃的头，胡乱翻找起来。

"找到了！"那包裹得了贼人的手，他一阵狂喜。

这李文秀跪在地上，浑身不知是汗，还是胆。反正比男人更有能量。

这时，山顶上，似乎有人听到响声。黑风中，像往这茅草屋"啪啪啪"打枪。一众土匪，也不想纠缠。丢下这对嚎哭的夫妇，顺着黑沟消失在黑夜里。

来到舅舅家，毕竟没有自家自在。更何况，身无分文，添丁加口的事，纵然家有口粮万担，也有坐吃山空的时候，舅母少不了翻白眼。

李文秀个子不大，生得娇小婀娜多姿，却不娇气。她为补贴家用，纺线织布，拿到镇上，换些零用钱。在南湾一住就是三年，生孩子就像长花生，接连不断。立举、立勤、立新、立菊、立随相继诞生。家大口阔，娃娃们没得吃的，就吃榆树叶。文秀还把槐花做成干菜，度饥荒。本来想裹成娇小的三寸金莲，在地里，割谷收稼，放足自在，成了“大脚婆”。

四

五年的饥荒，让人们忘记这家人的存在。

这年春上，实在没有吃的。李文秀带着吓傻了的丈夫回到了还有二亩地的靳家湾。靳家湾的田产，不少抵了兵役租子。李文秀脱下绸衣，穿上粗布衫，学会犁田耙地。辛辛苦苦一年到头，也没吃到点大米白面，多是红薯就苞谷，粗糠带野叶。忙完田里，她教子女读书识字。她教育他们有知识有职业，“猫抓鼠，犬守门，人无职业，不如猫犬”。读“徐湛之出行，与弟同行。车轮忽折，路人来救。湛之令先抢弟，然后自下”，教育子女相互爱护。

她教育他们有知识有职业，“猫抓鼠，犬守门，人无职业，不如猫犬”。

这日子没过三四年，土改开始。贫困小组长说：“靳化忠，你当过国民党的兵，家里还有十几亩地。应该划为地主。”三天两头，把全村的地主、富农、中农拉到大队部办学习班，开批斗会，写反省检查。

面对乡人的指指点点，李文秀说：“我丈夫成分有问题，我也是一分子，也去要参加学习。”其实她是不放心丈夫的安危。

李文秀还算聪明，她写的检查不重样。上个礼拜的检查，错开时间，誊抄一遍，蒙混过关。而另一个地主，因为每天写的检查一个样，被批为不诚实，结果，送到沙洋去劳改。而李文秀，因改造深刻，历史上确有冤屈，靳化忠家被划为中农。

1960 年，天干地裂，地无谷物。生产队吃食堂，地里种了不少红薯，切开晒成红薯干。即使这样，把红薯当主粮，人们还是吃不饱。这一年，靳化忠出现浮肿现象。为了改善生活，李文秀每天第一个挤到饭堂，企图多盛到一点干食。这天，她终于盛到了一块红薯干。她兴奋地带回家，可吃到嘴，却是一块干牛粪。

苦难是成长的台阶。大儿子学业有成，招工在老河口纺织厂参加工作。而医疗条件尚差的农村，没法采取节育措施。她还是不可救药地怀孕了。1960年秋，蝗虫肆掠，没吃没喝。四十五岁的李文秀却怀上了小女儿，这一年，幺姑娘靳立枝还是顽强地出生了。没有奶水，就糊点面糊充饥。

四十五岁的李文秀却怀上了小女儿，这一年，幺姑娘靳立枝还是顽强地出生了。

为了多挣工分，多分点口粮，两口子，抢先到宋湾水库拉土方。李文秀身材娇小，挑着一对大畚箕，显得有些孱弱。装土的官大婶说："斗娃叔，文秀个子小，少装点。"那斗娃叔自恃腰板硬，神气地回应："挑不动，莫来。"

这话像一把刀一样，刻在文秀的心里，她却说不出一个字来。她咬着牙，奔跑在挑土的路上，只为一个字"吃"的。那个时候，累得太狠了，恨不得抓把土吃，哪有心情听那些你的鼻子我的眼睛的事情。

五

山还是那座山，湾还是那道湾，泉还是那口泉。

李文秀凭着一双巧手，白天出工种地，夜晚挑灯缝衣，日子方有起色。二儿子立举成家了，媳妇是襄阳南湾人，虽是农村人，可懂得艰难辛苦。大儿子靳立学最值得骄傲，找了个好人家，是老河口街上，百里挑一"红上加红"的好成分。唯一的缺憾是大媳妇身体有点毛病。

儿媳妇亲戚不是在县委上班，就是在电影院上班。那是正儿八经的城里人。事实上，好成分最终没敌过坏身体。几年光景，大儿媳便患病撒手西去。无奈，三个孙子寄养在家，与立菊、立随、立枝几个姑姑一起生活。

十三口人挤在干打垒土坯房里，异常狭窄。立枝缴不起学费，就让她帮助学校去栽电线杆，去放松树。一天一块五角钱，抵点学杂费。林彪飞机失事，李文秀的丈夫也“失事”了。他瘫痪在床，再也不能下地，没几天，咽了最后一口气。对这个家，有得吃，没得吃，他都不以为意，眼不见为净。

不是顶梁柱的顶梁柱倒了。李文秀只有再一次地站起来，就在家门前，种上一院竹林，做成竹篮和筷子，到集镇上去卖，补贴家用，差一点被当成“资本主义的尾巴”，割了去，受到批斗。

1980 年，靳立枝结识杜家河邻村刘家营的刘发礼，刘家靠在汉江边，仅有几间土坯房。李文秀从床角拿出用手绢包着的一沓钱，约摸有二百元，都是十元十元的大钞。

她说：“立枝啊，前几年，家里寒酸，哥哥姐姐们成家，开销也不少，这点钱，你拿去。婚礼办得风风光光，不铺张，也别寒碜。”

靳立枝一直认为家里穷得叮当响，老母亲不上街，没卖过啥物什，却从牙缝里抠出这么多钱，为自己办婚礼，每每想起，都是心头一热。

李文秀一个女人把儿女一个一个抚养长大，成家立业。她还守在靳家湾。因为这里是她的爱萌生的地方，是夫妇两人瀑布飞漱下荷担而往，是山上云雾中把锄而作，是桃花盛开里吃糠咽菜的地方。苦过，乐过。她听惯了鸡鸣声声，犬吠汪汪。

因为这里是她的爱萌生的地方，是夫妇两人瀑布飞漱下荷担而往，是山上云雾中把锄而作，是桃花盛开里吃糠咽菜的地方。

每每弟弟文炳来探访，这位货郎的女儿，她都提及买酒缸破的傻事，调侃一番。她说，活到一百岁，是做活让自己活着。2015 年，她硬朗地坐在老屋前，喃喃地说“不中用喽”。

坐在咖啡屋的女人

喝下午茶。

一大把的太阳，从大玻璃窗照在二楼咖啡屋的茶几上，照在麻灰色的布艺沙发上，照在猫一般蜷缩在沙发角的一个恹恹的女人的身上。这光，好像男人色眯眯的双眼火辣辣地盯着这女人的胸，她十分不自在。女人心里咒道，男人没有一个好东西。她软软地撑起慵懒的猫腰，把窗帘拉上，关得严严实实。太暗了，又轻轻拨了一条缝儿，让光照在飘着淡淡清香的茶杯上。她无奈地看着那杯中叶子揪紧的心，在沸水中慢慢打开、起起落落。

这光，好像男人色眯眯的双眼火辣辣地盯着这女人的胸，她十分不自在。

女人戴着耳麦，把手机攥在手里，生怕乳白的爱物沾上了污秽，破坏了自己纯纯的心境。她反反复复地听着一首歌，《斑马斑马》。沙哑的男声和着忧伤的吉他，一遍又一遍地低吟，“斑马，斑马，你不要睡着啦，再给我看看受伤的尾巴”。恍惚中，宋冬野，这胖子仿佛就在自己的身边。

女人30多岁，染着酒红的秀发，露着天鹅般的颈，藏着隐隐的沟，嫩黄的针织衫、麻白的A裙把腰臀包裹得紧紧实实。有品，有料，有温柔。说不上漂亮，女人有的，她都有。可她的脸上却渗透着一丝丝怆然的失意，甚至冒出了一粒粒雀斑，让这妩媚的女人失去了几分生气。

女人动了一下卧姿，又颓废在沙发上。这一动，有一道亮光闪来，又像一把刺眼的剑，让女人惊了一下。她抬头看了一下，是邻桌一个男人车钥匙反射的阳光。自己“蚁族”

一枚，无房无车，与自己那个曾经的男人结婚七年，他都没挣到一辆车子的钱，哪怕是海马、比亚迪。她嘴角动了一下，复又平静，复又将目光投向桌上那杯清淡的茶。她确实不爱这屋的咖啡的味道，只爱茶间弥漫的轻柔。女人把头往香枕里埋了又埋，不想看见那钥匙射来的庸俗的光。

叮咚，叮咚，微信上的呼叫声。一只小猴子在跳跃，那铃声就像石子落进深潭的回音。然而，那闪烁的小红点却像猴子屁股一样，着实让人生厌，她拒绝了它的邀请。叮咚，闪出一段文字，“只有我足够的好，才有幸认识你。”骗小姑娘的把戏，女人见多了，头也不想动，不再理会它。静静地，安分了十分钟。这个世界安静多好，让自己这样温柔地死去。叮咚，铃声还是点亮了机屏，“是谁，让我在忧伤的音乐里，独自舔着自己的伤？”这句话，像针一样扎了一下女人，又像一剂良药敷在心灵的创口，她犹豫了。无聊中，她还是加了猴子这个男人。

女人已经是第三天来到这间咖啡屋，一直卧在那张沙发里，点的还是那杯清茶。每天都是寂寂地呆在屋里，听着那首永远听不完的歌，“我只是个匆忙的旅人啊，我要卖掉我的房子浪迹天涯”，直到夕阳西下，怏怏离去。这女人，似乎只需要自己的灵魂浸润在那首歌里，她的时间就能打发；仿佛只有蜷缩在这个角落里，享受一方清静，她的日子才能打发了。

这女人，似乎只需要自己的灵魂浸润在那首歌里，她的时间就能打发。

“我，已经第三天看见你了，你若安好，便是晴天。”发微信的人是猴子。他怎么知道这里？女人下意识地坐了起来，环顾四周。今天，屋内的客人很少，只有邻桌还坐着那个男人，照旧还放着那把车钥匙。男人黑瘦瘦的，五十出头的样子，叨着香烟，戴着腕表，其貌不扬，脸上充满风雨雕刻的痕迹，像又不像是一个暴发户。

女人照旧蜷缩在沙发里，不愿动弹。那男人偶尔打打电话，好像安排生意，多数时间是抽抽烟，喝口茶。夕阳西下的时候，那男人走过来，问道:“能在这里坐一下吗？”女人无所谓，坐就坐呗，反正自己起身准备走的。

“对不起，打扰了。不好意思，可否麻烦个事。我朋友从省城出差，带妻子路过这里，我请他吃个便餐，可我没有女伴做陪，不知你有时间么？也就半个小时的事。”

男人好久没与女人说话一样，语调有些迟疑，还有几分凝滞。女人想拒绝，也不知怎么拒绝。可看见男人诚恳的目光，也不像什么坏人。但女人还是本能地说:“大叔，你觉得可能吗？”“那请原谅我的冒昧，得罪了。”男人有些尴尬地回应。结果是,男人悻悻地走了。女人理了一把自己的秀发，把钱压在茶杯下，装得潇洒，走得干脆。

第四天，女人来了。男人也来了。男人很忙的样子，顾不上抽烟，也很少喝茶，一直不停地打电话，根本没有理女人的意思。“你货发过来,我立马打款过去。”“客户反映线路有问题，你们过去修呀，车子不在你们手里吗？”“我们是老朋友了,摄像头绝对是好质量的。”“现在城市都智能化管理，市场绝对没有问题,我们有很好的合作。”在男人絮絮叨叨的低频声中，女人开始有些好奇，男人做什么生意的？有点老板的派头，有男人做事的果断。

天渐渐暗了下来，女人没有走的意思。茶水喝了一杯又一杯。有人说，喝茶，一道灰，二道茶，三道喝的是精华。女人觉得自己喝的全是精华。女人一直觉得自己就是一只温顺的猫，男人宠爱的猫。她温温弱弱，小心翼翼，守着一个温暖的家，守着一个爱自己的男人。然而？思绪，在茶水中慢慢地流淌，风儿，在帷幔中轻轻荡漾。不知什么时候，男人走了。女人仍坐在那个座上，幽幽地看华灯初上。

有人说，喝茶，一道灰，二道茶，三道喝的是精华。女人觉得自己喝的全是精华。

第五天，女人来得很早，她不想再喝清茶，茶太清心寡欲，要了一杯咖啡，要浓烈一些的苦，兀自去品味。男人照大约过了半个小时,男人蹒跚地走到女人桌前,你是茶一样的女子,今天怎么喝起咖啡了呢?

例也来了，仍点的是清茶，仍絮叨地打电话。女人对于忙碌的男人总是欣赏的，于是给猴子发了一条微信：挺忙的。男人扭过头，对女人微微一笑。大约过了半个小时，男人蹒跚地走到女人桌前，“你是茶一样的女子，今天怎么喝起咖啡了呢？”女人不以为意，反问说：“有不一样么？都一样的下午。”

男人点点头：“是的。”然后，解释道：“公司在装修，在这蹭个地，悠闲一下。”

女人说：“不错，劳逸结合。”

男人接着说:“现在生意难做，合作人都想撤资呀。就像英国为什么要脱欧？几个大佬建了个微信群，没事了发发红包，后来进来的小兄弟多了，只抢不发。大佬不高兴了，要退群。”

女人笑了笑：“就像男女结了婚，红包少了，也有退群的。”

男人注意到这女人出奇的冷静，没有废话，每句回答都恰到好处，是个聪明的女人。女人觉得，这男人办事有板有眼，举止有度，是个有本事的男人。他们面对面坐着，不断地找着话题，轻轻地断断续续地聊。

“你口音不像本地人？……在外打拼不容易……”女人说。

“你离婚了？……家产都给她？……儿女在江西？”女人说。

“男人要有一些担当，与女人都去争，算什么男人！”女人说。

轻轻的音乐，淡淡的浅饮，喁喁的私语。咖啡屋里，女人风轻云淡的忧愁，慢慢润成一道妩媚的风景。她总是把自己的心绪，不经意地勾兑在眼前的咖啡里，慢慢地搅，细细地品。然后，与男人咸一句淡一句地聊，聊男人的事情，独独不谈自己。神秘得像包装在夜幕下拿烟的优雅的女子。女人，不想让男人去读自己。任何一个男人，都没有必要去读懂与自己无关的女人。因为，男人喝的是茶，女人喝的是咖啡。何必让无关的男人去读无关的女人的咖啡里加糖还是没有加糖呢？

夕阳西下，夜幕四合。女人起身离开，显得有些轻松。她不再考虑，自己到底会成为谁的女人？会不会为谁生下小孩？她不再纠结，是哪个女人给自己不争气的男人生了一个丫头片子。伴随轻松的脚步，听着宋冬野的歌，“爱上一匹野马，可我的家里没有草原”……

咖啡屋成了女人上班的地方。她每天准时地到，又准点地走。男人也是，来也匆匆，去也匆匆。闲下来，就面对面坐下来，聊聊天。

女人说，红酒是一个爱美女子的容颜，没有理由拒绝。

这一天，男人似乎签了一单合同。他要了一瓶红酒，上了些点心，与女人小酌。女人没有拒绝。女人说，红酒是一个爱美女子的容颜，没有理由拒绝。她的秘密是，每每夜深人静的时候，她都会喝上一杯。穿着低胸的睡衣，光着白白的大腿，美美的，放着轻轻的音乐，幽幽地喝，让自己喝成妖媚的精灵。让那该死的男人去死，死在那野女人的床上。

“你老公是做生意的？”

“别瞎猜，与你无关。我与你，现在，我们是酒友！好吧，懂吗？……”女人接着说，“一个男人，做什么工作，有多少钱，都不要紧，关键是他的心，在不在家里，在不在老婆身上。”女人轻轻呷了一口酒，感觉自己好像成了一个祥林嫂。然后说，“男人其实也不易。再忙，也要注意身体。挣再多的钱，身体垮了，钱也是给别的男人挣的。……女人呢，也不用太省。把自己省成了黄脸婆，省的钱也可能会省下来给别的女人花。”男人笑笑说，“想不到，你是一个精明的女子。”女人问：“你是想把自己挣的钱，给别的男人花吗？”男人答：“你是想把省下来的钱给别的女人花吗？”一问一答。两人相视而笑。

举杯间，女人脸颊有点微醺。醉醉的美，散发在酒斛之间，流淌着暧昧的情愫。

城市的灯火通明了，女人仍没有离开的意思。男人也没有。看着江边张灯结彩，灯火斑斓。喝咖啡的男男女女，走了一茬又一茬，他们仍幽幽地喝。女人，就爱这种调调。轻松，自然，散漫，自由。谁也不管谁，谁也管不了谁。举杯间，女人脸颊有点微醺。醉醉的美，散发在酒觥之间，流淌着暧昧的情愫。

“一个女人，为了男人的欢欲，多次流产…她怀不上小孩，是她的错吗？”

“女人啦，就不能让男人得了手，一旦得了手，他就会吃了碗里望着锅里的。他根本不知道珍惜。什么海誓山盟？白首偕老？都是美丽的谎言！可为什么有些女人就是信！”

“男人，为啥就管不住你的下半身呢？”

“我老公对我挺好的。比好多男人要强，他没有出轨的胆……”

女人还是没有控制住情感的阀门，一点一点向外渗透着。她述说着别人，也述说着自己。她掩饰着别人，也掩饰着自己。男人只是静静地听。偶尔，女人和男人会不约而同地望着街上的人。这街上的人，你看得清他们，可谁又看得清你呢？“生孩子，谁又不会呢？不光是地有问题？种子没问题？气候没问题？”男人谨慎地接过话头，“这也得要天时、地利、人和。”女人呆呆地看着酒杯，眼中充满着忧郁。男人伸了一下手，又停了下来。迟疑了一下，男人还是伸出了那粗壮的手，轻轻地压女人娇小的手背上。轻轻地抚了两下，女人没有反应，男人的手也就没有拿开，两只手温存在一起。这又是何等湿润白皙的小手呢！

第二天，女人又来到了咖啡屋。她与男人的对话，在帷幔中，轻轻的，像虫鸣。

“……对自私自利的男人，不要抱任何幻想！女人要有尊严的活！……你比他身体壮多了，真的很棒，壮得像头牛。……我想要的全都有了！上帝真是眷顾我！……过去，他在乎我时，我很愧疚！煎熬！现在扯平了。”女人说，人活得累的时候，该好好听首歌。有一首歌真好，它不会让人发疯。说着，她扯下自己的耳机塞进男人的耳朵里。沙哑的声音，又像河里的水粗粗地流。“斑马，斑马，你睡吧睡吧，我把你的青草带回故乡。”男人似听非听，随意地附和着“嗯，不错”。

“这首歌，说的是宋冬野在北京遇到一个心仪的姑娘马儿。胖子穷困潦倒，没有表白。结果马儿到了丽江，结婚生子。后来，宋胖子在丽江‘一棵树’的酒吧，与马儿重逢。两人已是物是人非，只有一支忧伤的歌。……男神，我是你错过的马儿吗？”男人微微一笑，不置可否。

城市灯火阑珊时，女人起身离开。女人，似乎有些眩晕，行走一个趔趄，男人赶紧前去搀扶，她没有让。男人执意要送，被女人喝止。咖啡屋里仍飘荡着暧昧的音乐，女人扶住门，定一定，努力想让自己走得稳一些。她总想把自己扮作一只猫，不伤害别人。可为什么每每受伤的却是自己。街上，霓灯闪烁。夜行的人群中，分明多了一个妩媚又充满诗意的女子。她不知道，自己将走向何处！

咖啡屋里仍飘荡着暧昧的音乐，女人扶住门，定一定，努力想让自己走得稳一些。

西望庄

一

梅子最恨说而论道，而今天她却没有办法。

“楚阳有个玉带山，山下有个西望庄，庄里有个老和尚，说自己祖上是牛郎。”

作报告的学者感觉嗓子有点干，大喝了一口茶，接着说：“小日本也说牛郎会织女的天河在日本，他们修了一条河，叫汉江。鸟居贞义看了楚阳的汉江后，自言自语地说他们的汉江其实是条沟，算什么天河。”台下一阵哄笑。

不管有多少人听得困顿，研讨会的专家们总是口若悬河，竭力主张开发楚阳牛郎织女名胜风景区。可明眼人都知道，与会的市领导都没心思听，一个电话接一个电话打，市里六七千人张嘴要吃饭，哪里有钱搞这些花里胡哨的。

梅子从天河镇赶来，主要找一个人，大唐香园公司的总经理李胜基。他是天河镇西望庄村人，这次研讨会的赞助商，老公梁吉阳的儿时玩伴。

人家李胜基早年承包红水河鱼塘发了，掘了第一桶金又到广州搞珍珠奶茶深加工。几年下来，资产越滚越大，不下千万元，成了市委、市政府领导的座上宾。这次回天河镇开办大唐香园加工项目，主要是在还早年去世母亲的一个心愿，也是解自己一个难以明启的情结。

白底红花旗袍显得格外婀娜多姿，一头秀发高高盘起，高挑玉立，端庄素雅。

梅子今天刻意打扮了一番。白底红花旗袍显得格外婀娜多姿，一头秀发高高盘起，高挑玉立，端庄素雅。梅子的出现，比那些老学究要养眼得许多。

听说有美女来找，李胜基眼睛一亮，顿时来了精神。远远地报以甜蜜的微笑。

风神宾馆报告厅外休闲咖啡厅。李胜基显得十分得意，暗自高兴。王八蛋的，不信你梁吉阳不自投罗网。你小子自娘胎里出来就穿新衣，吃白面馍。我吃的啥，红薯面窝窝。叫你老婆求我，你姥姥。

“听吉阳说了，你们百亩梨园要包装外销，钱不是问题。”

“那村口的李瞎子还在吧？我们小时候都是听他说书长大的。”

不管梅子听没认真听，李胜基总惊诧欣喜地盯着梅子，骄傲地说个不停。说什么李瞎子是西望庄有名的说书艺人，能一口气说《岳飞》，唱《包公》，评《杨家将》。一个场子三五个月不重样，村里男女老少听得如痴如醉。

其实，梅子对李瞎子了解不多。只知道他家里有一个养了 30 多年的疯妻还健在，偶尔在村口还咕嘟几句。

梅子轻呷了一口咖啡，一抬头发现一双火辣辣的眼光总盯着自己高耸的胸部，尴尬地用一双玉臂掩了掩胸。

“钱算啥子，不就是一张纸。80 万元，明天到账。”李胜基像钓着了一条肥鱼，不容置疑地说。

“我们就是需要建一座冻库和果品展示厅，50 万元就够了吧。”

“尽管拿去花。”坚定的语气让梅子感到一种轻松，又有一种莫名的压力。

望着梅子窈窕有致的身影，李胜基有一种胜利的快感。他露出了常人难以觉察又羡慕又狡黠的笑。他仿佛看见母亲身着白色的确良连衣裙像汉江河的浪花一样向远处飘去，慢慢散尽，直到无影无踪，心里又生出一丝丝痛楚。

望着梅子窈窕有致的身影，李胜基有一种胜利的快感。他露出了常人难以觉察又羡慕又狡黠的笑。

二

这一段时间，格外难熬。人啦，谁会长后眼呢。梅子、梁吉阳家的梨子到了8月份就卖不动。台湾的水果进来了，河北的水果南下了。

武汉、襄樊、十堰的超市来采购，用尺子卡，要口感好、果形好、耐保鲜，有的还要绿色食品认证，购销出具发票。这确是梅子、梁吉阳始不料及。租台小货车跑趟武汉，挣的没有花的多。

西望庄、东望庄的果农十分生气，到天河镇政府上访。情绪激动。50多人步行15公里，堵住镇政府上下楼梯的道口，讨要说法，镇里统一组织嫁接的黄花，怎么就卖成一堆垃圾。说什么“梨子、苹果种遍，收获干柴一担”。

梨子罢园。梁吉阳算账，足足亏了20万元。加上硬件投入，80万元所剩无几。他像打了霜的茄子，天天喝着闷酒。实在憋不住了，瞅着梅子不在，走到老梨树跟前踢几脚。

梅子倒不是多担心。今年梨园虽亏了些，但已赢得省内多家大型超市的信任。只要修正一下经营模式，来年赢利不在话下。她依然像以前那样忙碌。

梅子是山西和顺人，武汉华中农业大学毕业，是西望庄的村主任助理。老百姓叫村官大学生。她不像梁吉阳只有甫洲农校毕业那点墨水，有点风吹草动就沉不住气。

说西望庄通村公路、庭院美化、沼气进村入户、基本农田整理、农家书屋建设是地区的典范，省里要在这里办新农村建设试点。

几天前，镇里开会了。说西望庄通村公路、庭院美化、沼气进村入户、基本农田整理、农家书屋建设是地区的典范，省里要在这里办新农村建设试点。市里说梅子是驻村大学生，扎根西望庄，文体局要在梅子家搞一个农家书屋示范点。宣传部门讲西望庄环境优美，乡风纯朴，省电视剧《风骚的白浪河》要在村里取景。

要说西望庄，它在玉带山下。这里一马平川，过去是汉江故道，土地肥沃，是老百姓刨金拾银的好地方。

老人们讲，古时候有位老汉在田里锄草，远远看到一块闪闪发光的东西。起初以为是面铜镜子，走近一看，是块金子。真是天上掉下馅饼。老汉用这块金子在天河镇口买了一座西洋式的三进府院。

这老汉就是梅子老公梁吉阳的祖上。可梅子不相信。那都是胡弄人。

梁吉阳爷爷梁忠孝曾吹嘘，李宗仁在天河镇驻军时，有位军需官叫胡伯良，掏一盒金条、一麻袋银元、四十亩耕地，想买这宅院落。梁家顶着不卖，因为这里是梁家留住福气、财气的根。像李胜基的姥爷何安邦就是从红安讨饭到梁家的，解放后还住在这院子里。

可红卫兵不信这个邪。硬是把梁吉阳的父亲梁甫安和李胜基的母亲何超穹轰回玉带山下，过着日出而作、日落而息的农夫生活。日子穷得叮当响，梁吉阳这才上了个甫洲农校。

八年前，梁吉阳甫洲农校毕业后，梁甫安砸锅卖铁请客送礼磨破嘴皮，才给梁吉阳在镇政府谋得一通讯员的差使。可他却迷上了家门口的那棵老梨树。

也就是这棵老梨树让梅子对梁吉阳刮目相看。梅子虽师从华中农业大学高等学府，可农学院连一棵上 60 年的梨树都没有。而梁吉阳家这棵老梨树竟存活了 360 年，显然是来自清代的梨王。让人欣喜的是，三年前，春雷把老梨树劈掉一半。梁吉阳竟在老梨树旁种植两棵小梨树。噫，成功实现了老少嫁接，老干发上了新枝叶。

让人欣喜的是，三年前，春雷把老梨树劈掉一半。梁吉阳竟在老梨树旁种植两棵小梨树。

更让梅子快乐的是梁吉阳会学李瞎子说书。梅子刚到西望庄的那个晚上。梁吉阳以丁巧姑请果树局的姐夫给梨树治病为原型唱了一曲河南坠子《借姐夫》，让梅子笑得前仰后合。他唱道：

一轮红日东方出，西望庄走出个丁巧姑。

坐上汽车嘟嘟嘟，来到楚阳请姐夫。

姐姐一听气呼呼，骂声妹妹二百五。

天下只有借钱或者来借物，哪有妹妹借姐夫？

巧姑说：姐姐你不要太小气，

我是有借有还你不要哭，

不会把姐夫来贪污。

曲折的情节，诙谐的语言，让梅子耳目一新。梁吉阳还真有点赵本山幽默味道。

一个帅哥，一个靓妹。一个郎有情，一个妹有意。花前月下，日久生情。半年后，纵然父母有点不愿意，梅子也毅然嫁给了梁吉阳。一个农民娶了个大学生。有人说是癞蛤蟆吃上了天鹅肉，有人说是一朵鲜花插在了牛粪上，有人说梁吉阳走了狗屎运。

三

这个夏天热得出奇。动一下浑身冒汗。

李胜基在天河镇口大唐香园厂子转悠，看看那些王八蛋电工是咋装电线的？李胜基气不打一处出。受美国金融危机影响，广州公司的订单减了三成。上周四八点四十，一电工他妈的鬼使神差地从操作架上摔了下来。不到三米高，竟伤成重度脑震荡。紧急抢救，开颅手术，康复治疗，21万元打了水漂。

工人们见了他就像见了瘟神一样躲得远远的。一位胆大的电工，追上几步怯怯地问道：“老板，这线这样排行不？”

“滚你妈的。”李胜基不耐烦地说，“眼睛瞎了，看哪顺眼往哪安。没地方安了，把电线扔到大街上去。”

汗不住地往脖子里灌。李胜基像惹毛的叫驴，见谁踢谁，十分亢奋。

汗不住地往脖子里灌。李胜基像被惹毛的叫驴，见谁踢谁，十分亢奋。他不想熬过这一天。就这一天，就这一天。

我会会你，狗娘养的梁吉阳。汗水迷蒙着眼睛，他又仿佛看见母亲身着白色的确良连衣裙像汉江河的浪花一样向远处飘去。她的脸庞是那么的可亲可爱。妈妈，你在天堂还好吗？

梁甫安住闺女梁吉诗家里，腾出西望庄的房子正装修成农家书屋。梁家路边，有新修的两层小楼，一层右侧是冻库，左侧是果品展览室。后院是一溜坐北朝南五大间正房，飞檐高翘，雕梁画栋，院内老梨树与墙角的一窝翠竹显得挺和谐。出了后院，就是梁家的百亩梨园。

后院是一溜坐北朝南五大间正房，飞檐高翘，雕梁画栋，院内老梨树与墙角的一窝翠竹显得挺和谐。

李胜基驾驭伴他走南闯北十年的奥迪缓缓地停在梁家门口。

他耳边好像正响起母亲生前老说的那句话：胜基呀，人要学会报恩，老梁家对我们有恩。

是呀，老梁家收留了红安逃难到天河镇的老何家。何超穹过继给梁忠孝为干女儿。大家都知道，梁甫安、何超穹青梅竹马，两小无猜。

20 世纪 70 年代末，正是谈婚论嫁的时候，梁忠孝硬是活生生把一对情侣拆散了。表面上，敷衍说过继的兄妹两个不能成亲。事实上，他不知从哪里听说楚阳市政府办公室副主任是西望庄大队长王元江的远房亲戚，如果结成亲家，那天河镇的房产不就有了希望。经媒人撮合，梁甫安最终还是娶了大队长王元江的女儿。也就是梁吉阳的老妈。可风风雨雨好多年过去了，天河镇的梁家院落仍然没有要回来。

谁又知道何超穹怀了梁甫安的骨肉呢？就是那年暴雨横行的黑夜，何超穹穿着那件她最喜爱的的确良连衣裙冲向汉江。

全村的人都寻找着她，还是何安邦在汉水浅滩处把女儿捞了上来。

平静了一段时日，终究怕纸包不住火，何超穹匆匆嫁给了同村的孤儿李大根子。不足月生下了李胜基。6 年后，何超穹还是郁郁而终。有嘴长的人说，这就是命。

李胜基走进梁家大院，梅子正掀起衬衣给孩子喂奶，雪白鼓鼓胀胀的乳房，半遮半露。不知是对母爱的眷恋，还是对小宝宝的爱怜，他好想去抚摸一下，感受一下母爱的温暖。

“嘿、嘿，吉阳在家忙着呢？”李胜基稳了稳情绪。

梁吉阳从书屋里钻出来：“你可是稀客呀。是哪阵风把你大老板吹来了。”

“新华书店送来一批书，我正找些资料，准备搞商标注册。镇上说要搞一个可行性报告。”

梅子利索地站起来，一边给李胜基挪座，一边说：“还得感谢你那笔款子，不然可亏大了。8月7日，武汉家乐福的购销经理都来考察。说我们还得上品牌，有实体。不能单打独斗。”

梁吉阳也唯唯诺诺。

四

李胜基不知道怎么开口。“我那厂子里出了点事，一个叫陆泽兵的员工安装电线，摔成了重度脑震荡。家属跟前撵后，逼得我……”

梅子知道，当时口头约定一年后还本付息，准时还清。

“那钱？”半句话又咽了回去。

借钱总有还的那一天。梅子知道，当时口头约定一年后还本付息，准时还清。没想到来得这么快。家里的积蓄都用在梨园扩基地上了。

老主任说过，现在的村官大学生，在群众中要有威望，要让老百姓不把你当客看，大家信得过你，唯有一条，你就是踏踏实实做出来看。

“真巧。现在就中午了。在家喝酒，胜基。喝酒再说。”梁吉阳憋了一肚子气，想人总不能两面三刀，可还是打着哈哈。

李胜基根本就不想与吉阳这小子同桌吃饭。他那点本事，跟老子没法比。一年到头摸球俩果果儿，就是三杆子两枣，挣俩钢蹦有吊球用。可仰脸瞄着梅子那雪白的脖子，心又软了下来。梁吉阳这王八蛋，真他妈的有狗屎运。

三杯酒下肚，李胜基的话就多起来。

“吉阳，现在当官有球用？梅子到我那厂子里当个副老总，确保月工资四千元。”

梅子在厨房里忙出忙进。就当没听见。

“当官……”李胜基噎住了，“当官，不知道的，还以为你是个人物，求你办事。比起局长、市长，你其实啥事都办不了。”

“你说，当官的，有几个好官？深圳市长许宗衡被双规，家里保险箱不还是装满金银财宝。”

俗话说：可以胡吃胡喝，不可以胡说。

梁吉阳、李胜基喝得脸红脖子粗，舌头发直打轱轳儿。话说得越来越离谱。

梁吉阳、李胜基喝得脸红脖子粗，舌头发直打轱轳儿。

“我们家就是有福之人！捡块金子都能买田置。”

“不是我家收留你姥爷，哪来的你李胜基？”

“你老爹不讲良心。我家祖孙三辈侍候你们。结果却被扫地出门。”李胜基说得有些愤怒，有些伤感。

李胜基猛喝了一杯酒。“我现在帮你，是看在梅子的面子上。”

“不是吹，我打个电话，天河镇书记就屁颠屁颠地陪我来吃饭。”

两个时辰，讨钱的事没扯上正题。李胜基趴在桌上，嘴里还嘟囔：梁吉阳！你硬气个鸡巴。你梁家有啥底气？赶明儿，老子把这片梨园子买下来。再建个化工厂，叫你长长眼，啥子叫有钱。

三点时分，李胜基才踉踉跄跄起身走人。他向门口走了两步，回头喊着梅子说："菜炒得不错，要多放点盐，就更没得说。"

梅子望着李胜基远去的背影，想着，建农家书屋，建科技大院，引导乡亲们建林果基地，老百姓没钱投入，咋办呢？

五

初秋的上午，阴雨绵绵，似乎没有停的意思。梁吉阳依旧窝在家里喝闷酒。梅子觉得这样下去，总不是个办法。

她想把这两年种植的塔柏卖出去，还了李胜基那笔借款。

说来也巧。听说玉带山下，西望庄塔柏是鄂西北有名的种植基地。丹宜高速公路绿化处便来采购。找到西望庄苗木协会的会长梅子，说需要签订一个一百万元的购销合同。真是一笔好生意。

天河镇的酒馆档次显然不够。梅子与梁吉阳商量。在楚阳的楚惠大酒店。席间，上了楚阳有名的清真羊排、梨花湖清水大闸蟹、干煸野生兔、红烧鲑鱼、银鱼烩干贝、千张肉、龙凤配、葵花豆腐。酒有丹河稠、霸王醉。据说赖昌星喝了，全国其他黄酒索然无味。什么绍兴黄酒、房陵黄酒、乌镇的三白酒，差远了。

你像我高中的一个同学。高傲得不可接近。那可是班花，梦中天使。

这天，从不喝酒的梅子喝了酒。酒桌上，丹宜高速的购销经理邹小明，没几杯下肚，他已醉了十分。他说呀，梅主任，我也是山西人，咱们可是老乡。你像我高中的一个同学。高傲得不可接近。那可是班花，梦中天使。不怕你笑话。我做梦都梦见好几回。跟邹总来的一小伙低声揭穿：狗屁山西的，他是河南邓州的。在外闯的时间长了，没一句实话。

酒喝得很热闹，可一个星期后，梅子这个订单没有拿下来。

雨依然时断时续地下着。

李胜基这回没有开车，他拎着一瓶五粮液，裹着一颗被雨水淋透的心，又去了梁家。选的仍是中午开饭的时候。

进屋后，李胜基也不搭讪，也不脱鞋，径直往梁吉阳面前一坐。用牙拧开瓶盖，也不斟，就那么仰脖带响灌了一口，又喊："梅子，拿双筷子来。"

梅子顺手递了一双筷子。不知这位大唐老总葫芦里卖的是啥药？梁吉阳也弄不明白。

李胜基不客气。很放得开。不断地换着盘子夹菜，送进口里，咂得很有味道。

"不错！梅子。想不到你不仅学问高，还有好手艺。"李胜基对梅子夸道。

梁吉阳气得发抖，不好发作，毕竟欠这家伙的钱。不知道这人渣带来的是祸还是福。

"吉阳，我今天来呀，不提钱的事。就是有一事要告诉你。"

"说吧。"梁吉阳不疼不痒地应酬了一句。

"西望庄，是个好地方，风水好，人气旺，是个捡金子的好地方。"

"直说了吧，梨园这块我将买下来，每果苗木补偿 80 元，土地每亩出让费 6000 元。恰好 80 万元。梅子，你们不用操心还了。上午，我已与镇上签订投资协议。办个医药化工厂，绝对比你这梨子养人。明天镇里组织人员封园子。"

"上午，我已与镇上签订投资协议。办个医药化工厂，绝对比你这梨子养人。明天镇里组织人员封园子。"

"胡说，谁同意的？"梁吉阳不敢相信。

"有没有征求村民的意见？这里种植的可都是国家认证的绿色食品。办化工厂有污染，不适合在西望庄呀。"梅子开始紧张起来。

"啪！""你，李胜基，再有钱也买不起我梁家这宅老院。你个狼心狗肺的东西。"梁吉阳拍案而起。

李胜基不紧不慢地抽着黄鹤楼，吐着烟圈：“梅子，你们不适合做生意。把园子交给我，我保证你们下半辈子吃香的喝辣的。”

“你知道你的订单为啥子没有拿下来吗？我给了他王八蛋提成，随便找了家绿化公司代理，事就成了。”李胜基继续说。

“老百姓的塔柏，我收10元钱一棵，转手高速公路，就40元。”

梅子听得一脸愕然。她本来感觉那叫邹小明的包工头不地道，没想到他是这样的愚笨与无耻。

李胜基不知道什么时候从梁家出来的，他的眼泪模糊了眼睛。他不容许他痛恨梁吉阳说老梁家收留老何家，才有他这个根。事实上，他比谁都清楚，自己与梁吉阳长得是多么的相像。他是梁甫安的种，可他却姓李，谁又知道呢？

事实上，他比谁都清楚，自己与梁吉阳长得是多么的相像。他是梁甫安的种，可他却姓李，谁又知道呢？

他仿佛看到了悲怆的母亲身着白色的确良连衣裙奔向汉江河的情形。

六

雨，仍不慌不忙地下着。

第二天，天河镇的施工队来了，人喊马叫地拉了20车新型环保砖。要把梨园围起来，然后清理障碍物。

梁家的人心是凉的，锅灶是凉的，水瓶是凉的，炉火早已熄灭。只有襁褓中的孩子乐乐摸着梅子那饱满的乳房，甜甜地吸吮着。

梁吉阳这会平静了许多。妻子梅子从山西到湖北，确实不易。怎么能承受这么大的压力呢？他搂着妻子轻声哼起李瞎子那首河南坠子《说干旱》：

要说分田到户那一年，

梨园旱了一百零四天；
百姓恨得牙弯弯，
要砍梨树做扁担。
再说改革开放三十年，
梨园也遇到干旱一百天，
楚阳的技术员在地里搞滴灌，
旱年却落了个丰收年。

夫妻俩一商量，饿死的是懒汉，难不倒的是英雄。梅子变卖了项链、戒指、手镯、电视机、冰箱，只要值钱的，能卖的都卖了。他们还向山西老家打了电话，请求支援。西望庄办不成，我们到东望庄办。一定要办一个苗木林果合作社。让“西望”牌汉水梨、汉水桃走出楚阳。

梅子娘家也是穷家小户，东挪西借，总算筹到了 20 万元。

李胜基把办厂子的材料都接到了西望庄百亩梨园，但他心情却好不起来，得意不起来。他与吉阳在争什么呢？他与他的兄弟在争什么呢？嫉妒他有一个好父亲，嫉妒他有一个好女人。似乎是，似乎都不。他不知道他如何走出梁家给他带来的阴影。

他与吉阳在争什么呢？他与他的兄弟在争什么呢？嫉妒他有一个好父亲，嫉妒他有一个好女人。

天河镇，李胜基整天猫在一宽院落里，也无所事事。西望庄大唐医药化工项目迟迟没有开工，对果农的补偿款迟迟没有兑现。有人说李胜基是想引进澳大利亚的投资，有人说他想引进法国的设备，因萨科齐接见达赖，把中法经济搞得乌烟瘴气。

有人敲门，很轻。

是梅子。

梅子这回亲自找到李胜基家。李胜基就住在天河镇口的那宅梁家老院里，是去年从广州回楚阳时买的。

李胜基至今仍然单身。

李胜基虽然发了大财，可他只喜欢这宅老院，因为他母亲曾经在这里快乐地生活过。

梅子穿着一件得体的紫色露肩连衣裙，精致的高跟鞋合着轻脆的节拍，显得是那么的美好。

李胜基心里有点不大对劲。他张网已久要捕获的猎物是什么？是梁吉阳？是梅子？这事本来与梅子无关。是他与梁吉阳之间的较量，犯不着扯上梅子来垫背。

梅子立了半晌，才移动脚步。一步一步，一步一步走近李胜基。李胜基这些时日整日猫在天河镇。他唯一的目的，难道就是等梅子的到来？他想象着梅子一件件地脱去身上的衣服。然后躺在自己宽大的床上。

梅子不知道为什么梁吉阳与李胜基喝酒喝出这么大的仇气。酒真是害死人。

梅子叹了口气，从坤包里拿出一沓钱。

“你……你，你这是做什么？”李胜基很胡涂，又很明白。

“我和吉阳欠你的钱，应该还给你。”停了停，继续说：“就是砸锅卖钱，也应该还给你。这是我娘家筹的 20 万元。不嫌少的话，就请收下吧。”

梅子的话很轻柔。梅子的话很伤感。但伤感中，又是那么坚定。李胜基一时手足无措。慌乱中，恍然又盯着了梅子微微起伏的胸脯。恍然又听到母亲那句话“人要学会报恩，老梁家对我们有恩”。

“不……我不……我不是这个意思。”李胜基嗫嗫嚅嚅，挺多余地解释。

李胜基从小吃烂红薯长大，一个信念就是要出人头地。他要那宅梁家大院，他甚至想梅子是他的老婆，与自己一起过幸福的生活。然而，梅子的到来，梅子的坚定，让他无地自容。梅子的身上仿佛有母亲的影子。像穿着那件她最喜爱的的确良连衣裙接受汉江的洗礼。他好像从第三只眼睛看到了自己的罪恶邪念，看到了自己的丑陋卑微。

然而，梅子的到来，梅子的坚定，让他无地自容。梅子的身上仿佛有母亲的影子。

他树立的功绩碑轰然倒塌。他的眼中一片茫然。

他感觉自己是那么的渺小，轻如尘埃。

李胜基不知从哪里来的勇气，一把抓住梅子的手，把钱放回了坤包。

“你是一个好女人，好妹妹，也是一个好妻子。钱你拿回去。”李胜基知道，人生其实没什么，也就是一日三餐，有张床就够了。

“把农民合作社办起来。我曾经从小穷够了，穷怕了。从现在起，这一切都过去了。”

李胜基依然唠唠叨叨，仿佛他是圣人一般。“你比我和吉阳都有出息。你有能力带领老百姓在西望庄摘金果子，卖金苗子。”

一双颤抖的手，把坤包往梅子怀里一推。甩甩手。你走吧。李胜基好想说“我其实是你们的亲哥哥呀”。可他始终没说出口，两行热泪已从眼中夺眶而出。

十天后，李胜基自己把大唐医药化工项目停办了。经过一年打拼，“西望”农民合作社办了起来，发展农户上千家，固定资产三千万元。这年，日本人考证西望庄确实是牛郎织女传说的起源地，投资两亿元在这里搞爱情圣地旅游开发。至于李胜基，听说从天河镇又去了广州。大唐香园公司交给另外一位股东打理，生产经营还不错。

经过一年打拼，“西望”农民合作社办了起来，发展农户上千家，固定资产三千万元。

西望庄正奔在希望的大道上。

心病

“严华，今天的全体会，你忘记呀，头儿在发脾气，赶快回来！”周五，下午三点。天有点阴，老百姓有点吵，吵得人头痛。

“昨天晚上十二点，就有人用石头砸我们房子。打 110，都没人管？安，你们公务员是干啥子的，安，拿老百姓俸禄，不干老百姓的活呀？安。”

在“安，安，安”申诉声中，几个妇女相互附和，情绪激昂。胆大的，拉扯着前来协调的政府工作人员。

“你说的情况，我们记录下来，调查清楚，立即答复。”“老百姓的事，就是我们的事。”“这样，单位正研究这次问题，我去报告。”

骗人，你不能走。有人又说，让他去，反正跑得了和尚，跑不了庙，明天不行了找县长。

闹闹腾腾的人群中，严华心急火燎从桃园现代农业示范区拆迁工地，回到办公室，坐定，平复一下情绪。

手推了一把鼻梁上的眼镜，放在茶杯上，端了下，放下，再端，又放下，根本没有喝的意思。

阴沉着脸，眼睛冒着火。手推了一把鼻梁上的眼镜，放在茶杯上，端了下，放下，再端，又放下，根本没有喝的意思。咂巴咂巴嘴，无话可说。非常郁闷，非常倒霉，非常无聊。

拆迁工地上，一群钉子户把他缠住了。问题不是钉子户缠住了，问题是刚刚开会迟到了。问题不光是迟到了，问题是领导说了一句话，让他懊恼。问题不只是懊恼的问题，问题是这句话让他十分委屈。而且，还是一把手说的。

什么话呢？首先申明，领导也是人，工作压力大，也有心情不好的时候。

一进会议室。一把手，这儿要标着重符号。是一把手，把笔记本和茶杯，重重地放在桌上，“咚”，一个字，叫掷“桌”有声。这起的范儿不对呀。开会的人面面相觑。“嗞啦”一声，椅腿狠狠地刮着地板。浑身长刺了吧。

“哦。都到齐了吧？”头懒得抬，啾啾嘴地问。

会议记录员站起来，象征性地左右看了下。“严华，说他下乡了。在桃园拆迁。”谨慎地回应。

“啊？下乡？”抬起头，目光如炬，又像机关枪扫射着会议室的每个角落。放重声调，“下乡。上山喽。”

“还有谁？”这话像猫要逮老鼠似的。

上山下乡，用到这里，颇为滑稽。好穿越哟。开会的人绷着脸，心里偷笑。严华，这一回要打入十八层地狱喽。

严华，这小伙，三十一岁，是办公室从河南信阳引进的高材生。要才有才，要貌有貌，工作能力没得说。兄弟们，明于心不明于口这人的缺点，就是只会埋头拉车，不会抬头看路，关键不看领路人。所以，他老在阴沟里翻船。

兄弟们，明于心不明于口这人的缺点，就是只会埋头拉车，不会抬头看路，关键不看领路人。

会议，照例不知道讲了些什么。要来一位新副局长，公共资源项目招投标，省开展千名干部入千企电视电话会，要搞干部进村精准扶贫，廉政电话抽查。下边的人，像在听，也像什么都没听。这些，干我们这些老百姓啥事呢？通报，对，通报，总行了吧。

人们关心的是严华。严华，为广水的阴只发老板，搞百亩桃苗地，来晚了。挨批是小事，搞不好，还要扣俩钢镚。不是关心严华。是关心自己。一把手说，从明天开始，要在局院门口安装门禁，搞指纹电子触屏上下班。

再次申明，兄弟们都是安分守己的，可谁没个特殊事呢？这下，问题可大了。单位离城区十里地。两条腿走，上班得四十五分钟。骑脚踏车，二十分钟还有点紧。买个电驴子，得三千多元。严华呀，严华，你个二蛋，可把兄弟们搞苦了。胡守玉老婆，才生一对双胎，没高兴两天。这下，还真得买个“小飞哥”。喜才上眉头，愁又上心头。方汐上个月，才从河南周口考来，租住在三把壶。这弄的哪壶不开提哪壶。陈佳乐前天，扶贫办的邵主任介绍了个女朋友。那长得真叫闭月羞花，沉鱼落雁。两人看对眼了。在姑娘面前，得装大方吧？要一掷千金吧？没钱就没有安全感啦。现在的小姑娘，不好忽悠。

你下楼。人家一把手还在刷牙。你呼哧呼哧走在半道，人家一把手脚踩桑塔纳已到了办公室，人人见到严华，都恨铁不成钢。搞笑地咬着牙：“我的严华哥哥吔。亲哥。”

严华，应该是个老江湖了。啥风浪没经过。可这一地鸡毛的事，他第一回遇到。会议结束，他仿佛看到七嘴八舌，像蜜蜂一样嗡嗡嗡地飞向自己。孙红副局长告诉过自己：一个人，说你不好，不要紧。不要让两个人说不好。两个人，说你不好，不要紧，不要让三个人说不好。就是五个人，说你不好，还不要紧，千万不要让一把手说不好。这一把手找上门了。严华越想越可怕，老公公不喜欢，老婆子不待见。

跟谁说呢。心碎得跟饺子馅似的，焦得跟蚂蚁一样。

晚上，严华老婆艾亚男不在家。她武汉大学同学周楚西在美国加利福尼亚州立大学当教授，回到县城探亲。同学三五年才回国一趟，不容易，得聚。赵薇在《致我们终将逝去的青春》中不是写的有，郑微喜欢坐在靠近窗口的位置，这样她就可以不时地看向窗外，如果走运的话，可以看见那个熟悉的身影。人家是老同学。严华想，去就去吧。你艾亚男去，青春已逝去。你艾亚男去，那个窗外熟悉的身影，已是我老严。我就是个火坑，你也掉进来了。火坑还有个儿子，他就是小馒头。

你艾亚男去，青春已逝去。你艾亚男去，那个窗外熟悉的身影，已是我老严。

“严满实。你妈妈不在，老爸带你，吃香格里拉？还是爱晚亭？”严华受了气，不能亏了哥们自己，更不要亏了咱接班人。“香格里拉，我要牛排，七成熟。”馒头欢呼雀跃。

吃是吃得香，严华心里是苦的。老婆不在家，又多了一层不踏实。

十一点整，艾亚男仍是夜不归宿。艾亚男，重要的事情说两遍，你夜不归宿，我生气啦。不过，只在心里。周楚西是不是很帅？听亚男打电话交待事情的兴奋劲，仿佛回到了十八岁。以前，老岳父说过，上大学那会，亚男回县城一中教学，周楚西继续读研究生，亚男写了不少信。后来，周父把好多信都送了回来。好多都没拆。艾亚男，你这种嘻嘻哈哈性格的人，千万别喝酒哟。喝多了，谁照顾你呢。我严华肯定不会去的。去了人家说小家子气，不是大男人。严华心里有两个小人一直不停地在斗，尽想这些三个桃两杆枣的事。

不知道什么时间，艾亚男终于回来了。她带着暧昧的眼神，倚在门口，微微地笑。严华就是躺在床上，装死猪。华子清楚地知道自己的老婆，做错了事情，就是这一招，笑。艾亚男凑近老公。头挨着头，厮磨一番。发丝搭在脸上，痒痒的。倏地翻过身。我抗议。闻着艾亚男那粉唇里呼出甜甜的香气，瞥见艾亚男粉脸上挂着淡淡的红晕。严华的男性荷尔蒙猛然间，像峡谷里的江涛，在山石的挤压下，窜了出来。华子一把抱住艾亚男，右腿压了上去。这是我老严家的媳妇。你是不是我老严家的媳妇？是。一百个是。是小馒头爷的儿媳妇，是小馒头爹的老婆，还是小馒头的老妈子。听我说，好吧。艾亚男把双手环住严华的后背。今天聚会人比较多。有做老师的，有警察，有做生意的，乱七八糟。

她带着暧昧的眼神，倚在门口，微微地笑。严华就是躺在床上，装死猪。

其实，人家都是成功人士。不是局长，就是处长，大老板，唯有严华是个科长。天天忙出忙进。没维持几个人。不过，人品好，善良厚道。上孝父母，下教子女。是个过日子的人。艾亚男没提人家身份。

吃过饭呢，这是主要的。严华要听。有一位副市长去了。他爱人也是周楚西同学，在人社局工作。市长去接爱人。同学们当然没放过这个机会。一起呢，又去蓝波湾唱了会歌。对，周楚西的夫人也去了，人家可漂亮了，还有两个孩子。严华假意地平复自己，可洪流已快要决堤。男人的雄性要巍峨站在地平线上，让女人的温柔流在山岗的臂弯里。手像一阵没有目的的风，随处抚摸。

男人的雄性要巍峨站在地平线上，让女人的温柔流在山岗的臂弯里。

“你是我的小呀小苹果，怎么爱你都不嫌多。”电话铃声。严华的。谁呀？

“哎。大哥。啥事？噢。”声音拉得很长。顿了一会。“那好。我来联系。看人家专家有没有时间。”是严华的哥严松打来的。

说想请县里的果树局专家腾旭升去贾家洲一趟。严松在地区湘平市开宾馆，小日子过得还不错。儿子在上海师范大学读戏剧编剧，今年，又考上研究生。主攻影视戏剧。贾家洲与地区城里，一江之隔。十年前，严松投了三千万元，买了八十亩地，想搞房地产开发。这不，温州老板跑路，银根紧缩。二三线城市房地产不景气。市里对贾家洲地产无限期叫停了。五年前，严松从外地引进美国樱桃种了上去。樱桃树是成活了，可花开的少，果子更是凤毛麟角。

问题的关键是孟阳县的夫妇在园子里开了个农家乐。食客盈门。人家看这园子里树长得挺好。要模样有模样，要个头有个头。就像范冰冰，她就是只开花不结果。不找男朋友。你说让人着急不着急。让人尴尬，面上无光。市园林局的人多次上门，说要买去植成街道风景树。做生意人，亏钱不可怕。可怕的是，人家说你没文化。这不，请个专家来把脉问诊。

听到老哥这一通电话，严华对老婆艾亚男八十秒的爱，被凉水泼了一样，冷了下来。

由于陈谷子烂芝麻的事折腾得晚，严华蒙着被子，好像被人按在水里，气仍不打一处来，不想起来。不过，气不顺不要紧。有人气顺。腾旭升的电话折腾起来了。这就是专家，好像找到了用武之地。

县城到湘平不远，一小时车程。车上不能冷场。严华以敬佩的口吻说：腾局长，你姑娘是才女呀。真是强将手下无弱兵噢。腾玉静诗歌作品研讨会，省作协池莉老师都来了。老腾谦虚道，我不知道她写诗。她用的是笔名“残红褪尽”。后因为一首《父亲和他的桃子》，才知道的。诗中写道：几场雨后，迎来了盛大的花事。每一朵，都明媚得像待嫁的女子。桃花粉红，桃蕊粉红。透过一顶草帽，流淌到黄桃酒里。在湘平，种桃的是我；待嫁的女儿，我有仨；种黄桃，除了我，没别人。那她就是二丫了。

贾家洲被汉江环抱而过，真是个好地方。别墅区、游乐场、农家乐鳞次栉比。简直是闹市的后花园。腾旭升如获至宝，说话滔滔不绝。这里是汉江流域，海拔地势低。地方土樱桃是可以种。但美国樱桃要到海拔二千米。我试种了八年，不行。要换品种。老腾精彩的演讲，让严松心服口服。严华似听非听，他依然纠结一把手的问题。一把手，把桌子敲得震天响，真是要把自己吊到“山上”。可怎么办？惆怅。

这块地，搞观光采摘，比较适合。一是离城区近。二是流动人口多。三是果子鲜。比我们县城要好多了。今年，我的春生合作社采摘效果好。湘平，有一个“你开心，我快乐”老年活动群去了。没见过那么好的桃。照相的，采摘的，听课的，高兴得不亦乐乎。一亩，收了八千元。严华听了，应上一句：这就是专家呀。随后，又额外加上一句：“专家，专家，专门搞这个事，不提拔。”严松听到兄弟话里有话，华子心里有委屈。劝说道，心态问题。吴哥公安副局长干了二十

一是离城区近。二是流动人口多。三是果子鲜。比我们县城要好多了。

年，那都不活人了。人，把自己想开，从农村出来，有吃有喝，老婆漂亮，儿子进步，老爷子健康，这都齐活。

站着说话不腰疼。严华走开几步，保持距离，算是对老哥的不认同。腾旭升没注意这哥俩情绪上的变化。继续说，我们要保持株距四米，一亩地一百棵。不要让它两年产果，要三年产果，游客采摘不碰头。分早、中、晚熟三个品种，六月到十一月，都有果子采。

严华依然沉浸在自己的心思里。哎。腾局长，单位上，一把手都要防工作人员迟到，这园子也要防鸟。是买枪打，是买网子拦，还是鸟叼一个摘一个呢？腾旭升说，不要防。严华说，你瞎说吧你。你不采取措施，鸟不把果子吃光了。老腾笑了。你说的那是蝗虫。

鸟吃果子，也有规律。一是在人少的地方。二是一个固定的位置。三是就叼那两三个桃。没有特殊的情况，它不会去吃。每棵树上叼一口，它不成了鸟蝗虫了。严华听到这话，好像有点道理。可一把手，为什么把自己搞得要上山下乡？兄弟们也要跟到上山下乡，接受再教育。

严松说："腾局长，真是麻烦您了。您是贵客呀。"装，搞客套，言不由衷。生意人有时就感觉自己像孔乙己洗心革面了，成了真正文化人。当然，午餐肯定是免不了的。农家菜，散养的鸡，河里鱼，河荡边的茭白，买后活养的清水大闸蟹，柴灶萝卜干饭。不错。忆苦思甜。

生意人有时就感觉自己像孔乙己洗心革面了，成了真正文化人。

"你是我的小呀小苹果，怎么爱你都不嫌多。"爷们，你的电话又响了。当然是严华的。饭桌上的人都在听。是副局长孙红的。你在哪？这是焦急的语气。一个小时后开会。这是命令。那个桃园拆迁户。不是说好了，还房一百一平方米，怎么变成一百八啦。那个陈俊敏，简直疯了。把他八十四岁的老妈送县委门口，打地铺，睡下了。说什么，七十三、八十四，阎王不请自己去。这是解释。要死到县委门口。看你们怎么办？这是征求意见。

要将我严华朝死处整啦？看来，这个科长当不成了，辞职。对不起。我得先走。老奶奶要死，不，拆迁户的，十万火急。严松的司机送。估计一小时能赶回县城。

在县委门口，大老远都围了一群人。脖子伸得跟鸡子似的。好像杀了谁，自己也要被谁杀。老奶奶哭天抢地。我的死老头啊，你咋死恁么早。我三十五岁，就守寡，没享一天福哇。娃子吃糠咽菜，才长大，向谁去诉苦哇。听到这哭声，有熟悉陈俊敏的人说，老奶奶你儿子 1969 年的，属鸡。没经过三年自然灾害，他吃过糠咽过野菜？老奶奶理了一把白发，仰头看说话人。一下顿住哭声，我七老八十了，你小娃子，懂个啥，别瞎说。接着，双手拍地。继续哭：一九七〇年上引丹大渠，当的是男劳力。唐冲水库去挑土，我受的不是苦。起早贪黑盖点房，现在住的是寮天地。

我三十五岁，就守寡，没享一天福哇。娃子吃糠咽菜，才长大，向谁去诉苦哇。

严华知道老奶奶在演戏。儿子化工企业下岗后，在东风公司上班。房子是陈俊敏私自盖的，砖头是捡的，房梁木头是偷木材场的。只花了三千元钱买的瓦。别的没花钱。陈家是个缠访户。房子，三年拆不下来。去年春节，严华买了十斤羊肉，到陈家吃火锅。跟敏子拉关系、套近乎。敏子，喝多了说了实情。说好，还房一百一，陈家补款五千元。这又怎么回事呢？严华给敏子打电话,他就是不接。打了十通后，干脆关机了。这要华哥的命啦。肚子饿不说,火只往嗓眼冒。

哭够，闹够。老奶奶睡着了。这十月天，六点钟，天都见黑，气温降得低。老奶奶凉不得。阿姨，你到值班室坐会，别冻着。你们让我住到外边吗，我冻死算了。“我的死老头呀，我跟谁去讲理。”又嚎了起来。这事要闹到县市委书记和一把手那里，不知是否要罪加一等。严华不知从哪来的勇气。阿姨，我保证今天给您老解决。解决不好，您需要好多钱，我来出。听到这掷地有声的表态。老奶奶眼看严华被逼得没法，拄着拐杖站起来，才到了屋内。

8点50分，严华发信息，找到敏子。原来，敏子的妹妹昨天从车城回来。听说还房，还要补五千元，说只出二千元。才有这一出戏。我的天老爷，找到问题症结。严华说：敏子。这样好吧。我妻舅开砖场。我协调一万砖。你用砖或者你换钱，你随便。补差五千元，按协议不变。哥们，拍板，成交。是兄弟，给个面子。那我也不好意思。我妹子越有钱越抠门，我妈是个老糊涂。好好好，我听你一句劝。

严华回到家里，似乎没一点饿劲。他瘫坐在沙发上，想醒醒神。望着客厅挂着茹德草先生送的"涛声"榜书。华子想到自己尽搞些操蛋的事。让茹老写"听涛"，意思是岳麓书院有"听涛"石，激励自己靠才华赢得领导的赞誉。结果，人家听错了。写成了"涛声"，涛声依旧，这张旧船票能否登上人家那条客船？上山下乡，拇指印，兄弟阋墙。严华肚子像个充气球。茶几上，有弯弯的香蕉，有圆圆的桃。他拿起来，啃了一口。莫名的，他有了一种欲望，很强的欲望。男人就是香蕉，男人是钢，男人是铁。上得了刀山，下得了火海。这三杆子俩枣算啥事。

艾亚男睡了，睡得很沉。华子进门，关门，她不知道。看着她均匀的呼吸，不想打扰她。可他看着亚男的秀发，比范冰冰还要美。白白的臂，不想让她着一点水。要一辈子，不让她着水。洗衣服，大老爷们的事。亚男，穿着夏天的丝绸睡衣，粉色的，仿佛桃花的花瓣。精致的小脸，像一个婴儿坐在花瓣中。费洛蒙梦幻香水的味道，弥漫在整个房间。严华不知道自己身在哪里，像在高档酒店。这个女人，她就是夏娃，自己就是亚当，两人会战胜一切困难。这个女人，就是一条大河，她能用无限的温柔，浸润属于他们的大山。河水，一次又一次地涌向沙滩，华子醉了。他又感觉自己的举动，在犯罪，在侵犯别的女人。在偷情，找到了在艾亚男身

亚男，穿着夏天的丝绸睡衣，粉色的，仿佛桃花的花瓣。精致的小脸，像一个婴儿坐在花瓣中。

上，从未有过的放肆。自己不再是一个人，是一朵云。他变成轻飘飘的一朵云。

鱼肚发白，严华似梦非梦，欢畅淋漓，一夜未睡觉。吃早餐时，艾亚男娇笑地问：你反常啊？去湘平受啥刺激了。以前，一次，都睡得跟死猪似的。老实交待，肯定有事，看到旧情人了？

严华不好意思笑了。我给你盛饭。把干了仿佛一千零一夜的嗓子润了下:媳妇，你听我说。坦白，一切坦白。就这，我还以为啥事。一把手不管，单位不乱成一锅粥？不过，要有度。

艾亚男说，传说春秋的时候，宋国与郑国打仗，宋军吃大块羊肉，郑军吃小米粥。宋国开始肯定打得赢。中途，车御羊斟偷喝了口羊肉汤，被宋军元帅华元无情地喝斥。甚至要惩罚。哈哈。笑什么？这个羊斟驾车把华元冲到郑军队伍中，华元被俘了。严华觉得这太深刻，一碗羊肉汤，打了败仗。

你，严华，别太小心眼，但眼里要有活。工作上，有苦也有甜撒，男人属核桃，经得起砸更经得起忍。

工作上，有苦也有甜撒，男人属核桃，经得起砸更经得起忍。

有时，时间就是一副药。周一见。陈佳乐、胡守玉、方汐这帮孙子，上班特别早。生怕撞到枪口上。严华，正点上班。门口没有门禁，不按拇指印。

一切涛声依旧。

嫁来阜阳镇的女孩

阜阳镇是汉江平原的一个码头，曾有三帮十八行。五十年前，这里上武关，下汉口，人声鼎沸。市井的人生得精明，性情彪悍。庆安的祖上就是这江上拉纤的人，走南闯北，什么市面都见过。后来，江上修电站，陆上通铁路，阜阳热闹不及往日，庆安只有外出谋生。

当别人尚挽着心爱男人的臂弯逛街的时候，她寂寞的心却像一根燃烧到头的火柴正变凉化为灰烬。

她叫阿姣，二十三岁，花一样的年龄。当别人尚在憧憬着美好未来的时候，她却是一个孩子的母亲了。当别人尚挽着心爱男人的臂弯逛街的时候，她寂寞的心却像一根燃烧到头的火柴正变凉化为灰烬。周末，俊男靓女们在咖啡屋品味温情，她却在麦香园西饼店做帮工。昨晚，又是一身伤痛，她真想一走了之，可女儿只有两岁，她忙碌的身影中时时传来声声低沉的叹息。这叹息的鼻音很重，很明显感冒了。为啥不歇着养病呢？杜江劝道，她柔弱的嗓音透着无奈："总得吃饭哈。"

在麦香园，客人上得少，阿姣眼袋角睨视江面对对飞雁自由嬉戏，她眉宇间迷茫的眼神卷着涓涓细流般的话语，向宽阔的江河倾注她的痛楚。

一

阿姣出生在河南省洛阳市洛涧区一个还算富足的家庭，是父母的掌上明珠、唯一的乖女儿。他们虽不是什么大老板、高级干部，可把她这个女儿视作他们一生的骄傲。女儿可以肆意地撒娇。每每看好一件漂亮的衣服、饰物、鞋子，总要闹着去买，母亲也乐意满足女儿的愿望，但总嗔怪道：“你这傻丫头，这样谁还养得起你。”而如今这都是痴人说梦。

阿姣结婚了，有一个女儿。这几个月，正闹离婚。人家讲，种错庄稼一季子，嫁错男人一辈子。这事，阿姣怎么都摊上了。

应该说，老公之前，阿姣有过一段美丽甜蜜的情感，但理想与现实还是让她作出了无奈的选择。

五年前，阿姣怀揣着父母的担心和不舍南下广东，想闯一闯这个新奇的世界。她没有像其他打工妹那样到处奔波，一下火车就在东莞一家灯具厂找到一份不错的工作，在办公室干文秘。工作虽然平淡，但是很充实，不要说平时就接接电话，传传文件，有时工友们请假，她都可以批准。那时她就觉得自己像一个骄傲的小公主。

就是这个快乐的夏天，一个帅帅呆呆的小伙子闯进了阿姣的生活。

东莞的街道是繁忙的、热闹的，汽车总是像热锅上的蚂蚁来往穿梭。

一天，阿姣上街购物回公司。一个大学生模样的男孩竟在熙攘的马路上看书，好可笑哟。危险！一辆车子撞过来，十七岁的阿姣当时也不知哪来的勇气，把这个傻瓜推出车流，算是救了他，可自己的右腿却重重地磕在花坛上。

男孩说没事吧，阿姣摇摇头。其实，她的腿都木了。你走吧，阿姣让他回去。自己一瘸一拐地回到办公室。不巧的是，这男孩竟悄悄地跟了进来。阿姣连忙责问：“谁让你来的，这里是办公区，保安知道会把你赶出去的。”男孩笑了笑，悻悻地走了。

自己一瘸一拐地回到办公室。不巧的是，这男孩竟悄悄地跟了进来。

谁知道，接下来是阿姣受罪的日子。那时候，天气热，她一天冲四次凉，右腿发炎了。伤口溃烂得比较严重，只得到公司的医务室打针。董事长的爱人是医生,她给阿姣上药。很难想象，她用一米多长的纱带戳进阿姣腿的创口去沾脓。整整一个月，阿姣都上不了班，一点工资用完了。为了治病，她向老乡、工友们借，借了好多钱，好像有三千多元。

病好了，阿姣挺高兴的，又可以上班了。一个公司聚餐会上，那傻男孩又出现了。阿姣好奇怪噻，他咋又来了。原来，那男孩是董事长的儿子，叫宋赟。听说阿姣救了他们的儿子，董事长夫妇挺感动的，执意要给她五千元钱看病。阿姣那时是一个刚参加工作的小姑娘，不想要，也不能要，就说病好了，不用了。

可宋赟没有放过这件事。他到公司给阿姣请了病假。每天，他不是给阿姣复查，就是买营养品，不是陪逛街，就是请吃饭。那时候，他放暑假，总陪着这个俊俏而美丽的姑娘。说不清楚，阿姣对宋赟的感觉是什么时候变了，总之他们有了接触，他经常看书，一本一本带给她看。从那时起，阿姣养成了看书的习惯。

正疑惑的时候，一只好大的生日蛋糕、一束鲜艳的红玫瑰、一首美妙的小提琴曲，随着灯光的齐放，迎面推来。

九月十五日，宋赟要带阿姣到一家餐厅用膳。偌大的一个餐厅，只有他们两个人。正疑惑的时候，一只好大的生日蛋糕、一束鲜艳的红玫瑰、一首美妙的小提琴曲，随着灯光的齐放，迎面推来。像放电影一样，但却是事实。阿姣惊呆了，幸福死了，他竟把餐厅全包了。可是阿姣清楚地知道自己和他的家庭相比，简直一个在天上一个在地下。自己仅仅是一个读了两年大专的普通姑娘，买一件衣服至多不超过二百元，而他每件衣服都上千。阿姣知道他们是有差距的。宋赟的安排，阿姣没想到也没办法拒绝。就这样，温馨的情愫流淌在东莞曼妙的大街上。

不久，宋赟提出要为阿姣买一身漂亮衣服。说真的，除了父母之外，阿姣从没有接收过任何人的礼物，她拒绝着宋赟。更何况他认为不错的，女孩子不一定就看得中。宋赟死缠硬磨，就算赔一条上次车祸擦破的裤子行不行？阿姣没拗过宋赟的执着。尽管从一家店出，进另一家店，她都假意不合身，不让买。宋赟不死心，就一定要带着阿姣在街上转悠。无奈，只好找一家偏僻的角落小店，说那就买条几十块的裤子吧。宋赟却哭丧着脸，他是刷卡消费，没带现金。阿姣笑了，但很知足。

阿姣不知道，他们的感情会走向哪里？后来，一件事使这段脆弱的感情最终没有拉平地位的差距，他们分手了。

阿姣说，宋赟央求公司给她安排了一间单身宿舍，这本无可厚非，她很感谢他。可宋赟竟偷配了一把宿舍的钥匙，更让人生气的是，他还乘主人家不在偷看阿姣的日记，窥视着一个女孩的隐私。阿姣的自尊受到极大的伤害。尽管日记没记什么，但阿姣觉得那是对她人格的不尊重。

更让人生气的是，他还乘主人家不在偷看阿姣的日记，窥视着一个女孩的隐私。

几天后，阿姣提出分手："我是一个打工妹，你是一个大学生，我是一个员工，你是董事长的儿子，我们在一起不合适的。"宋赟走了，阿姣搬了出来。

然而，谁知道阿姣的悲剧才刚刚开始。

冷飕飕的河风沿着街市冲进每一幢房屋，阿姣却站在麦香园门口，一个白发苍苍的老奶奶挂着印有《华南都市报》的包包走到桌前，"姐，买本杂志吧，我八十多了，还没卖一本，你积积福，买一本吧。"阿姣用手理了一把头发，掏出五元钱递给老奶奶："算命先生说了，我有一大难，要多积福的，买一本。"

二

在阿姣与宋赟交往的日子，有一双眼睛一直盯着她，他就是庆安。

第二年春天，百无聊赖的日子，老公庆安开始追求阿姣，他是一个湖北小伙子，也在灯具厂上班。他虽然其貌不扬，但是懂电焊、喷漆、装修、养鱼、种地，会很多手艺，能挣钱。没有花前月下，但他发誓要爱阿姣一辈子，养阿姣一辈子。可阿姣说，自己有手有脚，能养活自己的。宿舍的女友悄悄劝她说："庆安干事有些蛮横，不要与他交往。"但阿姣不在乎，至少他老实巴交，踏实肯干。

庆安每次领了工资，总高兴地去买一大堆吃的，不管阿姣喜欢不喜欢，他都买回来；不管阿姣爱不爱吃，他都塞进她手里。

过了半年，当阿姣把交男朋友的事情向父母报信时，他们有些不太愿意。说谈一个湖北小伙，离家太远了，女儿可是娘的心头肉呀。离父母那么远，做父母的，哪个不操心。

阿姣说不知道他是怎样压住的，没有爆发，依然是那么殷勤、憨厚。

庆安知道女方父母没有明确态度后，很是恼火。阿姣说不知道他是怎样压住的，没有爆发，依然是那么殷勤、憨厚。家里越是反对，他们越是反叛，干脆同居了。其实，谈不上爱不爱庆安，不知道嫁不嫁庆安，但老家向男方要两万元钱彩礼的习俗，阿姣一百个反对，庆安家困难，她有些同情庆安了。

犹豫中，阿姣怀孕了。不知道怎么办。庆安说结婚算了。两个稚气未脱的小青年其实没有准备好要结婚。庆安家在县城郊区，薄田窄屋，没有一点积蓄。这时阿姣父母对她的结婚已明确反对，甚至以不认这个女儿相要挟。

那年秋天，他们辞去了工作，回到庆安的老家，鄂西北小县城。阿姣结婚了。没有告诉父母，没有购置家居，没有大宴宾客，仅请了庆安的几方亲戚，添置了里外一身衣服，把自己草草嫁了。结婚头几个月，阿姣与庆安相处的还可以。可日子一久，庆安的坏习惯就暴露无遗。

阿姣说，庆安把她当成他的私人物品，随意处置，甚至任打任骂。在这个冷清小县城，他与狐朋狗友相处一起，胡聊海侃，一天到晚玩呀玩。玩，别人不会把钱送给你吧。他脾气越来越暴躁，语言越来越刻薄，态度越来越恶劣，感情在吵闹中变得淡薄疏远。阿姣只会把伤口掩盖起来，让它悄悄愈合，殊不知它已慢慢腐烂。尤其让阿姣不能容忍的是，庆安在房事方面嗜好暴力，每每总要把她捆绑起来，仿佛是他的猎物，他的战利品，要报复阿姣与宋赟交往的过去，由不得半点反对。

阿姣崩溃了，从不知道日子是怎么熬过来的。在破旧的小房子里，阿姣时常流泪到天明。阿姣没坐过一天月子，医生告诉庆安四十五天不能在一起，可女儿出生第三天，他就要同房。撕心裂肺的疼痛伴着阿姣度过了一夜又一夜。阿姣老家在洛阳，她自己一个人没地方去诉苦，谁知道女人受的是什么罪呀。

庆安已实足是一个霸王。他不管阿姣愿意不愿意，不让服药、不采取措施，总是为所欲为。又过了一年，这是一个很冷的冬天，阿姣不可救药地又怀孕了。服了些堕胎药，孩子是下来了，可造成了大出血。在冬天，阿姣厚重的衣服被血水湿了个遍。第二天，庆安又依然故我。阿姣说再这样，我会死的。庆安说搞死了算了，他再找一个。

有段时间，阿姣特别想死。一个人在汉江大桥上走了大半夜，想一头扎进汉江河里，可她女儿还小，她想她的女儿。这世界上如果还有一个亲人的话，那女儿就是她的一切。

一个人在汉江大桥上走了大半夜，想一头扎进汉江河里，可她女儿还小，她想她的女儿。

面对这个情形，街市上依旧响着《好男人不让心爱的女人受一点点伤》，“绝不会像阵风东飘西荡，在温柔里流浪”，“孤孤单单看不见幸福回来的方向”，阿姣喃喃地说，“我怎么办？”

三

盼望着过上幸福的日子，可庆安家偏偏穷得叮当响，合家才五百元存款，恋爱时美好的誓言被无情的现实击得粉碎。女儿呱呱落地，需要补充营养，可家里没有什么东西可变俩钱；自己想打点临工，可家里没人做饭，婆婆说做了一辈子饭，再也不想做饭了；包了两亩鱼塘，可卖的没有偷的多。

小县城，没有大公司、大企业，经济不景气，家庭困难，这都没什么。最痛心的是庆安有着让人难以启齿的丑恶陋习。阿姣说要离婚，庆安更是变本加厉。

他捆着阿姣，阿姣怕了实在怕了。躲到了女朋友家，一夜不敢回去。

第二天，当阿姣回家的时候，庆安把她所有的衣服用剪子绞得细碎。晚上，他扒光阿姣的衣服，让她蹲在家徒四壁的卧室里。一夜，就这样一夜挨着，阿姣浑身冻得乌紫乌紫的。庆安说，只要你一夜不回来，你就没得衣服穿。

庆安疯了，阿姣心碎了。她得离开庆安。

三年后的“五一”节，阿姣与庆安正式提出离婚。她请好友小梅的男朋友欣辉假扮自己的男友，佐证夫妻的感情破裂了。庆安骑着摩托赶过来，一把掌打在阿姣的脸上，硬拉着她回家，窘迫的寒舍里发生着激烈的争吵。阿姣说她什么都不要，只要她的女儿，女儿是她生的。庆安咆哮道：“女儿是我育的，要女儿莫想，拿 10 万元钱来，赔我的青春损失费。”他更凶残地说，“只要你敢签离婚协议，我杀了你杀你全家，然后自杀。”

最终，阿姣怕伤及父母，被禁闭了。整整两个月，被锁在家里，大门不出二门不迈。整日里，她就喝茶，一杯一杯地喝，不喝她就要渴死。

不许上班，不许找工作，哪怕在家门口街上卖菜不挣一分钱，不准离开家门半步，生怕阿姣飞了。

在亲朋好友苦口婆心地劝说下，庆安才勉强放阿姣出来。不许上班，不许找工作，哪怕在家门口街上卖菜不挣一分钱，不准离开家门半步，生怕阿姣飞了。阿姣守着菜摊，看着街上的行人，真羡慕人家多自由呀。

庆安还是老样子,阿姣的心已灰了。虽然她才二十三岁,可她觉得自己都七老八十了。完了,生命快完了。阿姣不想事情让父母知道,即使过得再苦,也不想让他们操心。算命先生说过,三十岁前,她有一大难,她说她可能活不过三十岁了。积积福,求长寿、盼富贵、祈平安、行好德、至善终。她盼望着女儿赶快长大一些,健健康康,快快乐乐的。

积积福,求长寿、盼富贵、祈平安、行好德、至善终。

哀筝弹尽汉江曲,晚霞抹去一湖绿。一家婚纱店的广告说“爱她,就把她娶回家”,可谁又真正是娶了她,就要理解她,尊重她,呵护她,爱怜她的一切一切,无论富贵与贫穷。

阜阳,一个叫阿姣的女人,仍无奈地讨着生活。

我的父亲

木讷的笑容笼罩着微驼的背，老相片般尴尬的笑、尘埃覆盖的背，受着六十多年风霜的刀割，显得是那么沧桑。

父亲是农民，有着刀刻一样的额头，络腮的胡子，古铜色的脸。木讷的笑容笼罩着微驼的背，老相片般尴尬的笑、尘埃覆盖的背，受着六十多年风霜的刀割，显得是那么沧桑。尽管他叫富山，可一辈子穷得叮当响。

那年冬天，同事带话说父亲来了，心里确有一种不成熟的愿与不愿。因为从小到大，我对他老人家留下的印象有些说不上的好。他好酒，每每总喝得酩酊大醉，然后就像他油房里抡过的大锤击打楔桩一样发出震耳的鼾声，吐着枷板压饼挤油般吱吱的酒气。他总自得，说自己的大儿子在城里是老板，开着自己的车，二儿子在政府当职员，有着受人尊敬的岗位，以显示他的荣耀。这让我还是有些尴尬。

远远的，我看他站在我住所的楼下，飕飕的寒风吹打着他紧缩的身子。见到我，他显得十分兴奋，约一年我们没有见面了。他寒暄道："下次我星期天来，没想到影响你的工作。"

父亲是送米来的，满满一袋足有九十余斤，还从百里之外的老家驮来。我说去叫人力工。他急忙劝解："不用，你掮给我，可省一块钱。"

我执拗不过。沉沉的大米还是挪上了他的肩，他粗糙的大手抓着冰冷的扶手，迈着沉重无声的脚步，喘着憋了又憋的口气，一步一步踮上七楼。

午饭也是简单的。父亲走了，迈着轻松的步子，回头满意地说："腊月十几，我再给你送些年肉。"

多少年过去了，我仍想起父亲。父亲，很简单，扛一袋米，见儿子，就够了。父亲，他就像一袋褪了壳的大米，温暖着我的心。

父亲，很简单，扛一袋米，见儿子，就够了。

父与子

说起自己为人父亲，非常惭愧。

因为在儿子七八岁，懵懂开智的日子里，我却带着他的妈妈四处求医，耽搁了不少美好时光。

十二月十日，他从武汉回樊，参加美术联考回来。妻子热情了很多，难怪儿子是妈妈的心头肉。外婆对他看了又看。我却想起，与他的三次对话。

我母亲说我是一个患得患失、性情犹豫的人。或许吧，谁让我是一个易与人推心置腹的人呢。

第一次，初中，儿子挫折。我知道，他是一个喜欢他人肯定的小孩子。可是，谁又懂得他的个性呢？有时，成绩差了，他就逃避。我与他谈了很多。但我谈的，还是老母亲教我的一句话，就是人怕发奋、地怕上粪。像痛说苦命家史，八分钱的作业本都买不起，上学拎个煤油灯，书包是砂纸做的。儿子听后，总无奈地叹气。仿佛，我讲的是陈谷子烂芝麻。但是在他的内心里，还是希望得到我的肯定。有时，他画一幅不错的画，悄悄向他妈妈打听我的态度。我自然是赞许的。有时，想一想，儿子，就是一个傻孩子。

像痛说苦命家史，八分钱的作业本都买不起，上学拎个煤油灯，书包是砂纸做的。儿子听后，总无奈地叹气。

第二次。高中，儿子择校。他是一个心气挺高的人。一次，我带他到附近高中散步，说，若考试不尽人意，只有就近入学了。他摇摇头。可命运就是这样，你越是不想面对的事，它偏偏就来到你的面前。儿子很苦恼，把自己弄得鼻青脸肿。我说，挫折，有什么可怕呢。许多大家都是从挫折中走出来的，像国画大师齐白石，少时还当过木匠。我们好好学习，不是一定要当第一，只是为未来找一份自己喜欢的工作。

第三次，高考，儿子集训。自从到武汉参加青枫画院的美术培训，孩子的画技精进。从小联考，到大联考，到校考，他都给自己定了目标。这次回来，我们一家三口人去夜市，走到武商门口，夜灯闪烁，一座烤炉仍坚守在楼下的树荫里，炉肚上，贴着一张纸，叫梅干菜饼，一元钱一个。我知道，武商的美食很多，还有印度甩饼，台湾油炸冰激凌。我说，去吃螃蟹，这蟹挺贵，四十八块钱一只。生活，就是这样，你不更上一层楼，那就梅干菜饼，上去了，就是别有洞天。儿子，默然无语。

生活，就是这样，你不更上一层楼，那就梅干菜饼，上去了，就是别有洞天。

十三日，一大早，我还未起床，儿子，自己打点行李，去武汉了。我想，他会更上一层楼的。夜色已暗了，妻在洗碗，我写下这段文字，祝愿他。

欧阳修在老河口

"醉翁之意不在酒，在乎山水之间也……"一篇《醉翁亭记》流传千载，其作者欧阳修，北宋政治家、文学家、史学家，唐宋八大家之一，在中国文学史上占有重要的地位。他大力倡导诗文革新运动，改革唐末到宋初的形式主义文风和诗风，"天下翕然师尊之"（苏轼《居士集叙》）。鲜为人知的是，欧阳修曾任乾德县令，其治下，就是今天的老河口。

少贫苦学直言受贬

老河口在周朝为阴国。史载：武王姬发有儿子，承阴最慧，封元梁，以名为国，为阴国。故《礼记》有赞曰："九久承阴，元梁之君，国之大风，合汉之滨。"唐初设阴城镇。宋乾德二年（964）建光化军，置乾德县。

是什么机缘让欧阳修来到老河口呢？

宋真宗景德四年（1007），欧阳修出生，其父欧阳观为绵州军事推官。欧阳修四岁时，欧阳观在泰州军事判官任上去世。由于欧阳观为官清廉，死后其家一贫如洗。欧阳修的母亲只得带他投靠随州推官任上的叔叔欧阳晔。欧阳修年少时，母亲以芦荻作笔画地，教他认字，史称"荻画学书"。因欧阳修天资敏悟，过目不忘，家中藏书不足识，遂到城南李尧辅家借读，看到残缺的《昌黎先生文集》六卷，爱不释手，用心背诵，立志以韩愈为自己一生创作的典范。

欧阳修年少时，母亲以芦荻作笔画地，教他认字，史称"荻画学书"。

由于推崇韩愈"文以载道"的革新主张，不合时宜，欧阳修两次应试落第。天圣六年（1028），受汉阳军长官翰林学士胥偃赏识留置门下，后娶胥女为妻。天圣八年，中进士列甲一，任西京（今洛阳）推官，从此走上仕途。

景祐三年（1036），时任吏部员外郎、权知开封府的革新派范仲淹，与保守派权相吕夷简发生政治纷争。范仲淹被贬饶州（今江西鄱阳），而时任司谏的高诺讷，却屈从吕夷简，附声诋毁范仲淹，引起欧阳修的强烈不满，直撰《与高司谏书》，斥责高诺讷“不复知人间有羞耻事”。欧阳修为此贬至峡州夷陵（今宜昌）县令。景祐四年（1037）十二月，朝廷调欧阳修为乾德县令。翌年三月，欧阳修到任，时年三十一岁。

连年干旱受命危难

宝元元年（1038）三月，春寒料峭。欧阳修从夷陵翻山越岭来到乾德。

初来乍到，欧阳修首见旱象。自去秋以来，乾德百里无雨，秋旱连春旱，苗木枯槁，“民被其灾者数千家”，“饥民食糟麦为命”。面对旱情，欧阳修引堰灌苗，祭五龙祈雨，求百姓安康。非常幸运的是，不久天降甘霖。为感谢神赐之恩，欧阳修带着人敲锣打鼓赴武当山拜祀，这便是县志所记的“朝爷锣鼓”。在老河口民间，还流传着一个传说，欧阳修在乾德任上，多次出访乡里，体恤民情。某日，往北乡某岗，忽见一老者，衣衫褴褛，蓬首垢面，见修说：“朽候多日，求茅舍避风寒，施银两苟残年。”欧阳修怜其贫，遂允。而老者不见，化一黄蟒，口吐清泉，泽惠一方。

为感谢神赐之恩，欧阳修带着人敲锣打鼓赴武当山拜祀，这便是县志所记的“朝爷锣鼓”。

同年夏，乾德又遭连日多雨，汉江水猛涨，欧阳修《居士集》二四卷载：“汉水东至乾德，汇而南，民居其冲，水悍暴而岸善崩。”但百姓安然，这其中，宋真宗咸平年间光化知军李仲芳修建的石堤发挥了重要作用。欧阳修十分赞赏李仲芳的政绩，当即作《尚书屯田员外郎李君墓表》，彰其功德于后世。

十月，西北党项人元昊起兵，号大夏，称皇帝。朝廷匆忙之中，四处滥征乡兵，以至民怨沸腾。襄城县令梅尧臣时著《汝坟贫女》诗，记述了当时的惨景。在老河口，欧阳修也目睹、体验了百姓生活的艰难，“休耕作之不易，察百姓之艰辛，感朝廷之冗员，知税役之沉重。”

访贤问能吟诗言志

在欧阳修眼里，乾德“地僻而陋，官属无雅士，民间罕有学者，亦不足与讲论”。也可能是这个原因，在乾德期间，他只留下诗文二十多篇，主要有《离峡州后回寄元珍表臣》《题光化张氏园亭》《秋日与诸君马头山登高》《南獠》《祭五龙祈雨文》等，但这都成为记录老河口历史的不朽诗文。

欧阳修到任之初，给远在夷陵的好友丁元珍回诗：“经年迁谪厌荆蛮，惟有江山兴未阑。醉里人归青草渡，梦中船下武牙滩。野花零落风前乱，飞雨萧条江上寒。荻笋时鱼方有味，恨无佳客共杯盘。”在洛阳，欧阳修与尹洙、梅尧臣唱和为师；在夷陵，欧阳修有[illegible]宴所、元珍陪游的惬意，到了乾德，他未免落寞，只能感慨汉水的鱼好，却没有客人来此共享。

到任之前，欧阳修曾对丁元珍说“荆楚先贤多胜迹，不辞携酒问邻翁。”（《夷陵岁暮书事呈元珍表臣》），他到任后便四处访贤问能。时乡里“皆曰有三人焉”，三人“学问出处，未尝一日不同，其忠信笃于朋友，孝悌称于宗族，礼义达于乡闾”，由此“乾德之人初未识学者，见此三人，皆尊礼而爱亲之”。这三人即张士逊、戴国忠、欧庆。后来，三人都考取进士。张士逊最后官拜礼部尚书、同平章事（即宰相），戴国忠也官至尚书屯田郎中。而欧庆不知何故，“独黜于有司”。一直到二十年后，欧庆才得以为州县吏，前来巡视的官员大多是张士逊的故旧，但欧庆绝口不提前事为自己谋利，为官廉洁而清贫，而对于“宗族之孤幼者皆养于家”，欧阳修对此事推人及己，十分感慨："虽乾德之人称二人者，亦不以贵贱为异，则其幸不幸，岂足为二人者道哉！然而达者昭显于一时，而穷者泯没于无述，则为善者何以劝？而后世之来者何以考德于其先？"

受先贤勉励，这年重阳，欧阳修与上府诸寮登临马头山（今老河口市百花山）。赋诗云："晴原霜后若榴红，佳节登临兴未穷。日泛花光摇露际，酒浮山色入樽中。金壶恣洒毫端墨，玉麈交挥席上风。惟有渊明偏好饮，篮舆酩酊一衰翁。"欧阳修把酒对江山，激扬文字，踌躇满志，笑谈"采菊东篱下，悠然见南山"的陶渊明，是一位只知喝酒的老翁。欧阳修年长后，对年轻时的所作所为回忆道："三十年前，尚好文华，嗜酒歌呼，知以为乐，而不知其非也。"

宝元二年四月，欧阳修表叔谢绛守邓州，挚友谢绛之妹夫梅尧臣宰襄城，遂约谢同往，留旬日方还。据史料记载，梅尧臣虽文采极佳，但屡试不中，仁宗恰才赐同进士出身，方委于襄城县令。梅尧臣受到任用，欧阳修自然十分欣慰，甚至从中看到自己的前途。

谨于治学接受历练

欧阳修爱乾德百姓，爱乾德山水，也爱在乾德治学。尽管在乾德时间只一年有余，但乾德的一切，在欧阳修思想上、事业上、文学上打下了深深的烙痕。除了访贤问才外，他还到邻近州县访友，消遣酬唱。好友黄注任南阳主簿，两邀会于邓州，"汉水一隔两县令，常来对月话诗心。欧阳大名越时空，《夫子庙碑》传至今。"欧阳修与谷城县令狄栗甚好，常聚赋诗饮酒。此外，他赴襄阳游历，见证荆襄风情，写下了《和韩学士襄州闻喜亭置酒》《乐哉襄阳人送刘太尉从广赴襄阳》等诗篇。

在乾德，欧阳修兴礼治学，兴建欧阳文忠书院，主张文以明道，反对“弃百事不关于心”(《答吴充秀才书》)，主张文以致用，反对“舍近取远”(《与张秀才第二书》)，强调文道结合。可惜，书院不久毁于水灾(《老河口市志》载：“建于宋代，后遭水倒塌”)。宋熙宁元年（1068），书院重建，世称“光化黉学”，至清光绪年间多次更修。建筑有石牌坊、登云桥、泮池、大成殿、名宦乡贤祠、明伦堂等二十余处，后来建筑毁于兵火、天灾，现仅存大成门、明伦堂。

虽困于贬谪，欧阳修钻研经史、著书立论、创作诗词，从未弃置。任乾德县令期间，他坚持著书立说，著有《居士集》《集古录》等。他在县内寻得南乡太守碑，如获至宝。按《晋书·地理志》，当魏末荆州分属三国，而南乡、南阳皆属魏，后晋武改南乡为顺阳。《晋志》只说南乡魏时属荆州，武帝平吴，改为顺阳郡。而没有记载顺阳治所、兴废、属县之名。欧阳修据此碑考证，南乡郡属县有武陵、筑阳、丹水、阴城、顺阳、析六县，治所即阴城镇。

欧阳修一生坎坷，但他始终勤于政事，谨于治学，著书一百五十三卷，专著有《新唐书》《新五代史》《六一诗话》，得朝廷信赖。在他调移光化军乾德县令时，仁宗专门敕谕解释：欧阳修受贬因“偶弗慎于言阶，乃自贻于官谴”，为“余方甄录，尔尚勉勤”。仁宗甚至还对侍臣说：“如欧阳修者，何处得来？拜为知制。”

也正是由于他的一生勤勉，才享有“欧庐陵道德文章”之盛誉，学识、文章、品德，为世人所效法与景仰。

正是由于他的一生勤勉，宝元二年（1039）六月，欧阳修复职权武成军（今河南省滑县）节度判官庭公事，后历任集贤校理、龙图阁直学士、河北都转运使、枢密副使、参政知事等，权重朝野。也正是由于他的一生勤勉，才享有“欧庐陵道德文章”之盛誉，学识、文章、品德，为世人所效法与景仰。宋熙宁五年（1072），欧阳修故去，乾德百姓捐建欧阳文忠公祠，记其在老河口的功德。

“新发久”商号又录

立秋后，一场小雨，街面上润润的。我已经是第三次来到太平街了。第一次，几年前，我写《兄弟商号“新发久”》，与炳发先生有一次长谈，那时的他已颤颤巍巍，行动不便了。第二次，与陈义文先生的嫡孙洪斌，看历东园先生书法真迹。说这匾是文物，要好好保护一下。第三次，戴一龙先生说想聊一下抗战时商号的面貌。我想，这是应该的。写一段文字，能让太平街的人知道自己，又能让他人了解商号，是无比欣慰的事情。

写一段文字，能让太平街的人知道自己，又能让他人了解商号，是无比欣慰的事情。

不知是雨的冲刷，还是集市的落寞，这老街出奇地静，偶有三三两两的人，显得是那么的逍遥自在。这抗战时，昙花一现的老字号“新发久”，在太平街的西属第四家，拐角是家烟酒店，次屋是一红砖高墙大院，隔壁屋宅低落一些，黑漆木板铺面，过去是做木炭生意的。商号的门已换成褐色铜门，失去老字号的韵味。见到来者，东邻的老妇人，侧耳附听，又转身进屋，不想竟然拿出一包“黄鹤楼”香烟来。七十年前，断然是没有这般香烟的。只不过“哈德门”罢了。

这老字号“新发久”，眨眼一瞧，其貌不扬，低低矮矮的，窝窝囊囊。与周遭的高楼大商号相比，自然是小兄弟了。但你一进院，便别有洞天。它是一进三院。过去，临街三间铺面，一门进宅。左门柱上挂一匾牌“新发久保号”，格外惹眼。平日，商号开一小窗。窗下置一柜台，店内设有货架。烟具、纸烟、引纸、洋油，一应俱全。有顾客来说，“掌柜的、来包烟呐。”伙计递出两包纸烟，把三个铜板，叮咚一声丢进钱箱里，响得清脆。这钱柜，是木制的，有一小的进币口，除了老板，别人是打不开的。

人高马大的风火墙也没了，这个精明的商人，把自己隐藏在人群中

一进院，东西紧挨着风火墙，有一上下两层厢房。这二楼是四曲回廊，雕花格窗，可上前厅，也可入正堂。解放初，这商号主人，自主拆去一层，把自己打扮成小商贩。胸前戴一徽章，叫“老河口镇煤油纸烟业商业公会”。人高马大的风火墙也没了，这个精明的商人，把自己隐藏在人群中。要不，贫宣队的，就会拉上街批斗，还会下放到乡里，种地去享受一世赤贫。眼下的厢房，是在旧址上搭建的，一边是过廊，一边是厨房。中间的天井，窄瘪瘪的，没有商号的影子。倒是这屋顶平整的木楼板露了“富”，难怪，“四清”时，人们三四次来到这商号，砸它的招牌，把那带花的格窗，戳破个天。

正厅三间，两层阁楼，堂前有一条几，上挂松鹤延年，几桌上敬奉着祖爷盒，桌边放着两把太师椅。炳发先生的长子瑞举，幼时淘气，曾打开这祖爷盒，里边一派先人的肖像。这厅是敬祖会客的地方，不是至亲好友，是不得受此礼遇的。一般客商，商号只在茶楼酒馆热忱招待，也让人家感受宾至如归。东路穿过厅堂，进入后院，一堂三卧，是家眷的居室。院内修竹一株，花开数枝。再后院倾圮，不见踪迹。

这商号的主人叫张朝海，是下江蛮子，武昌府人，光头彪形，高大威猛。早年，赤脚来到老河口，在仁义街卖纸为生。女人，张孟氏，竹林桥人，年轻时，娇小可人。膝下五子一女，炳字辈，分别叫新、发、久、保、号，女子叫三姑娘，幺儿子号，十岁那年，因病夭折。炳新在丹江，炳久在宜城，炳保在神农架。炳发先生守一院祖宅，生有瑞举、瑞玉、瑞青、瑞春兄弟四人。人老三代，瑞举从化肥厂下岗，算是日子拮据，在这宅子吃老本。

这瑞举，五尺男儿，也算精明，浓眉大眼，相貌堂堂。说起这百年商号，抱残守缺的日子，一脸怅然，颇有感慨。娶一襄阳妇为妻，叫朱俊丽，官学入棉纺厂上班，已到退休年纪。此人，衣着讲究，口齿伶俐。说到这"新发久"，她如数家珍。张孟氏待其视如己出，爱怜有加。娘家有一位邻居问俊丽："这闺女长大啦，嫁到哪里？"她说："太平街，有一卖烟酒的。"邻居大为赞赏："知道，知道，太平街码头'新发久'，老字号。"

这老字号成立何时？我觉得应该是1938年。瑞举兄说是1945年，他家重修过房屋。我认为是有误的。一是"新发久"的正厅前尚保留有一对挂匾，匾联上有小字，记有日月为民国二十七年，历东阔书。此谓，张氏朝海华屋落成，专门请老县城书法名家历东阔先生题写的匾联。二是我在老县城访古，遇历先生后人。东阔已在1939年故去了，他不可能人不在了还能写字的。

1938年，日本人攻占武汉，大批的下江蛮子，都迁往汉江上游。老河口随着李宗仁五战区长官司令部的迁来，人口骤增到17万人，无疑带来了商机。有俗话说"过了连山坡，看到老河口的金银窝"。这金窝是谭家街，银窝便是太平街了。太平街上，陕西、河南一带运来之棉花，年在五十万担以上，生漆交易约一万五千担，木耳大小包合计一万包，桐油十三万篓，邓州、均州运来之茶叶亦不少，牙行甚多。"新发久"的纸烟煤油生意一派红火，日平均三十条，年货款十一万银元。当时，据住路家巷秋日曾照文介绍，"新发久"在阔时得请雇工四人，家里装有电话，配置沙发，木板铺地。有重要的客人，少奶奶还得陪打麻将。

"过了连山坡，看到老河口的金银窝"。这金窝是谭家街，银窝便是太平街了。

其实，"新发久"的发迹，得益于美孚春大公司。张朝海一进入老河口地界，就是在仁义街洋油栈，靠春大公司吃饭。他一根扁担两个筐，贩卖烟具和纸烟过活。主要有大炮台和哈德门，大多是青岛美国公司产的烟。春大的雇工多住在路家巷，从“新发久”伙计的住址在路家巷，可以推断，“新发久”商号相当于春大公司的分公司。要不然，炳发先生说，春大凭什么要赊烟给新发久呢？尽管“新发久”的人回避与春大有关系，可能是，解放初，春大的掌门人，被撵到火车站卖鸡蛋为生，让张家人难以接受罢了。

当然，人称张瘪头的张朝海，还精于人际关系。据乐盛街的老人张运培讲，张朝海与老河口码头大哥青帮大爷郑智文是一派的。他惯于见风使舵，帮会有活动，他牵线搭桥，帮忙张罗，过堂大事，节骨眼上，他才出头露面。欺行霸市，他不做。卖烟酒是口碑生意。坏了名声，生意也就没得做。由于瘪头爷是帮会的人，也没有街头混混和兵痞前来闹事。屋内，有个见过世面的少奶奶，能说会道，雇员安顿得妥妥帖帖。没过几年，张家在太平街购得一院豪宅。同地段李家烟馆，耗资一麻袋银元，外加四十亩地，新发久商号花费也差不到哪去。从民国二十七年（1938）起，这家境已相当殷实。

欺行霸市，他不做。卖烟酒是口碑生意。坏了名声，生意也就没得做。

这种精明的性格会遗传的。破“四旧”时，炳发公把老爷子请来的匾藏在阁楼上，算是保住了先人的“福地安居”。居所的房屋朽了一根柱子，张炳发干脆把后堂拆得崩塌一地。前来认定成分的人见到衰败的景象，说:“这算狗屁商号。至多，算街道工商业者。”可又有多少有头有脸的商号，一伸头，人抓了判了刑，宅子收了充了公。后来，张炳发还把名字改为张志军，适应了社会形势，甚至把金戒指拿到街上换粮食，人们说他傻了。傻不傻？谁又知道，至少，博得了人们的同情，保住了祖宅大院。说起这个，瑞举悄声地说，我们商号在马头山下还有十几亩地。雇人耕种，后来地送给了种地人。这长工也还不错，每年夏秋，地里有了收成，他都趁着晚上给商号送些粮食。

为了保住这家商号，张朝海还是一个胆够大的人。1945

年春，日本人从化城门破了城。掌柜的瘪头爷，把他的一屋家眷上十口，从三棵树码头送上船，往六股泉山里跑。不巧，一枚炸弹扔在船边，多亏，炸弹是个哑弹。不然，这商号算没得人了。张朝海没上船，留在城里，他舍不得这一大家业。城破了，日本人拿着枪，从花城门开始，到处杀人。这瘪头把自己藏在二楼上，白天不下楼，晚上用夜壶点上当油灯，找点吃的。奇怪，日本人冲到太平街，不杀人了。有人说，日本人信奉武士道，不逆太平之道。有人说，这街是神街，六月六发大水，水到太平街、乐盛街就绕道走。"太平"得道，救了"新发久"，保住了一院家产。瑞举说，那年月，钱真值钱，我奶奶带了半块金条，就在六股泉，养活一大家人半个月。可见张家人对钱看得金贵。

那年月，钱真值钱，我奶奶带了半块金条，就在六股泉，养活一大家人半个月。

商号，因战而兴，因战而衰。几个月后，日本人投降了。不少名家商号迁往南京、上海，而"新发久"感恩这一份幸运，它仍守在这码头上。毕竟，人少了，纸烟生意淡了下来。那就卖煤油，日子不长，美国人也不向洋油栈供货了。四年后，张朝海听说郑智文被抓了，说他欺压百姓，贩卖女人。曾经自己也是帮会一伙，这瘪头爷真瘪了，胖的脸变瘦了，直的腰变弓了。夏天，一焦虑，脑溢血，没救过来，带走了一生的遗憾。那日的晚上，和尚持着幡，念着经，一路吹吹打打，撒着纸钱，送走了这位"新发久"的掌门人。

天凉凉的，街一样的清静。这一年，他五十一岁。

街巷履痕

古渡煮酒

有安岗上千年的楚人遗迹，有北沟南北朝的仙人石桥，有茹家湾数百年的黄楝古树。

写这样一个位于老河口市的汉水古镇，我有点惶恐。它，是那么神秘，是那么沧桑。有安岗上千年的楚人遗迹，有北沟南北朝的仙人石桥，有茹家湾数百年的黄楝古树。有多少官宦商贾从这片土地走过，扬名他乡。我的祖辈，从石花街到格垒嘴去古山都的茶庵，也栖身在这里。我躲开它，就像躲开一段历史，躲开一种文化，确实是不应该的。

一

这是一个古渡口，人们叫它仙人渡。但古渡口一亮相并不叫仙人渡。

在镇子上，折向东街。这里是民国以来，最繁华的集市了。鞋帽铺、理发店、杂货摊、烟酒行、豆腐社、木器社、客栈、酒楼数十家商行一字摆开。从北沟到南渠，约二里地。有朋自远方来，你可捧一罐地道的仙人佳酿，酒足饭饱，在酒楼，推窗俯看街市的人声鼎沸，聆听花鼓的余音声声。《酒醉花魁》《大娘教子》《铁板桥》，秦音吟哦，一定叫绝。恰逢年节，舞龙舞狮、旱船蚌蚵，锣鼓喧天，更是热闹。

从南街西行一华里，便是千年古渡了。站在渡口之上，举目四望，它一定让你神清气爽。你不禁会感叹造物主的鬼斧神工。此情此景，当然是“远山含黛横地出，三水绕城水流急”。民国之前，仙人渡是谷城县所辖重镇。县城之南，有筑水（今南河）。县城之北，有粉水（今北河）。县城之东，有汉水。三水携手，汇聚于此。这里南船北马，人们总是摩肩接踵、荷担背扛。为避永王之乱，唐朝诗人戴叔伦搭船南往，也夜宿在这个埠头，挥笔题诗“横流长夜不得渡，驻马荒亭逢故人”。清朝襄阳守道鲁之裕劝农桑、兴水利，路过渡口，不禁叹喟“莫道袁曹争渡处，今来壤畔有田翁”。周宣王时，楚王派尹吉甫向周进献“白茅”，从筑水顺水而下，在格垒嘴的筑口，转道汉水溯江而上，也是在这个渡口停歇。

其实，要说古渡口真正繁盛的时期是洪武、永乐年间。明洪武二十四年（1391），谷城商税课钞达二千零四十贯。《襄阳府志》记载：明永乐十年（1412），仙人古渡满载“管运武当山琉璃诸物”小船数以“万计”。就是明成祖的一道降谕，建造武当山宫观，营造船队泊靠襄阳、谷城，就是这样一次不经意的驻足，成就了一座身世不凡的渡口。《谷城县志》云“此渡乃真武渡也”。经仙人渡南下的棉花就有一千余包，停泊其间的楸子船，三丈有余。江西移民的到来，更推动了水田、旱作并耕，以至于酒肆屠宰山村几遍，以致仙人渡口出现“家家户户酝佳酿、村村人人品美肴”的盛世景观。

这也许就是仙人渡酿造业兴起的发端吧。

二

从渡口往回走，不过百余步，有一条北去的石子甬道，它直通西街旧日的乡公所。这里虽已闲置多年，但仍居住着满腹经纶的遗老遗少。乡公所南边，有一座万民膜拜的观音阁，是信男善女顶礼膜拜的神龛。北边有一眼清泉，曾常年涌流不息，只可惜上游汉江的截流，让千年古泉濒临枯涸。西边有一槽坊，临街敞开四五间，酒香四溢，渡口的船夫总要“落帆向筑口，停舟为槎鳊”。乡公所真正的主人是乡绅李

北边有一眼清泉，曾常年涌流不息，只可惜上游汉江的截流，让千年古泉濒临枯涸。

伯霖，镇东田地四百亩，市上店铺十数家。李氏世第，一进四院。临河二楼是观景走廊，置身楼阁，品茗散步，当然是十分幸运的事情。难怪耄耋老者总津津乐道，这里是风水宝地。

绕过乡公所门楼，向西穿过石板路，眼前出现一座偌大的庭院，这里是李志进的“日新长槽坊”旧址。它在西街北端，乡公所西首。河风东来，呼吸着飘有酒香的气息，顿觉一丝清甜。漫步在古街上，一出古老的戏曲从明清的屋里幽幽游出，在空气中缓缓飘荡。风味小吃的香气随风阵阵，油墨香和醋酸味儿，一股脑儿地，在这短短的几百米长的街道上无时无刻不侵袭着你。

1939 年，襄阳县太平店李长远也看中了西街商埠的繁盛。他在乡公所的北边开设“李长远槽坊”。驻足“前店后厂”的槽坊，看着眼前这段被滚滚车轮磨砺出深深印辙的青石板路，追寻着先辈勤劳的足迹，不禁会想起欧阳修的诗句“顾我百忧今白首，羡君千骑若登仙”，“况有玉钟应不负，夜槽春酒响如泉”。耳畔回响着千百年来不息劳作的声音，坚实的臂膀，黝黑的身躯，吱吱的车轮，铿锵的吆喝。古渡的文化，它是我们人生背负的一根纤绳，它是我们人生不息奔走不止的一只号角，它是我们人生倾注活力的一杯老酒。

耳畔回响着千百年来不息劳作的声音，坚实的臂膀，黝黑的身躯，吱吱的车轮，铿锵的吆喝。

从老字号酿酒槽坊的建筑上，你依稀能见得光绪灰堡砖、民国青瓦砖、建国红窑砖杂志其间。几块剥落的墙面上，显示它是“七卧五立”的砌筑法式。斑驳的白色山墙上，写着朱红色的“万丈高楼平地起”“毛主席万岁”标语，也有白底黄字的《毛主席语录》。可以判断，这是手工业作坊经过社会化改造后留下的痕迹。1952 年，由于物资紧缺，光化县设立老河口酒卖处，统购统销全县槽坊酿酒。

在东街，可能遇得见三三两两的老酒仙。他们依旧生活在上世纪五六十年代的“时尚范”里。叼一管旱烟袋，清瘦脸庞，黝黑皮肤，蓝衫布履，静静地坐在那里，像是在想什么，又像什么都没有想。你若能打开他的话闸，就像打开了古渡口河里的水流，滔滔不绝。县企业公司是竹林桥、仙人渡酒厂合并的。当时，设南酒厂、北酒厂。老区院（即乡公所）北即北酒厂，主事是涂得学，南为南酒厂，掌舵是闫世义。酒厂红火呀。日投高粱一千斤，出酒四百。他说着便比划出四个指头。东街口过年打散酒，家家须排长队。不管你听没听，他总是说个不停。

三

当然，喧嚣过后，总会有沉寂。繁华过后，总会有凋零。这是一个亘古不变的道理。但一个人能在人生的最低谷，激发出再生的反弹力，这才是最令人敬仰的。

这个人应该是一个叫安明龙的汉子。

仙人古渡沉寂了。这里，偶尔只见得一只鸬鹚筏子荡漾其上，捕捉一些小鱼小虾。它穿着有二千三百年历史的裹脚布，踟蹰不前了。老河口镇，建于雍正三年（1725），短短二百余年，已是生齿日繁、商贾辐辏。誉为“天下十八口，数了汉口数河口”。1952 年 10 月，光化县酒厂抽走了仙人渡南北酒厂的技术骨干。三年后，南北酒厂并入老河口酒厂。

安明龙，生于 20 世纪 30 年代末，是仙人渡东街开明绅士的子弟。自幼饱读诗书,写得一手苍劲的毛笔字。1975 年，下乡知青返城了。颜双喜、安明龙一干人马白手起家，再起炉灶。在豆腐社开锅烧酒,是谓“小酒厂”。烧酒制曲十分讲究，必须是古渡独有的花芋、辣蓼籽、毛草根汁加糯米发酵而成。佳酿必佳泉，曲必得其时，火必得其缓。仙人粮液一经面市，她像一位婀娜的江南女子，在嘈杂的街市穿巷而过，回眸一笑，是那么的香绵、甜美、优雅。

烧酒制曲十分讲究，必须是古渡独有的花芋、辣蓼籽、毛草根汁加糯米发酵而成。

酒的品质就像人的品性一样。你可以贫穷，但不可以庸俗。你可以简小，但不可以粗陋。你可以陈旧，但不可以不洁。

面对这样一位“奇女子”，古镇的领导对安明龙语重心长地说：“这女娃，从小是你招呼大的，你可要看好哟。”1979年，仙人酒厂在观音阁兴建大酒厂。这时，它仿佛是窈窕淑女，年约二八。

你可以去凭吊，可以去遐想，这些也许只是老调子，但你细细品味，便不同了。

游走在仙人古渡的古董槽坊，到处都是时代侵蚀的痕迹。你可以去凭吊，可以去遐想，这些也许只是老调子，但你细细品味，便不同了。安明龙到底是一个什么样的汉子呢？他让自己的儿子拉着板车去老河口卖铁皮，却不给一个钢镚，吃不上五角钱的胡辣汤。

安明龙是聪慧的，担当的，重义的。他的人格魅力居首的要义在于，他把自己的一生酿成了一杯美酒，奉献给了这渡口的老百姓，却没有带走一草一木。据唐朝魏征所编《隋书》载“汉中之人，质朴无文，不甚趋利”。可能这也是一种人文的传承吧。他举贤不避亲，一眼看中丁生富是一个能吃苦上进的后生。从制曲到发酵、蒸馏、勾兑，他毫无保留，手手相传。1986年，送到武汉的省轻工业学校深造。1992年，生富学成归来，不负所望，对仙人系列酒进行工艺技术改造，开发的仙人粮液、仙人老窖等新产品，一举荣获国际食品酒类饮料博览会金奖。

你站在古埠之上，远看汉十高速跨江而过，襄渝铁路飞架南北，宁愿在江上泊一乌篷小船，渡头修一休闲客栈，茅屋里邀来几个喧闹的酒客。等天垂暮了，灯昏黄了，柴门村犬叫了，你体味一下自己纤曳的一生，这是怎样的一个境界？晚来天将暮，能饮一杯无？喝！我认为，要喝的，让我们喝回青春的回忆，喝出人生的豪迈，喝空人生的愁绪。

人生若渡，何必留下遗憾呢？

染坊

五十多头羊杀的杀，卖的卖，仅有的十六头羊仔也关进了院子，俞保国的媳妇背对着马路坐在她二层楼的门口剥蒜瓣，一百个不情愿。不时地回头，瞅一下村东口那几个修缮老染坊的老头子。羊咩咩咩，叫得厉害，一阵风吹来，一股子羊膻味。就是这帮老夫子拆了她家一万八的钢构棚，装上了两重仿古式的吊檐。弄得儿子没事做，晚上进山逮兔子。

就是这样，这包工队的头老汪还骂骂咧咧，“龟孙子，你不带头，谁带头？”俞保国气不过，到镇上去告。镇上的书记笑着说，你们一家子的事，你觉得他搞错了，你就告。俞保国见这没底的话，只摇头，白起了个早，又屁颠屁颠从镇上回到村里。回来晚了，老汪真敢揪住他的领扣子，还要骂。带着口头禅：你晓得啥！一群羊子搞臭一个村，你养一屋子臊味，谁还来旅游？你娃子懒，不会早上卖个面？会那厨子手艺撒。

保国媳妇也气得没话说。谁让自己姓汪？老汪是自己的四爹，偏偏还是村里的书记。爱管个闲事。他个子虽不高，但有一双刀剑一样的眉、一张猪腰子脸、外加两只骨碌碌的眼，从小就害怕他。从三天前开始卖面起，他每天都要来吃，碗里还要见蒜瓣，每天照例给三元钱。不要不行，一定要收。不过这襄阳牛肉面真还行，一天总能卖个五六十碗。想到这，保国媳妇汪贵勤，不自觉加快了剥蒜瓣的速度。

他个子虽不高，但有一双刀剑一样的眉、一张猪腰子脸、外加两只骨碌碌的眼，从小都害怕他。

吃过早饭，老汪一抓头上几根稀不拉几的头发，顾不得与侄女瞎掰。镇上的人给他交待，今天是周末，村里有不少带团的来旅游。襄阳的、宜昌的、老河口的、西安的，还有一百五十个学生娃上研学旅课。他要解决吃住的问题，得露个脸。他想推，因为儿子秋收后，一直闹着想出门打工。他想劝劝他，不去，家里两百亩地，也能收个十七八万元。顺带照看一下黄楝树岗的副食店。尽管自己忙，儿子却没答应。镇上的头头说，谁叫你叫汪子会，长着个猪腰子脸，村的一砖一瓦，都拱的熟悉。

从农耕文化馆下坡，自张三、李四、王五家数起，哪家适合开家庭旅馆？第一家的两层楼，就是汪子会原来的房子。1998 年盖的，2002 年两万元卖的，2017 年三十万元想买回来，户主不答应。因为房子对面正盖老电影院，一旦建成，卖个吃吃喝喝的，不愁赚不到钱。老汪说他妈就死在那屋里，买回来存个念想，人家一个劲地赔笑脸，就是不同意。

要说，这染坊，土改时，一进四院分给哪家，哪家都不愿意住。一句话：地主家的，成分不好，住了得灾行。上世纪六十年代，穷三年，旱三年，拿着饭碗要三年。上山下乡，不少城里人送到这里来吃苦，夹杂着村里人拼命想出去当兵。修马冲水库那一年，颜建设、石老五、李丛福验上了兵，拉土方，村里不少人心里都犯酸，说：哟，莫累到我们解放军喽。汪长会大哥因成分不好，验上没走成，还大哭了一场。

上世纪六十年代，穷三年，旱三年，拿着饭碗要三年。上山下乡，不少城里人送到这里来吃苦。

老汪想到这，也自解自劝，不卖不卖算了。谁让自己笨蛋。2001 年在茹家湾租了百十亩地种黄姜，黄姜倒是长得好。可国家要绿水青山，汉江两岸关了几百家黄姜制皂厂。黄姜成了臭狗屎，五角钱一斤，还不抵个人工钱，一下子赔了十几万元。汪子会恨不得把黄姜烂在地里，谁想挖谁挖。姜可乱，可账得还。汪子会家姊妹七个，老爷子三间茅草棚，荷包没得两钱角子。媳妇娘家人也一百个不愿意，说：邓士萍算是瞎了眼，嫁汉嫁汉穿衣吃饭，你嫁了个王八蛋。

媳妇脾气温顺，听老江的。没有办法，只有走卖房一条路。两口子带个娃，拿了三千元，在染坊外，黄楝树岗路口，买了两间小瓦房存身。没有钱，就倒卖化肥和草木屑，给种平菇的人。好在汪子会脑瓜子灵活，没过五年，草木变金银，他又成一条好汉，账还了，房盖了，满血复活。一传十，十传百。汪子会又发财了，消息传镇上头头的耳朵里。镇领导觉得他是条有血性的汉子。见面就说：染坊村交给你。

好在汪子会脑瓜了灵活，没过五年，草木变金银，他又成一条好汉，账还了，房盖了，满血复活。

不光汪子会的房子买不回来，邻居打油郎的房子也赎不回了。他卖给了郧西县六头乡搬来的周成华。人们笑周成华，郧西是山，染坊是山，这山搬那山，何必呢？周成华说，郧西半秦半楚，一山转一天。染坊出去，去循环经济园上班，就五分钟路程，可不一样。她见到老汪，赶紧追上说：汪书记，你看我这四个姑娘一个儿子，儿孙满堂的，逢年过节，娃子们回来，房子都不够住。虽然是硬邦邦的秦腔，老汪也听明白个八八九。拉着老妇人手，还是那句口头禅：你晓得啥！镇里统一规划，目前不行，条件允许了再盖也不迟，好吧。周成华儿子在神木挖煤，一月两万元，儿媳妇在山外维美日化上班，一月也两三千元。手头是宽裕，家里正传出“哧啦”的电锯声，正装修。

老汪边说着边不住地摇头，他要到村委会，搬桌子，拎开水。一会儿，老河口的艺术家们要来，画染坊。想着周成华梳着整齐的短发，她不时地把头发拂到耳后，露出银亮亮的耳环，露出一副粘腻的笑容，心里暗暗地说：这大嫂也够倔的，政策宣传了多少天，顾大局，识大体，她还是只想自己的小窝窝，要是我那黑脸侄女汪贵勤，早就开口找骂了。可人家说的，也是一个事实呀。也就叹了一口气。

村委会更住不成，与村史馆搅合在一起有点不伦不类。思忖间，他见一人在画画。董长生是海南回来的画家，坐在地上画一市井小院。这院是老汪亲手搭建的，他格外得意。

院里的轱辘井，豆腐坊，古戏台，墙上的“江上一叶舟”“地间一树桃”，都是他的匠心之作，没有花公家一分钱。就是一片破瓦，他也当作一个景点打造。他知道，自己已五十三了，什么名利、荣辱，都经历过，不求功，只求无过。就是这次村委换届，他也把书记的职位让给了二十八岁的女书记刘红。

村委会门口围了不少人，他们都啧啧嘀咕着毛笔字。老汪不懂，但他乐意去看。他知道，这些艺术家厚重的字会让这古老的村庄，像开着的花，变得更有文化的韵味。人群中，发现一人。老汪禁不住叫起来：四哥。四哥是汪子会的老朋友，是老爷车的馆主李丛福。他是陕西省军分区后勤部的大校，六十六岁了。什么时候回来的？一阵寒暄。四年前，兄弟俩在一起喝酒。你晓得啥。省里要搞美丽乡村建设，乡村旅游怎么抓？四哥说，可从树品牌做起。自己手里有尼克松访华坐的汽车，有柳青在长安县任职的公车，有拍摄《平凡的世界》的班车。一拍即合，闲置的粮所、学校改造成了老爷车博物馆。房屋保持着乡土的气息，要的是墙头马上、飞檐走兽、青砖黑瓦、四水归堂那个味。

他知道，这些艺术家厚重的字会让这古老的村庄，像开着的花，变得更有文化的韵味。

老师们写字，“花境染坊”“勤以修身俭以养德”，老汪两条腿不停歇。找了两家农家乐，数一数，中午得安排二十桌。穿过停车场，老汪脑瓜子闪过不少念头。要是镇上头头，别搞那些高大上，染坊大食堂早建起来了。儿子这会走了没？今冬的麦苗要施肥。建森林小镇，就得打造香菇小镇，把这好山好水用起来。村北头的马冲水库自行车赛道，村南头的古树古庙，才会真正融为一体。宜昌的客人怎么住？有人说，住市里。西安的客人怎么住？四哥说，住家里。都是老同学、老战友，没那么多讲究。

抽个空，老汪回了一趟村口黄楝树岗的家。儿子走了，这染坊咋就留不住这个龟孙子。老汪心里一急，就骂。门口，聊闲篇的人打岔：人间只有三件苦，种地、打铁、磨豆腐。你都不落屋，儿子咋守得住呢？球。做生意那几年，我与他妈卖化肥，硬是在屋外头，一睡就是五年，那不叫吃苦。有眼光的都知道，316 国道从村口过，乡村旅游赶上了好时候，现在不抓什么时候抓？老汪气。可孙子见了爷爷，弱弱地走来，乖乖地往怀里一扑。一时，他又气不起来。望一眼，门口几只大黑鸡在草里啄食。汪子会搂着孙子哄着说，浩浩听话，晌午我们杀鸡子吃肉肉喽。

老婆子邓士萍逮住机会，问老汪：店子里进烟酒谁个去？店里的纯奶不好卖，退不退？老汪也不答话，只发呆。一辆白色的东风轿车就停在副食店门口，车上跳下来一个小伙子，是茹家湾的负责人。三人都不吭声。老汪看了一眼山上强烈的阳光，深吸了一口这山野的气息。说：走。丢下孩子就下到山坳里。只见三辆旅游大巴，停在村口，一群乌压压的学生娃挤在七彩染架前，等人讲村史。老汪张口就来：唐朝贞观那一年，这刀山冲里棉花长得好，路上贩油盐。有一个叫李德旺的山西人，一个扁担两只筐路过这里，地上有草蓝，树上有皂绿，是开染坊的好地方……

中午，老汪照例喝了酒。他猪腰子脸更红了，仍与四哥李从福碰杯，话闸子就像河上的水，源源不断。还是那句口头禅：你晓得啥。染坊，不光要小桥流水，荷香满塘，有奇石馆、农耕文化馆、民俗馆，染坊、豆腐坊，还要有旅游产品，吃的、住的、买的。森林小镇，不光房子漂亮，还要产业漂亮。你猜，我是搞啥子人？学过农业种植的。我是李家染坊村农业种植合作社的头头哇。

没几杯酒，老汪就晕了。他指着墙上一幅字：水流溪水因泉满，崖松不倒靠石坚。嘟嘟囔囔地说：我算活明白了，一辈子，官做过，钱挣过。一个人发了财算啥本事，有本事让染坊全村的人都发财。做这个村的泉、做这个村的石头。一

他指着墙上一幅字：水流溪水因泉满，崖松不倒靠石坚。

字体蚕卧，稳若磐石，是幅好字。

桌子人，都不禁往他指的方向看。字体蚕卧，稳若磐石，是幅好字。这幅字还有落款人，叫平凹。

哎哟，贾平凹的字。一众人叫起来。

马窟山寻古

马窟山，距老河口市光化老县城东四五里。

远远看去，它像一尊雕塑，巍巍峨峨。有人说它像一位揽民入怀的官爷，也有人说它是一位拱身拉纤的纤夫。

相传，三国时期，东吴大将陆逊驻守此山。那一年，遭遇干旱，饥民无数。陆逊将全军将士的战马杀了分给百姓。而此时，驻守襄阳的蜀军前来攻伐，形势十分危急。也许是天意，山中石窟竟跃出数百匹战马，前来助战，结果蜀军大败。山因此而得名。说其像纤夫，或有道理，因为至今，山脚下还有纤痕石刻，见证着历史的沧海桑田。

这里没有开天辟地的源远，没有层峦叠嶂的神秘，没有古隆中“诸葛一对分天下”的睿智，也没有武当山“七十二峰朝大顶”的壮美。诸多的古迹已被埋在黄土尘埃中。说古，因为它像一位长者目睹了小城历史的变迁。唐宋时，光化县城在马窟山西北约二里地，有山下宝麟寺墙碑记“距城约五百步”。明时，因遭洪水肆虐，天启年间便在现老县城村重建城邑，这里的黉学和护城河遗址仍显示着昔日的盛世景象。清时，县城始南移化城门至谭家街的新镇，有残存的同治、光绪城墙墙砖佐证。在生生不息的历史长河中，小城在发展壮大。

说古，因为它像一位长者目睹了小城历史的变迁。

马窟山的古，古在人们的传说中，古在史书的记载里。

当年，小城百姓的骄傲是，身居山中，可以俯瞰县城的翔鹤楼，伸手触及千年古刹宝麟寺。随行的老者介绍，翔鹤楼建在县城西南的通济门上，楼高三层，气势雄伟。据光绪九年《光化县志》记载，该楼“远吞山光，近挹汉水，烟波浩渺，云树参差”。邑令龚桂馨赞曰：“有约同寻屋外游，凭栏四望景清幽。岳阳南去几千里，黄鹤西来第一楼。”可以想像翔鹤楼已与岳阳楼、黄鹤楼媲美，而襄阳的跨鹤楼望尘莫及了。而山脚下的宝麟寺是唐朝名将尉迟敬德的儿子尉迟宝麟修建。庙前佛塔林立，正殿高大恢弘，内有罗汉十八尊。寺内柳树成荫，和尚数百，个个武艺高强，香客云集，人声鼎沸。千百年来，它一直深深屹立在人们的心目中。可惜，1940年，这两处建筑均遭日军飞机轰炸，变成一堆废墟。宝麟寺仅存两口千年古井，一切都荡然无存。

这里还留下些什么呢？在护山老者的指引下，我在林间寻觅。这里鸟鸣山幽，草木苍翠。偶见一些碑片，仿佛叙述着昔日的兴盛与繁华。在散落的碑片中，你能感受到一股古刹恣洒的静寂与伤悲，也能感受到一种古树新枝的生命精力。登云寺古碑被人们小心地拾起，镶嵌在登山的道口。尽管它忠实地守望着历史的起起与落落，自己却被历史的风沙斑驳得那么模糊。

这里鸟鸣山幽，草木苍翠。偶见一些碑片，仿佛叙述着昔日的兴盛与繁华。

这里的山势并没有“会当凌绝顶，一览众山小”那么陡峻，而是迂回曲折，遮遮掩掩。难怪，一代宗师欧阳修登山赋诗，没有半点提及。仅曰：“晴原霜后若榴红，佳节登临兴未穷。日泛花光摇露际，酒浮山色入樽中。金壶恣洒毫端墨，玉麈交挥席上风。惟有渊明偏好饮，篮舆酩酊一衰翁。”欧阳修把酒对江山，激扬其文字，踌躇满志，笑谈晋代归隐名士陶渊明“采菊东篱下，悠然见南山”，是一位逃避世事、只知喝酒的老翁。古云：“仁者乐山，智者乐水”。作为仁义之士，正是直言受贬的欧阳修勤于政事、谨于治学，做人生的搏击者，年余，得当朝仁宗皇帝的重用，迁滑县节度判官庭公事，终官至副宰相，以才华造福一方。

对于访古问踪的认知，晚唐诗人杜牧、北宋苏轼与欧阳修相去甚远。杜牧借口“东风不与周郎便，铜雀春深锁二乔”，嫉妒周瑜赤壁之战获胜是得了东风的便宜。而苏轼赋词“遥想公瑾当年，小乔初嫁了，雄姿英发”，托辞周瑜大战取胜是得到了吴王重用，因为孙策做主把小乔都嫁给了他。可以看出两人都有报国之志，但都没有从主观进取的角度对人生进行反思。用今天的话说，因为固守城池，城池才会被攻破。因为等待生命，生命才会出现奇迹。

用今天的话说，因为固守城池，城池才会被攻破。因为等待生命，生命才会出现奇迹。

从这个意义上讲，遭受罢贬的欧阳修正是因为处江湖之远仍忧国忧民，处人生逆境仍奋发有为，作为怀念欧阳修的祭祀地，这也许是小城人们痴爱此山的一个理由吧。

对于这次登山寻古，没有满载而归，仅见到一块祭祀欧阳修县令残碑而已，但最有所获不在于此，古迹可以被天灾、人祸所摧毁，欧阳公做人生强者的精神则永存。

路家巷

早晨，我去巷口的码头上。春风刮得劲儿响，仿佛把柳条都吹绿到天上去。

人很少，只有一只小狗穿着花马甲，露着小白腿儿，向南边欢欢地跑。刚到树下，被几片落叶惊住了脚，左右一看没事儿，又迈出前爪，伸一个懒腰，抖抖身，享受这春风拨开的阳光。江上的打渔人，拎着一竿水的竹篙，“嘭”地插入江里，撑着鸬鹚船，慢慢地向前划行。又是谁？狗儿听得响声，驻望着蹲在船板上的水鸟，汪汪瞎叫一番。无奈，没辙。便又跑开了。

刚到树下，被几片落叶惊住了脚，左右一看没事儿，又迈出前爪，伸一个懒腰，抖抖身，享受这春风拨开的阳光。

喝茶，是午后的事情。水边，一条两层楼的茶舫，空无一人。这船，在码头上锚了六七年了，都不曾开动过，像一条风干的鱼。船主，好像早已习惯了这样的日子，不紧不慢，不咸不淡。要说，民国时，鄂西北，哪有这么多铁路、公路，有条河就不错了。楸子船装着盐巴、棉花，簇拥在这里。小火轮，冒着黑烟，把汉口的煤油、香烟泊在这里。

人喊马叫。街上的有钱人，南来的，北往的，都落脚在这码头上。盖洋房，修客栈，设钱庄。这码头，有路家的商号，便叫作路家巷码头。不知从什么时候起，泊船不见了，纤夫不见了。洋房，在历史的车轮中，碾作了一路泥尘。货船，像死鱼扔在了岸边。唯有这茶舫，仍孤独地守在这里，咀嚼着往日的记忆。

沿着二十一级码头的拾阶而上，迎面就是路家巷了。巷子自西向东，不深，一百一十步，宽，一抱有余。西巷口，挤满了新式的茶楼、吧台、酒馆，横七竖八，没有多大讲究，自由自在。往里走几步，一脉幽深的老宅，像满脸布满褶皱的老人，坐在那里，体味着他们曾经的生活。

这巷口，原有一院高升客栈，掌柜的，叫陈寿堂。咸丰年间，木匠出身，由武昌逃荒而来。钟情游历，跑遍江南。民国初年，见得这一方好水，便掏出一生的积蓄，在这里，筑一庭园式客栈。亭台楼阁、古松奇石、飞檐翘角，风吹铃响，赛比苏州。老人说，张自忠将军曾在这里住过一些日子。他生活俭朴，虽从北平来，却洗着冷水脸，不用香皂的。

对于这些，酒馆檐下的女人不懂。她们兀自地剥着大葱、芫荽、菠菜，用手钳夹破螺壳的尾巴儿，准备晌午的菜肴。一只猫，慵懒地蜷在脚下，头尾相接，晒着太阳。偶尔，它睁一下眼，伸出舌头舔一下脸，又将头放在暖地上。女人说，是的，庭院是被日本人一把火烧了。谁让我们国家那时候恁穷呢？院子，就像人，人死不能复生。

巷子中，尚有一处名人故居，是《黄河大合唱》词作者张光年少年时居住的地方。它，据说是一座一进三院的徽式建筑，在这场战事中，也只剩下了一堵墙。这堵墙下，有他生活了十八年的一草一木。这堵墙，激发了他“少年涉江去”昂然的求知欲望。一九八六年十月二十八日，他回到这条巷子，深情地写下“四十八年回故里，寻门问旧两迷离”的句子。故土老宅，是人类生命的脐带，是历史老牛安卧的情感。乡亲们要修复这座故居。他说，家乡不宽裕，不要再破费了。

这堵墙，激发了他“少年涉江去”昂然的求知欲望。

我总是一次又一次寻觅，寻找这巷子里留下的廊柱、阁栅，梅花、梧桐。梅花，还是梅花宫的梅么？绿萼垂枝，就像古老的传说那样，凡是亲手种树的地方，就是幸福的所在。梧桐，还是李兴发酱园的梧桐么？老干虬枝，挑水的陈司，赤足草鞋，从树下的石板路上走过。总预先把“竹欢喜儿”水牌交给管家，好算水钱。有人问，冬天穿草鞋，不冻么？他说，草鞋，轻便，不容易滑倒。

生命，对于每一个人来说，都是如此的沉重。这条巷子里，人人都在为生活奔波，人人都在为幸福磨砺。

越向里走，巷里越窄，形如一支歌唱的喇叭。钱庄、当铺、戏班，一应俱全。喇叭的喉结处，一四十多岁的妇人，二十年前，就在这巷子里，开这家理发屋。台阶处，放一烟摊，挣些零花钱。

“你不是本地人？”

“蕹山脚下，紫金镇人。”妇人说。

“这也挣不了多少钱啦？”

“孩子在这里上学，只要能看着孩子，就行。”妇人很坦然。

这叶芽，迎着光芒，让生命重生。

是的。日子，总要过下去。孩子，就是这生活的希望。他就像种下一粒种子，当太阳从树梢上照下来，温暖这古老的巷子，它就会发出一棵璀璨的叶芽。这叶芽，迎着光芒，让生命重生。路家巷里，租房的真不少。这不，一群小孩子噗噗通通从眼前跑过，夹杂着铃铃铃的叮当声，“磨剪子嘞磨菜刀”吆喝声，从巷头传到巷尾。爷爷奶奶背着书包，跟在后边，只嚷嚷：慢一点耶，乖娃儿子。

娃娃们跑。我默默地走着，虔诚地看着虬木支撑着石檐，青砖上剥落下的粉齑。猛然间，竟发现，斑驳老梧桐的嫩枝上还真的打了一颗绿绿的苞儿。

是春天来了，巷子的人们，幸福还会远吗？

走进袁震之的家乡

去鄂豫交界，袁冲村是一个值得去的地方。

这里，是清华大学才女袁震之的家乡。而她被吴晗誉为病榻上的“睡美人”。

从襄阳往西北，沿汉江一路弯弯曲曲，走七十五公里，过老河口的拦马河，便见得一座老县城，叫光化城，是过去读书人向往的地方。城里，有一座黉学，供奉着历代读书人的画像。

可惜，历经战乱，城若村，村若城，它，像装在一个历史的套子里。

四里四见方，人烟还算兴盛，听得几声鸡鸣犬吠。说它是城，这里确有县衙、黉学、过街牌坊，有溪水潺潺的护城河；说它是村，这城内，除了有几垄新苗，巍峨的庙堂已被岁月肆掠在历史的尘埃里，确实长不出城的模样。杂乱的房屋，东拢一堆，西拢一堆，包裹在数丈高似林似墙的老城里。

村北，有一田间路，过去叫阜城街。街上，长满蒿草，沙砾铺路。一崴一崴，迎来一位挑着菜筐的妇人，散乱着发，黝黑的脸，硕大的胸，随着扁担一颤一颤地律动。打问去处，她扬手一指，就在眼前。那是一处灰墙黑瓦的院落，散落的小黑瓦，像前清的遗老遗少，惶恐地胳就在墙跟下，张望着昏黄的眼，生怕别人剪去自己的辫子。院门，不再是镶有九十九颗铜钉的龙锁门，而是一扇锈迹斑斑的铁框门。听得来人，大黄狗忠实地汪汪大叫，随着脚步声远去，它方

院门，不再是镶有九十九颗铜钉的龙锁门，而是一扇锈迹斑斑的铁框门。

安静下来。这是选拔秀才的黉学么？一点也不像，倒像一个作坊。

穿过这个城，十五华里，前面就是袁冲村。村东，过去也有一座城，是这光化县城的前身。这城称光化以前，叫阴城镇，楚工尹赤迁来，谓下阴。袁冲的城，也叫阴城，谓上阴。在这样一块土地上，有袁姓族人闹革命，上刀山下火海，功成名就，村自然变成乡，阴姓的村子自然变成袁冲村。

思忖间，“嘀嘀嘀”地，村外道上，开来一辆辆装满红土的大卡车，由山里往山外运山土，一河南口音小伙，把车子停稳借茶。彼此问候一番，方知他是袁冲的修路工，这里要修高速公路。沿着他的来路向北，过槐树湾，爬薛沟，恍恍悠悠的山间似乎有一座水库。随着车子趋前，水面紧束，一倏间，消失在山坳里。一洼一坡，眼前一亮，一条水带飘忽在眼帘，它围绕着一片平平整整的岗地。这便是袁冲了，尚有一处袁震之家的老宅。

随着车子趋前，水面紧束，一倏间，消失在山坳里。

袁冲，老河口的革命老区，一个与天斗与地斗与人斗的地方。

这个镇子不大，也就一条街，三五里地。学校、邮局、银行、政府簇拥在一块，墙挨墙，地连地，抬头不见低头见，办个事，吆喝一嗓子，大家都听得见。三三两两的肉贩，撑着把遮阳伞，支一肉架，铁钩子剜进肉扇，往横梁一挂，覆上湿抹布，地上置一水桶，时不时往布上洒点水，让肉鲜润点，有个好买相。油糊糊的手，在肉布上荡一荡，笑着问你，“买肉呀，前胛，还后蹄？里脊，还五花？”满眼的生意经。店铺不多，也就路口，挤热闹似的六七家，算是黄金地段，没有叫卖声，不管买谁的，一家的买卖，大家毫不在意。偶见有卖烤红薯的妇人，她也是悠闲地打盹。

市井之人，自然算不得袁冲人豁达的品格。

袁冲人是聪慧的。下四河淤的袁书堂就算一个。他，生在耕读之家，是个前清秀才，也是袁震之的叔父。值得一说的是，他家老爷子地有百亩，屋有诗书，极力扶持子弟们识文断字，开阔眼界。一九一三年，袁书堂考入武昌警察学堂，接受民主思想，营救革命志士。在镇子中央，有一个袁书堂纪念馆，陈列着他使用的刀、枪、长矛、煤油灯、桌椅，留存着他带回的书籍、报刊、信函、照片。站在这样一个丘岗上，俯望江南，你念叨这个当过蒲圻、黄陂的县长，谁又能说他不是“老河口睁眼看世界的第一人”呢？在这样一个书香家庭，人们仿佛听得见，袁震之的母亲说：“姑娘家，何必在家绣花绣朵？”

袁冲人是勤劳的。它北依杏山、朱连山，蒿堰河、白水河向南流，过去“天旱渴死牛，下雨水冲楼”，现在人们在这两条河上，打造着两座金盆水库，镇西是孟桥川，镇东是古城。想当年，人们揣着两块干粮，肩挑背扛，像老水牛般拉着百吨重的石磙，喊着号子“哎哟哟，齐动劲儿，碾河堤，没得事儿”。日日夜夜，江水终于接上了银河，山岗有了西瓜秧式的灌溉渠系，乡亲们雨旱不愁，吃喝不愁。成熟的季节，河谷里山岗上一片亮光，稻穗沉沉压弯了腰，芝麻开花节节高。年年月月，人们结网而渔，荷锄而往，披霞而归。

成熟的季节，河谷里山岗上一片亮光，稻穗沉沉压弯了腰，芝麻开花节节高。

鄂北陕南的人家，大凡住得分散，胡家在山岗，涂家在山坳，从没有像袁冲这般集中在水库之滨。这里，多数两三层复式洋楼，外贴墙砖，内刮仿瓷，两尺六大窗，挂着各色窗帘，尤其气派。有人自远方来，这里的乡民甚是热情，他们乡村土灶垒起来，山崖荆柴砍回来，河里江鱼钓上来，欢快的身影总是在屋里屋外穿梭。一好赶话的胖妇人疑惑地问：“我是不是在‘土老帽’见过你？”客人顺口打趣，我们不仅是土老帽，还是狼巴子。因为镇上有两家餐馆，一家叫土老帽，一家叫狼巴子。谈笑间，菜香饭熟，风淡云轻。

走进古城，一片汪洋，远远的丘岗，圆圆的，黄黄的，像蒸熟的馒头，放在水镜般的库面上，香气逼人。难怪溯蒿堰河北上，到河南淅川，三十里地，水美鱼肥，这是一极佳的食邑之地。村里老人们说，“人逐水而居，古城是库，是村，是镇，也是国。”此地春秋时为古阴国，管仲七世孙逃楚后，封为阴大夫，就在这里改姓为阴。他从齐国淮阳带来的族人，或姓陈，或姓周，或姓王，皆为大户，民谣云“陈半山，韩半县，徐一圈，魏家占了半边天”，他们子子孙孙生活在这片土地。无论到哪里，乡音未改。

村里老人们说，“人逐水而居，古城是库，是村，是镇，也是国。”

明天启年户部尚书陈大道，学富望隆，声震朝野。仍不忘阴地乡里，在南门外建罗汉寺，修三多巷，祈盼乡人多子多福多寿。民国十六年（1927），直隶州州判陈龙泉在西关置地两亩，建祠续宗。走在原野之上，使人油然想起金戈铁马的城堡，相互厮杀的叫声。站在这里，山丘是古的，耕地是古的，树木是古的。一脚踩下去，便可触到秦砖汉瓦，铜锣石鼓。河风吹来有些硬，也有如先人的风骨。

袁冲人是铁骨铮铮的。北去二十里，就是崇山峻岭。溯汉江，过竹林关，可到陕南商州，北进关中。东渡蒿堰河，过方城，直抵中原。在春秋时期，秦国时刻窥视中原，有翻越秦岭逐鹿楚地的野心。楚人不为所惧，在西线高山之上筑垒石寨，勇御强秦。杏山、朱连山、三尖山一线，山高千余尺，兵士守在寨里，若有敌人来犯，扔下巨石，谁人上得寨来？站在烈烈的石阵之上，岿然独立，真有大将军的气概。老杜是山下采石场的放炮人，对于寨石的狠劲，他深有体味，每每炮响，地动山摇，飞沙走石，犹如战场。说起南宋时，金人完颜赛卜犯境，宋将扈再兴在三尖山筑寨，向邓州出击，金人大败而还，他总口若悬河，神采飞扬。就是连村里大字不识的说书人梁白话，也会说几句岳飞抗金的故事。而如今，老杜不再放炮了，他不想闻一丁点硝烟的味道，矿山卖给了企业，人家开采了做水泥，他在城里买了间宅子，喝茶弄孙，怡然自乐。

乡里的老贾说，人活着，不外乎是图添丁加口的事儿。城也一样，人烟兴盛，粮食、油盐酱醋、衣物一揽子物什，都需更从容之地。城廓的搬迁，自然要假舟楫之利。汉江江宽水阔，蒿堰河江窄水浅。上阴之地，可纵马驰骋，城无险可守。下阴之地，可以汉水为池，以固山为城。所以，城迁人走。星转斗移，物是人非。袁冲人不相信人丁遁迹、田野荒芜的贫穷是不可改变的。有人说："马不拉车何谓马，灯不点油何谓灯，河不走水路何谓河？"袁冲人不信。一九六九年，他们以撼泰山的气概，穿二劈山，挖掘出一条长十三里的地下人工运河，引丹水往襄北岗地。河水上了山，奇迹戳破天。这个地下河叫清泉沟。这天，清泉沟隧洞除险加固。我们一行十数人兴趣盎然，要走上一遭。穿衣戴帽，一番装扮，我们从丹江口方向，乘坐一辆皮卡歪歪扭扭地下到地下十米的洞口，一股阴风扑鼻。车行四五里，我们试着下车徒步，前不挨村后不着店，独自摸索。有胆小者唱："哥哥，我在洞里走，妹妹，你在哪山头？"有调皮的姑娘回应："妹妹，我在河埠头，哥哥，你怕出不了洞口。"一顿嬉笑，一阵轻松。洞的墙壁上偶有灯烛，一众人蹚着齐膝的凉水，伴着叮咚嘀答声，听自己的回响。曾几何时，工人们吃在山洞，镐钻手扒，是怎样的一个冬天？时间嘀嘀答，脚步哗啦啦。洞中人，个个都沉着一股气，走出一个艳阳天。

时间嘀嘀答，脚步哗啦啦。洞中人，个个都沉着一股气，走出一个艳阳天。

"出来了呵——"一声苍老的问候。

"出——来了。"一个荡气回肠的回答。

走出洞口，抬头望向山岗，太阳暖暖，正是灿烂。转身回望，一片荒山变江南，一渠清水绕山行，好一个岗上"睡美人"。

竹林桥

这些年，我就栖身在这日渐繁华的闹市，终日沉醉于霓虹闪烁满高楼的拥挤，耳熏于“苋菜哟，新鲜；新疆香梨呀，折本卖；下岗牌卤鸡蛋，五角钱一个”无穷尽的吆喝，目染于天籁、奥迪、帕萨特等花样翻新轿车的叽叽喳喳。人们像匆忙的蚂蚁般经营着自己燥热的生活。于是，当听说要是去一处偏僻的小镇竹林桥，我便臆断它是一个如何荒芜的集镇，少不了有颓废的黄土岗，似乎已与这个时代格格不入，去的兴致自然减了不少。

夏日周末，受朋友之邀，我踏上了这片岗地。最初的印象依然没有多大的变化，的确岗还是那道岗，梁还是那道梁。虽是五月，天已热得不行，青愣的小麦无奈已鹅黄，新栽的棉禾已干渴。我心生一定会见到风雨剥落的土坯房，廊庑杂草的院落，抑或满脸沧桑荷锄赶羊的汉子。车行在无荫蔽日的高岗之上，额汗已渗，行人稀少，这里自然是门可罗雀，格外清静。

虽是五月，天已热得不行，青愣的小麦无奈已鹅黄，新栽的棉禾已干渴。

现代的社会，爱上一个人难，爱上一个地方似乎也不太容易的。然而，在莲花堰，我开始对自己的判断有所置疑，惊诧于这个地方带给我的讯息。是那座挂有五星颇有苏维埃味道的西洋小楼吗？有一点。踱步其间，我见到了村干部引民致富信誓旦旦的承诺。是那间医务室前三三两两悠闲的村民吗？也许吧。你看，打着吊瓶的孩童哇哇痛哭和着妈妈轻松的宽慰已没有了生活的焦虑。这座小洋楼携手两边的厢房，把老老少少簇拥在中间，显得是那么温馨。是村头那口百年不涸的莲花井么？一定是。确实是莲花井的传说引起了我的兴致，然而还远远不止这些。

相传，几百年前，莲花堰村有塘莲花堰，堰里的莲花只开花不长藕，堰里有口莲花井，取之不尽，用之不竭。先前，井里有朵莲花每隔一段时间就会开放，开放时瑞气满天，红光耀眼。若有幸见得莲花盛开，后人便得荣华富贵。此时，村里有位陈姓教书先生，夫人多年不孕，便欲见花得子。不巧的是，等了半年，尚不得莲花盛开。而其门下弟子王生因夜间取水竟看得莲花开放。无奈陈夫人亲近王生，才生得一男孩，便是陈世美，后来做了高官。

先前，井里有朵莲花每隔一段时间就会开放，开放时瑞气满天，红光耀眼。

我驻足在莲花堰旁，听着这虚妄的戏说，不禁哑然失笑。稍读史书者都知道，这是以讹传讹的浮躁。据清代《均州志》和《续均州志》载：清顺治年间，均州有一叫陈世美者，家住城北门街，与学友秦香莲青梅竹马，私订终身。后考入进士，做了直隶饶阳知县，为官清廉，擢升至刑部主政。顺治十五年（1658），同乡胡梦蝶和仇梦麟赴京都向他求官，遭其婉拒，遂心生怨恨。回乡至南阳，聘戏班杜撰出《秦香莲怀抱琵琶》，藉此丑化陈世美忘恩负义。据传，清朝某年正月十六，有一戏班演《秦香莲抱琵琶》，看戏的人格外多，观者嫌戏文太短，唱不到半天，不肯散去。掌班的没办法，只好在正戏前头加个《陈州放粮》的短戏，便有了《铡美案》。其实，这都是以讹传讹，对陈世美仁义、道德的诋毁。

我不想考证田间丢弃的石碑是不是记述有陈世美的家事或莲花堰的史实。单从人云亦云谩骂陈世美、拆毁莲花井庙堂和废弃这口古井来揣测，这块土地上过往的民众或许还是有过难于逾越的无奈的浮躁吧？有幸的是当下的莲花井人是如此的和谐、关爱，已不需要相互倾轧相互诋毁的鼓噪。

漫步稍有干涸的麦田之上，感叹不实之说皆是浮云。倒是汲取那一井清泉浇灌这一方沃土才是千年不变的行藏，寻求旧时民众肩挑背扛汲水灌溉的遗存才是正事，以致修复井外那座破败的庙宇，祭奠古人掘井抗旱不屈服的精神才是要义。

一般人觉得富裕之地总是与热闹相伴，离开了人声鼎沸、甚嚣尘上似乎就失去了富裕本色。

从莲花堰东去七八里，便是竹林桥的粮仓三同碑，背靠引丹大渠和冯营水库，仿佛得了东风、沐着甘霖，难怪这里是富饶之地。一般人觉得富裕之地总是与热闹相伴，离开了人声鼎沸、甚嚣尘上似乎就失去了富裕本色。这印象当然不错。可到了三同碑，你就有点诧异:它富庶，但它却朴素、不张扬。车子停在路边，没有一人前来凑热闹，依然做着自己的事情。事实就是这样，村民们在这往张集、过竹林桥、下老河口的必经之地，对南来北往的商贾早已习以为常。有人说，三同碑是纪念王贡爷、私塾王四老爷、贞洁烈女王淑英的，从这三座碑刻上，你一定能体味到这里百姓继承了先辈们耕读传家的衣钵。知诗书，懂礼义。不信，你问:“你们家是发什么财的？”他总谦虚地回答:“拉砂石跑运输，混碗饭吃呗。”村里有几十台货车跑运输，没有一丁点那种暴发户炫耀的习气。

越往村村湾湾里走，越有让人兴奋的景致。三干渠旁竟有一片两百多亩的竹柳园，树干修长纤细，皮肤光泽柔滑，惹人怜爱。爱美的女士们总要挠首弄姿，依偎着它，摆出普势秀出自己的倩影，就连一向含蓄的男士也被这密密匝匝的柳林所感染，挤在脂粉堆里，大呼小叫。随行的土生土长的竹林桥姑娘便没有这般新奇，只是淡淡地看着这帮城里人。姑娘是白脸子，细腰身，时尚的露颈窄裙把身子包裹得婀娜多姿，好像就是一株天生丽质的竹柳。不管你看不看她，她就站在那里，彬彬有礼，或给你浅浅的笑意，随风而来，坦然有趣。

“静坐不虚兰室趣，清游自带竹林风。”要真正感受小镇的风骨，无疑要去拜访镇西头那条清河、那座奇桥、那片竹林的。桥虽经翻新，宽阔平坦，改变着古桥那种狭道的模样，但桥下清水潺潺，桥边老竹株株，依旧展示着一种刀尖上舞者的豪气。桥名或叫聚心桥，或巨兴桥，或朱林桥。无论是那位叫朱林的青年斩杀蛟龙，筑桥便民，还是竹林桥籍王莽主将巨无霸的后人隐名埋姓筑桥纪念先人也好，都像历代黎民百姓一样，不情愿遭遇天灾人祸，而是祈求平安。纵然要面对灾害和困难，也有一种刀尖上舞蹈的勇气。或许，正是以竹筑桥的自信与执拗的品格，才兴起了这座古镇。

纵然要面对灾害和困难，也有一种刀尖上舞蹈的勇气。

镇子不大，屈指可数三四条街道，没有繁华的商场，没有高档的酒楼。走在老街之上，修葺如古的晚清建筑，清砖飞瓦，雕梁画栋，墙头马上，巍峨高大。窗棂下沿镂刻的“春光满院”“福星高照”“吉祥如意”厚重的字符，墙壁上浮雕着驾着祥云飞龙，无不透露过往的古风遗韵。放眼望去，街面一律楼下商铺，楼上家住，说是商铺，其实多数是关着的，因为当下公交车开通的便捷，与县城距离的拉近，使老街的生意自然惨淡下来。不过亦不尽然，一些老街坊依旧执拗地坚守在这里，门口的摊上摆着一双双敞口拉底布鞋，这是上了年岁老者的最爱，乡下的村民提着一篮“啾、啾”叫的小鸡，换些针头线脑，那也是必需。因为他们相信村村庄庄的乡亲们总可以在老街上买到他们所需的物什。就是外出的年轻人，即便挣了些钱，他们也会把钱打在老街的账户，这里是游子的根。更有精明人正策划着让老街重振旗鼓。在街东头，挂上酒幌，摆上几张八仙桌，置办成老派酒肆，吃着茴香豆，与人谈笑其间。在街西头，挂上几版老粗布，放几筐绣花的孩儿猫鞋，不用吆喝，也绝对叫卖。

当游客渐渐离去，一只只南来的燕子翩翩飞舞在这老街，有的已在屋檐下安家落户，守在街口的老者也愿意抛洒些苞米，与燕儿共享。

王甫州

汉水自旬阳之下，阜山夹岸，江有洲渚，便于耕种。有的是县衙学田，有的是藩府庄地，有的是隐士的居所。江天一色，水清石出，是人们向往的美好家园，佃租耕作，生为熟地，确属不易。明朝弘治年间，老河口曾发生过一起为五龙洲权属打官司的案子。老河口，古为光化县，上接均州，下通襄阳，江渚雍地，老百姓都竞相耕种。五龙洲旧时一直隶属学宫，充为学田。因为地产丰富，不啻奇货，有一豪强便动了心思，削籍沉碑，据为己有。此举一出，老百姓极为反对，诉讼不断。

老河口，古为光化县，上接均州，下通襄阳，江渚雍地，老百姓都竞相耕种。

对此，不少官员敢怒不敢问。明弘治三年（1490），县令上任伊始，不为所惧，亲自踏勘，秘访遗碑，从深土中挖出了地籍沉碑，对簿公堂，方收归原籍。学田佃耕所得，捐俸县学，不费公帑，不劳民力，老百姓皆大欢喜。

土地，是老百姓的命根子。敬畏土地，应当敬畏百姓。江中拥沃土，老百姓更是视为珍宝，有些是拿命换来的。王甫洲就是这样。

王甫洲，又名王府洲。汉水自老河口镇南下，因河道变迁，首分两派，中为王甫洲，方圆十余里，南尾由王家河携手重入汉江。洲头，现已截流，建有电站。江上，烟波浩渺，云气升腾。江下，梨树满洲，花香四溢。当地人说起王甫洲的来历，有的说，是一个叫王甫的人，在江上打鱼，见此美景，便筑房定居。有的说，是古顺阳王城旧址，城迁淅川后，故城废弃。有人说，是明光化王朱佑櫍的庄地，按爵秩封有人丁、私地。前两者，皆查无实据。而“庄地”说，有明确县志记载，是谓“明藩庄地”“民居亦盛”，最为可信。

这里虽是一个人丁兴盛的世外桃源，历史上，也曾不幸遭受滔天洪灾，坏城廓，毁庐舍。清嘉庆二十年（1815），“四月十九日地震，逾时始定，县西王府洲鸣数日，陷于水。”老百姓没有吃的，斗米千钱，饿殍遍地。民国二十四年（1935），“六月六，汉水涨”，城“望若孤舟”。在王甫洲，百姓被洪水冲走无数，少者爬上房顶，呼天抢地。其中，仅三五人登上村前的一棵百年皂角树，靠椽头捞得漂浮的南瓜充饥，算是捡到一条性命。有的抓住床板，漂到襄阳牛首，方才获人搭救。

曾经的庄园，满目的不毛地，两县的县令从未到过的地方，数十年后，失散的人们，他们回来了。不管在山林、在平原，他们抚平伤疼，回来了，回到了这方生他养他的故土。难，不畏难。苦，不畏苦。他们用柳树作柱，芭茅为墙，茅草为瓦，安家落户。用自己坚韧的肩膀，拉着犁铧，耕耘出一块一块肥沃的土壤。种花生、山药、萝卜、红薯、小麦，凡是能吃的能生的，他们皆为种植。乡亲们聚居到那棵救命的皂角树下，由族长主议，捐资兴建一座泰山庙。以东岳泰山的雄威，力压西域小蛇的狂妄。正殿之外，戏楼之上，人们用他们铿锵的唱腔，《跳钟馗》《战秦琼》《凤凰来仪》驱逐着各路小鬼的滋扰，祈求四海平安。

用自己坚韧的肩膀，拉着犁铧，耕耘出一块一块肥沃的土壤。

河谷初定，谷城人来了，光化人来了。他们赶着一头牛，在沙洲上用犁划一圈，就是谷城的地了。光化人挑着一担筐，用扁担划条线，就是光化的田了。十多年的耕种，各自安好。解放后“自给自足，不为赋取”的政策，薄地变肥了，生地变熟了，老百姓的日子变富了。一块土地两个县，泰山、晨光、八一属谷城，甫洲是光化。老百姓同饮一江水，一里地连地，隔渠音不同。

就是同一块地的小麦，谷城人叫“篾子儿”，腔软，还拖着儿话音，而光化人叫“脉子”，腔硬，像木头锯断了，戛然而止。谷城人办喜事，叫“喊一嗓子”。说老公公尽职尽责，为儿媳妇准备新房，抹了又抹，满屋里洒满汗水。对这种调侃，知情者一笑了之，说知客“聊得美呀”。而光化人那叫“闹一场子”。给老公公戴上破草帽，背上铁火钳，腰挂手榴弹。如此打扮，看客直呼“坎球的狠”。谷城人见面，第一句话就是“吃了没”，不管你吃没吃，仅是一句问候。因为谷城，自古就是神农氏遍尝五谷之地。光化人第一句是“干啥去的”，没有问隐私的意思，也是请安的话。因为光化人，多从中原迁徙而来，是一种平安的关怀。

而如今，四个村都划归老河口。茅草房变成半坡水，半坡水变成小洋楼。甫洲的姑娘嫁给晨光做儿媳，泰山的儿子娶了八一的姑娘成姑爷，里孙外孙都是一家人。1981 年，老河口农技专家张宏庆，在王甫洲试种汉水梨，一举成功，这里“春有花、夏有瓜、秋有果、冬有景”，变成“全省生态农业基地”。2000 年 5 月，亚洲第一座低水头电站在王甫洲并网发电。在风吹梨花落的美景中，外出的大学生在这里科学种植，外出的大老板在这里建筑别墅，外出的好姑娘在这里生态养殖。红衣黑衣女像蝴蝶一样在洲上翩翩飞舞，像天鹅一样搔首弄姿，一切的美与梨花的坚守是如此的和谐。听着王甫洲抬芭茅房、淘深涸井的故事，一切的苦都烟消云散，这又是何样一种韧性的美。

红衣黑衣女像蝴蝶一样在洲上翩翩飞舞，像天鹅一样搔首弄姿，一切的美与梨花的坚守是如此的和谐。

王甫洲，它像一棵树，只要根在，百折，仍可长大。因为拿命拼的。

孟楼记

在城里呆久了，不如到乡下走一走，去找一种纯朴的清静，一种乡村的随性。

三月，杨柳晓岸，空气清凉。我们相邀去一个鄂豫边境的小镇，叫孟楼。去看看那里的集市，闻一闻乡野的气息。据说，孟楼街，向北走官路，往南走商道。俗话说得好，吃百姓饭，穿百姓衣，莫道百姓可欺，自己也是百姓。自己也不是官居九等的人，别把自己太当个人物。

俗话说得好，吃百姓饭，穿百姓衣，莫道百姓可欺，自己也是百姓。

从汉水老河口古渡口向南阳方向出发，过雷祖殿，不多远，眼前便是一片片沟沟壑壑，路边一排排十里杨柳。这里没有北方的大漠孤烟，也没有南方的帆船点点，但火黄的阳光托在树梢，暖暖的光四处弥漫，仿佛让人知道这里依然是江南水乡。

风从伏牛山与桐柏山的中间吹来路上，这道上少有雨水，房屋多半是北方的建筑风格，堂方顶平，家家户户的房上可晒些苞米，挂些红椒，没有两坡流水，四水归堂。越往北去，地势逾为平坦。

村庄像清晨寂寥的星星，又像飞溅的铁花，在旷野之上随意撒开。伴着蓝蓝的水库，绿绿的庄稼，塬上的风比先前微微有些凉。一位上了年纪的老汉说，“过了连三坡，看到老河口的金银窝”，“月亮走，我也走，我到河口赶牲口”，此言即是南下渡口有繁华，北去一定不如南方喽。我们想象，这番北去，会有一幢怎样铅华洗尽的楼寨呢？

走六十华里，有一十丈余宽的小桥河横亘在庄前，不见炊烟，唯有曲曲弯弯。路的两旁，房屋像看热闹似的挤成一排，聊人来人往。有车子停在房前，装满谷物，要开往南方。两只黑犬，从门口窜出，见得陌生人，一阵汪汪。询问孟楼铁匠铺，有妇人前来，顺手一指，便是开阔天地。不过二里地，孟楼尽在眼前，真有铁匠铺么？

远远望去，孟楼镇子不大，方圆四五里的样子。传说，南宋金人曾在这里屯兵，南下攻伐襄阳，是一个很有故事的地方。绍兴十一年（1141），宋金议和，唐邓割属金，邓州西四十里并南四十里外属光化军。孟楼，是宋金对垒的前沿。车马喧嚣，人声鼎沸。面对外族的侵略，孟楼大周营、王湾几个村庄的老百姓恼怒了。他们说，大周营小周营，古城王湾王家人。周王朝家的人，哪容外来欺辱，遂揭竿而起。光化军知军王自中实行府兵制，土地多者，听任以田募民为卒，四月为兵，八月务农；官田，由军民分屯。面对纵马半个时辰的汉江小城，历经一百一十个年头，金蒙却屡攻不克。足可见，江汉楚人的豪情壮志。

他们说，大周营小周营，古城王湾王家人。周王朝家的人，哪容外来欺辱，遂揭竿而起。

当然，有马就得有马掌，种地就得有锄镰。孟楼的铁匠铺，因此闻名遐迩。无论怎样的列栅筑堡、金戈铁马，老百姓总要做买卖过安稳的日子；无论河南、湖北，老百姓都街连街、地挨地，乡里乡亲。早年，有一姓孟的铁匠在河南孟楼的地方搭起了包子铺，他卖的包子三文钱一个，然而顾客掰开包子一看，里面还夹着一文钱，这样，来买他包子的顾客越来越多，很多过往商人都爱往孟家走，他的手工业买卖也随之兴旺起来。没过多久，他就挣了很多钱，盖起了一个小楼，就叫孟楼，楼的周围，渐渐形成了集镇。

镇子有了，铁匠铺却没了。问了好久，姓孟的人，只有两三家，大多搬往外地。打问何故？人们唯唯诺诺，不知所云。

这里，没有亭台楼阁，深宅大院。唯有一地，值得一去，像秦岭终南山，向北即北方，往南皆南方。它就是湖北和河南的分界处，向北是河南，往南即湖北。这里，有条干涸的小沟，把鄂豫分得很清。过去有座牌坊，往北书着“唯楚有才”，往南书“中州贤林”。此时，楚人、豫人都相安无事。后来，日本人攻打老河口时把牌坊毁掉了。人们也没争什么。不安的事发生在20世纪50年代末60年代初，湖北人在孟楼的南侧，修新街、建市场，门庭若市。湖北人又在小沟处，落地立上一块三米高的大石，上书“一脚踏两省，鸡鸣响两镇”。这一块石头把事惹大了。河南人三三两两的，在泥巴路边，支张方桌喝着小酒儿，觉得有失尊严，决意在二十米外也树一过街牌楼，悬空写着“中州名镇”。

它就是湖北和河南的分界处，向北是河南，往南即湖北。

对于楚人从工从商的精明，豫人不以为然，总觉得“万般皆下品，唯有读书高”。他们遵从孔孟之道，在河南孟楼建文化广场，置祖孟碑，推崇魏国梁惠王问略天下。对明代生于小李村的宰相李贤，在三老阁前，雕一蹲猴拴马柱，更是奉若神明。而老百姓最讲实惠，老张家等米下锅，他只有去湖北孟楼的市场上去买，不管什么中州不中州，就是给发顶县太爷的官帽，他还得买米下锅。不然，老婆要骂街。老汉无奈地说，孟铁匠是河南人，可现在跑到湖北去了。

河南孟楼的街市“十”字形，小酒馆比比皆是，不要大招牌，不要高楼堂。有一小巷，七拐八拐进去，不管是不是支的一油腻腻的方桌，抑或置一席地的小凳，不管西装革履，还是满腹诗华，三五知己打坐一围，只要有林扒牛尾、南阳全羊、高汤烩面就好。河南人好客爱酒，偶遇外地友人，不论老公主妇，都十分热情，豪爽端杯，先干为敬，说什么“田可耕桑可蚕书可读”“战可胜攻可取守可固”的革命家史，他们叫省酒待客。每每微醺，酩酊大醉睡去，方才痛快淋漓。第二天，来了客人，依然重整旗鼓，高唱上下五千年，高喝战可胜攻可取。而湖北人打小没这酒量，见这架势，每每败阵。

有时，盛情难却，喝高也要在厕所里把酒吐了，说着“能不能帮忙把我的胃放在水管下冲一冲”，保持清醒的头脑。因为酒罢席散，湖北人回到他们的集市，品茶卖货。

现如今，湖北孟楼的新街叫成老街。街上，来来往往的电动三轮把街道挤得满满的，喇叭声按得“嘀嘀”响。街东头，家用电器摆在街面，好比萝卜白菜一般。往里，茶叶店、窗帘店、手机店、杂货店、蛋糕店、轧花店、卤菜店、水果店一字摆开。有卖花圃苗、卖卤鸡蛋的也来凑热闹。在钟表店，田氏夫妇经营，见来一九旬老汉，忙不迭招呼。老人视力不佳，遂荐一声控钟，老者自然欢喜。随行的保姆说，老爷子儿子辞去公务员，在成都开公司，钱多勒个去。田夫人打趣老公：三十年前，娘家郭庄三干渠工地天天放电影，田营村连皮影戏都没罢？田相公微微一笑说，你就是王宝钏，不也嫁给我薛平贵了。

街东头，家用电器摆在街面，好比萝卜白菜一般。

南阳盆地的边缘，孟楼孟铁匠的两个后代，一个喝着北方的井水，一个喝着南方的河水，口音和生活习惯便有了差异。南方是楚言，说“行”“吃菜”，北方讲豫语，谓“中”“喝汤”；北方多种小麦、芝麻，南方喜种水稻、棉花；北方乐酒，唱拳“哥俩好，八匹马”，南方好茶，“只要感情有，茶水就是酒”。河南人，待人总是那么耿直，昨天从外地回来，老派应该讲“夜儿里回来的”。孩子只要讲“昨晚上回来的”，老辈就一脸鄙视“坐缸上回来哟”。什么“碗”与“缸”，拿腔拿调。

孟楼小镇，叫一个名，分两省人，却住在一条街上，隔壁邻舍。老张喊：“老曹呀，黑的，俺俩喝两盅，中不中？”老曹应道：“不行啦，儿子下河口木回来，我得守摊儿呀。”一唱一和，其乐融融。无关乎官，无关乎商，只要日子过得幸福。

秦川古道烟云事

老河口市南大街北首，有一条建有一百八十三年的古朴老巷，叫秦川楼道子。相传为陕帮商人在南大街置建秦川楼酒肆而得名。

秦川楼甬道幽深，宽仅有三尺许。由西东进六丈余，一座青砖黛瓦的高墙深院便惊现眼前。虽历经百年风雨，但依然健朗如初，恍若一位上年纪的行商坐贾，守望着江河码头的变迁。据考证，秦川楼道子形成于道光年间。

自雍正时起，老河口就人烟稠密，五方杂处，百货交集，是鄂豫川陕四省的物资集散地。至清末民初，这里已成为手工业发达、商业繁盛的鄂西北重要商埠，仅山货、油行就有51家，钱庄93家。客商有山西帮、陕西帮，其后有黄州帮、怀庆帮。清朝中期后，老河口更是与龙驹寨、紫荆关一道，"西接秦川，南通鄂渚"，成为汉江中上游的水路要塞，四方商人纷纷坐地为贾。雍正四年（1726），陕帮商人也看中了这块风水宝地，弃船上岸，落籍生根，设立陕西会馆，建十四码头。码头下，船老大顺水放排，溯水拉纤，万斤级楸子船往来其间。码头上，南大街人声鼎沸，茶馆、酒肆林立，当铺、钱庄棋布。街面上，日日笙歌燕舞，夜夜灯红酒绿。秦川楼就在这一时期建成了。

码头下，船老大顺水放排，溯水拉纤，万斤级楸子船往来其间。

有人说，秦川楼是楼，也有人说，秦川楼是馆。但秦川楼是何种馆堂楼阁，无史料记载，已无法考证。据说，其身后尚有四角飞檐的戏台，1945年也被日军飞机炸为一片瓦砾。

据说，在道光年初，秦川楼道子便因楼而兴了。

秦川楼甬道幽长，呈东西走向，一曲两折。二百步里弄，一律青石板或鹅卵石铺就。甬道东端，曾为国民政府湖北省银行，馆阁后门掘有一口水井，西端口为挪威国福音堂，一派西洋风格。巷道北侧，八大商号院宅，依次错落摆开，或坐东朝西，或坐北朝南，但又粉墙相连，浑然一体，是典型的清代南方徽派天井院建筑。

目前，作为钱庄后宅的二号院落和五号院客栈保存最为完好。巷内商号主要分钱铺和贸铺两大行当。道中，各院均砌筑有穿墙门坊，辅之以木闸栏。掌柜们叫“锁一道河风，留一院财气”。民国五年（1916），驻军张联升以障碍为由令将城内各巷闸栏强行拆除。秦川古道院墙，高约两丈六尺，墙外，少有通风隘口，大门以铁皮包裹，戒备森严。各院又自成一体，中梁穿坊，窗阔明亮，坡檐向内，四水归堂。俯瞰，犹如一枚方孔铜钱。真可谓肥水不流外人田。

各院又自成一体，中梁穿坊，窗阔明亮，坡檐向内，四水归堂。

典型的商号院落是秦家天井院。始建于道光四年（1824），现存房屋十六间，建筑面积三百三十二平方米。坐东朝西，意向襄河揽财。为两层硬山砖木结构，门框、门楣上均为青石砌筑，二楼四周阁扇窗古朴典雅，中堂廊柱下置雕花磉墩，院中天井开阔成方。院东北角，水井、厨卫配置齐全。民国六年（1917），陕帮周慎波，人称“周老四”，与人合股购置此宅，开设钱庄，兼营桐油、棉花，是谓“天昌丰”。

秦川楼道子开设钱庄，不只“天昌丰”一枝独秀，道内左福康父辈也是以开钱庄为营生。悉数，略有四五家。南来北往的贩挑、船夫，把辛苦挣来的银元往钱庄掌柜怀里一扔，算是入账。然后，听一曲郧西三弦，看一处河南梆子戏，喝几杯地窖烧酒，与巷口的孙寡妇调笑一回，即上安康，下汉口，吼一嗓子秦腔，惊飞江上野鸭，起锚远航。有些见过世面的船工，攒足了钱，许心从秦巴山区勾回单纯漂亮的姑娘，在老河口买地置房，生儿育女。不单如此。据说，国民党第五战区某集团军师长曾把他偷娶的姨太太金屋藏娇在“天昌丰”。英雄、美人执手话别，誓约来年凯旋相聚。可惜，师长血战沙场，杳无音信。芳龄女眷独宿空房泪如雨下，这一别竟成了诀别。

英雄、美人执手话别，誓约来年凯旋相聚。可惜，师长血战沙场，杳无音信。

在十四码头，大巴山区盛产的麻、漆、木耳、药材、桐油等山珍，老河口市井的绸缎、瓷器、布匹，无不绵延着秦川楼道子的繁华。早在民国七年（1918），郧阳水路邮发给“怡泰厚”的信函就说明了这一点，信曰：“郧地疫情甚大，每日病亡甚多，望购白布若干”。由此可见，当年交易之盛况。

清末以来，秦川楼道子开行最早的当属秦安甫的“衡记帽庄”。宣统年间，其在秦川楼道子正西口就有四间店行，鼎盛时，道子内购有四座院落，房屋七十余间，是“前店后厂”“招匠自造”式的大商号，可与同街的“黄和记帽行”相抗衡。秦安甫膝下五子一女，除二子夭折外，宗炎、宗申、宗波、宗成、宗英均入作坊练为学徒，四子宗波还送往省立商科求学，开阔视野，以求制帽作坊兴旺发达。其时，衡记帽庄还购置德国货“申嘉”牌缝纫机，首开机械生产。衡记帽庄制帽品种繁多，绫缎帽、绸缎帽、贡缎帽、杭纱帽等一应俱全，是南大街百里挑一、富得流油的大商家。然而，1945年，衡记帽庄的店铺、宅院因楼高院深，被日本人炸得院墙倾圮、檐廊坍塌。迫于生计，衡记断断续续支撑年余，其经营几十年的匾牌便消失在南大街街头。

其实，秦川楼道上，怀庆府的范宣忠编织棉袜，武昌府的宋随卿贩卖干货，都是老河口比较有名的商家大户。范家购置的院宅是前主人陈家的大盐行，可见其当时财力相当雄厚。宋随卿，一根扁担两只筐，靠贩卖引纸起家，能够在老河口买房置地，毋庸置疑也是商海搏杀的佼佼者。漫步秦川楼甬道，回想一百多年前，八座徽派院楼，是何等风光旖旎。

漫步秦川楼甬道。回想一百多年前，八座徽派院楼，是何等风光旖旎。

如今，些许青石、瓦砾虽掩没在尘土里，残缺的楼阁、折臂的窗棂虽飘摇在风雨中，但不久的将来，百年老院将会修缮一新。历史，将会记住这里。

听蕉书院话春秋

“一双幽色出凡尘，数粒秋烟二尺鳞。从此静窗闻细韵，琴声长伴读书人。”唐代诗人李群玉超凡恬静的诗句道出了读书人的雅兴与情致。

在老河口，依正兴街码头、绕乐盛街商埠、背河南馆古墙，有一处建有三百六十多年的听蕉书院，竟也这般雅致地在市井之间隐逸，在商贾接踵之地屹立，不以山林僻静处建学馆，置学田充邑庠所需，实属难得。据考证，听蕉书院是谓清乾隆年间岁贡李正干族人所建。乾隆十三年 (1748)，李母舒氏为书院捐纺绩银五十两，置备《十三经》《二十二史》等书。

老河口自雍正起乃百货交集之地。南下的陕西帮、怀庆帮、河南帮客商素来传言：过了五里坡，看得老河口的金银窝。这金窝指书院南百余步的谭家街富甲一方的“天宝楼”“协盛堂”，银窝指往北一箭之地的太平街商铺鳞次栉比的“山货行”。在这“问心无愧”“诚信为本”商家比兴的街市，听蕉书院是如何独守一隅，读书好古，淳朴自持，利欲不能移其心，荣禄不足夺其志，孝以事亲，友发处弟？

从巡司街北侧进入河南馆道子，周遭一片阒寂，我默默拂去堂斋庑膳院舍的墙砖上剥落的墨痕，寻觅着写有“听蕉书院”斑驳大字的无檐牌楼，思忖着，这是何等一座城池？是苏浙赣充军的城邑么？仿佛回到康熙年间，见得孙、刘、白三个班头看押着军犯在大街、正兴街、新街码头吴音吟哦

寻觅着写有“听蕉书院”斑驳大字的无檐牌楼，思忖着，这是何等一座城池？

装卸着货物。是城南简家花园一样华丽的院落么？似乎明朝河南封丘知县简时登归隐马窟山下，筑得听春馆，旗亭烟草，柳渡寒潮，短蓬秋鬓，南圃花院，一切都是刚刚好。这安宁的书院距江岸仅百步之遥，往来汉江码头确实便利，又稍稍避开鼎沸的人声，从临江的古街跨进书院，迎面即是飞檐画栋、花影扶疏的景观，是何其缱绻飘逸！初春晨晓，卧听雨打芭蕉的声音；秋凉之夜，欣闻沁人心脾桂花的芬芳。透过明月清辉，秋江上点点摇曳的渔火会悄悄拨动如梦的心弦。

依此狭窄古巷北进十余步，便见一溜青砖黛瓦的墨墙深院。砖横相卧，墙体厚实，不设窗牖，不加粉饰，质朴无华。抬头忽见院内女墙官柳遍啼鸦，小阁临风卷幔斜。越丈余，一精巧雕砌门楼便悄现眼前，虽历经战火，楼上墙体坍塌，但墙基之承重，仍可显示昔日之巍峨。此谓书院东门，为李氏主人居家休憩之地。步入院内，但见一栋高大的两层五开间中西混合式砖楼默立中央，坐北朝南，两侧分列徽派等高厢房。据说，此间府第筑有三座楼宇交错矗立，空中有走廊相连。造型阔大，气宇轩昂，绕廊赏景，步移景异。徘徊院中，眼前石阶保存完好，黑白两色卵石铺就甬道，虽半没土里，却依然透露着旧时主人雅致的情怀。甬道尽头通向巍峨主楼正厅的大门，门框弧角规整流畅，宛留着三百年前的南洋遗韵。中庭花坛里倾倒的桂花树撑满两栋厢房围就的天空，姿态依然雍容安闲。

造型阔大，气宇轩昂，绕廊赏景，步移景异。

假如你是一刚剪辫子的民国少爷，在此甬道上由着管家仆人追逐骑练“洋马”，那绝对是件幸事。间或登上亭台楼阁，便见泱泱汉水远衔一江空濛，叹谓“有约同寻屋外游，凭栏四望景清幽”“汉水连天，织女下凡”。码头之上，三桅大方头、油漆、木炭船、鹅儿船、鳅鱼头停满河口，成袋、成桶、成捆的粮食、桐油、猪鬃、土纱、药材，被船工们扛进板舱，浩浩荡荡奔小江夺汉口而去，来自上海、武昌、襄阳的机织布、白砂糖、卷烟、铁货则溯江而上，闯过丹淅险滩，直抵紫荆关,往商州散去。这又与吾何干？古训“读可荣身，耕可致富，勿游手好闲，自弃取辱，少壮荡废，老朽莫及”。任凭乐盛街、正兴街勃兴的茶楼、酒肆、勾栏、赌场，林立起商号、钱庄、当铺、会馆，在老河口古堡数一数二的繁华俨然，让它独乐去罢。

穿过楼阙下的走廊西去,便是隔窗听蕉佳地。卧石听涛，满衫松色;开门看雨，一片蕉声。这里曾假山、鱼池、芭蕉、亭台、廊庑一应俱全，谓书院井眼。或设了石桌，坐下者，男女皆入图画，成为绝好的画本。或植有修竹、芭蕉，置奇石，成为李渔所说的“尺幅窗”。古往文人之好芭蕉，原为听雨而起。静观于闲居独坐，或酒醒梦觉，凭几而听之，其心冥然以思，肃然以游，若居舟中，若临水涯，不知天壤间尘鞅之累为何物也！借着亭前小小的荷池听雨，如梦如醉，恍若仙境，心灵自由翱翔，摆脱了尘世的一切羁绊，研读四书五经，闲看风花雪月。可惜，这一切皆已毁去。毁去便罢，小苑景色，亦不过石峰崛起，古柏参天，曲廊幽榭，花厅书斋罢了。但凡牡丹台上，翠竹千竿，花木扶疏，书斋窗前，百年石榴老干，如龙蛇走，也终有老朽之时。

拨开古西墙下萋萋杂草，听得虫鸣声声。偌大半顷院堂堂庑早倾塌没地，仅从墙脚隐约起伏的青石痕中感悟过往的建筑格局。站在正兴街，对望这宅四进书院，牌坊、学斋、明伦堂已没有遗迹,你便不由要怀疑历史上所谓的听蕉书院，会不会是一个虚妄的传说。看那错落无绪臃臃肿肿的老城旧居，一大片铅灰的色块，分明就是一铺委弃了半个世纪的破网,正乱糟糟地晾晒在空空的河埠头上。至于后人东拆西堵，建为酿酒作坊亦不足为怪。就是那矗立在大殿前制酒的烟囱也无聊地瑟缩于穿堂风中，抖成了一条腊肉，谁又奈何？山无常形，水无常势，人更没有千年不变的行藏。昔日一字长

看那错落无绪臃臃肿肿的老城旧居,一大片铅灰的色块,分明就是一铺委弃了半个世纪的破网,正乱糟糟地晾晒在空空的河埠头上。

蛇漫江而下的船队没有了，昔日作为码头人家的无上荣光也没有了，有的只是乐盛街上一碗碗酽黄的缸撇，每天早也喝，晚也喝，直喝出“三十年河东，四十年河西”的万般无奈。

又走进这宅三百年的南洋欧式小楼，风华依在，是何等风光旖旎！

乐盛街的黄酒真好，吾醉了。人事虽更迭，你说巧不？昨晚，竟梦回百年，又走进这宅三百年的南洋欧式小楼，风华依在，是何等风光旖旎！亭榭里，读着王十朋的“草木一般雨，芭蕉声独多”，狄遵度的“植蕉低檐前，双丛对含雨”，乔湜的“绿云当窗翻，清音满廊庑”，真是快哉！

失落的古城

城与镇

酂侯食邑魏阴城，竹马儿童队队迎；

按辔夕阳垂柳路，稻花香里筑场声。

这是清襄阳守道鲁之裕描写老河口光化老县城的诗句。20世纪40年代，光化是县城，老河口是其治下的一个商业重镇。人们戏称“头儿小，脖子长”。而如今，老河口是一个市，光化县城却成了它属下的一个村。人们又说，儿子当了家，老子靠边站。

“千年的光化，百年的老河口。”这里边，城与镇的本末倒置，有多少原委，是值得探究的。现在，外地人来老河口，多半是要到北京路火车站旁边的一座青砖黛瓦的四合院落里，去倾听七十年前荆襄大地的金戈铁马。因为这座院落曾经是国民党第五战区李宗仁的长官司令部。或者去中山公园、川主宫、南大街游览一番。因为台湾老兵曾在这里驻扎过，挪威人曾在这里行医传教，朝鲜人曾在这里流落客居为家。

而老县城压根没有去的理由。

老县城，与其说是一座城，不如说是一个村。它早已没有了城廓的模样。目睹之处，极尽田畦，野狗狂吠，冷风肆虐。二十年前，我也来到这个城市。寓居在市区北五里处老县城一个破旧的阁楼里，行将做一名教书匠，权当是一个读

目睹之处，极尽田畦，野狗狂吠，冷风肆掠。

书人吧。我的同事，不是北京下派错划的右派，就是湖南九嶷山矿冶学院的穷学生，抑或是乡下踮着脚想挤进城的乡村教师。这都让这座老城平添了诸多的尴尬。

我不知道，这座古城为什么如此的落寞？甚至七十多年前的土匪都轻视它的存在。

据说，1932 年春节前，河南大土匪老王泰裹挟了数千土匪要到老河口打家劫舍。不巧的是，驻防部队范石生第 51 师王家本团到房县抓丁剿共，老河口镇士兵很少，仅有一个连。老王泰从孟楼一路长驱南下，还在竹林桥抓来一名向导，直奔老河口。可能是吓傻了，向导却把土匪带到了光化县城。此时，老县城城门大开，只见街面上小孩三俩玩耍，大人挥帚扫地。土匪见此城街道狭窄，一没电线杆，二没天宝楼。责问向导，这是什么地方？向导唯唯诺诺：这里就是光化、老河口。土匪一怒之下枪杀了向导，城内顿时大乱。匪众不管这些，涌向西门，奔老河口而去。而此时，老河口已紧关城门，固守待援。

骄阳已抓不住秋的尾巴。凉风从河面吹来，脸颊已有了丝丝寒意。

2015 年 10 月，汉江岸上，柳叶已黄。骄阳已抓不住秋的尾巴。凉风从河面吹来，脸颊已有了丝丝寒意。风中夹杂着时大时小的雨点，人们纷纷躲藏起来。我还是决意要去探访这座古城。

从西门口起，我围绕城墙徒步听聆。县城四里见方，城外濠沟犹在。南北城墙边上，种着腕粗的杨柳，高约两丈有余，仿佛是又一座绿色的城墙拔地而起，述说着昔时的辉煌。城是毁了，墙是拆了，没有了县衙的模样。阜城街南，仅有一座黉学，明伦堂、大成殿尚在。学宫虽然巍峨，但已没有往日的气场。泮池、夫子像都隐没在田野里。

学宫后殿，我见到一位叫杜丙林的老者。他的爷爷叫杜衡忠，山西大槐树下来的移民，是前清县衙慈善会的捡纸司。何谓捡纸司？就是县衙专聘老成勤谨的人，专门捡字纸。凡碗启碎磁、木石印具、布角破钱、各衙告示，悉数验检。拾捡集聚，司捡人以净水洗晒，一次得酒钱二十文。焚烧烬灰，以清水浇湿存贮，油石灰封口。司捡人才押送到河边，雇船赴中流投弃掉。

俗话说："一字值千金。"可捡字纸，就是拾得千字，也只有二十文。慈善不善啦。这是不是文字狱的后症呢？结果是，县城内，老百姓识字的人没几个。老河口镇，识字倒不少。于是，县衙的老辈们说，老河口镇识文断字的多，都是县府的字纸焚烧后流下去的。

这纯粹是一种托辞。是封建专制的一种伪善，是晚清治学的一种嘲讽，是对贫民百姓的一种愚化和禁锢。哪有字纸焚烧后，还投进河里？哪有纸簿糊窗，还得与素纸相换？哪有荒货店，还需司捡人随时问得？其时，张之洞已在汉口兴办洋务运动。电灯、电影、洋油、洋火，都进入老河口镇。明显，县城老学究的视野是落伍了。

值得一说的是，由于多方启智开化的缘故，自集市以来，老河口镇的商人走南闯北，历练了一身经营的手腕和魄力。

民国初年，老河口街面上，流传着一段童谣："李兴发，老招牌，我从汉口问上来。大酱缸、小酱缸，又酱萝卜又酱姜。大头菜，开味口，五香干子就烧酒。"这里说的是李兴发酱园的故事。"李兴发"是李耘安、李登阶兄弟俩开办的。他们是安徽芜湖人。起初，在丁字街，与人合伙经营德士古洋糖、亚细亚煤油发家，后经营酱园、山货生意。他们从陕西船运生漆、木耳到汉口贩卖。时值陕西兴安驻军是皖系部队。军阀混战，交通阻塞，不少官兵的薪饷寄不回老家。兄弟俩满口答应捎带薪饷，并一同贩运桐油到汉阳谋利。信誉所至，兴安的皖系部队干脆让李氏兄弟在"恒生号"坐庄专司桐油生意。凡兴安桐油，一律经"恒生号"才能外卖。短短两年，李兴发发了一笔横财。其后，在老河口，扩建酱园、

"大酱缸，小酱缸，又酱萝卜又酱薑。大头菜，开味口，五香干子就烧酒。"

粮店，雇工数十人。李兴发经营酱园，更有绝巧，不仅质量上乘，而且专门定制一百一十斤秤。凡购“李兴发”酱品、粮食的，秤面一百斤，货实值一百一十斤。逢年过节，集镇的老百姓，趋之若鹜。李兴发成了老河口镇的响当当的大商号。资产折合银两一百万元，可以修两个老河口城堡了。

杜衡忠的日子如何呢？日本人攻打老河口时，他把全部的家当金银细软用包裹一裹，躲到苏家河的楝树沟。不巧，遇上了土匪，家财散尽。回城后，只得摆烟摊为生。就是老王泰掠城时，县长兼保安团长包耀鼎却从北门悄悄溜走，县教育长却吓得藏在厕所里。

就两层楼高的光化城地标建筑，过街碑坊，尚立在阜城街西城门内。

堂堂皇城的读书人，如此这般，确实有些斯文扫地。就两层楼高的光化城地标建筑，过街碑坊，尚立在阜城街西城门内。文革时，王三炮大字不识一个，哪管什么书有“襄郧要道，秦楚通衢”，什么“文官下轿，武官下马”的文物。砸！西门望江，东门迎晖，北门拱辰，南门登云，连同读书人的尊严，一同倾倒在混乱的瓦砾中。县衙内的读书人，脱去了长衫，穿上了短褂。荷锄而往，日出而作，日落而息。把书生赖以生存的“毛笔”丢在了城濠颓废的田地里。

故与新

说起老河口的古城，就像翻开了一本尘封千年的史书。

古时为阴国，现在沉没于袁冲乡的古城水库。城邑成了乡野，简书没于尘土。老河口孟楼、袁冲一带，就是种地的乡野村夫，也要骄傲地说：大周营小周营，古城王湾王家人。谁是周朝王家的人呢？秦楚伐诺，子胥奔吴，屈原溯汉北上。老河口人吼着秦腔，一直在与命运抗争。

公元前 202 年，刘邦在阴地始置阴、酂二县。酂治在光化街道办的韩巷村。封萧何为酂侯。食邑八千户。纵然曹参、灌婴、樊哙多有疑虑，但刘邦不为所动。他的决然举措，为中国文人，舞文弄墨，封爵立业，开创了历史性的先河。自秦至清二千多年，老河口的先贤廖若星河，设有酂、南乡、顺阳，置有州、郡、镇，但历代县衙一直供奉的，只有萧何一人。依此一例，足可见老河口的读书人，对先贤的膜拜之重。宋康定元年（1040），三次拜相的张士逊告老还乡。七十六岁高龄，仍去祭拜萧相寺。在乾明寺上题写道：桐枝手种有桐孙，二纪重来愧此身；三代衣冠联贵仕，十州轩冕接清尘。耕桑虽喜多新垄，耆旧堪嗟少故人；萧寺门前题粉壁，又逢丁巳对壬申。他感叹自己年事已高，朝廷多事，何时能像萧相一样功冠群臣，声施后世呢?

"桐枝手种有桐孙，二纪重来愧此身；三代衣冠联贵仕，十州轩冕接清尘。"

对于老河口这样一个礼贤下士的地方，欧阳修自迁任以来，一直就有所鄙疑。他说，"自某获罪于时，窜身南楚。楚之为邑，既陋且穷，《诗》称荆蛮，以比戎狄。羁游宦学之不至，风俗言语之不通，顽然囚拘，谁与为偶？"在老河口呆着，像被拘禁的囚徒。我认为，有这种态度，原因有二：一是在乾德，他的胥夫人子夭亡。其病没有得到及时医治。其二，可以唱和为师的儒生当时确实很少。但我是不认同他对老河口"地偏人陋，官实无雅士"的看法。宝元元年（1038），欧阳修任乾德县令第二年，按《图经》，在县郊大冢，寻得一古碑，并向王源叔请教古碑的字书。这个碑就是《玄儒娄先生碑》，距宋已八百五十六年。而且娄寿先生揽发传业，好学不厌，温然而恭，慨然而义。郡县礼请，终不回顾。这品行相当的高雅，根本不是粗陋之人。对于此碑的书法造诣，杨守敬说："或以之比礼器、曹全，谓之三绝。"朱彝尊则称其为"汉隶第一"。欧阳修所评城邑粗陋是一家之言，难免狭隘。

当然，魏晋时，阴、酂隶属多有变迁。唐时，阴、酂合并。贞观八年（634），阴城镇并入谷城长达三百三十年。人才确实难于聚集，治学难有著述。就是有所遗迹，也都毁于江水和战火。

汉江自均口以上，山石耸立，峡陡江窄，水势受缚，不骄不躁。而均口之下，地平丘缓，江流脱缰，一泻千里，狂嚣不止。元至元十四年（1277）乾德废军，改光化县起，短短五十年，老河口就三次爆发大洪水，水溢数丈，城塌房垮。

金人、蒙古更是多次背盟入境，与南宋征战，长达七十四年。掠夺财物不计其数。金军刘萼毁民屋千户，造船渡江，与宋对垒茨湖。蒙军董文炳到官，造船五百艘，习水战，大举南下围困襄阳。老百姓都逃遁到山林里。

明洪武元年（1368），光化知县陈聪，在汉水东岸酂城遗址，修筑土城作为县治。城内建文庙、玄妙观、城隍庙、福严寺。北部建禹王庙、邑励坛。南郊建山川坛、社稷坛。数次引导黄河移民南下垦荒。经过百余年的休养生息，国富民安。正德六年（1510），知县黄金为县治改砖城。城长九百零六丈，高一丈八。城门曰：登云、通济、迎曛、朝京。仅过四十年，汉江再次大水，砖城坍塌。县城只有暂时南移到西集街，原阴城镇旧址。

这时的光化县城仍紧邻汉江，每每江水溢岸，城楼望若孤舟。隆庆六年（1572），由宪使（奉旨外出巡察的中央官员）杨一魁、襄阳知府黄思近主议，经襄阳府县事通判（知府副职，主理地方事务）马昌操办，在西集街东三里桥（北集街）兴建新城作为县邑（即今老县城）。

大理寺少卿胡价为迁城作记："光化一县则水路辐辏，尤为西北舟车之门户，而襄之藩蔽也。曩故有城，西面迫临汉水，屡遭横涛冲突，其沙流而土浮，虽事堤筑，曾不经年。百姓疲于奔命，当事者重以为忧，议迁之善地。因相山川所宜，离故城三里许曰北集街，其地夷旷绵延，后山拥倚，左山秀出，环向其前。北有溪水合流入汉而绕其右，地势形便，盖天地间一奥区。"

"光化一县则水路辐辏，尤为西北舟车之门户，而襄之藩蔽也。"

至此，城址再也没有迁徙了。

治理一县方圆百里，连县衙都屡遭摧毁，老百姓当然是恐惧的。一县之吏，你有没有治理能力？你的公信力在哪里？你会不会累加苛捐杂税？你会不会强取豪夺？

事实证明，这一切没有质疑。光化县城里，贾人、木工、治炉、酒家，挟艺而求。马医、夏畦，荷担而立，操瓢而左，无贫富好恶，举集于市。更有雅士遍游山川，美其名曰：酂阳八景。百姓传颂民谣：牛头对马面，金鸡对桫椤，四眼井对着温水河，治明景更秀。

据史料记载，从1469年明英宗子嗣朱佑封光化王到1628年崇祯元年，光谷一带，鲜有流民暴动，衙门养民礼士，田野丰稷万斛。光化人陈大道官至顺天府尹、户部尚书，“学富望隆，文章政事卓冠一时”，敢替人上疏辩冤，“直声振朝野”。新集（老河口镇）仁义街上段东侧建陈大道老宅，时称“天官府”。陈在镇南建一“罗汉寺”，丁字街建一“三多巷”（多子、多福、多寿之意），老宅旁掘井一口，只为方便街邻。

雨停了，我独立江头，仿佛愿做一位披蓑渔翁，能垂钓自得。多么希望，这江水永远这般风平浪静。思忖这座隆庆古城，是何等的得来不易。有乡绅捐学田，有县令捐公俸，有妇人捐纺绩。只为一个信念：人在则城在。只为一个诉求：县有良吏，城有品格，学有所成，百姓安然。

多么希望，这江水永远这般风平浪静。思忖这座隆庆古城，是何等的得来不易。

官与民

顺着县河口，我和友人拐到西关。朋友相邀，去看一处景致“桫椤夜月”。去时是白天，当然不可能有夜月了，还是希望能找到桫椤树。

在老丹路七十三号，我见到桫椤树生长的地方。这是一处破庙。有人说是夫子庙。也有人说是邓侯祠。但我目视之处，庙已不在，房屋坍塌，瓦砾一片，长满了蒿草。友人介绍，过去，荆襄无桫椤。永乐年间知县王时中还写诗咏之，树粗数十围，高出城墙。后来被暴风折断。没过几年，夫子庙前，又长出桫椤树，不及百年，与前树相同。覆庇周匝，如夏屋帡幪。秋月当空，残阳倒影，树荫下，好像铺着金镂玉一样。南北游人乘船前来观览，不舍离开。

听来的景真是美的。那么树呢？树自然是没有的，景也是没有。传说，光化人用桫椤树去作梯，攻襄阳城。襄阳知府大怒，下令砍伐此树。都是战争惹的祸，桫椤只能是书中的美景了。

我一直认为，农民起义是正义的战争。寻访这样一座古城，我开始有所质疑。一个朝代，能不能兴盛？一场战争，能不能打胜仗？还是要看民心所向。然而，明朝末年，李自成占襄阳，建大顺，派驻光化的伪吏，让我认知到逆民心而动、残暴昏庸，自然是要失败的。

顺治元年（1644）早春，光化县闹饥荒，甚至发生了人吃人的事情。清军南下，李自成一路从邓州、光化败退。郧阳巡抚徐启元率王光恩来复光化，李自成伪令伪将迫不及待地毁城逃离。建城时，城长八百丈，城高一丈八，址厚一丈六，顶厚八尺，雉堞一千一，置有炮台。弃城时，门栅折光，城墙残垣及肩，老者尽杀，壮丁抓完，房倒屋塌，满目疮痍。这是对光化古城最残酷的摧毁。

咸丰六年（1856），为配合太平天国林凤祥溯汉水北上，襄阳人冯三典、范二娃在竹条铺起事。以红巾缠头为号，从龙王、黑龙集、张集，一路攻向光化，县令书绅虽然组织民团迎击，但终寡不敌众。义军乘势入城，焚毁书院和文武衙署，老河口镇房屋皆有损毁。又妄言邓侯祠的桫椤树是襄阳的锁钥，伐倒并掘出树根。众匪盘踞城内十数日方才离去。

弃城时，门栅折光，城墙残垣及肩，老者尽杀，壮丁抓完，房倒屋塌，满目疮痍。

那么，这些农民起事的捻军在光化城内，都行侠仗义了么？答案是否定的。推乡绅刘致和为“大司马”，刘不从，足踢刀刃而死。掳温廷兰女至北园刘学章门首，女不入。诱以甜言蜜语，仍不入。与之食，连器扔。用刀威胁说：“不从，杀了你。”温女口骂不绝。匪怒将其放在酒灶内焚烧。至死骂益厉。李姓女，因躲避不及，被扭至塘边，欲乱之，妇坚拒不从。推陷塘中，犹以刃糜烂其下体。这十日，不堪受辱殉难的妇女就达三十二人。

毁了房屋，不可怕。毁了民心，才真是可怕。

心悸之余，听说，四眼井也在西关。我们从农机学校北侧的道子进入。走过一片民居，一幢厂房高高横亘在眼前。墙壁上长满了苔藓，绿绿的。这就是临江的好处，空气中只要有充足的水分，苔藓就是远离地面，也可以生存。四眼井找到了。井盖，用两块半月青石扣住，石上凿出四个三十厘米的圆孔，便于用绳系桶取水。俯视，绳痕历历在目。它在厂房的拐角，周围长着几株构树，近旁有一家坟茔。似乎守护着这口老井。井外，一片葱绿的菜畦。这就是草书阁前的四眼井么？草书阁是张友正写书的地方。从宋初开始，它应该有一千多年了。为什么凿四眼孔呢？据人们口口相传，一乡民有四个儿子，娶妻分家。此井水清冷甘冽，是诸泉之冠，四子皆想据为己有。老父无法。只有凿出四孔，一一分之。

走过一片民居，一幢厂房高高横亘在眼前。墙壁上长满了苔藓，绿绿的。

这就是水的好处。井水可食用，江水可行船。

光化县城迁离了河埠，也就远离了舟楫。作为荆襄黄金水道，繁忙时，行船上千艘。在县河口的下游，上游生漆、木耳、笙等山货要卸筏子，装大船，下游盐巴、海产等货物要改乘小船。依河而筑的“月”形新集自然形成了。公元1703年（康熙四十二年），“汪大昌”剪刀世家迁居新集。怀庆府申竹坡办“申四美”墨庄。意大利教会派修女郭玛利亚在朝佛街设立西药室。光绪二十一年（1895）新集镇开通至西安电报线路。码头上，花布、木屐、照相等各类作坊比肩而立。

陕西、武昌、黄州等会馆纷纷捐建。客商定居，店铺千家。新集人口达八万人。不少在老县城经营的商户，也纷纷迁往新集镇。县衙没有办法，自雍正起，老县城不再征税。难怪捡纸司杜衡忠说“我们是皇城，皇城可以不缴税。新镇是客城，客城要缴税”。

那么，新集怎么叫成老河口呢？

均口之下，汉水下泄，狂暴不羁。它早期的河道是沿新集地界汹涌而下，左岸城郭屡屡受毁。宋咸平元年（998），光化军李仲芳，在窑屋川泊岸（现苏家河）修筑石堤阻拦洪水。汉水主河道遂改道往西，沿谷城县冷集镇唐家洲下泄。清咸丰、同治年间，堤逐年坍塌，横亘中流数十丈，每逢夏秋，往来船只多有倾覆。同治戊辰年（1868）春，凿断用修新镇堤。汉江河道复往东流，是谓故道。

雍正三年（1725），知县孟琅，因新集人口稠密，改新集为新镇，俗称河口镇。在镇周开始筑建城堡。咸丰年间，捻军肆掠光化后，新镇筑就砖城。为了筹集修建河堤和城堡的经费，咸丰五年（1855），新镇开厘金局，收取落地厘、出产厘、门市厘，税率为一厘。同治元年（1862），新镇城堡竣工，城长一千三百丈，高一丈二，置炮台二十座。建文治、安澜、临江等十座城门，城濠二千一百丈，濠宽二丈三尺，深丈余。

新镇砖城的兴修，更是促进对外通商，各地客商蜂拥而至。知名商铺一千二百家，船行二十多家，浙江、抚州、怀庆等十三帮会主持商务，码头搬运由刘家、孙家、白家三班掌控，年交易额达五千万两白银。有句民谣：“走到连三坡，看到老河口的金银窝”“天下十八口，数了汉口数河口”。光绪二十八年（1902），新镇正式更名老河口镇。开设邮局、官钱局、盐局，废科举，关书院，办学堂。美、意、日等十数国在老河口增设庄号。1920年，启明电灯公司建成发电。

有句民谣：“走到连三坡，看到老河口的金银窝”“天下十八口，数了汉口数河口”。

不过，这种盛世的街市，仅仅风光了几十年，再一次被战争打破。

1939 年，老河口发生冰雹灾害。乡村“麦豆如碾压，鸦雀死树下”。这一年,李宗仁长官部入驻老河口“文记行”老板杜文彦私宅大院。日本人开始轰炸老河口。7 月，炸毁光化县城房屋数十栋，炸毙文庙 51 师病兵十九名。1940 年 5 月 17 日，敌机二十架，在光化县城，投弹无数，一时烟尘弥漫。逾二十分钟，敌机再来，伏于城隍庙台的一百二十名学员兵，悉数炸亡。炸毁祠宅二百三四间。就这样，这个千年古城，城头、房檐下，大门外、公路上，麦田里，到处可以看到血肉模糊的尸骨。这是怎样的一种血债呢？这是怎样的一种摧毁呢？国弱家贫，读书人的悲哀。无奈，两年后，县衙驻地老县城和西关划归乾德镇。县府迁往老河口镇南街。三百七十三年的县治，化作一片乌云，随风而逝。

这是怎样的一种血债呢？这是怎样的一种摧毁呢？国弱家贫,读书人的悲哀。

“秋风起，秋风凉，民族战士上战场。我们在后方，多做几件棉衣裳，帮助他们打胜仗。打胜仗，打胜仗，收复失地保家乡。”当《寒衣曲》响彻老河口的大街小巷，谁人在叹喟？城不在，但人在。因为，众志成城。

有一个地方，叫射洪

对于射洪的印象，最深就是当地幺妹儿的发音，叫塞洪。

我是冬天去的。车在山涧，摇摇晃晃，只听朋友介绍，遂宁要复制一个鸟巢。很有雄心，那是一个大事，但没有观音故里的味道，我觉得大可不必。

去之前，我就知道，宋代，阴城人张士逊当过射洪的县令。有人说，这里“蜀盗甫平，赋重恶俗”，是个山野僻乡。张士逊挺礼贤下士，谨以政务。数年后，政绩卓著，上调到三台去当转运使，民众不愿意让他离开，堵塞于路。知州知道后，赞叹说：射洪令，第一也。说来也怪，张士逊从京城告老还乡，葬于我们阴城北的洪山嘴，都与洪有关，一个是涪江，一个是汉江，可能是一种巧合。或许，是命中注定，是一种缘分。

而今，我仅是一个游客。去瞻仰，先辈治理下的一脉山川。

男牵着牛，女织着纱，只为这山川留下一方沃田，只为这田野生长的一束稻禾。

射洪，山势不高，但却秀美，远远的，像一个青衫居士。沱江，九曲回肠，浅浅的，像一个秦巴的女子。男牵着牛，女织着纱，只为这山川留下一方沃田，只为这田野生长的一束稻禾。他们早晨，听着雀鸣，晚暮，赶着夕阳，追寻着平静的幸福。幺妹子说，射洪人，会耍，悠闲。大意是嫌弃男人的懒惰，什么事，都不去争。外地人说，没去过射洪，以为他很彪悍。其实，这是一种误解。你站在县城的堤岸上，远远地看着涪江，它总是低低的，就好比，你在山巅看着山谷，它仿佛一只温顺的羊儿，躺在山的脚下。偶尔，抬一下头，吃着地上的草，与谁都不争，显得是如此娴静与淡泊。

我想，这浅浅的一江水，怎么叫射洪呢？不想，几百年前，人们对江洪的泛滥，竟如此的无奈。与汉江比，那是河海之差呀。我甚至觉得，这一掬水，够不够县城的人饮用。蜀中的朋友笑了笑说，够啦。我们还有良田万顷，谷黄原野。

显然，我的忧虑是多余的。射洪，有一个最佳的去处，便是柳树镇的沱牌酒厂。那是喝涪江水的主儿。在射洪人眼里，它就像射洪的大公子，帮着父母挑万斤谷，犁万亩田，是上市公司，是家族的希望。朋友自然来了兴致，说射洪酿酒很早了。唐朝，陈子昂就开始喝射洪的春酒。我倒觉得说，那可能只是黄酒。如若是当今的白酒，李白斗酒诗百篇，早断片了，是写不了诗的。干白，可能不是真的。不过，泰安作坊，倒是真的。走近这个老古董，那枯灰枯灰的酒槽，似乎滚淌着酒匠们的汗水，一点一滴的，浸润出岁月的沧桑。你就懂得，射洪人凭什么会有成熟的酿酒工艺。那是一辈一辈人，用汗水和生命，操斛弄酒的祖传手艺。

走近这个老古董，那枯灰枯灰的酒槽，似乎滚淌着酒匠们的汗水，一点一滴的，浸润出岁月的沧桑。

偌大一个镇，酿的全是酒。他们的酒，叫舍得酒。有舍，才有得。就像射洪的涪江，那舍掉的是欲望，得到的是淡然，舍掉的是凶悍，得到的是万福。莫言，高密的酒，舍去的是安稳，得到的是彪悍；贾平凹，棣花的酒，舍去的贪欲，得到的是平静；谢东山，射洪的酒，舍去的是暴烈，得到的是温柔。不同的舍，有不同的得。

人生，就是这样，不一定什么都要去争，就像我们舍去的是青春，得到的却是终身的智慧。是不是这个理呢？

凉水河

入冬的傍晚，十数行人一起去丹江口一个叫凉水河的镇子，看一场橘树篝火晚会。我本想去听一首丹水的民歌。听一听楚丹阳的调子："二郎神嘞，挑箩筐，地上一歇扁担放。一头筐嘞，变汤山，另一头成禹山垱。起身喽，抖裤管子，又一层灰变杏山岗。"感受一下巫术楚辞的神奇，体味一下混沌创世的妙想。然而，事不凑巧，这镇子下起了小雨，不大也不小，不紧也不慢。

司机是个黑脸汉子，车沿着汉水河岸一溜烟地跑，呼呼的河风，哗哗的树叶，搅乱着前行的视线。雨像网一样撒在河里，人像伞一样飘在路上。一脉的山，像一条青龙缠绕着河走，把路越挤越窄，越挤越窄。仅有一个箭步，车，仿佛是贴着墙走。先前，路边有数百丈地，一律的平原，种些萝卜白菜小麦。约摸半小时，山越来越高，干脆就挂在眼前，直接把路拱向河埠。山，板直的石岩像刀劈过一样，倾斜得有六十度，人畜不立。可终拗不过种子的力量，一簇簇的荆树仍顽强地生长在石缝里，呼风唤雨，显得那么悠然自得。有鸟儿嗖地从这一株飞向那一株，欢欣雀跃。就是山坳处，依旧有农人整理出一块巴掌大的地。种着韭菜、青椒、土豆，一垄一垄的，格外的旺盛。

可终拗不过种子的力量，一簇簇的荆树仍顽强地生长在石缝里，呼风唤雨，显得那么悠然自得。

雨，仍不停交织地下。车子拐过沙陀营，便真正进了凉水河的地界。山色淡然，不高不陡，路途曲弯，依山随涧。初一开始，你是见不得河的。山峦起伏，一坳山连着一坳山，一瀑绿交着一瀑绿，除了山还是山。难怪说凉水河的人，种地的人少，打渔的人多，看山转山还卖山，以山货为生。眼前，一条新修的柏油路，带我们去驻足丹水与汉水的交融，去观摩一个沧桑的丹淅之地。按说，镇子左手是丹水，右手是汉水。走个两里地，就会看到一条宽阔的大江了。可是，依旧是看不得江水的，只有乌压压的云。这云，把河风与山风交织在一起，扭出一个山路十八盘。车子，划过一坡坡的柑桔园，在沟底里钻来钻去，在山腰七拐八拐。跑在山谷，看到的山外还是山。车跑到山腰，看到的果园还是果园。唉，什么时候才能见到一面江呢？当人疲倦的时候，一瞬，车子上到山顶，风像一只无形的手，拎去了山巅的灰暗，远处的山湾猛然亮了。这时，你才发现，白练练的丹水已在眼前，它绕着一山又一山，幻作一个个瑶池仙山，打开着你的心胸，正述说着一个个动人的故事。

不光二郎神，大禹治水也来过这里。禹累了，在溪水里歇歇脚，顿时心旷神怡，就对随行的人说，这就叫凉水河吧。转个身，又见一泓清泉喷若白龙，遂叹“好一池白龙泉”。不光大禹，屈原也曾流放在这里，他吟诵“有鸟自南兮，来集汉北”。楚怀王十九年（前310）秦伐楚，楚军败，割上庸、汉北地予秦。只有驱逐屈原，才可复得上庸。可巧的是，正是这一次放逐，汉北的兰芷、申椒、留夷、仁衡、秋菊，成就了《离骚》的绝唱。不光屈原，南宋抗金名将赵方派兵就驻扎在这里。寨三尖山，金戈铁马，与金对垒。以致百余年，金人不得南下襄阳。三尖山就是汤山、禹山、杏山的俗称。如此的抗争，我觉得这镇子的人，与天下的山民一样，有着生活的韧劲。

可巧的是，正是这一次放逐，汉北的兰芷、申椒、留夷、仁衡、秋菊，成就了《离骚》的绝唱。

也许就是十五分钟路程。一个下坡，看见一个柑橘批发市场，房屋多了，人声有了，估摸着这是一个街市。天渐渐暗下来，我听到人们的寒暄，说风中的雨，指山上的树，谈脚下的河。车子在街市上转了个圈，进入一个院落，有友人，男的女的，老的少的，热情地招手，该是到凉水河的镇子了。与一众人的热情相比，镇子清静了很多。一条街，像一把弓沿着山湾摆开。就是站在街上喊，也喊不出俩人来。一百来户人家，窝在这山洼洼里。只有山东菏泽的一辆辆大货车还闪着刺眼的灯，装着满山的柑橘，等着返程。

我们去找一家旅店。开门，张望。两张床铺，一床被褥，无水。问：怎么是少有人住呢？答：都进城了。路通了，桥架了。镇子一下成了城区的街道，不说开车，就是划一条船回家，也要不到二十分钟。这让丹江口的朋友料想不到。换一家店，二层楼，门口闪烁着牌灯，上书：华美大酒店。门已掩，仅有一个中年妇人看店，一间大通铺，七位游客等着入住。朋友觉得不妥，嚷着换被褥，拿毛巾。不不不，每人两条，要全新的。旅人无所谓，出门在外，哪有那么多讲究。还没躺下，电话又响：有一好住处。旅人起身，妇人歉意。我知道，南水北调，凉水河已变成一座千岛的天河。山变岛，沟变河，这山唱来，那山歌。人有钱了。果园主都搬城里了，这老街就是一座空城。其实，清静挺好，真没有什么不妥的。

山变岛，沟变河，这山唱来，那山歌。

换了住处，一人说：篝火晚会烧不起来喽。

是的。雨下得不小。另一人扯过洁白的被子答。

喝过橘香十八酿么？又问。

歪在枕头上：没有。听说是橘子酿的。

唉噫，路上灯牌写的橘树灰蛋，是腌鸡蛋，还是皮蛋？一人坐起来问。

是皮蛋。橘木灰、硝石灰、花椒、桂皮和泥，滚出的皮蛋。有桔味呢。

黑咕隆咚，两个人对着窗外的橘园，有一扯没一扯地谈。要说，这里是楚丹阳的发迹地。那个叫熊绎的家伙怪有能耐的。咋就修丹江大坝，古城淹了？一声叹息，扭过身子，没有睡意，又问：听说发掘的楚墓有编钟，音律好得很。嗯，那是自然。答得干脆。站在山上，就能看到河对岸的陶岔。啥子叫陶岔？就是过去泥瓦匠干活的地儿。说不定能挖个金罐银罐的，两人会心一笑。听说尹喜在函谷关遇见个白胡子老头，老头一番冥语，归隐无踪。说者喝一口茶，尹喜呀，东不到，西不到，秦岭不到，老君山不到，一路南下到了武当山，真神。神啦，老头冥语的啥，知道不？一人说着，脑子清醒，再问。一人已迷迷糊糊，但还是话赶话地嘟囔：不，不知道。吐一口气，是，是啥？一阵鼾声。谁也没看谁，又自顾自地说，《道德经》。这呀，都化作了一江的水，白亮亮的。

白亮亮的水，白亮亮的话，白亮亮的梦。人睡了，山却醒了。一夜的静谧，雨停了。一抹淡淡的朝霞从山顶弥漫开来，映照在墨绿的桔叶上。没有鸡鸣，没有钟声，一二三四……数十个数，朝霞变亮了，橘叶变绿了，橘子就像一个个红宝石，镶嵌在苍翠的树叶间发光，远远望去，就像红色云彩在山峦上浮动。赶早，一众人要去百喜岛。百喜百喜，逢事见喜。这岛，是一定要去的。车一停在橘林中，看橘一个个小灯笼似的，众人皆乐。两个女子无聊，就攀着橘枝比美。遇一男人，挑衅地问：兆彬，你老婆是武汉人，你会武汉话吗？兆彬扶一把眼镜，顺口撇腔，汉腔汉调起来：曾兆彬，搞么事不气弯（吃饭）？气弯气弯，不气不弯，两女子抓着树枝，一下子笑弯了腰。这呆子来了趣，还会说日语呢？女人不信。兆彬一顿叽哩哇啦，不知所云。随后，附耳轻说：挖土豆土豆大，到东屋那里去挖？众人乐，两女子亦嗔笑一番。百喜岛，有石林石柱，一派汪洋，呼船来渡。站在岛上，可以看到河南的群山，江中有界岛，写着：湖北欢迎您！一群男男女女站在沙滩上嬉闹，等一木船下来。来喽！不知谁喊了一声。只见一位六旬老汉，竹篙一点，船就拢了岸。“唉，雪

一抹淡淡的朝霞从山顶弥漫开来，映照在墨绿的桔叶上。

柔。”呼喊间，篙一点，就又渡了河。岛上的孔雀，羽毛麻绿绿的一片，也不认生。只要你给苞米，它就追着你乐，甚至展屏秀羽。旅人中，有一蓝衣道长，默默然，恍若置身天地之外。面朝江南，席地而坐，取一管长箫，幽幽地吹，吹这宫观的肃穆，吹这丹水的禅意，吹这青山的欢畅。仔细一问：道长，什么曲子？答：《绿野仙踪》。又问：音，飘渺玄绝，浩瀚苍穹哟。道长应：有亭，遇雪。寒江，独吹。此音会更绝。他这一吹，一切都安静了。

山巅，橙红的橘林深处，竟有两株窝竹。竹坡下，又泊一船。或许是打渔的，或许是运橘的。

下岛，上岸。有人依在船上喊，有人仍在岛上听，有人早已在山顶看。山巅，橙红的橘林深处，竟有两株窝竹。竹坡下，又泊一船。或许是打渔的，或许是运橘的。竹竿间，三只白色的母鸡，兀自在草丛中啄食。见到来人，一阵惊吓，慌忙跑开。它又能跑到哪去呢？山坡上的房屋，早就搬走了，它的主人已不再回来。或许过去有草屋，有土房，它都有一席之地。而这山顶除去信号塔和高压电线塔，一切都回归了自然。水宽了，风大了。有一年，村子里一家三口，划船到六里外收粮，狂风打翻了粮船，淹坏了人丁。政府规定，三千五百米以内，不得有任何建筑，这是红线。水涨了，家搬了，人走了。但愿这三只走失的鸡，能找到它的主人。

游人的车队走在山脊，橘随着山坡披挂而下。这大山叫“八山一水一分田”。凉水河的果农说，今年又是一个好收成。收多少？八千公斤。有妇人卖橘，脚下码了一摞一摞的果筐。无奈住家的房屋已搬走了，这橘一定要赶在天黑前卖完的。问：大嫂，多少钱一斤？答：五角，便宜着呐。她笑得很甜，果子也很甜。去寨山村村书记家摘橘，他一顿豪迈：放手摘哟，用车装就行。什么果最甜？果农说，软的就甜。有人说，寨山是真武大帝下界飞降的大山，山有楚长城遗址。《太平寰宇记》称“均州武当县有古寨山，在今县北。战国时楚筑以备秦，今城所据之”。我没有见到遗址，山头却有一坪地。三个果农在坪上卖橘。望着我们蝗虫一般的摘橘人，笑着指：下坡就是书记李明龙家的橘喽。桔好，人更好，游人也就摘两个把玩。书记却送了一人一筐的橘，筐满了，塞了又塞。

一面一面的河风，清凉凉地吹来。山脊上，能长出这样的好橘，多亏这一江好水。要说这南水北调前，水上不了山，白龙泉也成了干沟。看水转水吃不到水，山里人吃水，要跑到山外河里挑。老百姓戏称：一天六挑水，去趟北京城。而今，挖个坑，水就咕嘟嘟地流。白龙泉边，两棵古柏参天耸立，一排观庵古朴寂然。村里人说，树有一千三百年了，泉更久。泉养活了一代一代的人，人们供奉它，建庵叫白龙观。去八里寨，看天津人栽种的植物园，芭蕉、桂花、石兰、香樟，绿满山坳。不出两年，定是一座花园。寨顶空旷，看云展云舒。吃灰蛋不？镇上的小伙子拎着一个纸袋，拿出一个鸡蛋给我。剥壳，入口，真是皮蛋，有橘香。有女子害羞，抿嘴挠手，不吃。小伙子笑：来，我剥了，喂你吃。女子吃吃地笑：鬼娃儿！别闹。老汤说：这凉水河人，真性情，他接触山里人多了，实诚。谷城县十四个村安置丹江口库区移民三百五十三户，一千五百零一人，全部是来自凉水河这个镇子的。他们没能成为种橘大户，却都成了山药大户。

看水转水吃不到水，山里人吃水，要跑到山外河里挑。

去凉水河，没有看到篝火，却看到火红的日子。回镇子的路上，我笑老汤：襄阳来了十一个人，你是最有心计的家伙。读了暖心的文字，又送了暖心的书。书名叫：移出一片新天地。书是老汤写的，他嘿嘿地笑。

家乡，那一方热土

格垒嘴是一座山，山对岸是一座滩。筑水，顺着这石头山流入汉江，冲刷着滩岸，当地人叫崩壉子。壉子下，长着崔巍的芭茅，夹杂着江水卷来的圆石，水蔓肆意地疯长。芭茅中，有一个干枯的窝棚，风一吹，窝棚上的叶便四处飞撒，许久没有住人了。周围一块数十亩的沙洲地上，长着绿油油的花生和芝麻。

古渡的人们，喜欢种这两种作物，盼望着人丁兴旺、日子红火。八月的天，是蝉鸣的天，热得叫得像忙碌的人，不知疲倦。一个从村里进城的汉子，叫书玉，回到乡里，带着他的儿子，去拜访这沙洲的窝棚，看望一生忙碌的父亲。父亲总是穿着黑粗布短褂，敞口鞋，在这沙洲上垦荒。年轻时，父亲赶脚为生，为大户人家挑盐挑棉，走百十里到邓州。六十岁，包产到户，挺着一把老骨头，在耙上颠颠簸簸的耙地。八十五岁了，仍到洲上去开荒，挖芭茅，捡石头，不忘自己是个庄稼人。他给自己的儿子起了一个名叫书地，说地不会亏待人的。有先生说，书田书地不得第，应该叫书玉。俗话说，“书中自有颜如玉”，孩子要多读书。于是，书地便叫成书玉。也就是这样一个夏天，父亲却一头栽倒在挑水浇地的路上。书玉曾经劝过他，身体不济，这地不用再种了。可父亲说，地是立命之本，不收这一季芝麻，枉了这一块土地。

父亲总是穿着黑粗布短褂，敞口鞋，在这沙洲上垦荒。

这窝棚所在的村，叫江营村。祖上江宾公从山西洪洞县迁来，在这不起眼的岸上，搭起了不起眼的草房，赖以为生。

这族人从哪里来？他们说，山西老鸹窝。老鸹的叫声，就是游子思乡的情。老人膝下四子，名为林、桂、杞、朴。这四兄弟，字含木意，意喻开枝散叶，根植沃土，不忘本源。这还真是地不负人。这四兄弟穷扒苦作，经过辛勤耕耘，垦荒二百四十五亩，东西九十九弓，南北六百零七弓。嘉庆十五年（1810）冬月，江家人刻《绳其祖武》碑，勒石以为记。

老天饿不倒勤快人。这地，种下一斗谷收得一升米，江营人开始造船下江，赶马上路，做起买卖，把地上的谷物卖到集市，把西山的柴禾挑回岸上，一家人看炊烟袅绕。村里建新宅，置私塾，修庙宇。人人颂"人手足，马牛羊，鸡犬豕"，耕读传家，江水绕村，屋舍一派俨然。宅前，那两棵老槐树，树荫匝地。一口辘轳井，泉水清凌。像先人的念想一样，庇护这一族人。

然而，民国二十四年（1935）六月六，一场洪水，让江营的家园，付之东流。那一天的午后，霎时大雨倾盆。说时，水漫膝盖，看时，水已齐腰，回望，水已没顶。江欧氏咬着儿子的衣领，爬上屋尖，算是捡得一条性命。七十口人，躲在祖屋的檩条上，战战兢兢地看着江水冲走锅碗瓢盆。数日水退，书玉家捡树叶充饥。有人成亲，也是家无斗米，把冬瓜切成条肉、猪蹄状，算是宴请街坊四邻。村外的不少姑娘不愿嫁江营。那时，人们说，江营村，篱笆墙，芭茅房，一天三顿，喝的是南瓜汤，到了年关，穿不起新衣裳。在这个村，还有一首民谣：乖呀乖，莫哭泣，我们老家在山西。乖呀乖，莫哭泣，山西有棵大槐树。吃面面，喝汤汤，长大我们回山西。人，何时能承受生命之重？

那时，人们说，江营村，篱笆墙，芭茅房，一天三顿，喝的是南瓜汤，到了年关，穿不起新衣裳。

但是，糟心的日子，不会像阴雨的天，久下不停。天虽不利，地不养懒。书玉一家第一个到西沙洲垦荒。没日没夜，一干就是上十天不回家，砍芭茅，上粪肥。地肥，物茂盛，家大，人不愁。书玉也真得了老先生的吉言，书读有成，进了城，提了干。马桂芝是江营村有名的男人婆，人高马大，七尺有余。辛亥年生于邓县西马庄，家贫卖给船夫江家付为妻。她身大力不亏，扬场扛布袋，挑柴堆垛子，样样在行。在洲上挑芭茅，人们一眼就能看见马桂芝的挑子，因为她的芭茅捆得最粗，足有两百多斤。一年，县里组织劳动比赛，她的农活撂倒所有人，赢得一头大黄牛，村里遗老啧啧称好。

书玉的父亲说，穷一辈子，富一辈子，累一辈子，善要一辈子。

书玉的父亲说，穷一辈子，富一辈子，累一辈子，善要一辈子。一九五八年，村里办集体食堂，饭菜不够，他就让小的吃，自己饿肚子。一九六六年，到城里出工，分的馒头舍不得吃，步走七十里，一家人分着吃。开荒种地，收取瓜果了，他背到城里，送给子女吃。村里江家启家失火了，他煮一大锅饺子送去，帮人渡过难关。

上世纪九十年代，村西的河岸建起了泵站和抬水渠，江水绕村流淌，直接浇灌到各个田块，全村的耕地变成了旱涝保收的高产田，粮食由过去的两三百斤，一跃过千斤。洲地成了当家田，芝麻、西瓜、山药香满园。江营村，芭茅房看不到了，河岸上，荒洲变绿洲，一派瓜果香。马桂芝再也不用到西山捡柴了。

如今，林家的儿子当了干部，桂家的姑娘进了银行，杞家的老幺当了老板。白了胡子的老人手会敲起锣鼓、拉起二胡，唱起社戏。“要说，修三干渠那一年，全村三十八口，不逢单。白也干夜也干，只为把河水引上山。干秃秃的高山变秧田，谁说林中无果园？”黑脸汉子，有时唱错了，老妇人羞笑一通，白胡子胡骂有趣。在村中，修葺的老宅，巍峨依然。人们从仓库的地下刨出祖碑，建一六角亭，曰:望江亭。

岗上江南

丙申年九月二十五日一大早，一夜滴滴答答的一场秋雨，竟然停了。

天不再烦躁，脾气温顺起来。我和几位朋友相约看杏山去。这杏山在河南叫杏山，绵延至湖北叫二劈山。要是再早一个月，这杏山的脾气，像四蹄伏地的卧牛，不听吆喝，要爆得多。因为北有桐柏山的阻隔，冷风进不来，南有荆山的横亘，热气近不得身，夹着这一块山岗，闷得人都出不来气，老牛都更不用说。就像秦人的耿直遇上了楚人的精明，话不投机。朱逢雪解释说，就像我这名听起来，像南方女人，眨眼一瞧是个北方糙汉子。说者自嘲，听者哈哈一笑。其实，这杏山是王母娘娘的簪子掉在地上，山便一劈为二，南北自然分明。

这杏山南侧，过去有一个古阴国。东错邓州，南接谷城，西界均州，北接内乡。虽僻处一隅，实则是巴蜀间道，襄邓枢轴，历来是屯兵之地。后入楚南迁，但此地鄂豫陕交界，民风尚有北方人的性格，彪悍忠厚。你走在这田间小道，随便打听，这村落，不是叫屈家殿，就是叫荆家棚，不是叫马道岗，就是叫周家营。宋绍兴十一年（1142）宋金议和，以淮水为界，割唐邓属金。没过几年，金人毁约南犯，这光化军一呼百应，我们周王家的人，谁敢欺负？寨三尖山，突袭邓州，遂解枣阳之围。

虽僻处一隅，实则是巴蜀间道，襄邓枢轴，历来是屯兵之地。

要说这阴地人的脾气，那真是一方水土养一方人。我们到纪洪岗，遇见一男一女两个村民对话，颇有意味。汉子说："妮，干啥去来？"女干脆利落："俺割苞谷来。"讲话就像挖地，一镢头一块。有人说，阴地人耿直，有从山东迁来，有些道理。《光化县志》云："光武帝光烈阴皇后，齐管夷吾七世孙阴大夫管修后。"干烈的土地，养育了百姓干烈的性格。就是吃红薯面，喝南瓜汤，他们也要守着这一方家业。因为这土地上，每到夜晚，先祖的慈目总会欣慰地看着自己的子孙，听一听辛勤劳作后的鼾声，是那么的甜蜜。

古有南柯一梦，今有梦圆南柯。一九六九年，县里一个叫王子明的汉子，竟然跑到省城，说要引丹江的河水到鄂北的岗上，还介绍了引水上山的"西瓜秧"灌溉模式。省里的头头们竟然也同意了。这古阴国的光化人，再一次沸腾了。他们拿出家里的斧头镰刀，砍来树杆做窝棚，割来芭茅织草席，自备干粮，成群结队，来到二劈山下。有的人祖坟边两棵楸树下，搭个芭茅棚，权当自己的家。他们手扒肩扛，硬是从陶岔，挖出一条十三里的"地下长龙"。从清泉沟到吴家嘴，从蒿堰河到石桥，从黄集到枣北，六十八公里，一渠清流绕岗而过。

丹水流过樊庄，与陡河融为一体，江水浩淼。分闸处，白色的瀑，绿色的山，青色的湖，黄色的苞谷地，犹如一幅水粉画，仿佛处在一个"船在渠上走，人在画中游"的仙境。有丹渠情结的人，还在渠坡种上樱花，美其名曰：樱花谷。行走其间，你不禁要问：这谷中，有东瀛来的红衣女子么？有杨玉环的低吟浅唱么？同行的有三两位酿酒师傅，他们对杏山，对丹渠却有别样的情感。因为这方土地上，过去只种红薯、南瓜，而今，却长出了苞谷、高粱、芝麻、花生、水稻。过了吴家嘴，他们见得一片高粱地，便围观起来，仿佛这地里长的不是庄稼，而是清洌洌的酒。

犹如一幅水粉画，仿佛处在一个"船在渠上走，人在画中游"的仙境。

秋雨后的地是润润的，风是凉凉的。村民们，偶尔开着私家车从村道上悠闲而过；村口，那头老水牛，卧在田头，滋润地吃着青草，却不再承受皮肉之苦；绿树掩映下，那是谁家新盖的别墅？如此这番，你还觉得这是黄土漫漫的北方么？不。绝对不是。山还是那座山，岗还是那道岗，景却不是那道景喽。在鄂西北水资源管理处，一位中年的汉子说“我在城里工作三十年，搞到最后，还是回到村里”。站在亭台楼榭处，酒师傅打趣道“你哪辈子修得的福分哟”。

山还是那座山，岗还是那道岗，景却不是那道景喽。

“荷叶罗裙一色裁，芙蓉向脸两边开。乱入池中看不见，闻歌始觉有人来。”车走到郝岗，南去是汪汪孟桥川，我见得一池青青碧莲，真想去摘一枝，能么？老农说，能。我却说，好一个岗上江南。

汉上行

上世纪八十年代中，我在襄阳一个叫太平店的镇子上读书，在汉江边呆过一段日子。课余，一众学生簇拥到堤上观江水沧沧。岸边，总是泊着一艘艘淘来青沙的帆船，一条泊船一个跳板，有序地搭在岸上，挑夫们一步一步踏着颤抖的跳板，咿咿哟哟地挑沙上岸。挑筐中，湿漉漉的水滴伴着挑夫的汗珠，一路洒到岸上。

有时，一艘远航的货船溯江而上，堤脚连堤上，还可看到一队打着赤脚、穿着裤衩、光着脊梁的纤夫，弓着身子，嘿哟嘿哟，趔趄而上。同学讲，这船经过的地方，有一洲叫胡家洲，是鱼变来的。相传，江对岸，谷城有一座白虎山，襄阳有一座青龙山，龙虎争食，江鱼自保，遂变成一座沙洲，浮入江中。

多年以后，我仍记起这条水道，记起人们大雁一样成群结队挣扎挑沙和拉纤的样子，记起这群人胡喊笑骂的声音，而如今却再不见了这些勤劳的挑夫和纤夫们，见不到这江上热闹的美景。朋友说，什么年月了，这汉江上，坐在船上像舅子，把舵瞪眼像豆鼓子，弓腰拉纤像兔子，都是过眼烟云了。转念一想，是的，过去我们挎着粮食去上学，现在人家只要人民币喽。

把舵瞪眼像豆鼓子，弓腰拉纤像兔子，都是过眼烟云了。

其实，在这荆襄水道上，除了千帆竞往的景致，还有一条千里传书的官方驿道，也是一骑绝尘。从襄阳往均州，一路上若是十万火急，马不停蹄，马歇人不歇，柿铺、牛首、茶庵、杨林铺、沙陀营诸多驿站里，总是候着茶水，递给信使喝上一口，便快马加鞭，继续上路，生怕耽误了官差。

我父母就住在茶庵边上的一个村子里，村后的山坳尚有一处茶场，供驿站使用。民国初，驿站渐渐废弃了。有的改成学堂，有的充作庙宇，有的沦为商铺。我的爷爷在茶庵官学里教书，在“只问革命不问肚皮”的年代，十分郁闷。有一马夫，也很无聊，每每饮酒，总是酩酊大醉。有一天，他驾着马车在村道上狂奔，把校舍的柱子撞得人仰马翻，惹得村干部对他吹胡子瞪眼睛，一顿臭骂。他醉得亢奋，骂得踏实。可谁又知道，他的祖上是赶马吃饭的呢？

其实，这庵棚，不单单是一个驿站，它确也成就过一座城廓。这一片黄土岗，南北高丈余，北边是柴店岗，南边是陆家坑。东西窄数里，西边隔河是谷城大山边的庙滩，东边是刀山，往河南构林山连山。汉时，为秦丰据有，经过多次征战，被岑彭所败后，建古山都，封予侯爵王恬启为食邑。良田佳域，战可驱船顺江而下，退可策马据山扼守。这里老百姓有一说法，“刘家嘴邹家畈，王堤梁庄皇家人”。不管是什么人，随着日月轮回，总要种田吃饭，把收获的谷物，通过这驿道、水路，运出去，换得银两，置办家业。

东西窄数里，西边隔河是谷城大山边的庙滩，东边是刀山，往河南构林山连山。

我想，这壮丽的汉江呈现一种什么样的文化呢？官员可以乘船赴任，商家可以解缆放粮，信徒可以上山求道，而这其中，驿站渡口人的失意，才说明南船北马的商道文化是人们难以舍弃的根吧。

鄂西北的汉江两岸，有不少民族在这片土地上耕耘。有臣服楚国的巴人，迁徙平原，辟荒植藤；有汉化的鲜卑人，贬入山林，择木为生；有策马南下的蒙古人，烧荒毁林，圈地为营；有结绳驱使的山西人，随地入籍，垦荒复耕。他们用自己的双手种植出了棉花、水稻、芝麻，挖掘出了盐巴、煤炭、铁石，纺织出了布匹、丝绸，船运到集市上交易，孕育他们的子孙。

农耕和商道文明，造就了汉江流域的富庶和繁荣。他的百姓充满着对自然和生命的敬畏，美化着自己的家园。在仙人古渡口，论成分的年代，不少船夫下汉口弃船登岸了，而有一个叫安明龙的年轻人留了下来。他凭着一个汉江人的韧劲儿，默默拼命工作，咬着一唇血，不让街人说一个“差”字。他从一个豆腐社做起，酿黄酒、酿白酒。冬日，一行五人围着火炉，吃豆腐火锅，品自制烧酒。每每有一款新品面市，年轻人都亲自监酒。酒香之时，他们打着赤脚在雪地上奔跑、呼叫。品质好了，街市闹了，养活五百多人。数年后，当人们跳跃在庆祝的鞭炮声中，他却得了胃癌躺在床上……街街巷巷，我想去寻找他的身影，却不见了踪迹。这渡口流着他太多的心血和汗水，也留下他不甘的遗憾。

在汉江上游，若不是长年征战和杀戮，百姓可能会更加富足。战国时，仙人古渡就相当繁荣，百姓街市荷担而立，操斛以酒。考古工作者证明，公元前 316 年，周天子派使者使楚就从这繁华的渡口经过。不巧，却在这里病故了。楚人以士大夫“元士”礼遇国葬他，葬品相当丰厚。可以想象，仙人渡口作为朝天子的孔道，出土的漆器、弩机、龙虎斗鼓架、竹简，无不昭示着汉江经济的发达，汉江人的智慧。

如果说，这一些古代民族为汉江的山川所养育，那么汉江水道渡口是孕育荆襄商道文化的巨大子宫。它，成就了一个又一个民族，自己却不断地花发老去，走出历史的舞台。自己的叶衰落了，身干瘪了，只剩下一只小船载着鸬鹚，在江中悠闲地荡漾。

它，成就了一个又一个民族，自己却不断地花发老去，走出历史的舞台。

这里，我想起三把壶的故事。老河口城外，有一个地名叫三把壶。不少人莫名其妙，何谓三把壶？相传，镇内一贡生傅铛爱民如子。虔祀吕仙，扶乩城外如约。第二天，出城只见只有一个农夫荷锄而立，在前放置三把茶壶而已，没见什么吕仙。然后复乩，判明说，昨天置壶的，就是吕仙。百姓为奇，城外的地方遂叫三把壶。三把壶西行一百步，就是汉江埠口。民国以来，三把壶码头逐渐兴旺。随着外资的进入，码头洋烟洋油洋火充斥街市，始叫洋油栈码头。解放后，三把壶去往谷城的码头上架起了一座大桥，又叫河谷大桥。三把壶，便隐身街市的烟云中。

其实，傅铛在三把壶还建过一座城楼，翔鹤楼。有名士撰诗：有约同寻物外游，凭栏四望景清幽。岳阳南去几千里，黄鹤西来第一楼。胜地登临逢令节，仙人踪迹本名流。酒樽萸菊萦怀处，只为民生计未周。很遗憾，经过百年风雨，三把壶、翔鹤楼都已不复存在了。有时，我走在这个码头，有人问，三把壶在不？我想了想，肯定地说，在。它的名字，永远活在人们心中，只不过以另外的形式存在罢了。

数十年过去了。恍惚中，很想乘船从汉江上走一遭，去吹一吹江上的清风，看一看江上的烟云。朋友说，西武高铁和老宜高速开始兴建了，有那个必要吗？我说，都好，都有必要。

恍惚中，很想乘船从汉江上走一遭，去吹一吹江上的清风，看一看江上的烟云。

客落湖

汉江，穿过紫荆关，便从陕西进入到湖北口。

这条江，它一踏入湖北地界，又急急挣脱不堪的束缚，匆匆奔流九十华里，东南而行，过均口瀑布，越子胥庙，到酂阳古城，方抬起头，不经意在一个叫老河口的地方一驻足，便描画出汉江进入湖北的“第一湖”，仿佛要迎接天外的来客，人们叫作客落湖。

老河口是秦巴山地进入汉江平原的要塞。江水从阜峡中倾泄而下，形成“喇叭”状河带，冲出江中洲渚。说起这湖，似乎也极为普通，简直不值一提。她没有西湖苏堤的秀丽，没有阳澄湖大闸蟹的美味，也没有柴湖移民的思念。但她依偎江北丹江口到老河口一脉群山的山脚下，有时温顺得足以让你感慨她的沧桑。东靠红岩，西面崇山，北有石堤，南有古廓，方圆十数里。与江相通相融，亦江亦湖，湖面宽约十华里。远远望去，天水一色，天河波闪。平日，村里，男人打渔，女人纺织，其乐融融。

但她依偎江北丹江口到老河口一脉群山的山脚下，有时温顺得足以让你感慨她的沧桑。

红岩，现在唤作洪山嘴，形似一只牛嘴伸入江中，幸福地饱饮甜食。而更为传奇的是，老河口民间有一说法，“牛郎生在客落湖，织女游玩天河口”，指的就是红岩脚下杨堤村的湖泊洲头。一日，天宫的姐妹在湖中洗浴，七妹的纱衣放在湖边，竟为牛郎所得，由此互生爱慕，遂结为夫妻。现在，客落湖的北边尚有玉带山、牛王庙、牛头山，记述着这生而平等的爱情。《周南•汉广》中所述“汉有游女，不可求思”。

客落湖，是不是真的发生过牛郎织女的爱情故事呢？但日本研究汉水的学者鱼住孝义相信了，他从长崎来到老河口，见得汉水连天河的美景，写下《万叶集——老河口纪行》，动情描绘着天河口的风物。

其实，客落湖与其说是一座湖，不如说是一个洲。早前，江水从均口奔出，直下三十华里，往东南，一头撞红岩山的岩墙上，转为南流。自苏家河窑屋川往南，汉江北岸被不断吞噬，江沙下泄，汇聚成洲，江分两派。此洲便是客落洲。由于江土肥沃，百姓竞相耕种。

自苏家河窑屋川往南，汉江北岸被不断吞噬，江沙下泄，汇聚成洲，江分两派。

但是，这仍朝不保夕。据史料记载，唐时，气候偏暖，老河口江水溢涨十三次。宋太祖建隆二年辛酉（961 年 6 月）“汉水涨溢数丈”，洲没人亡，湮没者无数。乾德二年（964），光化军知军李仲芳掘取石材在窑屋川筑就石堤，史称“乾德石堤”。迫使汉江主流转向西南，客落洲遂与东岸连为一体。面对千亩良土，县衙遂广置屯田，剪恶除荒。这里成为种植桑竹的好地方，欧阳修迁乾德县令，既行汉上，有诗云“罗縠纤丽药物珍，枇杷甘橘荐清尊”“黄橙捣荠香复辛，春雷动地竹走根”“锦苞玉笋味争新，风林花发南山春”。李仲芳屯田有功，朝廷辟荐为户部判官，他却以疾辞不就，改知汉阳军。三年后，本是河北清河县人，却率全家，退居汉旁乾德县，以疾终老。对这片曾经劳心劳力的土地，员外郎李君是怎样的一种情怀？

要说它是一个洲，而它曾经却是一座湖。乾隆《襄阳府志》称县城西水中有洲曰客落洲 。嘉庆二十年（1819）夏四月十九日，发生地震，洲陷于水，故光绪《光化县志》已称“客落湖”。嗣后县城南、客落洲之下又渐淤成新洲。此洲就是现在老河口东南的王甫洲。要说湖，湖的南边，旧县衙的过街牌坊上曾写着“襄郧要道，秦楚通衢”八个大字，南来北往的行商坐贾多了个去。城北的这座湖，便成了客商弃船登岸的埠口。

金州、郧阳的山货顺排而下，汉口、襄樊的盐巴溯江而上，皆在客落湖的埠口卸货上岸，转船而行。湖上，一路向西，山北来的丈余楸子船，分装南货，三五个汉子背负一条纤绳，和着“咿咿吆吆”的号子，拉纤而返，进入秦巴山地。湖下，江南来的十丈大帆船，堆集山货，船桅挂帆起锚，悠悠闲闲，顺江而下，荡漾汉江平原。对于此番生计，老船公自嘲“撑篙弓腰像兔子，低头拉纤像孝子，爬起桅来像猴子，十天半月回家个叫花子”，挣得点银子，换得点酒钱。有本事的人，早就上岸买房置地喽，没本事的人，依旧朝九晚五，弄篙拉纤。

清咸同以来，均光郧县境各处河流，筑塘蓄水，客落湖下修泰山、白虎、海公三堤，湖便又出落成洲的模样，客落湖便不再是一座湖。人们啃着洲上的花生秧和茅草根过日子。就是这样的生活光景。日本鬼子还来了，他们扔炸弹，毁城廓，把客落湖的乡民赶到牛头山，挖工事，做牛做马。一个青年程德礼忍不了，揭竿而起，他带着六个兄弟，越过红岩山，赶往李家寨，趴在坟头，一枪一枪，消灭这些狂妄的东洋鬼子。若干年后，丹江大坝横江而置，山高月小，水落石出。人们还是怀念舟楫往来的美丽日子，在湖畔，竖一大型花岗岩，上书“客落湖”，下置石磙碾盘。难怪有诗人云：依棹收纶罢，推篷看世忙；古今几烟艇，兴废问渔郎。

人们还是怀念舟楫往来的美丽日子，在湖畔，树一大型花岗岩，上书“客落湖”，下置石磙碾盘。

而如今，不见渔郎见花娘。红岩山下，客落湖建成万亩果园，成为桃花湖。每逢阳春三月，总有一群俏妇人拂行花间，仿佛花湖弄舟。总有一群俊男靓女，身着汉服，唱着《女驸马》《朝阳沟》，纪念着汉水女神。总有不少文人骚客，在这里挥毫泼墨，抒满腔豪情。京城一位要员慕名前来，见得果园飘香，握着领头的果农的手说，你可是农民老总哟。是的，亦老总亦农民，老百姓富了。无论是牛郎，还是渔郎，抑或花娘，人们都活得有滋有味。就像一个人的姓，他穷得顾不上嘴头子的时候，姓陈，没办法得顾肚子，有可能过继给富人家，姓洪。姓什么不要紧，关键是他找到了一条活路。

姓什么不要紧，关键是他找到了一条活路。

什么身份不要紧，关键还是客落湖。不是么？

寻泉记

入冬的早上，空气清凉。

街上，已升起浓浓的白雾，水珠，挂在鹅黄的梧桐叶上，好像要把这些陈旧的叶子，一片一片扯落在历史的记忆里。人生一世，草木一秋。我无意翻着鄂西北老河口的一本志书，字里行间竟蹦出一幅幅精美的画图。雕印的图幅是明清时绘制的，小桥流水、草木葱茏、舟楫往来，一应俱全。说的是南乡有一处温泉，景美泉佳。这温泉叫太和温泉，是酂阳八景之一。

雕印的图幅是明清时绘制的，小桥流水、草木葱茏、舟楫往来，一应俱全。

这里，你可以看到，泉上，山有古寺，香火繁盛，古树参差。泉下，溪水潺潺，依栏凭观，妇孺濯缨。风景殊异，百姓一派祥和。

南乡，自然是老河口城南的李楼镇了。李楼有泉么？我素来不太相信的，因为在老河口伏牛山余脉的丘陵中，仅尚存六股泉了。

朋友信誓旦旦地说，有的。

从马窟山向南俯瞰，江汉平原一马平川，绵延襄阳。

毋庸置疑，李楼在马窟山下，因李姓族人筑置楼寨而得名。有人谈及李楼，对李氏经受瘟疫的苦难和白手起家的勤奋总要褒奖一番，对穷扒苦作的六幢楼宇总要羡慕不已。我却不以为然。在这样一方大自然赐予的沃土上，仅靠一把锄头去刨出财富，不是聪明的劳作方式。

这里，村落的名字千奇百怪，诸如鲍河、付堤、潘家湖、巴家庄、必位岗、黎家卡子之类。不用多说，这是一个个移民聚居的村落。人们靠山吃山，靠水吃水。渠水顺势而出，从杨山、黑水河、陡沟这些丘山沟壑里，奔涌而来，肥沃着这片原野。

当太阳从山岗上升起，我站在一个叫朱楼的村庄的地头。看着绿油油的麦苗冥思着，这些移居的百姓，他们从哪里来？生活像太和温泉一样天赐的么？

朋友说，我们可往杨家道子找温泉去。那里早已是农耕文明的田园了。

公元前202年，这里封为萧何的食邑，住户有八千之多。从界临谷城的陈家埠口，沿杨家道子、黎家卡子，过张集，往南阳，到长安，已是荆襄商旅的官道了。在这样一个食邑之地，南乡人们用自己的聪明才智创造着酂地的冶炼、建筑、彩绘、纺织、书法等文明。

谁人说酂阳地偏人陋？谁人说南乡地偏人陋？我是不认同的。

因为，1973年，在张家湾发掘的萧何曾孙酂侯萧庆墓里，发掘有铜器、漆木器、铁器、玉器、陶器以及竹简、丝织品就达七百多件。棺木置于椁室西北角楼上，楼有楼梯和扶手，底用八匹无腿木马承托，堪称现代住宅建筑复式结构的鼻祖。两件戗金虎鸟纹漆卮，在针刻线条内再填以金彩，为古代漆器"戗金"工艺的最早标本。

走在田野之上，我想象着太和温泉天堂般的样子。它会像济南的趵突泉，成就一条河，筑就一座城么？我不得而知。

杨家道子不远，但乡村田间的道路，经过雨水的冲刷，显得有些湿滑。在这般泥泞争斗中，我恍若见证了一场战争。是的。世人皆知岳飞抗金在襄阳，却不知抗金的前沿阵地，在南乡在李楼。它就是著名的茨湖之战。茨湖就在李楼的邻江地带。宋绍兴三十一年（1161），金军将要攻打襄阳，用

世人皆知岳飞抗金在襄阳，却不知抗金的前沿阵地，在南乡在李楼。

战船载满金兵渡过茨湖，茨湖在汉水之南，跟宋的光化军相对，刚好风势不顺，战船没法靠岸。宋将史俊划船靠近金国战船，一跃登上金军的战船，然后挥动着宋军旗帜大呼说：“前军已取得胜利，诸路军快速进攻。”宋军相继而进。金军没料到宋军登船，突然惊惶失措，队伍一阵混乱，有的金兵坠水溺死，金军损失一名谋克和数十条战船，败退邓州。

茨湖之战一举成功。宋军取胜原因有二：一是宋得民心，得道多助。宋驻光化军令实行募兵制，以田募兵，农民入兵，八月种田，四月当兵。二是金失民心，失道寡助。为攻襄阳，金人拆毁房屋千间，建造战船，百姓饮恨。

应该说，茨湖的胜利是民心的胜利。

望着高高的山峦，朋友说，那里曾是一座弘音寺。

寺下，百余耕农常年栖息。不巧，民宅之侧，竟真有一眼泉水，喷地而出，清鉴可人。泉围百米有余，不要深凿，泉水竞相涌出。

难怪有人诗兴大发，吟哦道：“曾点舞雩兴，溪光识得么；一泓此胜概，百岁我狂歌。混沌天无意，阳春地本和；华清不须问，千载垢名多。”这就是传说中的太和温泉么？深山藏古寺，寺边甘霖落。草木苍欲翠，听泉竹婆娑。这真是一股太和好水，着实惹人欢喜。这里，你可以石床留客听秋坐，余灶呼童扫叶还。是怎样的一种情趣呢？

有人说，弘音寺是因淫僧之故引起官府的一把火，毁于一旦。我查遍志书，都没有一字记述。淡然一笑，它只不过是一个虚妄的传说罢了。佛门净地，它开示人们同愿同行，应是一件好事。而古人借华清池诟病杨贵妃，也不见得恰当。当政者荒于朝政，拿一红颜女子当借口，是对治政文明的亵渎。

佛门净地，它开示人们同愿同行，应是一件好事。

人，倘若把初心的善，混沌于处世的恶，寺毁了，人亡了，文明也就衰落了。

当然，云彩遮不住太阳的光芒，田野会让人的心胸坦荡。

出杨家道子，我们穿过这一座座村庄，发现这村里不少高楼平地而起。朋友介绍，这里是丹河稠酿酒公司、酱醋文化博物馆、春雨合作社。它们如雨后春笋，正肆意成长。

20个世纪40年代，三官殿的一个叫张长根的青年挑着一担酒曲筐，来到南乡，看中了这里的一眼眼甘泉，在李楼落籍生根。他把祖传的技艺带到这里，酿造出具有独特风味的丹河稠。酒品一经面市，街衢里巷趋之若鹜。逢年过节，热腾腾的油糕摆桌上，滚滚的黄酒捧给亲人喝。人们传唱："不喝丹河稠，你没到过老河口。"

他把祖传的技艺带到这里，酿造出具有独特风味的丹河稠。

水生万物，泉如明镜……

李楼，有泉么？有的。它不仅仅是一眼清泉，更是一种睿智的文明。

鄖阳锣鼓

汉水从均州过羊皮滩，就到了鄖阳的地界，现在唤作老河口。经沙陀营、富乡村、屹儿崖、窑屋川转一个大弯，向东南流去，便能看见突入江中的鄖头了。有人说，在这个船桅靠岸的地方，你随便找把铁锹挖下去，可就能刨出一块千年的城砖来。他说得不假，这里曾是鄖城遗址，是西汉丞相萧何的食邑。

鄖头南去三里地，县河口有一座擂鼓台，是击鼓传令，排兵布阵的地方。锣鼓响起，犹如船之旗语、牛之号角。三千里汉江，出均口峡谷，江水开阔，进入换船挂帆的平原地带。鄖城成为南船北马、水路漕运的军事隘口，锣鼓是这座关隘的命门。

三千里汉江，出均口峡谷，江水开阔，进入换船挂帆的平原地带。

北上打仗，不熟悉均、鄖两县的水情地貌，视情势而行，只有偃旗息鼓遁走他乡的败局。相传，公元 498 年，齐明帝萧鸾派太尉陈显达北伐，兵船行到均口，鄖阳人冯道根献计陆战之策：均水急，难进易退，不如悉于鄖城弃船取陆，建营相次，鼓行而前。显达不听，结果败军夜走，依赖道根指路方才得以保全。

南下攻伐，不明了鄖阳地宽水阔、船大帆扬的运势，也会吃尽苦头。公元 1161 年，金人刘萼背盟入境，欲用水师攻战襄阳。在鄖地茨湖与宋军对阵，因金军船小载少，而宋船大载多。金人立足不稳，宋将史俊把数十名鼓手埋伏在指挥作战的大船上，击鼓挥旗，宋军听到鼓声，各条战船从江湖掩杀而出，震天动地，金兵惊慌失措，落水者无数，大败而归。

锣鼓是有灵魂的，它主宰战场的瞬息万变。

乙未年冬，我踏上擂鼓台这块土地，去寻觅、去感知、去想象鄖阳锣鼓背后的时空与承载。擂鼓台，在江水的侵袭下，虽已失去了原有的踪迹，沦为一方荒芜的田野，但它东依马窟山下，北靠牛头山脊，西邻汉江河埠，威武的地势尚保留着一座城廓的自尊。日里炊烟袅袅，鸡鸣犬吠，农夫荷锄，牧童晚归，田园牧歌的祥和与活泼荡漾于汉江的原野之上。

锣鼓之音，有么？有的。

余光华是鄖阳锣鼓的整理者，谈及这古老的战鼓，他总是眉飞色舞，如数家珍。起源于春秋战国，形成在楚汉之争，经过两千余年的不断演变，明代简时登后裔简正义由战场传入民间。有四个乐章“楚汉争天下、四面楚歌起”“烽火戏诸侯、戍边传军情”“鼓声振天威、将士凯旋归”“鄖阳夕阳照、国泰民安居”。

一日，我们见得一乌泱乌泱的方阵，正用大鼓、大锣、大镲等乐器演奏着战鼓。百人披甲执锐，威风凛凛。这就是鄖阳锣鼓。双手持槌，其鼓点轻如漂、重如雷、快如风、急如雨，轻重缓急恰到好处。鼓声乍起，万山为之抖擞；锣声一响，大地为之喧哗。和那些斯斯文文的琴箫琵琶相比，则更显得古朴、雄壮、威武、激昂。演练中配以呐喊及古朴的民间舞蹈，节奏张弛有度，场面活泼热烈。

和那些斯斯文文的琴箫琵琶相比，则更显得古朴、雄壮、威武、激昂。

我与朋友讲鄖阳锣鼓的事，语气极尽傲娇。朋友不屑一顾，听罢泼了我一头凉水。他说，群情激昂的战事，是不会受世人所推崇的。迎春之际“管弦开导”，清明节踏青“喧鼓乐，携酒食，标幡冢上”，中秋祀月“列西瓜月饼，鼓乐灯彩送瓜，以兆绵瓞”，除夕夜“鼓乐守岁达旦”，婚嫁有“鼓自然，我无法赞同他的观点，战鼓和乐鼓，就像战争与和平一样，战为止战，殊途同归，皆为一方平安，无论谁是谁非。

乐彩轿”。在老河口，狗撕咬、十样锦、金枝令等曲牌的鼓乐才是期盼祥和、名扬一方的民粹。自然，我无法赞同他的观点，战鼓和乐鼓，就像战争与和平一样，战为止战，殊途同归，皆为一方平安，无论谁是谁非。

走过擂鼓台，穿过几条街巷。恰巧有一队锣鼓从街上迎来，我听到三个人在评判锣鼓的振奋。陕西人说燎，河南人说中，湖北人说美。

东乡小品

这是一条从汉江小城老河口向北去往河南邓州的襄南驿道，约五六十里，现叫 207 国道。

旧社会，当人们赶着马车、拉着板车去县城赶集，总是大汗淋漓，需要一个歇脚的地方。于是，县衙在官道的中段，便设下一个驿铺，叫半店。就是为给马喂些豆料、整些马掌、传些信函。现在半店已没一丁点儿古驿的影子，仅留下一座人民公社食堂的院落，山墙上刻留着一个三十厘米见方的红五星，内屋张贴些领袖的画像，置办一些老旧的方桌、条凳，人们叫“忆苦思甜”。

从半店离开襄南古驿，穿过一排排竹林、香樟，又二十里，向东过竹林桥，就可到达我们的目的地薛集镇，人们称谓“老东乡”，与河南新野都司镇和襄阳石桥镇接壤。它地势平坦，河水环绕，麦青花黄，野风吹来，让人不禁有些诗意。真可谓“一池春水绕地绿，两只南燕村前飞”。这里土地肥沃，曾是鬲奴堡军屯地。

它地势平坦，河水环绕，麦青花黄，野风吹来，让人不禁有些诗意。

其实，薛集过去只是一个河埠村，南有蒿堰河，北有大梁河，东有排子河，叫上薛集，襄阳也有一个薛集，叫下薛集。早前穷达没于无述。而近邻的竹林桥，反而多有名士记载。宋代，欧阳修给老河口秀才欧世庆写信，就感叹“昔日青衫令，今为白发翁”，记起军屯田处尚有一巨兴集。明时，因蒿堰河自邓州吉宏岭入境，汇排子河南流襄阳，薛集统录为蒿堰社。要说这块土地上，居住着尽是陈、尉、薛、余姓大族。多年深耕细作，田粮丰，仓廪实。咸丰十一年（1861）春，这里乡民的勤劳，却招来捻军江泰林领兵滋扰。为了保护一家老小，薛集村士绅捐资，筑就楼寨。土匪来了，妇孺黄老躲进寨子，生柴做饭，男人守寨，以炮拒之。土匪走了，人们纷纷出寨锄地，勤于稼穑。日子，一派安然。

寨子筑就，买卖聚拢。薛集村成了"北都司，南河口"的通衢。为安抚乡野之下的百姓，县府设胡庄寺，引民众栖宿，日辟荒芜。更有乡民筑上寨、下寨，以一己之力，抵御匪患。时逢集市，人们牵牛拉羊、肩挑背扛，把一季收获的大米、花生，缝纫的单衣、鞋袜，网打的鲈鱼、白鲫，向街面上一放，大鼓一敲，吆喝生意："哎，好老乡，你走一走来看一看，别光望我的直扁担。扁担旁边有好米，蒸有香气又出饭。"这边唱得欢，那边也不弱："米是好，衣不滥，新棉缝的皂角染，随便挑件都舒坦。"县衙的守备也来凑热闹，把右哨前司的把总衙门设在这个寨子里，老百姓更不慌了。

这边唱得欢，那边也不弱："米是好，衣不滥，新棉缝的皂角染，随便挑件都舒坦。"

1947 年冬，解放军南下，不少匪众隐匿乡间，滋扰百姓。桐柏军区派刘学诗率光化独立营驻秦集，建立东乡政权，扫薛集之乱。次年元月一日，盘踞在老河口城区的国民党一〇四旅派出一个连，在薛集伪乡长陈魁武的配合下，以三倍于我的兵力，向我光化县政府所在地——齐岗扑来。刘学诗率领战士们一个猛冲，把来势汹汹的五百余敌人打得落花流水，逃散而去。而东乡人又回到他们的寨子，过安稳生活。

一百年后的今天，再上余家桥，到薛集，你想去寻找古老的寨墙，它少有踪迹，却是已灰飞烟灭了，随风而散。老百姓换了一种方式过得滋滋润润，因为党的政策给他们筑了一座新的城寨。镇子三四条街，集市高挂匾牌，一律开有门脸，老百姓还是习惯把货物堆在路边。不过叫卖的方式发生了变化，没有人再敲鼓吆喝。有的人支一音箱放在地上，无休止地放着凤凰传奇的《最炫民族风》；有的人拿一充电喇叭，对在嘴上大嗓子嚷“大甩卖啦，清仓大甩卖啦，跳楼大甩卖了”；有的人置一小录音机挂在自行车把上“茶——叶——儿”，拖着音翘着舌，“新鲜的茶叶”，不管人家买不买，问不问，它总一个劲地叫。但你从他们悠闲的眼神中，你会看出本地人生活的富足。

20世纪八十年代初，盖房没有传统的“墙头马上”“黑板铺面”“前店后宅”，而是火柴盒似的红砖房像举着红拳头往街面上冲，失去了荆楚先人辟地建宅古朴的格调。随着改革开放三十年人们情绪的沉淀，不少弄潮儿，“树小墙新画不古”的新富，在街市的幽静处添置豪宅，想寻找楚人筚路蓝缕、辟为荆山的精神。这不，你去镇南，人们在排子河上修复尉桥，方便往来；村子的族人便在村前上树一大牌坊，上书“水御马岗”，巍巍峨峨，尤显老派；潘家洼、陈家庄的民宅也多了古往的风貌。

而是火柴盒似的红砖房像举着红拳头往街面上冲，失去了荆楚先人辟地建宅古朴的格调。

遥望江河，你不禁感喟，吾为百姓，莫谓镇小。古镇，它总能散发出弥久沧桑的水乡味道。

寻根旱码头

“张家集，旱码头，三座大庙在东头……”这是老河口张集当地流传的一句话。然而，这句话里所说的旱码头具体又位于何处？我们前往张集，试图寻找答案，寻根旱码头。

从地图上看，豫西南有伏牛山，该山山体绵延至桐柏山。张集就坐卧在这两山鞍部的丘岗之上。张集现今仍被称作古驿，数百年前，怀庆帮、陕帮商人挥汗如雨，赶着队队骡马，驮着捆捆器物，在此歇脚，然后继续奔往汉江渡口，将货物运往各处。

1973 年，考古专家们通过对张集五座坟三号墓，被誉为“神奇地下木楼”的棺椁考古发现，这是西汉萧何后裔的墓冢。当时，被发掘的文物有铜器、漆木器、玉器、陶器、丝织品等七百多件。由陪葬物品的数量和类别，我们可以推想，正是由于当年商人们走宛洛，过张集，下酂阳，让张集商品贸易发达，才使墓主人有如此多的各类陪葬物品。

当时是 4 月，丘岗正生出大片大片的嫩绿小草，染得丘岗像披上了一条柔柔的绿毯子。

我们从老河口埠口出发，越 15 华里，爬上蛮子湾的斜坡，便涉足秦岭余脉的丘岗福地。当时是 4 月，丘岗正生出大片大片的嫩绿小草，染得丘岗像披上了一条柔柔的绿毯子。我们随后到达晋公庙。晋公庙是祭祀唐宰相裴度的寺庙。唐元和年间，朝廷孱弱，藩镇割据。淮西彰义节度使吴元济，领申（今信阳）、光（今潢川）、蔡（今汝南）诸地，无视朝廷，侵扰邻境。宪宗立志平定，裴度力主招讨，慷慨出行曰：“臣若贼亡，则朝天有期；贼在，则归阙无日。”元和十二年

（817），裴度领唐、邓节度使李愬夜袭蔡州，生擒吴元济，遂平淮西。宪宗嘉其功德，封食邑三千户，即是这紧邻唐、邓的广袤丘岗。车过晋公庙，我记起裴度晚年《溪居》的诗句："门径俯清溪，茅檐古木齐。红尘飘不到，时有水禽啼。"他虽"勋高中夏，声播外夷"，然终敌不过宦官专政，只得避居东都，酣宴终日，诗酒自乐。

向导随后带领我们来到油坊湾村，见来了一些生人，村里犬吠声声。村头，石头的碾磙、磨盘都散落在苍虬的枣树之下。村里屋宅高大，亭阁隐逸。巷口的妇人见客来，忙端茶递水，拿出刚生下的鸡蛋让我们尝鲜。蹲在碾盘上的孩子，抱着粗大的海碗，停住筷子，怯生生地望着我们。村道的候车棚，几个衣着艳丽、清秀妖娆的姑娘，一手拖着行李箱，一手拨弄着长发，叽叽喳喳地相互打招呼。据说，村里的油坊已开到城里，她们也跟着要进城了。

村头，石头的碾磙、磨盘都散落在苍虬的枣树之下。村里屋宅高大，亭阁隐逸。

我们出了油坊湾村，又来到了老河口红水河水库。站在水库口眺望，河水犹如一块碧玉镶嵌在丘岗之巅。同行的新疆青年感慨地说，这水真是清新可人！我却依据之前看过的该地史料感叹，这片丘岗之地，既有沃土原野，也有温润河水；既有曾经的喧嚣，也有落寞后的沉寂。不知从何时起，张集的旱码头萧条了，街不再是那条街，坊不再是那条坊，就连官商富贾妻妾的子孙们也逐渐不再经商，而成为耕地放牛的普通农民。

据了解，崇祯十七年（1644），张集的百姓曾经捐资兴建三官殿，祈求天官、地官、水官保佑，以祓不祥。然而，在当时春疫灾荒之中，埠口的商人卖房卖地，还是不断散去了。当时的百姓只有呐喊："吃他娘，喝他娘，打开大门迎闯王，闯王来了不纳粮。"然而，李自成终没有"深挖洞，广积粮"的韬略。1645 年，李自成自京师败退，由西安下襄阳，一路纵兵肆虐，百姓苦不堪言。《光化县志》卷八载："十五日，伪令、伪将等毁城楼门栅悉尽，城墙平其半。”张集老百姓随之陷入困顿。嘉庆元年（1796），川鄂白莲教揭竿而起，武举人刘大任率乡勇保境。邑人张钦宗驻守张集，失利被执，逼降不从，骂口不绝，饮刃而死。咸丰年间，为避匪患，监生张开岱始在张集埠口筑就土寨。寨外，凿渠相绕；寨内，铸龟镇守。北街张宏德，更是仗义疏财，练兵起事。

我们一路寻至张集现在的集市，我与同行几位挚友，站在当年张开岱铸就的铁龟神龛遗址处四处张望。我们想寻觅当年兴建的寨子，当时的跑马道、桃花井、烽火台、阵亡庙等的遗址，可几经拆毁，它们都已湮没于尘土之中。

1939年，国民党第五战区长官司令部移居老河口。由此，张集的庙会一度繁盛，开设商号200多家，钱庄25户，骡马300多匹，人口数万。酒幌、马匹、车夫不断多了起来，使令、契约、银票都从张集大进大出。据说，有一商家一夜暴富，竟趁着夜色，装着一麻袋银元和一盒金条，到老河口太平街购置府第。

在现今张集的东街上，我试图去寻得一处百年商铺，哪怕只是一间铁匠铺子，或者一栏马厩。然而，我没有寻到。同行的大嗓门农水站站长笑呵呵地说："地吃人一口，人吃地一生。活人还能被尿憋死呀。"是啊，现今，老河口西排子河的银鱼比阳澄湖的大闸蟹紧俏，红水河的白鱼比松花江的鱼精干瓷实，唐沟水库的沙丁鱼更是赛过洪泽湖的同类品种。古埠张集现今已成为国家商品粮基地，人称"张集熟，河口足"。张集旱码头的子孙们换了一种生活方式，依然精彩。

"咚咚咚，嚓嚓嚓"，西街上传来激越的鼓声。街市上人挤人，人挨人，男的女的，老的少的，乱作一团，他们仰着脖子，兴致盎然，瞧着一条旱船从远处划来。船尾，打扮妖艳的婆婆，一把蒲扇随着鼓点风骚乱摇；船头，戴着胡须的艄公拉着纤绳，脚步交叉前行。"咔嚓，咔嚓"，这情景引得

乱作一团，他们仰着脖子，兴致盎然，瞧着一条旱船从远处划来。

我们用手中的长筒短炮一阵猛拍。“你看懂旱码头了吗？”随行的文化站长问我。我不得不承认我们寻不得这旱码头的具体位置。然而，旱码头虽已被时间所掩埋，但它蕴含的生命文化仍存在，它仍是张集百姓生活的源头之一。但愿有一天，在张集的历史发展中，我们能再次挖掘这一历史人文景观，对旱码头进行原貌修复。

正可谓：“千蹄驼铃踏尘去，空留晋公庙槐香。何时复得一古驿，老街小调今犹唱？”

然而，旱码头虽已被时间所掩埋，但它蕴含的生命文化仍存在，它仍是张集百姓生活的源头之一。

枣阳散记

我去过几次枣阳，多为走亲、访友、玩水。沿着汉江南下，过东津、入耿集，便是枣阳的地界了。一方水土养一方人。枣阳人有个口头语，叫“你甩”。事实上是你说的意思。它与襄阳、桐柏、随州各有不同。我揣摩它的味道：一种是谦词，语气弱，礼让，让客人先讲；一种是动词，语气硬，命令，给你个机会。枣阳人，在外游走的人多，练就了一双火眼金睛，分得清真假是非。要是在外地，只要听到有甩来甩去的口音，一定是枣阳人了。枣阳地，仅有一条河，叫涢水，因河底多黄沙，又称沙河，和滚河相融。岗地缺水，枣阳人一甩膀子，拿出冲天的气量，战天斗地，修筑了一个又一个水库，寥若星河。人勤地沃，舂陵出了帝王刘秀。有人问，为何此地不叫舂陵，而叫枣阳呢？老夫子说，枣，古时涢水北的山岗上多枣，意为早子多福。

枣阳人，在外游走的人多，练就了一双火眼金睛，分得清真假是非。

二〇一八年七月四日，我又一次去枣阳旅行。这次呆了三天，拽着三朋四友，与寓言家凡夫、书画家刘英一起，迤逦采风。挚友中，不乏有摄者、诗人和画家，我平素口笨手拙，懒于读书，涂抹些文字自然也赛不过彩墨，或者让草儿说话，只为记录一时的人文风情。

一

现如今，时兴修城。城是历史的符号，是文化的底蕴。

枣阳走出了一个帝王，建立了一代王朝。不修城，实在是说不过去。此城，称汉城，是我们要去的地方。出发的一大早，我们就遇上了梅雨。这个时节的梅雨，满眼是绿，绿的苞米、绿的花生、绿的稻谷、绿的荷塘，绿的行人，在车窗外一闪而过。虽绿得清凉，但也经不住热气升腾，雨一会儿就不下了。在鄂西北，夏天的雨，也够局促的，没个泼辣劲儿。汉江北边是桐柏山，江南是荆山，两山没头没脑地一夹，风头拦住了，人闷得不行。天阴暗暗的，仿佛冲向地面，雨要泼下来。这不，甩几个闷雷，起初是豆大的雨，也就三五分钟的事儿。

车未到。远远的，湿漉漉的汉城已映入眼帘，足有十数米多高。一座皇城，坐北朝南，巍巍峨峨，黛瓦黄墙赭柱一耸入云，其霸气自然是舍我其谁。尤其是城外，隔着护城河，两座梯塔式的阙楼，像两个身着盔甲的武士，守护在南门，是如此的威严。枣阳这个地方，挺有意思。虽筑有一座汉城，邻街的民宅却不避讳，密密麻麻地挤来，也是四重楼阁，古色古香，甚至比皇城还要高大。可巧的是，与南门相对，有一间打虎宴的餐馆，高高地悬挂着武松打虎的酒幡。看匾，也是威风凛凛。下车伊始，我惴忖，不知它的生意怎么样？不禁替它担心起来。在皇城根下卖吆喝，有买卖吗？一是老虎不能吃，二是老虎不敢吃呀。不过，我佩服起这个业主来，他还真有股不畏不惧的胆气。

可巧的是，与南门相对，有一间打虎宴的餐馆，高高地悬挂着武松打虎的酒幡。

汉城，自然汉味十足了。汉服、汉戏、汉曲，汉派的楼阁，让人仿佛进入二千年前儒道王风的大汉王朝。进入朱雀门，不少游客身着汉服，顺着天街御道，进外城，入内城，登上德阳殿，俯瞰天下，一派蔚为壮观。据说，汉明帝修德阳殿时，尚书钟离意上奏劝谏“自古非苦宫室小狭，但患人不安宁”。皇帝立即下诏“止作诸宫，减省不急，庶消灾谴”。若干年后，政通人和，百姓安康，方才修筑德阳殿。是时，汉明帝刘庄说“钟离尚书在,此殿不立”。有一个爱护老百姓的官，不容易。刘秀说“吾理天下，亦欲以柔道行之”。当然，现在也是一样，执政者当以民意为基本，以仁德服天下。

是的,刘秀就是土色的,他是土地里成长出来的帝王。

雨后的乌云，依旧连绵不断。雨停一阵，又下一阵，冲刷着城墙，色泽深一块，淡一块。让人感觉它是泥土长出来的城。且不说城是土垒的，单是城墙的涂色，就是一个沧桑时代的记忆。是的，刘秀就是土色的，他是土地里成长出来的帝王。刘秀虽为西汉宗室，但传至九世，因削官去爵，早已是舂陵一个地地道道的农民，知晓耕作的疾苦，所以，他才说“天地之性人为贵”。农民自知农民的苦,土的颜色是贴民心的颜色。民为贵，君为轻。体恤百姓，当是为官之道。穿过城墙，从东门出，有一处古街区、古村落，依街逶迤而上。街市房屋一律黑瓦黑铺，四重吊檐，穿梁雕栋，勾栏木墙。酒肆、茶馆、客栈、盐行、戏院，一应俱全。单单这吊脚楼一街的黑，描绘出了一方黎民百姓的忙碌与喧闹。而汉宫王城一墙的黄，又昭示着一个王者的威严与幽深。汉城，竟有这样一处景致，看似冲突，却又如此的和谐。

世美兄说：上城墙搭弓射箭么？答：行。又说：楼上击鼓如何，可呼万军。是么？迎着风，夹着雨，几个人站在垛楼上感慨四望。城内，我们看到了武士执戟、汉女持扇、内卫撑幡的盛世景象，城外，也看到了老百姓喝牛扶犁、播谷种地、劳作于野的繁忙生活。我想，有多少官宦不是从田野里走出来的呢？哪怕是一代帝王。

二

车沿着一块湿地向东前行，人像走在堤上，云却映在水里。一拐弯，一片波光粼粼的水面，接着水边墨墨的绿，绿掩着水，水吞着绿。水库边，一个白墙黑瓦的村庄，吸引了一拨又一拨游客。这个村，沿着路，是一道坡岗。与城近，叫东郊村。其实，就像一个小型的盆地，盛着二百四十八户人家。尤其，桃花盛开的时候，南来的北往的，都会念叨几句桃诗。于是，这里有桃仙诗社的美誉。过去东郊村一穷二白，好田好地全淹光，剩下三条黄土岗。而今，岗上是桃廊，岗腰是粮仓，岗下是鱼塘。

村头，一尊狮兽石雕，一条朱砌走廊，一弯月牙池塘，听着风声，显得如此幽静。池塘里，百余片荷叶，圆圆地浮聚在一起，你挤我，我挤你，又像一群着绿裙的女子，你推我一把，我推你一把，格外热闹。石狮旁，有一门楼，上书：桃仙居。大门紧锁，听不得人声，悄悄的，主人家想锁住一院的金银。我想，这大概就是村民们想要的生活吧。

塘对岸，一个黝黑敦实的中年汉子接待我们。他走起路来外八字，腰杆挺得像棵树，头发梳得锃锃亮的，说话自然一甩一甩的，村里村外如数家珍，一听他的唠叨，好像是个见过世面的人。据说，一九八四年就在村里当村干部，一干就是几十年。他的女人有怨言：男人当兵学技术，本来可以开货车，有更好的发展，可他一头扎进了这穷乡村。一九八五年，村里一千多人，一半都挤破头的往外迁，剩下的全吃供应粮，他却往回钻。这男人不服，想叫黄土岗变个样。男人的父亲是个老支书，对儿媳说：村里没有好苗子，能回来就回来吧。黄土岗，光照长，那就种桃；岗下湖，水肥，那就养鱼。脑子转不过的人说他是出风头、败家子。这男人在部队扛过枪，不怕这些。一年下来，家家户户人均收入超过六千元。乡亲们服了。

男人只顾自己的说，参观的女人只顾自己的听。女人想：这人真有趣。别人在城里转圈圈，他却在地里转弯弯。春天的花谢了，夏天就来了，秋天的果子收了，冬天就来了。四季转完了，一年又一年。他是怎么有耐心在这地里呆的呢？

春天的花谢了，夏天就来了，秋天的果子收了，冬天就来了。四季转完了，一年又一年。

村里的小伙子都往城里跑，不愿受这皮肉之苦。黑脸汉子没听到男人与女人的嘀咕，他依旧自顾自地说：有技术，不怕输。水陆两栖坦克也没难倒自己。好在这村里有花，春有桃花，夏有荷花，秋有桂花，冬有梅花，花就像女人的脸，粉嫩粉嫩的。女人们觉得自己就是一朵花，值得男人去呵护。旅行的男人不是这样想，他揣摩的是地有多少桃，桃卖多少钱。男人就是要挣大钱，挣了钱往家里一扔，才与自己的女人一起生炉做饭。

风一吹，就像男人抓住女人，在田野里疯跑，感受着自由的天堂。

往岗上走，就能看见大片大片的桃园了。桃干如男人粗壮的手，桃叶如女人娟娟的眉。风一吹，就像男人抓住女人，在田野里疯跑，感受着自由的天堂。园中，两座高大的果棚，七个女人罩得像修女一样，一筐一筐地拣着桃。这是最后一茬桃了，长着绒毛的桃，吸足最后一口暖暖的阳光。就像没有开脸的姑娘，还想享受着娘家的福筷一双。村民们，谁也不想卖，想供着它，想留住自己的孩子一样，让它在土地里自由成长。这是最后一茬了，村民们，谁也不想去摘了，留住几个果子在枝上，任由它一个一个慢慢地掉在地上，让布谷鸟叼了去。在这山岗上，我好像听到一个老艺人唱花鼓的曲调子：

穷山岗，旱山岗啊，

小喜儿穷得没衣裳，小喜儿哟。

姑娘都嫁外地郎。

如今穷乡变桃乡哎，

城里媳妇争着尝，哥呀嗳。

桃园边，有诗人作诗，有画家作画。华哥指着黑脸汉子，佯装他老爹的调子，风趣地说：爱国，你真是个好苗子。

三

去看一个护林的老人。车子盘了十八道弯，来到山下，人未站稳，高山树林就像绿瀑一样抖挂下来，吓你一跳。山弯成两面，自然形成一道峡谷。陡壁上，杂树成荫，经常有老虎出没。这自然是传说，现在是没有猛兽了。有人讲故事，说一次老虎下山觅食，伤害百姓。佛祖让伏地罗汉施法：勿伤性命，立地成佛。突然，老虎大叫三声，伏卧于地，化成一尊石虎，就趴在这峡谷口，守护着一方百姓。这个地方，就叫老虎垱。

老虎垱下，有潭。明镜如许，游客可汲了饮用。垱上是块平地，树一青石观音菩萨，驱妖降魔。再上，又有一塘，种着碧莲，置一木亭。闲来无事，掬茶一杯，以亭观景，乐得逍遥。老人八十又八，个头不足一米六，由于爬惯了山，显得格外精神。这天，他身着一条灰色半短裤，一双绛黄跑鞋。一件深蓝的短褂上，对襟处绣一飞龙，很有杀气。这老汉虽上了岁数，垂了眼袋，但步伐一点不输年轻人。据说，有一次，有人偷伐树木。但惧怕护林老人。乘晚间，把老汉的门鼻锁上，以避威吓。还没砍下第一斧，老汉已在眼前。偷树人，顿时魂飞魄散。这是神人。老人笑着说：一天，自已巡山三四次，上山下山，与平地没有什么差别，早已习惯了。

山，叫紫玉山。山峰突兀，形似梅花，山北是唐河，山南是枣阳。又像一根银簪，插在中原大地。指明哪里是襄阳，哪里是南阳。沿着石阶爬山，满目的苍松，草木香气充盈。有句戏词说：苍孙无限好，只是近黄昏。这山松一律茶杯粗，长在石山上，实属不易。肯定也是一个苍孙，年岁不小了。松针赭红的落在地上，一层一层的，一坡一坡的，没人打理。小时候，我就背着背篓，拿着竹耙，耙拉这些松针，拿回家当柴烧。松枝有松油，刀削成烛，可当夜灯。那个物资缺乏的年代，山松帮了老百姓的大忙。山道两旁，是丈余的楠竹。有人好事，把它编排得像一条竹廊。山虽不高，但越往上，人会喘气的。老人无碍，他转过头，向山下说：这

松针赭红的落在地上，一层一层的，一坡一坡的，没人打理。

片林子，不好好看管，早就砍光了。

这山，老人守了五十三个年头。越往上走，石头越多，松却不少。他指着北边的山说：看，那里只剩石头山了。砍树能卖钱？开发旅游，也可赚钱呀。有树，就不会有山洪。山洪猛于虎。要治住虎，只有树。树，就是我们的观音菩萨。老人猴手猴脚地向上指：山上还有刘秀床。王莽撵刘秀，刘秀来到紫玉山。靠山顶的两个龙潭飞了天，才打败王莽。一番攀爬，山顶处，真有泉眼。一曰黑龙潭，一曰黄龙潭。两潭相通，老人曾下潭游过十数米。他说：不是真龙天子，是游不过这黄龙潭的。是么？老汉是真神。我想，要是没有山松，这里会有水源吗？没有水，是不可想像的。山花早已枯涸了。

站在山巅之上，四野空旷，山风呼来，绿野荡去。游人不禁感叹，生命中的一切繁杂，都是浮云。尘世，就低在这片原野上。山上有观，是紫玉观，由山石垒成。遇一道姑，问：修道多少年？她说：一百多年。一百多年？我有些诧异。问白衣黑帽的道长，道长指了指自己的脑袋说：她这里有点问题。凡事，一切顺其自然，无量至尊。修道，如修仙。观前，有一株三十一年的女贞树，系满了红绸带。门口，一只黄白色的小狗卧在地上，见了来人，头抬也不抬，似乎已司空见惯。护林人与道长见了面，像两个老伙计，碰了面，按例嘘寒问暖。看着山顶巴掌大的地上，种着的大葱、青椒，跑着的山鸡，他们淡一句，咸一句地谈。

凡事，一切顺其自然，无量至尊。修道，如修仙。

这一刻，他们恍若就是这座山。

四

以为只是一座碑，我错了。

小慢是枣阳人，她说，它是一座碑。当尘土掩盖了五千年的历史，它就是一座碑。碑是大户人家的墓碑，才敢雕上龙，以昭天下。然而，恰巧的是，掀开了那一层黄土，就像揭开了一张历史的画卷，活生生地演绎着古枣阳人的生活面貌。它就不仅是一座碑，是一处新石器时代的遗址。

遗址以碑为名，在鹿头镇的武庄村。村里，没有鹿，只养着骆驼，不知何故。华哥说，嘿，还养着骆驼呐。在这样一个平原，实足让人吃惊，或许不必吃惊，也许就是供观赏游娱之乐。这个村庄，没什么起眼的物什。村树离离，禾苗依依，溪水绕绕，风一吹，也会有炊烟，过平常人的日子。木槿树下，当三个身披长头发的原始人钻木取火，构筑房屋、院落，你不禁感到中华先祖的伟大。再平凡的人，也能做不平凡的事。

村树离离，禾苗依依，溪水绕绕，风一吹，也会有炊烟，过平常人的日子。

这一片土地上，他们是以猎鹿为生么？有建筑、窖穴，已自主的群居；有陶钟、铃、埙，乐享着文化艺术的生活；有雕塑、装饰、陶纺轮，开始手工业的创造。中科院考古研究所王杰教授指出：雕龙碑遗址，距今六千多年，与仰韶文化、大溪文化均有交往，它是屈家岭文化的源头。一座原始森林，古氏族人带着他的族人，狩猎涸渔，游走原野，只为一谷一物。《尉缭子》曰："夫谓治者，使民无私也。民无私，则天下为一家，而无私耕私织。共寒其寒，共饥其饥。"人治，从属于自觉。没有自觉，人类就无法生存。

村里的人，对这雕龙碑没多大兴趣。太久远了。早先住在一起，他们会被一个女人，吆喝着去打渔、去喂猪。现如今，秧苗尺把高，花生开着花，苞米半人高，吃饱了肚子，在家里还嫌热。大爷摇着蒲扇，嚷着孙子：别跑远了。女人让男人进城买空调。男人抽着烟，优哉游哉，说：着什么急呀。游客中，有车夫穿着T恤衫，从他家桃园地里兜一兜红桃。男人倒也不恼，厚道说：吃，随便摘着吃，是自己产的东西，别谈钱不钱的事。

树上蝉鸣，田中蛙叫。晌午时分，这个天叫得格外烦闷。

众人吃着桃，我却想起了木槿花。树干奇虬，旁逸而出。它枝叶也绿，花开得粉红，蝶飞蜂绕极有气势。我知道木槿生在南方，它怎么就生在这鄂西北了呢？我询问，没有人能回答。但同行的诗人能解花语，他说是要珍惜身边的人，珍惜眼前的幸福。我觉得有些道理。

就像村里，不止有一辆又一辆的小车外出，比徒步狩猎要便捷得多。人生如此，何不珍惜呢？我想，懂得惜福，数千年后，木槿花依然会灿烂地开。

五

如此安顿下来，石下有穴，若遇大风，穴就会发出“咚咚”的声响。

绵延的桐柏山中，有一巨石，横卧在山腹，敲打其上，声响如鼓，这山就叫作石鼓山。有人修一条山路，看石鼓。石有数丈有余，好像从山顶滑落下来。到山腰，不知是谁一伸手，把它接住了。如此安顿下来，石下有穴，若遇大风，穴就会发出“咚咚”的声响。人们奇怪，这是哪里来的千军万马呢？

或许投笔从戎是命里注定。山下的村子，叫杨庄。二百一十户人家，多靠山材为生。穷困，实在没有办法。有一户黄姓户主，一九二六年，五子一女，都揭竿而起闹革命。有一子，叫黄火青，是襄阳二师毕业，大革命时期，奔武汉，到苏联，去长征，往新疆。他像得了击鼓而进的哲理，不当山上采药人，走出深山擎火星。他说，无产阶级不要在日出而作、日落而息、任人驱使中沉沦。这种毅力，不知是从何而来？一擎如松旗响，二擎如战鼓呼。现如今，石鼓山下，一塘水绕着山走，水不深，青青的就是一面水，像盛在桶里，与白云相对，显示着它的清白。俯瞰村里，处处鸟语花香，村民们也过着如此富贵清白的日子。鼓，还是那面鼓，不再为贫穷作响。

塘堤上，植着的是一排排的细柳，柳条依依。黢黑的干，嫩绿的叶，竟能一插成荫。细看枝条，枝柯间结着枣大的果子，青黄青黄的，三个一团，两个一伙。我想起一首诗，“岸柳蝉鸣暑未休，清晨气爽渐知秋。塘荷凝露迎飞雀，硕果垂枝饰沃州”，这就是诗中的果子么？有人说，果可以治腰痛、安胎。看来这样一个普通的村庄，也出了不少名医。有一女子，听得有趣，她伸手要摘了果去。有人吆喝，她停住了手。仔细一听，是导游的声音，又伸了手，摘下果来，十分地得意。

隔堤而下，就是黄火青的故居了。它叫橙棘园，是一座两层的小砖楼，粉刷得白白的。要算过去，可能也就是一间砖木瓦宅吧。一楼是展厅，有一纸笔记吸引住了我。上书：“民醒，可记得六日前的下午，我们共室谈心，你马上要整装登程，到西北去;英勇伟大的派遣是抗战的责任”，字迹铿锵有力。民醒是黄火青的胞弟，他的情怀，像火一样的山，说点就点着了。时光匆匆，石鼓山上，他写的“全世界无产者联合起来”呐喊的字句,有多少人能够体悟呢？一切的腐蚀，是应该擎一把火去炼烧的。展厅外,就是一园果子。有橘树，有石榴，有毛桃，郁郁葱葱的。有一老农背着喷雾器，正在打药。问：给果树除虫么？答：除草。山水丰，地肥足。青青的叶丛中，火红的石榴，挂满了树枝，有百余株。这就是火青么？这就是火青。

青青的叶丛中，火红的石榴，挂满了树枝，有百余株。这就是火青么？这就是火青。

看着这一园的果子，我似乎懂得了枣阳人的心思。

火青一直还在，在人民的心中。

六

平生，我没有见过佛道的出家人。

一提去白竹园寺，我就打定了主意，要找一位法师，来一次哲学的对话。这座寺庙始建于元朝至正元年,距今有677

年。其实，竹园禅林，东汉早已有之。进了山门，就能感到一股古刹的肃穆。山上，禅寺钟声；山下，古槐莲坐。这都是绝佳的风景。

我苦恼的是，有足疾。骨裂已有数十年了，走山路是摧毁我的毅力。更何况，上山的路，不是一步步的蹬道，而是水泥铺筑的磨牙路。雨水过后，山道湿滑，我像一个七旬的老人，一拐一拐地上山。等我赶上众人，他们已围着一棵古槐絮叨良久。空谷幽响，我驻足在池塘边。荷塘很深，没有一叶莲。水也浅，视可见底。原本想，山水清兮，可以濯我缨；山水浊兮，可以濯我足。就我这脚板，没有水，也洗不成什么。古槐说，此树救主之处。王莽与刘秀在白竹园大战，刘秀不敌，逃无可逃。槐树就裂开一条缝，让其藏了起来，士兵走后，方出来与联军会合，再占宛城。这或许就是佛说的“慈悲为怀”。

原本想，山水清兮，可以濯我缨；山水浊兮，可以濯我足。

越过峡谷，有一四角木亭，立在崖边。没有人去歇息，上边就见白竹了。五十米，一片竹林就近在眼前。林分“Y”形两条路。左路去往天王殿，右路去取大雄宝殿。我们从左路走，拾级而上，就是天王殿，它供奉着弥勒菩萨。殿前，两棵百年银杏，叶落于地。进入殿中，一位法师就迎面走来，他双手合十，诵念有度。法师是山东人，在菏泽出家。他一路谦逊，给我们介绍寺院的构筑。

画家说，白竹园讲的是一个爱情故事。白、李两家，同时怀孕，指腹为婚。白家生美女，李家生俊男，青梅竹马，长大后情投意合。可巧的是，邻近财主欲纳女为妾。白女不从，投井为尽。李生听后悲痛欲绝，杀财主，毁庄园，在井旁修庙出家。白女化作一根白竹，与李生相伴。这故事，是悲切的。我不知道，释果胜法师是缘何出家？他倒也真诚，说出了自己的故事。

他说，人生活在宇宙之中，也就生活在哲理之中。孔夫子，讲仁爱，可有人不仁慈怎么办？老子，讲无为，与世无争，可遇上恶人怎么办？释迦牟尼，讲因果，普度众生，善有善服，恶有恶报。他解决了如何处理善恶的问题。我问：你作为出家人修佛，怎么还关注儒道呢？他说：我是河南大学哲学系毕业的。儒释道，三教都是祈福积善的。后与佛有缘，受高僧开示，也就出家了。

面对释迦牟尼，画家欲捐奉香资，顶礼膜拜。法师说：施主随便，这凭一颗心。一元不少，十元不多。看着这寺庙的陈旧，果胜法师淡然禅定：现在寺院里就我一个人，先从放生做起，慢慢来，只要修佛在心，一切都会好起来的。面对这一位出家人，我不知道说什么好。人之初，性本善。人少一份贪欲，就会多一份的禅定。穿过竹林下山，寺古景秀，我回头又看了一眼这座寺庙。它的法师，叫释果胜，生肖属鼠，大学生，比我小两岁。如此对话，与其说他是出家人，不如说他是一个有哲学思想的人。

国家、父母培养了他，他选择做一位哲人。遂人心愿，胜造七级浮屠。就让他在礼佛的道路上为社会尽一份力吧。愿他成为大德高僧。起码，在人生的路上，他的选择更执着更坚定。

七

“当官当为执金吾，娶妻当娶阴丽华。”我一直说，没有新野的阴丽华，就没有春陵的刘秀。因为阴丽华就好比是刘秀人生的一个梦想。她那么美，怎么娶得到呢？

因为阴丽华就好比是刘秀人生的一个梦想。她那么美，怎么娶得到呢？

没有梦想，就没有行动。正是因为有了行动，来自新野的阴丽华，最终嫁给了来自春陵的刘秀。从这个层面上说，梦想与现实的结合，成就了一个王朝。枣阳的旅行，无疑是要去春陵的。去膜拜一下一代帝王的功业。一行人中，十个男人，八个女，总有无限的热情。在皇村的地头，他们围着一块春林侯城遗址把玩。左瞅瞅，右看看，恍若见到了一座古城。城门上书：白水门。内筑侯王府。亭台楼阁，古树婆娑，云影参差。然而，日月轮回，一座城化作了一粒尘埃，一座城化作了一片耕地。远处，除了树还是树，数棵歪脖柳，一亩青禾粟。几束芭茅围着它，就是它的全部的卫士。我觉得这才是最真实的春陵。刘秀的父亲刘钦，仅做过济阳、南顿县令。封侯游走在外，侯府也好不到哪去。公元3年去世时，刘秀九岁，回春陵，依靠叔父刘良生活，也就是做了一个农民。

说刘秀的故事，有梦想，还要有实力。因为家无斗粮，才会揭竿而起。春陵的白水寺、点将台，都是刘秀起兵成功，祭祀先祖的庙宇。白水飞龙的点将台是一定要去的。它始于东汉，昌于明代，上置一道观。据说，无梁无柱，砖室拱顶，飞檐翘壁，未用寸木，故亦称无梁台，是祭祀光武的圣地。农历三月三，庙内香火繁盛，商贾如云。可惜，1975年，受破“四旧”的影响，夷为废墟。2007年十月，文化复兴，有贤者黄道珍捐资修复，点将台才又重见天日。巍巍峨峨，香烟袅绕。

走在放生池上，我丢下一粒食物，引得一阵骚动，玉龟与金鱼争相吞食。我想何来一呼百应，不外乎民以食为天吧。一个君主，如何招贤纳士、聚得群贤？那就是一个食，让来者看到希望，有更大生存的机会。正是刘秀借着“茎有九穗”的名声，宽抚天下。地皇三年（22），宛城起兵，才拥有春陵八千子弟兵。更始元年（23），前往河北招抚，谈笑间无数英杰志士来投。无论官与民，食物是生存之本。官抢民食，民必反；民抢官仓，国必乱。

正是刘秀借着“茎有九穗”的名声，宽抚天下。

去春陵，我没有见到春陵城，没有看到刘秀的故居，只见到刘秀稼穑的那一块土地。整个皇村都搬到罗家湾了，原来的皇村，也只是一片田野。有人写诗：“炎运中兴迹尚存，千秋传说汉皇村。树含苍郁征王气，水曜朱光绕寺门”，除了诗，一切在风的吹拂下，化作了一囱烟云。但此行，刘秀得天下的故事还在，不是么？人生，总归要有梦想。

夏至又登马窟山

秦岭逶迤过来。

山势低了，天空就高了。水出峡谷，江面就宽了。街市沿江岸一溜地排开，渐渐筑起一个月牙儿形的新镇，船桅林立，上到紫荆，下可到襄阳。

镇东三四里，不远处，有一座小山，九峰而立，赛如莲花，叫做马窟山。说是山洞中有马，还是巴滇马，我却没有见过。转念一想，过去，这样一个小镇去往巴蜀，山高峡陡，载人驮货，只有靠着这矮小健壮的滇马了。不像去襄阳，放排而下，乐得逍遥。更有《南雍州记》记载："蜀使至，有兵家滇池者，识马毛色，云亡父所乘，对之流涕。"看来，山中有滇马，倒是真的。

转念一想，过去，这样一个小镇去往巴蜀，山高峡陡，载人驮货，只有靠着这矮小健壮的滇马了。

马，驮出了一个城镇，安定了一个家。养马的山，就出了名。

马窟山有名，是因为多年以前，有一些文人爱爬这座山。有诗云："枕郭一峰立，到门双眼开。市烟浮地出，汉水接天来。气向龙涡畜，名空马窟猜。醉翁曾醉处，难问旧碑苔。"醉翁者，欧阳修也。曾醉处，马窟山也。《光化县志》记载，宋景祐四年（1037），欧阳修任乾德县令时，就爬过这座山。那一天，山上的石榴挂满了枝头，欧阳修与一众朋友，投壶饮酒，挥毫题诗，谈天说地。此情此景，有人来了兴趣，说这悠闲的日子可与陶渊明媲美呀。老欧不屑地说，这陶潜有什么好比的，他就是一个只会喝酒的糟老头。

众人惊。为什么呢？一打探。原来，陶渊明“采菊东篱下，悠然见南山”，他是在逃避社会问题。当下，乾德百里无雨，数千家受灾，老欧曾恐惧而奔走。夏雨，水悍暴崩岸，老欧既行汉上，临石堤，察民居。老百姓日子都过不下去了，你躲起来算什么事呢？尽管后来，老欧止散青苗钱，拒绝恶意借贷，受到罢免。乾德的老百姓，还记住他的好，在马窟山修了一座登云寺，怀念他。

古时候，人们因山建学，因学建寺。认为人才由学校出，也有窟穴出良马的意思。于是乎，爬山的读书人就络绎不绝。

现如今，城市快速扩张，街道修了一条又一条，出行观景，便捷多了。爬这座山，要绕过一个机场，拐过一片苗圃，去的人就少了。解放前，没有修孟桥川水库的时候，水就沿着山两侧的鲍河、柳树湖一路南下，人们骑马上山，就像划船一样，扑通扑通，一桨一桨，颇为艰难。于是，马窟山成了一个偏僻的角落，落了一层又一层的叶子，蓬了一圈又一圈的树冠。一时间，回归了大自然最原始的气质。

镇上的人就是有人去，也是图个短暂的清静。

山树层层叠叠，山荫密密麻麻，弥漫的蚂蚁草，匍匐在路上，似乎要窜出一条蛇来。

在炎热的夏季，去爬山，要比呆在家里有趣得多。山树层层叠叠，山荫密密麻麻，弥漫的蚂蚁草，匍匐在路上，似乎要窜出一条蛇来。听着布谷鸟儿叫，山鹰会扑棱棱飞过树梢。爬到山腰，在枫树上，看到黄亮亮的蝉壳，一前一后，像是一对情侣，一夜间，化作了比翼双飞；草丛中，一粒粒的橡籽，圆溜溜的，呆了一冬一春，只等你来；从赭色的松针中，还可拨拉出一朵一朵的地皮，墨绿墨绿的，像一直向你扮着笑脸。走在清凉的山林，不管你是达官贵人，还是平民百姓，还真记不起城市的烦恼，收获的是山野的真诚。

登上山顶处，有亭。亭外，有树，几株女贞子。一瀑一瀑的山槐、马尾松，挂在山腰。向西望去，一练一练的江水绕山来，像一条绸带，开阔闪亮。恍若一条船要泊在山下，江波三千里，载你我同行。可是有人不去的。树南有屋，住着一位五十多岁男人。终日，一个人听着收音机，咿咿呀呀，洞晓着天地之外。问他缘何住在山里？他说，其父就是这山中的人。问他借一口水喝，他手一指门口，水竟藏在门下。这男人平素里采草药为生。而今，却采不成，他的腿摔瘸了。靠林场的救济过活，他说舍不得离开，舍不得山林的石泉和白云。草药是苦的，日子是苦的，可这一柱峰却是甜的。

在山脊处，见到一对老夫妇。他们开着一辆摩木车，就坐在道旁。老爷爷递着一壶水给妇人喝。没有说一句话，只是静静在看这一山冲庄稼的绿，等着一山冲疙疙瘩瘩的花生。他们指着山下说，那三间黑瓦灰墙的平房，就是自己的家。还有一个老伙计，就是全部的家当。他们说的是一只大黄狗。儿女们进了城，在码头上买了房，一个星期难得回家一趟。不回来就不回来吧，这山也让人饿不到哪去。向东，是一片绿意盎然的苞米地，其间，夹杂着绿豆。有妇人着罩衣，护着头护着脸护着胳膊，戴一顶草帽，只留着一双眼，抱一脯甜玉米。一垄一垄，弯着腰刺着股。

没有说一句话，只是静静在看这一山冲庄稼的绿，等着一山冲呱呱早早的花生。

我不禁唱起“锄禾日当午，汗滴禾下土。谁知盘中餐，粒粒皆辛苦”。贾平凹说，天下有三苦，拉纤、打油、磨豆腐。其实，农人最苦。20 世纪 70 年代，农村办识字班扫文盲。我家有个邻居，他母亲就被生产队长叫去学识字。她学得吃力，读得到，但写不到。字写得歪歪扭扭，就推托说：我要喂娃子，拉鞋底呐，哪有这工夫。说着说着，就掀起衣服，露出白花花的奶，让老师未结婚的大姑娘，尴尬不已。后来，儿子进了城，他妈仍守着那个村。

留守，事实上也是一种文化，它是一个时代的见证。

向南下山，听说有一处遏云楼，是一个乡绅讲学的地方。据说，他叫简时登，当过封丘的知县，解甲归田，就住在山里。去问，山中人都不知道。只有一片山风吹过，没有一片楼阁的痕迹。是的。三百多年了，楼早已长满了草，瓦已没入了土。一群忙于耕作的人，哪有时间打听这些闲事。朋友问：登云寺呢？山民说：塌了，塌在一片橡树林里。现在，只有一块匾额立在山坳处。一块青灰的碑石，上书“登云寺”三个大字，中间穿一孔。问其何故？又说，是为抬走方便，当作猪圈石，套绳用的。不知什么原因，最终没有抬起。

走在山脚下，我穿行了整个山林。一路上，让我看到了一个时空的交换，此消彼长。我思索着，在历史的长河中，山没有了滇马、贤令、古寺，就算只剩下一介草民，却在山下成长出又一座新城。在这个浓郁的季节，夏季会走，秋季会来；秋季会走，冬季会来；冬季走了，春季一定还会来。历史在变，但不变的是好日子。

在这个浓郁的季节，夏季会走，秋季会来；秋季会走，冬季会来；冬季走了，春季一定还会来。

一个时代，总有一个时代的命运。不要伤心失去，哪怕这一切化作了一粒尘埃，它总归还会留在大地，去滋养着一个又一个种子和生命。打开书本，人们还能读到“蛮荆鲜人秀，厥美为物怪”“笛声婉转闲招鹤，琴韵悠扬远送鸿”的诗句，不是么？

王土沟，一个土命的村子

过槐树湾，跨郝岗桥，越纪洪岗，去二劈山。

山脚下，总要绕过一个村子，说是叫王土沟，我却记不起它的名字。

这个村子很简单。一个村子一条街，十数户人家。一座寨门，几段矮墙，一片竹林，就是它全部的家当。村口有座石碑立，一下坡，左一拐，便进入村子了。山随水走，路随山转，房随路盖，歪歪扭扭，看不出是个大家闺秀。平常的日子，路上的人家，蹲在饭场里，端着碗低着头，可与路下仰脸的人家说上话。长一句短一句，也不分什么高低贵贱。

王土沟，没有二劈山的名号响。二劈山，是鄂豫两省的界山。站在山巅上，往前一步，就是河南的淅川，一眼河湾到商洛。转个身，又是楚山楚水，一派九通下江南。它能给予人的，是足蹈天下的情怀。往北淅川的山，叫杏山，往东邓州的山，叫横山。三山簇拥，又称三尖山。南宋时期，这里是宋金两朝对峙的地方。城墙数十里，山寨赛星斗，它给人一种威风凛凛的气概。

要说村不高，水不雅。它，自然就低如微尘了。这二劈山，是秦岭支脉，挽丹水而行。山有奇石，状如卧牛。石生清泉，细如绒丝。土土的村落，是山泉汇着激流，勾勒出的一道道沟壑。因后稷稼穑，才有一丝生气。上至一线泉，下至自生桥。壑坡上，覆盖着一层层的黄土，沉淀出生命的温床。传说，王莽追刘秀，就曾被这一脉沟壑的水流所阻隔。危

山有奇石，状如卧牛。石生清泉，细如绒丝。

难之间，天生一桥，救了刘秀。人们感慨天遂人愿，便叫自生桥。不知从什么时候起，人们荷锄负担来到这个地方。有烧窑的，地叫南窑；有放牧的，地叫牧场；有榨油的，地叫油榨沟。他们像黄楝、葛藤一般，在石缝中求生存。

有人说“仙人渡人能，赵岗人憨，纪洪人是个二火山”。他们身处大山，质朴尚忠，性情刚烈。绍兴三十一年（1161），金相高琪率枢密乌古伦庆寿大举侵犯光化、枣阳，襄阳制置使赵方力主抗金，遣子范、葵寨三尖山。王土沟隶属纪洪，四百壮士，磨刀霍霍，弓箭在腰，上了二劈山，昼夜逐贼。金人退，方才卸甲归田。

八百多年（1969）后，襄阳地委决定，修建引丹灌溉水利工程，向荒山要粮。光化团民兵四万人，扛旗拉车，来到王土沟。王土沟的村民，因熟悉地形，主动请战，宁做泥巴匠，不当空闲人。他们腾出祖宅，抱着苞谷秆睡窝棚，让省城来的工程师睡安稳。三年苦战，山通了，渠畅了。王土沟的百姓，他们才回到自己的老宅里，仍过着土土的日子，点芝麻，种苞谷。

说王土沟人二火山？我觉得不尽亦然。一日，我又一次来到王土沟。看到一簇簇经年的青竹。密密匝匝，幽幽深深。问：何时植竹？答：古已有之。人以竹为贤，因为竹是有气节的。老古话说：宁可食无肉，不可居无竹。讲的就是这个道理。三五老宅，鸱吻在脊，波纹挂檐。老人解释说：屋为木筑，鸱吻防火。它是一对兽腾，龙为首，鱼为尾。小的时候，亲眼见到，河南师傅油灰缠麻雕塑的。如此这番，村子，土得有文化的味道。

人以竹为贤，因为竹是有气节的。老古话说：宁可食无肉，不可居无竹。

在村子里走一遭，他们用土夯垒成一段矮墙，黄泥烧成一只陶罐，土石筑成一座寨门，粗粗糙糙，土得不能再土了。然而，就是这茅草编织的墙垣，甜气在槽的苞秆，卵石铺地的瓦砾，无不土得雅致，土得禅定，土到劳作者的骨子里。要说，它，更土出了“中通外直，五行相生”的生活哲理，土出了生命的力量。

听说，王土沟，正建乡土民俗风景区。我觉得，是个好事。

人，因土而生，因土而息。谁又不是佝偻着身子，执着在自己的尘埃里呢？

人，因土而生，因土而息。

老河口印象

一个城市有一个城市的味道。

你从桂林来，会觉得老河口的公路修得很漂亮，宽敞明亮，有大城市的派头，街道绿化精致典雅，像王府的后花园。

三千里汉江，在老河口这个地方转了个弯，水面便变得那么宽泛，饱含北方女人的豪爽，又那么幽静，浸润南方女人的小家碧玉。在街市上转一转，会发现散落的一些天主教堂、清真寺、修女院，无论南来北往，街坊四邻和睦相处，其乐融融。

再说，你若仅仅参观了李宗仁长官司令部和中山公园，这里是有些亭台香榭、石泉淙淙，那你没有真正读懂老河口。

老河口人嘴上不说，心里很明白。老河口真正的特色是“茶馆多，地摊多，戏迷多”。

品茶

我在老河口生活了二十多年，方才懂得这座城市的脾气和性格。

居住在老河口，喝茶不仅仅是一种嗜好，而是生活的必需。每天早上，许多人一起床，来不及漱口洗脸，第一件事就是烧开水泡茶。茶不要太贵，是炒青就好，味道要苦，不苦不够味儿，茶水要烫，不烫不够劲儿。

茶不要太贵，是炒青就好，味道要苦，不苦不够味，茶水要烫，不烫不够劲儿。

城小，不需要歌舞升平。城里人娱乐休闲主要方式就是去茶馆消磨时间。在那里，人们有的聊天，有的打牌搓麻将，不知不觉，一天的光阴就过去了。还有那些爱唱河南梆子的票友们，也把茶馆当成自己的根据地。现在喝茶，多在滨江的花园或邻江的门房里，置一小桌，哪管风雨变幻，只求满眼一江碧水。不过，在老辈人眼里，这样的茶馆简直不叫茶馆。他们留恋的，是那些已经消失在老河口记忆里的茶肆。

《沙家浜》里唱“垒起七星灶，铜壶煮三江”，就和老河口先前的茶肆差不多。首先，泡茶的水是烧出来的，不是电热水壶“电”出来的。那时的茶肆里，都有一个泥巴砌的烧开水的炉子，炉子有三、五、七个不等的灶眼，俗称三星灶，五星灶、七星灶。灶眼上各放一把铜壶，下面以茶梨木为燃料，有小伙计专门拉风箱。只要一听到小伙计“连拉快声”，就是水要开了。

当然，泡茶的水来自汉江，出门几步，便可集在缸里，清澈见底，不见泥沙。烧开之后还要再在火上多滚一会儿，在老河口话里，这样水才更“尖”。要不然，就有顾客跟你理论，你这水尖吗？尖。那我怎么没有听见咕嘟声？在老茶客的心里，只有最尖的水才能泡出茶叶里的滋味来。

在老茶客的心里，只有最尖的水才能泡出茶叶里的滋味来。

现在泡茶的伙计都会吆五喝六，过去的“茶房”，其实是一个茶肆的灵魂人物。那时，城里焦家营里有一个茶肆，其中的伙计是个哑巴，人称“哑巴茶房”。茶肆生意红火，每天有一二百人，全靠哑巴一人招呼。时间长了，此人练就一手绝技。据说那每天早起都要“抓碗”，也就是往茶杯里抓茶叶，每一碗不多不少，就是那么多，就跟“戥子”（称）量过的一样。送茶时，他一只胳膊上可放七个茶碗，行走如履平地，滴水不漏。

如今，像哑巴一般的茶房，已幻作历史的烟云，焦家营里的茶肆也已经不复存在，不过，汉江还是汉江，而汉江边的太平街依然太平。

当年，老河口人为了迎接四方客商，沿太平街南北两侧开起38家商行，其中最有名的有十三家，人称“十三行”。这里每日往来的商船就有上千艘之多，为便于商贸接洽，逐渐兴起了茶馆。据说在这个只有十几万人口的城市里，茶馆竟然有200多家，就连最寻常的小巷道里，都可能出其不意地站着一个小茶肆。

岁月流逝，码头萎缩，老河口人始终保持着喝茶的习惯。当所有的繁华都抵挡不住岁月凋零的时候，只有茶，那样长久，坚韧，而又不露痕迹地滋润着老河口人的心。

品吃

平日里，人们忙于招徕生意，家里很少起火，而在各幌酒肆里把酒言欢。

老河口人对于吃很有说道，叫作“置席要到宴乐春，小吃要到马悦珍”。1939年秋，由于李宗仁将军抗日爱国的开明政策，当时一大批文化名人如姚雪垠、碧野、臧克家、田汉、李公朴、老舍等相继来到老河口演出、讲演，写文章。有一次，文化界人士在老河口新剧院演出话剧《雷雨》，连演数场，卖座不衰。这期间，有特务密告到重庆，说老河口在搞赤色宣传。重庆来电要李宗仁禁演，李宗仁置之不理，一推了之。

老河口人对于吃很有说道，叫作“置席要到宴乐春，小吃要到马悦珍”。

白玉楼在老河口演出新戏《台儿庄》时，李宗仁看后握着白玉楼的手说：“你们这些名人也宣传抗日，那更能激发我们民族抗战胜利的信心！”李宗仁还开玩笑地说：“你扮的我有点太高大了，宗仁实在惭愧。”

一群文化人士为了感谢李宗仁对抗战文化事业的支持，决定在宴乐春酒楼宴请李宗仁。在宴会上，李宗仁亲自向每一个文化人敬酒，并代表五战区长官部感谢文化界人士所作的抗日宣传工作。文化人士也纷纷赞颂李宗仁将军的抗日功绩，老舍即席赋诗一首：荆楚儒将来，将军翰墨香。三杯成薄醉，欲唱台儿庄。

老河口人待人特别热情，但似乎不善于言词表达。长时间交往后，你会发现他们在饮食上发挥得淋漓尽致。来了贵客，总先征求意见，是牛羊肉，还是卤菜，是炖蒸，还是煎炒，是黄酒，还是白干。他会攀老乡，问你老家是哪里的。你说南阳，他就是社旗。你说江西，他就是永安。你说你襄阳，他说五板桥。洞晓家长里短以后，根据客人口味安排饮食。

有人说，老河口的菜没有东坡肉、东坡肘子有名。老辈人就会说，眉山东坡肘子太腻油大，杭州东坡肉太黑酱油多。其实，老河口菜兼南北之长，有南方菜的精致，有北方菜的豪迈。在正兴街、太平街一些河南风味的酒馆，吃火锅，得点牛羊鱼肉，它的高汤熬得算是一绝，有的原汁汤就有上百年。有些人不懂，吃肉不喝汤十分可惜。纯吃肉，得到独味鲜。它有整只羊脚，经过卤炖烹烤，味道辣香，一啃一大块，大脑中便生出了中原人的豪迈。南方人吃牛羊肉，得到马悦珍。这间老字号，它原籍安徽的安庆。太平天国占领南京后，它迁来老河口。马悦珍，讲究烧的味道，“皮焦肉嫩”“油而不腻”。招牌菜锅盔馍，用的是平锅炕，两面焦黄，芝麻和盐末撒上。这菜里流淌着南方人精细的性格，更是一份乡情。

要说卤菜，在老河口的大街小巷遍地开花，诸如不同饭香、虾兵蟹将、老饭铺、汉水小镇……像江上的泊船一字摆开。夜幕降临，楼树霓灯闪烁，沿江的巡司街、大桥路、东启街就车水马龙。邓州、丹江、谷城不少食客驱车赶来，品尝这上海外滩般的妩媚。感觉这“生活秀”吉庆街般的喧闹。人再多一点，你恍如就在台北的士林夜市。

夜幕降临，楼树霓灯闪烁，沿江的巡司街、大桥路、东启街就车水马龙。

朋友说，有一位来自成都市稍熟悉老河口的老板，起初吃住在大酒楼，后来忍不住了，央求朋友一定带他到地摊上去。吃惠丰路的锅盔馍、杂碎汤，高升门的二毛包子，马悦珍的羊腓，清真寺的小炒羊头脸儿，喝乐盛街的黄酒。为什么？因为，这里的菜，可以吃到家乡的味道，菜肴里沁溢出家的真诚。

品戏

老河口人爱戏名不虚传。这里有一顺口溜："三天不吃菜，看看周新爱；三天不吸烟，看看张凤仙；三天不喝茶，看看刘玉霞。"在晴川楼、洋油栈、水西门的各家茶馆里，无论剃头挑夫，还是提篮小卖抑或商号掌柜，人们总能找到悠闲的消遣方式。一赏花旦名角的魅力，总是快慰的事。

行走在老河口的汉江边，总能听到《傻子相亲》《生男生女都一样》《掩护》《憨小嫁妈》《朝阳沟》等知名选段。在中山公园，不管你是不是真正行家里手，也不管你是不是吹拉弹唱的能人，若有爱戏，尽可在戏台上，沉浸在自己的人生与故事里。

若有爱戏，尽可在戏台上，沉浸在自己的人生与故事里。

李玉林就喜欢戏曲。十几岁就登台演戏。1937 年，他 17 岁时正式在老河口学戏，艺成后常年流动演出在漯河、驻马店、邓县、栾川、卢氏一带。群众中流传着李玉林救戏的故事。据说才老板朱万明有一年在漯河带社演出。这时从北京来了 3 个京剧社，清一色的女孩子，扮相好，戏箱也好，把观众吸引过去了。朱万明他们一看不妙，立即派人从老河口叫来仙家娃、王立、任林、李玉林四人到漯河助阵。李玉林他们乘一辆运货的骡马车连明彻夜赶到漯河。朱万明等他们到位，先让王立、任林、仙家娃三人演出拿手戏《周老汉送女》《兰桥会》等节目。而把李玉林关到一间屋里，由一个能演《劝坟》的演员，把剧中的唱词、道白，一场一场、一句一句教给李玉林。朱万明帮他逐段逐句推敲唱腔如何处理，连续三天，没出屋门。到了第四天中午朱万明突然宣布，赶紧写戏报，到大街小巷张贴，就写今晚由李玉林主演《劝坟》。

一经出场。李玉林开腔，真假嗓结合，运用自如，唱腔优美，委婉缠绵，以声传情，唱念并进，吐字清晰，结果一板一开花，掌声如雷动。传说一次李玉林在宝丰大营演出《刘全进瓜》。正唱时，头上别的发簪脱落，李玉林急中生智，忙将前额头发撕乱掩饰，唱道："遭不幸亲娘把世下，后娶窑娘到家中，自从继母把门过，她待我狠毒多无情，一天无错打三遍，三天九顿不容情"，唱罢大哭。

戏是老河口的灵魂。上世纪七十年代，老河口名角汪爱枝更是一枝奇葩。她的《心愿》《两舅家》《福祸姻缘》《文帝杀舅》《风过杨寨》《易牙烹子》，让小城的百姓听得如诉如泣。

戏是老河口的灵魂。上世纪七十年代，老河口名角汪爱枝更是一枝奇葩。

人生如戏，戏如人生。老河口的戏迷们在戏文里找到了自己的根。

友于街杂记

现在的城市，找热闹的地方容易，找清静的地方难，找一个闹中取幽的地方更难了,要找一个有些文化味道的巷子,更是难乎其难。

所幸运，我居住的一条巷子，清静、拙朴、文雅，是我梦想的样子。

整个城里再热，这里却是凉凉的,天被树叶割成一片儿的一窟眼儿的。

这条巷子:东边是头，叫中山路，西边是尾，叫学府路，五百米长短；街道的两边长满三丈高脸盆粗的梧桐树。那梧桐至少有八十个年头，长得老高，都伸到二层楼上，街面在横生枝丫的簇拥下全荫了，蓬成一条“n”的甬道。整个城里再热，这里却是凉凉的，天被树叶割成一片儿的一窟眼儿的。每到夜晚，路灯藏在树叶里隐隐约约，羞涩得像云中的明月，近看光芒成束，在乍长乍短的绿缝里激射。走在巷头，就能听到巷尾那妇人拖着长音“卖——茶——叶——儿哟”的吆喝声，声高而巷幽。巷里的建筑没有什么特别之处，大多五六层，灰突突的，三尺阳台伸到街上，像是看着街市的热闹，或者探头听着哪家院落里喜鹊叽叽喳喳的歌声。阳台的檐角，燕子啄来新泥垒着自己的新巢，不知疲倦地翩然而飞。还有城郊的老乡拉着板车，卖些采摘的蔬菜，用稻草绳扎成一把儿一把儿的，让街上的人吃鲜。

巷子本生得平静，随着住的人多了，便有居民挤在一块开上一间间的商铺。有糖果铺，有油盐店，有酸姜面馆，有蛋糕坊，有装裱店，换些零花钱，贴补家用。这样一个看似喧哗的街市，没有叫商业街、仁义街，却叫友谊街，其实是友于街之误。何谓友于？跑老日那年，日本人从马窟山炮轰城里，这里倒塌瓦砾一片，乱成了菜地。远一点说，雍正年间没有建土堡时，真正的县城在五里外的阜城街，这里只是一个荒郊野村。北宋时，汉江东岸水悍而善崩，光化知军李仲芳初任，筑窑屋川泊岸，水退人安。朝廷举荐多地，他都称病不就，退居汉上，仍孝悌乡里。人们感其恩德，他居住的地方，因此叫作友于村。南来北往，商贾云集，村子的巷就成了友于街。

人们感其恩德，他居住的地方，因此叫作友于村。

街上的人是拙朴的，常谦逊地自称是乡丁，说祖上是拿把锄头讨生活的命，现在变成市井人太幸运了。他们说的不假，张家是黄龙庙的，丁家是河西冷集的，左家是赵岗瓦城沟的。攀谈起来家长里短，他们无疑会谈及农事，已是枣花盛开的日子，天怎么会下起雨呢？其实，意外地而又不意外。

过去，农村娃子说着“桃花儿开，杏花儿落，枣树开花儿，吃馍馍”，意思是在吃红薯多吃白面馍少的年月，小娃儿总记住的是嘴头子。不像大人们愁的是，这几天都要割麦子了，却下起了雨，着实不应该，生怕麦子着雨发了芽，毁了一年的收成。可又怎么办呢？梅雨的季节，年年都这般，不需要雨时，它总是天天阴着个脸，雨水淅淅，也不是什么奇事。

我住在城里，也曾是农田里出来的泥腿子，自然也想着农事。从黄毛孩童时开始就这样，好收成与坏天气总是相伴而生，乡里人一定要见缝插针去抢割抢收，有一种满腔的焦虑与忙碌。雨停了，麦收了，归仓了，又回归一种纯朴的轻闲与安逸。俗话说，“种田完粮，养儿当兵”。现在，农村人种地，不交公粮，还有粮补，比城里要好多了。而城里人，厂子散了，都挤到街道上，垒锅打灶，讨点营生，确实不易呀，吃早餐人多了，就多挣点，人少了，就少挣点。就像我住的这条街巷，过去是一个村，现在成了一条街。是村，在城边，既有土地，又有厂子，城亦乡，乡亦城，日子红红火火，过得殷实。是街，就没有了地，厂子改制了，能人办大事，庸人办小事。巷里的人很满足，虽有些遗憾，总比“大锅饭”强。

日子，好与不好，看你怎么想。三十年前，我到这条巷子时，自己没有一砖一瓦一木，而现在却居有其所，甚是幸运。总可以记起这条巷子的好来。

早年间，我是拿着三角钱的火车票，单身一人来到这个小城，没有兄弟姐妹，没有父母相伴。就寄居在友于街南一间破旧的学舍里，十几个平方米，凹下地面有六十厘米，仿佛一间地下室。自从住进这间屋子，我便有了两件乐事。一是与天斗。我所住的学舍有六户人家，每每梅雨降临，住户们是要抗洪的。我把门口砌得高高，堵上沙袋。结果水总是涌进屋子，只得用水泵抽，恍如农村插秧时的抽水灌溉。孩子坐在床上，脚伸在水里倒是乐呵呵，就像我们少时坐在田埂上用脚搓弄着泥巴。二是与鼠斗。“硕鼠硕鼠，无食我黍！三岁贯汝，莫我肯顾。”我家的老鼠不仅食我黍，而且还啃我柜子，让我不得休眠。与鼠斗争，我是有经验的。少时，每逢过年，奶奶总把一些条肉、炸烩、汤圆、鱼丸装在笼栅里，放在案板上，亲戚来了，烹肴方便。可鼠先生一层一层把笼栅的竹板啃出一个一个儿的圆洞，享尽美食。我思忖拿着锭钎去扎栅，像闰土去猎猹，一层一层追它到桌面，让它无路可逃。这时奶奶往往会奖励我一根炸馍尖。此时，我猛然把床头柜的抽屉关紧，放进一个罩袋里，开屉以火钳之。鼠便以百米的速度冲刺，冲刺。它瘫了，我笑了。不过，这日子没过多久，那一排屋子拆掉了，淌水上床睡觉和捉鼠的日子成了记忆。

> 结果水总是涌进屋子，只得用水泵抽，恍如农村插秧时的抽水灌溉。

不久，我搬进友于街的一院宅子。经过几年修复，街景文雅起来。在街的中段，院子不大，与路面隔两排楼房，便是我家了，倒也清静。楼是一溜的红墙，树是一排的绿树，其间两三株桂花树郁郁葱葱，不事张扬，真有“一春忙，短红墙”典雅的味道。搬了新居，朋友自然串门的多了。文朋诗友，吟唱“举酒觞，过横塘”，“红墙绿瓦绕骊山，对酒三杯醉玉环”。在这台竹婆娑，桂花扑鼻的院落里，我觉得“牧童骑黄牛，歌声振林樾。意欲捕鸣蝉，忽然闭口立”，更有生活的味道，要说文化还是植根于乡野的好。就像妻问，你怎么爱与门口卖菜的人搭讪呢？我说，我就是一个乡里人，总是怀念过去住土坯房吃的红薯面窝窝，拎着火笼缸烤着的棉花楷，喜欢看门大姐乡里带来的苞谷坨。其实，村妇一伫立，黄儿出门喊，荷塘蛙声鸣，何时去磨镰？又何尝不是一首诗呢？人，有时真不知道，进一院落，你会得到文化，退一老屋，又会失去文化。

楼是一溜的红墙，树是一排的绿树，其间两三株桂花树郁郁葱葱，不事张扬，真有“一春忙，短红墙”典雅的味道。

我读过一些书，算不得文化人，确乐意与市井百姓交友。友于街的人十分厚道，有时还有几分傻愚。你的水龙头坏了，他可以帮你修，忙了半天，不讲价钱。他说隔壁邻舍的，谈钱薄气。你的亲戚来了，他有问必答，还给你带到门口。待客总要把自己放了有些日子的好酒，拿出来，在街上的卤菜馆点上好的柴鸡、猪头肉，喝到微醺，才觉得惬意。真有老舍先生写老河口“东有一座茶馆，西有一座戏院”的情怀。你与他攀谈，他说，我们老家都是从河南过来的。过去贩红薯到柠檬酸厂，才在街上落了户。过去，没地方睡觉，就把篾红薯的席子放在地上，将就过一晚。街上，地摊六七家，梧桐树下，支一方桌，一条盘菜肴，就是一腔推心置腹的话。

最好的人要属老牛，是街道上的社区书记，六旬有余，矮矮的个头，沧桑的脸，一身幼时缺吃缺喝的消瘦身板，不擅言谈，温文而雅。四十年的书记成了精，人称“救火书记”。哪个村社情问题大，他都到哪去灭火。友于村，过去从洋油栈到大东门，有“四店八巷十六厂”，六里地，半个山庄半座城，“好娃子市里都抱跑了”，村里只剩巴掌大个地方，五百米地段，养百十号人。友于街，要过日子，一个字“难”。有人说，把友于宾馆卖掉算了。老牛说“爷卖孙田不心疼”，不行，得让能人承包。老牛说，自己是捡菜叶吃长大的，知道艰难辛苦，小街道要有家底，日子才好过。有个家长里短，有老妇人，找她说道说道，方能安心。

街上，制衣、按摩、杂货店无可厚非，有一间逸仙斋书画店，是最妙的去处了。店主是南派木版年画的传人陈洪斌。祖上陈义文师从陈国卿勤学木版年画的雕刻技艺，曾在“松昌福”作坊做过工，亦为门神开过铺。文革时，木版年画被打成“牛鬼蛇神”，禁止印刷。陈义文历经千辛万苦，和父亲冒着极大的风险将几十块雕版、资料藏进废弃的木材堆里，保存一脉雕刻技艺。洪斌是义文孙，年轻好学，而立之年，潜居在这条小巷临摹学画，其情亦真。我每每去观瞻他的作品，他有美妇总笑我是大才人，推崇我的文字。我说，汝，才是坚守木版年画的最美妇呢！

天黑了，细密的雨仍丝丝下着。我从十里外的杨家寨回到友于街，街面上已上了灯，防滑纹一道一道的，在灯光的照耀下，一波一波向远处荡去，就像流淌的日子。波纹边的古树下，依旧坐着街上的食客，天南海北的高谈，谈北京的政策，谈厂子的生意，谈家里的媳妇，兴至处，一阵放肆的高笑，乐而忘归。直到凌晨，有妇人来寻，方才罢席。晕晕乎，不知所以，倒头便睡。而我却守着一盆茉莉花，写着我的故事。

兴至处，一阵放肆的高笑，乐而忘归。直到凌晨，有妇人来寻，方才罢席。

猴年的五月，我勉强读着这半文不白的文字，问妻，写这样的日子好么？妻说，不管好与坏，能在方寸之间活出自己的精彩，就好。

一道河湾

在老街的北边，是荆山绵延的山林，过去是筚路蓝缕的地方，也是皇室和士族流放的荒野。

山下，有一个村子叫高楼。说是高楼，随着岁月的流逝，这里哪有一丁点儿楼寨的影子，只留有抵御土匪高高垛子的传说，只有一湾红薯肆意疯长的绿藤。这河湾红薯多了，便叫作红薯湾。村民，多是焦、荆、魏姓，尽管种薯为生，灰头土脸，布衣烂衫，可总爱夸口，说自己的祖上是高官，书香门第，惹得一桌人一阵哄笑。他却不以为然，不管是不是，反正过上了嘴瘾。

村子里有个男人，五十多岁，高颧骨，高鼻梁，中等个头，走起路来，姿势有点卑微，但骨子里的气势又显得有点富态，世代也是这高楼的焦湾种薯营生，人称焦大娃儿，却不知道他的大名叫什么。此焦大不是红楼里骂赖二狗仗人势的焦大，而是这山山坎坎脸朝黄土背朝天的焦大。说他大，不光因为他脑袋瓜子大，稀疏的几根头发服服帖帖地爬在脑门上，性格大大咧咧，住在大山里，老大不小，一门心思想闹腾点大事。其实，他在家中排行老二，只因办事有主见，赛过老大，人们才称他焦大。在全村老少都种薯糊口的时候，他却嚷着要考大学。当村里俊男靓女削尖脑袋进城的时候，他又大步回到焦湾，种起了红薯。

此焦大不是红楼里骂赖二狗仗人势的焦大，而是这山山坎坎脸朝黄土背朝天的焦大。

不论白头老者，还是黄口小儿，都讥笑他，焦大娃儿真他大爷的。

农闲时，枯树下，草垛旁，人们聚在一块扯淡。说焦大，你说你祖上是焦仲卿，那可怜的人儿刘兰芝呢？此时，焦大穷得叮当响，哪有钱娶媳妇，眼珠子一转，便高声应道：在屋里呐。我家厨屋水缸里有个田螺姑娘。几个光棍汉见讨不得半点便宜，只得把咸唾沫咽进肚里，唯有东拉西扯几句，无奈散去。

焦大，八岁丧母，十二岁故父。在生产队挣工分分口粮的年代，兄弟俩算不得劳力，只有到山沟里刨点红薯充饥。人长得像黄蒿，干瘦干瘦的。哥哥忠厚木讷，老实本分，是黑油碗儿里的灯捻，拨一下动一下，当地人叫老鳖一。弟弟生性机灵，眼光忽闪，仿佛是个万事通。他割红薯藤喂猪，炒红薯芊吃菜，读《孔雀东南飞》为乐，能说“山石土田，日月水火”，能唱“冬瓜大，西瓜圆，地瓜个小须满面，丝瓜墙上爬，黄瓜架上怨”。尽管兄弟俩住在茅草房，吃的是红薯饭，焦大浸润在烟雨的文字里，倒也活得从容。

弟弟生性机灵，眼光忽闪，仿佛是个万事通。

一段时期，村里人茶余饭后，谈论最多的是焦大这瓜娃子。上了岁数的老爷子抽着旱烟袋，眼睛里充满赞许的目光，莫看焦大穿得补丁摞补丁，这娃儿肚里有货；女人们被自家的鬼孩子缠得无法，总是抡起笤帚把骂骂咧咧，你看人家焦娃子吃啥有啥？书读得明白，你个鬼就知道干嚎；村里的鳖娃们瞧不上这连一元五角钱学费都交不上的焦大，嘣他娃子害自己挨打。后来却一个个都跑到焦大的家，爬在碾盘上，伸长了脖子，读着《乌鸦喝水》。

山沟的日子是紧巴的。男人们只顾得光着膀子扬场晒谷，回望着木锨扬散的麦粒，眯着眼一脸灰垢，他不知道眼下的日子会有多饱满。女人们守着纺车，右手摇轮，左手拿竹签卷成的棉条，往纺锭上一粘，棉条一长一短，瞬间成了结实的线，她又咋知道，这线能不能给自家的大人小孩织成衣衫。吃红薯的焦大娃儿，没有父母，缺吃少穿，朝为田舍郎，暮睡茅草房，八分钱的作业本都买不起，长了一万个雄心，照例是没能考上大学。他还得去山坡上放牛，还得去日头下锄地。唯有不变的是，他依旧读着他的烟雨文字。

一日，村支书找到焦大娃儿，说你这识文断字的，脑瓜子转得快，闲得捋锄头把儿可惜啦，乡里需要电影放映员，你去罢。乡里，当然去得。放映员，不错的职业，也是一个闪光的行当。这为焦大娃儿又翻开了一本新书。每每夜幕降临，在村童兴奋的跑动声中，在少妇焦虑的唤娃声中，焦大娃儿把放映机置在场子最中间的地方，有人去栽杆支幕，有人牵线张灯，焦大站在舞台的中央，是那么的闪亮。更有俊俏的姑娘从人群中挤到他的身边，娇气地问，大哥哥，今晚放啥电影呀？焦大特别满足，玉树临风地答道：《甜蜜蜜》。当然，一个吃红薯的娃儿，干上了吃皇粮的事，焦大心里虽像红薯一样踏实，但他心里清楚地知道，自己依旧是个白丁，他空闲都钻在文字堆里，读《钢铁是怎样炼成的》。放映员的生涯，男人们嫉妒这个瓜娃子，天下咋会掉下馅饼？女人们总爱与他闲聊，说他的海报画得的确好，像姑娘穿着的确良蓝裙，优雅、漂亮。一股爱慕的情愫，在放映机的光束中流淌。有人要调他去市里工作，有人推荐他去省城学画，有人请他去学校任教，他都婉言谢绝了。他执着老村长的那句话，放电影事小，放好了事都不小。他迷恋这青幽幽的山，沉醉这水蓝蓝的河，这里生他养他，是他的根。他觉得这山湾一串串红薯藤，就像书中一段段文字，有让人读不完的哲理。

他迷恋这青幽幽的山，沉醉这水蓝蓝的河，这里生他养他，是他的根。

几年后，日子不断地好起来，有媒人不断来提亲，络绎不绝。这当口，本是喜事连连，不料却遇上电影公司裁员，焦大娃儿的铁饭碗瞬间变成了泥饭碗。他不再是放映场上的骑士，又回到了红薯湾。提亲的人走了，漂亮的姑娘没了。村口的老光棍，又聚在一块，说笑着槐树下的乌鸦呱呱叫，焦仲卿的刘兰芝跟别人跑喽。早上吃的啥？我吃的是旁害，喝的是红薯糊涂。调笑焦大娃儿北京腔讲河谷抓螃蟹的旧事。焦大在红薯湾的老宅，修葺两间院落，植下一片楠竹，依然种自己的薯，读自己的书。书曰：夜吟但闻虫窃窃，晓行却见星点点。

村子里的人说，焦大这次可能爬不起来了。可不几日，焦大却又活跃在乡间，他在企业作画谋生，在田间锄禾取乐。闲暇时，他去云贵翱游，看云卷云舒。村里人，没有人知道他去做什么。从云南回来，他埋头钻在红薯地里，用矿泉水瓶捉土狗，有人说焦大娃儿疯了，哪垄新苗不长虫呢？土狗捉不尽，春风吹又生。不久，村里传说，焦大要让红薯开花，人们都说焦大更疯了。瓜熟蒂落，哪有开花的道理？再后来，村里传焦大娃儿的事，人们都不再乐意去听，一个疯子干再出格的事，都不为过。一天，有人惊呼，焦大娃儿让泰国红薯与湾里的红薯杂交开花结子了。村里人不屑一顾，此人疯疯疯了。

瓜熟蒂落，哪有开花的道理？

金秋十月，红薯湾来了一群城里人。他们像看什么奥妙，在焦大娃儿的红薯地里走了又走，看了又看。有人说，“红薯与紫芽，远插墙四周。且放幽兰春，莫争霜菊秋”，这不是苏轼的诗句么？村里人不懂这些，他们只听说城里人在焦大的宅门口上挂了一个牌。有人问什么牌？隔壁焦四爷说，听说是全国科技示范户。一传十，十传百。不少城里人慕名而来，只为一道菜，拔丝红薯。

紧要的是，焦大娃儿娶了一个红薯般壮实的女人，生了一双儿女。人们开始从村书记那里知道他的大名，叫焦运林，仿佛叫一声，也会赶上好运气。

申氏庄园

戊戌年的七月八日，已是摇扇纳凉的时节，与朋友相约去谷城巴山深处的一处庄园探访。要说这庄园的名字，它很有派头，叫申氏庄园。过去，一般的穷苦人家，连名字都叫不上，只唤阿猫阿狗，称得上申氏的，想必是大户。想到这，我心中认定它肯定是有一座苏州园林式的庄园了。抑或有一院古宅，三两处老井和假山，或者有一棵千年古树。苍树下、石凳上，坐着一位耄耋老者吸着老烟，看着山河变迁、日月轮回。

抑或有一院古宅，三两处老井和假山，或者有一棵千年古树。苍树下、石凳上，坐着一位耄耋老者吸着老烟，看着山河变迁、日月轮回。

当我们三五行人，越过汉江，跨过南河，乘车顺着山势七扭八拐来到山前，却是一条山冲，一条普普通通的山冲。山也不高，伸手就能够着山顶，水也不深，箭步就可跨过沟壑。明明写着申氏庄园的匾牌，没有一丁点庄园的痕迹。这样的一条山冲，它能藏得住申氏家族的多少秘密呢？它是躲避官府追捕来的么？它还是藏在哪座山的后面呢？我不得而知。但我仍坚信我最初的判断，它是躲进深山的豪门大户。我想知道深宅大院的故事。恍若来过此座山庄一般，便熟门熟路地对友人说，这里是有一株上千年的黑楠呢。

说罢，便昂着头，兀自寻找那层层叠叠的庄园来。山冲足有五华里，自东往西逶迤而上。山涧的宽，约有一百五十多米，越往上越窄，也就一亩方塘的样子。山下，两三户人家。虽盖了新房，难见得人烟，只有一只白色的柴狗，被汽车惊扰，在房门前快步游走，往我们张望，仿佛要恶扑过来。

因为我们侵占了它的领地。可恨的是，中间隔着几块稻田，它过不来，我们也过不去，两厢倒相安无事。狗不叫，人不喊。

稻田往上，是一方伏地莲，开着瘦瘦的荷花。它很无赖，只可惜家地无水，杂草就抬起头来，与它争饭吃，莲只有伏地了。

稻田往上，是一方伏地莲，开着瘦瘦的荷花。它很无赖，只可惜家地无水，杂草就抬起头来，与它争饭吃，莲只有伏地了。这一变故，是因田上筑着一座约六米宽的石堤，像一把铁锁锁住水流，锁住了给养，锁成了窘境。石堤之上，三四处方塘，自然是富家小姐了。水盈鱼肥，苗木葱郁，或观景莲，或擎盖莲，或一方塘。但这窄窄的山冲，富也富不到哪去。随着秋冬的到来，它仍是水瘦山寒。我依然还是想找那一座庄园，听一听古宅的沧桑。只有庄园，才是人生的积累，是家族的荣誉，申氏的传奇，是历史的沉淀，是山川的回响。

一行人当中，有姓申的，唤作申群章，是山冲第一个大学生。饱读诗书，是庄园的主人，自然知道庄园的故事了。他引领众人前行，山是红土的山，夹杂有细石，多少年前，可能发生过怎样的一个天翻地覆。山多马尾松，坡多竹节虫，与汉江对岸的秦岭尾支无异。我想翻过山去看一看，山那边，或许就是庄园，或许就有老者正候着我们。这胖肚圆脸的中年主人，却没有一点介绍的本意。我打趣问同行的高飞：你们是大学的同学，是不是争过同一个女朋友？闹得他不愿把庄园的内人引见给你呢？高飞豫腔豫调答得硬邦邦：没有的事。我胆小，每次遇到心仪的姑娘，都是他们抢了去。一诙一谐，众人皆笑。

见一处老屋，老申停了步。黄墙黑瓦，扇门格窗，两坡流水，已是很久没人居住了。转过身，又是一处老屋，三四开间，与它处平常无异。唯一不同的是，庭前蒿草丛生，椽朽瓦漏。老申欲言却已哽咽。这是本家一叔父的故居，数十年前，已人去楼空了。叔父家穷，撇下妻儿去山西挖矿，常年在外，也没有挣下几个养家钱。叔婶受不了穷，携着娃跟一个篾匠跑了。申家冲，成了申叔的伤心地。三十年，再也没有踏进山冲半步。

如此寒薄之地，我怀疑是不是真有申氏庄园。按说，申家冲，左青龙、右白虎，申叔的老宅占据在龙眼之上，应该是一块福地。友人老代说，它是坐在龙脖子上。人有硬气，方可降龙，人若苍生，那就世事难料。这是什么道理？或许是中国人自古奉尚的中庸之道，这或许是人类征服不了自然的一种说辞吧。申叔，最终没有回来。我抓住胡叶树向上攀爬，毛草刺着腿生痛，竹节虫却欢快地在草叶上跳舞。人不在，虫总要成就一个王国。

老申说，申家冲有最值得观赏的景致，是山顶的奇松。它历经风雨，足有六百多年。一众人来了兴致，因为山风已起，天空已蓝，没有给养，生命永存。游客顾不了鞋跟有多高，足疾有多痛，他们想看一看这棵树。树，还是一棵平常的松树，平常得曲扭拐弯。只不过粗壮了一些，一抱有余。“V”形的枝丫，把古松压得低了又低，让它低微在山间苟存。或许是它的卑微，让人们蔑视它的存在；或许是它的苦难，让人们不忍对它伤害。在群山之巅，老申说，没有人知道古松是怎么活下来的。有人说，山寨建房，要将它买了去，它却幸存下来；有人说大炼钢铁，要伐了去当柴烧，它依然幸存下来；有人说它受百虫侵蚀，它依然活了下来。它不是栋梁之材，它足够的平凡，却存于高山之巅。

放眼山下，极尽寻找，我想象的那座豪门古宅，是没有的。或许有，但也经过千年的侵蚀，它化作了一粒尘埃，消失在草虫间，听泉响虫鸣，守候一个千年的家园。唯有的是群山连绵，一湾又一湾，汉江像一条玉带串起了这一个又一个村庄，船来船往，鸡犬相闻，荷担而立。它就像山野匹夫一样生生不息。千回百转，不管这条山冲的人们经历了怎样的磨难，不管有怎样沉痛的故事，它都不屈地生活着。而如

放眼山下，极尽寻找，我想象的那座豪门古宅，是没有的。或许有，但也经过千年的侵蚀，它化作了一粒尘埃，消失在草虫间，听泉响虫鸣，守候一个千年的家园。

今，申群章回来了，他一个读书人回来了。建起了水上瑜珈竹排，建起了黑山羊养殖基地，建起了一池池的方塘。不久的将来，可能建起更宏大的申氏庄园。

我知道，申氏庄园，不是什么老宅，它或许就是大山人走出穷困的一种期盼，是申群章归来的一种反哺，是大山游子回望的一种乡愁。我走在这胖肚圆脸老申的背后，不自觉默念着一首诗：

乡愁是什么？
乡愁是一朵朵红艳艳的莲花，
乡愁是一池碧绿碧绿的清水。

乡愁是什么？
乡愁是一朵朵红艳艳的莲花，
乡愁是一池碧绿碧绿的清水。

乡愁是什么？
乡愁是一间间斑驳的老屋，
乡愁是母亲温暖的小背篓。

乡愁是什么？
乡愁是母亲夜幕下摇篮的儿歌，
乡愁是游子一次次殷切的回望。

乡愁是什么？
是母亲，
是故乡。

天已暮。申氏庄园在哪里，我不再去追寻。此时，申氏庄园，它在大山深处，在灯火里，在每一个大山人的心坎上。是家园，更是梦想。

石头记

记起那年的春晚

风从村庄吹过

泥土醒了

废墟上的豌豆花

老街的雨

老河口外滩

古城的树

飘落的叶子

一把蒲扇

挂榜岩

登武当山记

……

乡土风物

石头记

船上的老李，送我了一块石头的盆景。

它，矗立在水中，黄褐着脸，空洞着心，像一位长者，静静地注视着脚下的水流，稍有水波荡漾，便能生出一声声的奇响。随手种上几株铜钱草，它，像逢了甘霖，长出长长的茎，圆圆的叶，一片盎然。如此这番，绿在山涧，水涌石响，这溶岩，便活脱脱地有了灵性。

它，矗立在水中，黄褐着脸，空洞着心，像一位长者，静静地注视着脚下的水流，稍有水波荡漾，便能生出一声声的奇响。

过去，我对石头的认知，总觉得它是笨拙的、呆板的。冷冰冰，对人类板着一副高傲的面孔。人们才把什么牌坊、磨盘、石墩……丢弃在草丛里。

然而，这一景一响，似乎预示着，它是有故事的生灵。在谷城的南河，也有这样一座溶岩，叫娘娘洞。上上下下，曲曲弯弯三四里。导游说，这溶洞，一滴水一滴水地滴，长成石笋、石佛，需要上千年。五百年蹦出个石猴子，石佛需要上千年？我不禁肃然。大地之上，这是怎样的一种坚忍，能把一座坚硬的石山塑造成大自然的尤物？

轻脆的一滴水，滴答滴答，从不气馁，柔弱成就了奇迹。

老李信奉“木石同命”。一朵花，一株草，一艘船，一块石，都是有生命的。这石头上，石中有孔，斑斑驳驳，形如笙簧，浸润着他经年的汗水。闲下来时，他就把石景放在案上，与石畅谈。仿佛两个江上人，危襟对坐，一人吹奏，一人击节，唱出一段沧桑的老歌：“三月桃花红，六月荷花艳。夜半钟声喊渡家，一下驶来九条船。”

他人老三代，在这巴山楚水间拉纤。拉就拉了百十年了，一滴汗摔成四丫子，一辈子拉出了一条河。现如今，拉纤这行当不吃香了。老李，不得已转行当起了门卫，权当是一个家丁，过上了另一种营生。他不气馁，他说他已被那段缝篷、修船、拉纤、撑篙、抛锚的日子，砥砺得一片金光，这不是什么难事。石头告诉人，只有学会了坚忍，才能尝到茶一样生活的醪纯。

父亲是石匠。老李猜，我也是与石有缘的人。这话，有些道理。

年少时，一大早，我母亲总要第一个起床，端出一瓢水在石上，撩上一石水，呼哧呼哧地磨出亮亮的镰刀，然后，背着一个大大的背篓，满身松色地进山，砍一山的胡柴，去烧锅。大集体倒塌猪舍的石墙，荒芜着可惜。父亲就把一堆乱石，拉回家，稳稳地砌在磨盘下。再把新凿的一盘细磨套上，严丝合缝。一整夜，一桶的黄豆泡了脱衣，堆在磨眼上，黄澄澄的。磨眼上吊一水盆，盆底被筷子细的竹管扎个洞儿，管口系一布条儿。盆水下泄，不紧不慢，随着磨一圈一圈地转，管水幽幽地滴，白嫩嫩的豆汁，顺着磨沿刮到木桶里。沥渣、浇锅、点膏、装箱、镇石，一块方方正正的豆腐出箱了。就是这样的生活，一块磨刀石，一盘碾豆磨，让人过得踏实。

他把石头送给我。我是挺乐意的。

我像见到一位久违的朋友，它带我回到了故乡。山里，有春夏秋冬，有鸟语花香，有泉水叮咚，有牛羊在山，有老农扶犁。在一派静谧的乡村王国，我又见到了母亲背着背篓进山砍柴的背影，又听见父亲的那句口头禅，“辛苦辛苦，真辛苦，半夜起来磨豆腐”。半夜起来干活，在乡亲们吃早饭前，他挑着豆腐出村吆喝。

一阵风吹来，这石山钟鸣。像老李幽幽说着的话：一个岔道口，西去是岳阳，东去是源潭。就是有逆风，难不倒拉纤汉。

在一派静谧的乡村王国，我又见到了母亲背着背篓进山砍柴的背影，又听见父亲的那句口头禅，“辛苦辛苦，真辛苦，半夜起来磨豆腐”。

记起那年的春晚

腊月二十四。老残，这个文人，邀我去看小城的春晚。我答应了。一台春晚，一台故事。它，是祥和的，是团圆的，是喜庆的，是鼓劲的。相当诱人。可过了一个中午，我却变了卦。

儿子上高三，要送他去襄阳补课。一去百余里，怕是赶不上这台大戏了。20 世纪七十年代，村里鸡犬相闻，却很少有琴瑟弹奏。唯有过年，才请来外乡的戏班子唱出大戏，一解乡人的馋渴。看戏难得。这鄒阳的戏，唱的是怎样的诗和远方呢？说出的话，泼出去的水。我真有点迟疑。友人由昌说，好戏，年年有。孩子一辈子的戏，只有这一场，别耽搁，去吧。

遗憾，像一只馋虫，爬在我思绪的九曲回肠。在车子的颠簸中，拉扯着。

遗憾，像一只馋虫，爬在我思绪的九曲回肠。在车子的颠簸中，拉扯着。迷迷糊糊中，我仿佛随老残穿过老巷，走向戏台。街市的角角落落，鞭炮声、吆喝声、汽笛声、小曲声，也随之热闹起来。

腊时腊月，戏台下，不管男女老少，办年货、置新衣，沐浴一番，双手合十，虔诚地祈祀着自己心中的神灵。像过小年，都要吃灶饼，期盼灶王爷赏口饭吃。初八、小年、年三十，出嫁的姑娘，只能在婆家好好敬奉老人，别老念着娘家，有句老话说“吃了娘家米，一辈子还不起”。勤快的农夫们，踏着轻快的脚步，趁早把农家肥挑往田地，请她哺乳出新一年的希望。

叮当，叮当。我微信的木琴提示声响起，短促而清脆。我恍若看见，戏台上，春晚的帷幕已拉开。我猜想，是梨花的赞歌？是乡愁的喁语？还是汉江的惊涛？金镲合鸣，锣鼓锤击。一群赤足单衫的纤夫，弓身高腔，“哟嗬哟嗬哟—嗬！嗨—嗨！好汉子—喂！嗨哟！嗨哟！站稳脚—喂！嗨哟！嗨哟！当心岩—石喂！”讴歌着汉江人不屈的灵魂。

这，自然是梦。

天色微醺。儿子的老师，早已恭候。“人非生而知之者，孰能无惑？惑而不从师，其为惑也，终不解矣。生乎吾前，其闻道也固先乎吾，吾从而师之；生乎吾后，其闻道也亦先乎吾，吾从而师之。”我读书不多。甚幸，遇上两位老师，其言亦盛，言亦信。衣食住行，还算停当。读书郎，学业忙，大年三十上学堂。望着一排排送子读书的汽车，它就像一股生活的急流。逆水行舟，不进则退。我叹喟，这就是所谓的“头悬梁，锥刺骨”么？有多少读书郎会为自己的高考唱一首赞歌呢？

就像襄阳，早已今非昔比。过去春节，襄阳人会说，去老河口办年货没？而今，老河口人会说，去襄阳华洋堂了没？真是三十年河东，三十年河西。

友人相聚，举杯邀明月，把酒问青天。席间，老残来信。“最美丹渠，天地人和”，在微信上直播了。震撼的锣鼓，敲醒了荒山，敲醒了河流，敲醒了愚昧。一渠清水，像一条玉带，从天上飘来。二八娇女，如粉如黛。抡镐执钻，不让须眉。一曲曲串烧，一场场歌舞热场。席上的朋友簇拥过来，指着一个敦实的汉子说：“那不是襄阳好人，熊化国么？”是老熊。修河渠、建电站、绿丹渠、勇担当。十一年建十一座电站，一百天植树九十七万株。丹渠成了幸福渠。

一渠清水，像一条玉带，从天上飘来。二八娇女，如粉如黛。

我虽不再是阳光少年，却也像打了鸡血一般，随着音律，飘飘摇摇，聊发恣狂。

是诗，更是远方。男人如缸，女人是酒。好比山中碧湖，山水缠绕，刚柔相济。

"一壶好酒岁月长，挖中层，顺边行；拜酒神，酿一缸老酒醉八方。"慷慨激昂的锣鼓，热情似火的酒坛，堆积如山的酒糟，铁臂高擎的木锹，强劲的旋律，把百年的酒坊，拉到了眼前。是诗，更是远方。男人如缸，女人是酒。好比山中碧湖，山水缠绕，刚柔相济。"好戏，比专业还专业哟。"友人华伟不禁称奇。长廷兄搭茬："怪不得，你吃鸡子，不吐鸡骨头。"

我知道，酒品如人品。这一壶酒，守护着光化人的根，凝聚着光化人的魂。它性情刚烈，朴实尚忠。千百年来，守一方祖业，济一方百姓。南宋，抗金百余年，光化人的铮铮铁骨，使金人、蒙古铁骑止步汉江北岸。

半个时辰，《一湾流水百里长》仍幽幽地唱着。侄儿的奥地利同学马克西姆纠结地说，"中国这酒，比奥地利的圣罗兰红酒好么？"他不知道中国"背背驼，换酒喝，酒冷了，我不喝"文化的。我说"酒，不仅好，而且高，热情高，喝了让人干大事，干成事"。他耸耸肩，表示听不懂。

可我们中国人懂，春晚，就是风雅颂，明天不是梦。人定胜天。老残，明天回来喝一杯。

风从村庄吹过

河风，一阵阵吹过村庄的榆树顶，枝条上嫩芽一颤一颤的。

两侧堤岸，筑得高高的，数丈有余，像一座摇篮。清粼粼的河水，转过一道弯，缓缓地向南流去，压根儿不再有了暴脾气。堤脚下，暖暖的，花也开了，树也绿了。山石、蔓藤、古柏，参差在花园里。不知谁修的一条柏油路，像一条柔美的曼纱，一手拂着堤，一手拉着村庄。这景致，恍若又是一个人间的伊甸园。

小溪处，渡桥过。三三两两的村妇，守着溪边的洗衣石，弯着腰儿，轻快地浣衣弄槌。双臂一搓一收，身姿一起一伏，倒映在溪水里，显得格外妩媚。生小弄扁舟，谁惊江上波？望着这样的秦巴女子，赤足在溪，舟橹不在，猜想下，她还会有一种“清斯濯缨，浊斯濯足”的豁达么？天空，一片长白，太阳偷偷地藏在幔帐里，瞄着树的绿，地的乌，麦的青，一塬的明朗。我想，女人，守着这样一个村子，或许为这乌油乌油的地吧。

天空，一片长白，太阳偷偷地藏在幔帐里，瞄着树的绿，地的乌，麦的青，一塬的明朗。

风吹菜花香。向远望去，有油菜的花黄，像一床厚厚的绸被，弥漫着整个村庄。你见不得白墙黑瓦，摸不到青石痕痕，只听得见“叮咣”的声响，那是在建一幢幢的楼房。小汽车，一辆辆地出村。掩映中，见不到村的富。

香樟树下，一个村妇，守着一个茶摊。她热心快肠，陪八旬夫妇聊天。看着一个红扑扑脸蛋的小女孩，她紧一声地喊道“慢一点，莫绊倒喽”。隔村不同音。这跌跤，变成绊倒，是典型的楚人楚语。不像城内豫人豫腔。“你是哪儿的人呢？”我问。

她抬手一指，“就是这个村子的。”

叽叽喳喳的玩童，三五处的清爽。不过，少有人光顾她的茶摊，她倒也不在意。就在树下与大婶说话。“在村里照看外孙女，摆茶摊，只为打发个时间。自己就这么一个姑娘，工作还忙。”有续茶水的大姐来，她赶紧说“不要钱，不要钱”。

村中，高楼林立，村边，花团锦簇。文宋黄王，做梦都没有想到，他们乌黑乌黑的地，会变成一座城。

村中，高楼林立，村边，花团锦簇。文宋黄王，做梦都没有想到，他们乌黑乌黑的地，会变成一座城。尽管这样，他们却没有城里人遛鸟逗乐的习惯，仍守着这袅绕炊烟，过平淡的日子。

大爷说：“这比跑老日那会儿，日子强多喽。”

这大爷，黝黑的脸，八十又三，一看就是庄稼人。日本人攻老河口城时，已是弱冠的年纪，听得懂孬好。说郑家坎，有一广西佬，为师长守坟。有一东洋鬼子，从水西门流窜而来。广西佬一把扭住他，往洋油栈问话。此时渡口，逃亡纷纷。鬼子兵趁乱脱逃，引来一众枪炮，百姓死伤无数。

“枪炮不长眼，造孽。”说着，他指了指河的北岸。“日本人，最终战败了。广西佬，是有股硬气的。在大洪山，一个师，打得只剩下十二个人。师长，就埋在郑家坎。部队撤了，卫兵仍守着他的坟。”

茶摊上，围来几个踏青的人。听着这样一段故事，肃然起敬。他们敬佩起这块土地上铮铮铁骨的汉子来。我没有经历过战争的残酷，喃喃地说：“那个战乱的年月，人人都受罪。”“哎，我这前四十年是受了点儿罪，现在太平，享福了。”老人看淡了风云，他说，“种地，过去国家收点税，现在不仅不收，反过来给你钱，还有啥不知足。”

是的。喜鹊，在枝梢喳喳地叫。似乎在说，知足，知足。

朋友说，天冷的时候，它叫的声音紧紧，“喳喳喳”，扑棱棱，从此树，飞彼树。天暖的时候，它“喳喳——”“喳喳——”缓缓地叫，此歌彼答。好像是说，这会儿，吃虫吃虫。我却想起这村庄的女人，为啥守着这个村子。或许是因为这乌油油的土地，更重要的是这土地上，有一个个铁骨铮铮的男人。

吆喝喝嗨。我仿佛听到江上铿锵的号子声。

或许是因为这乌油油的土地，更重要的是这土地上，有一个个铁骨铮铮的男人。

泥土醒了

暖暖的春光，碎银般照在紫色的苜蓿花上，泥土就醒了。

泥土醒了，是老父亲的话。说实在的，我不知道，泥土是怎么醒的？印象中，在这育秧的时节，父亲总卷着高高的裤管，扛着曲辕犁，牵着老水牛，从堰埂上，下到湖田里。在这方田里，仿佛能看到它散发着春的萌动，浸透着春的温柔，摇摆着春的荡漾。可为什么这个时候要下田呢？他说，自己试过了。地醒了，手伸进泥土里，树根儿在发芽。寺庙睡着，钟声却醒了。该动犁了。

在这方田里，仿佛能看到它散发着春的萌动，浸透着春的温柔，摇摆着春的荡漾。

这一片泥土，犁得好，能让一家人吃饱穿暖。

父亲，一年又一年，踩着苜蓿根儿的虫鸣，蹚过苜蓿花的蜂绕，不慌不忙地给自己的老伙计，戴上牛笼嘴。牛通人性，不用扬鞭。他，一声吆喝，兄弟同行。犁铧上，一卷卷的乌泥，便拥抱着婀娜的草儿，沉醉在梦一般的温床里。父亲说，鲜嫩的苜蓿，沤在泥土里三五天，太阳一撩拨，就成了醒地的酵母了。这秧底子，就像发好酵的面，又胖又大。说着这些，他眼里泛着欣喜的目光，仿佛看见了秋后沉甸甸的稻穗。

记忆中，他总逗我帮他牵着牛，一块下田犁地。絮叨着说，地里长出的人，要懂地里的耕。不要四体不勤，五谷不分。犁铧水响，一袋烟的工夫，一垄一垄的泥土，像咸鱼翻了个身，打着呵欠，享受这春日的阳光。一翻身、一伸胳膊，地蝲蛄从土穴里抖落出来，暴露在布谷鸟的厉眼之下。这地蝲蛄，在老家，我们叫“土狗子”，是个地老鼠。不是庄稼地里的好角儿。那鸟儿当然知道，扑棱棱的翅膀，掠过白亮亮的地面，巧嘴轻啄，这虫儿成了美味佳肴。农家活，要心忙手不忙。过个半晌，父亲就把牛停在田里，点上一袋烟，啪嗒啪嗒地吸。手伸进水里，抓一把泥土，看看乌黑的色泽，望着牛说，老伙计，地温和底肥，都齐了，有盼头喽。

今年的春天，父亲却没有下田了。他，像一头老水牛一样，蹒跚了。佝偻着身子，喘着粗气，僵硬着双手，混浊着眼，呆呆地望着那一方泥田。父亲年轻时，身体壮得像头野牛。他在油坊里，打上一天舵，不喘一口气儿。回到家，犁田耙地，曲辕犁像他手里熟悉的小伙计。他说，泥土都醒了，布谷都叫了，该育秧了。而今，他的身子骨，却醒得有些迟钝。

我知道，父亲一生，最快慰的事情，就是犁耙水响的畅欢，整好一滘一滘的秧母田，一练一练的排水沟。看太阳暖暖，泥土软软，谷芽黄黄。在地头，插上一根竹棍，给它戴上一顶草帽，系上两根红绸，在春风的吹拂下，优雅地挥手。吓唬着，让热情的鸟儿，望而却步。坐在堂屋里，兑上一杯老酒，咂一口泥土的清香，陶醉在自己的梦里水乡。

铁打的身子，总有扛不住的时候。我对父亲说，种地，总有个忙与闲，岁数不饶人，该歇歇了。他却说，泥土醒了，人也要醒的。人误地一时，地误人一年。你们年轻人，一亩三分地，就是自己的工作，可别耽搁了。

泥土醒了，人也要醒的。

树青青，风吹过。这沧桑的话，听得像泥土一样，亲切入耳。

废墟上的豌豆花

城北的江岸，我去看豌豆花。

“咣噹”的撞击声、呜呜的转动声，从一片零乱的工地上，远远地传来，裹揉成团儿，慢慢飘入宽阔的江水里，显得格外的宁静。

晌午的天，有点热。从东山驮来的黄粘土，硬硬的，堆在这岸上很久了。一个老妇人，脱去绛色的花袄，豁着毛线马甲，拿一把板锄，呸一口吐沫，搓搓手，薅着这荒土上豌豆地里的草。

这淡绿的豌豆苗，开着花，瘦瘦的，低低微微，紧贴着地。一株株，没有章法，随意一扔，就能生根发芽。

这淡绿的豌豆苗，开着花，瘦瘦的，低低微微，紧贴着地。一株株，没有章法，随意一扔，就能生根发芽。顺着地皮，它见不到江上的波光粼粼，却兀自地活着。

说也怪。在这城北的化城门下，日本人炸毁了城墙，墙根下，它竟长出几兜，人们掐了尖炒着吃。向北二里地，古鄚城的滩涂上，没人管它，它也冒出一片，羊也吃，人也吃。堤脚，拆毁房屋的堂厅里，风吹来的，主人遗留的，守着巴掌大的地儿，让耍玩的孩童，剥着薹吃。

我问老妇人：“这么大岁数，为啥还侍弄这一兜豌豆呢？”

“我就是个豌豆命。”妇人捶捶腰。

“儿女们？”继续问。

她又答，“在外打工，捡半碗饭吃。”

攀谈间，得知，这妇人是这废墟土地上厂子里的职工。老伴早年已经下世，不过，留下了一大套豪宅。膝下，三女一儿，乐得幸福。

“有福哟。”几位老姐妹附和。

她却说：“一代人，只管一代人的事儿。像这豌豆，这季儿，种在这块地上，下一季，谁知道种在哪儿？”

几个老姐儿诧异。

“我昨天，就把房子卖了。外债还一点。孙子外孙留一点。困难姐姐捐一点。快八十，自己租房住。不要儿女一分钱。各自管自个儿。”

这一席话，大家更瞪大着眼。

妇人，望望脚下的豌豆。“地，要粪；人，要奔。地不养懒啦。”众人听得默然，但还都不自主地点一点头，表示赞同。

豌豆虽小，长得葳蕤，它看不见身旁的一江水，因为它拥有更宽阔的一片天。豌豆虽小，它圆圆的，嫩嫩的，能把根儿深深地扎在土地里。豌豆虽小，它却拥有一代又一代荷锄而伴的亲人。天、地、人，给了它生命，它，就踏实、独立、顽强地活着。

站在这豌豆地的废墟旁，望去江天一色。有多少人还记得，这方土地，是萧何的食邑？这兜豌豆，它养活了一方百姓，多少军队。城毁了，庙没了，但地还在，豌豆花，还一年一年地开。人们崇拜豌豆，像崇拜自己的生命。

站在这豌豆地的废墟旁，望去江天一色。有多少人还记得，这方土地，是萧何的食邑？

“嗨哟！嗨哟！站稳脚哟！当心岩喽！”鄰头，一队纤夫曳着江船逆流而上。

老街的雨

我住的老街，在襄阳的西北，是很少下雨的。

这里，抬头是豫地，回头是陕西，老百姓依十四个码头，过着混杂的生活。人称“襄郧要道，秦楚通衢”。街上，随口一问:胡老三，我问你？你的老家在哪里？越丹水，过横山，离这儿足有三百里。再问：胡老三，我问你？你在老家干啥的？种芝麻，点玉米，一点没有啥稀奇。

说的就是，鄂豫陕的三边干旱少雨的故事。

老街，是很少种水稻的。而今不同了。拦渠为堰，引水上山，三边变江南。地不愁，人不愁。天还是千年前那个愁热。人们盼雨，盼了一个月了。傍晚，南风慢悠悠才来，像一条小蛟龙，在云台山上乌压压地作个佯，似乎要越过秦岭去。看这阵势，是能下雨的。可老街却依旧稳稳的，感受不到一点风动，只有炽热的燥气。门口妇人喃喃地说：这鬼娃子的，是天热，还是我热。说罢，望着这乌蒙蒙的天，就是下不来雨。

傍晚，南风慢悠悠才来，像一条小蛟龙，在云台山上乌压压地作个佯，似乎要越过秦岭去。

人们昂着头看，天还是灰突突的，有些泄气。有人说，都一两个时辰了。有人说，雨还在山上。有人说，快，它越过山头了。不可能？那人解释，乌云压白云一场雨，白云拉乌云一场空。雨下来了，不知谁叫了一声。说话间，豆大的雨滴，开始星星点点，瞬间泼面而下，把热腾腾的街道，打成一个个窟眼的筛子。一会儿，街道便成了一条湿漉漉的布，兜起一汪的水。溅起的水花，像塘中小鱼儿一张张的嘴。

雨下来了，就是有点猴急。它从海上来，过蛇山，越荆山，等赶到云台山，已是强弩之末。这云台山往秦岭，还有八百里地咧。尽管这样，它还是来了。我看见，刚才还有人四平八稳，忽然就撑起了伞，转眼跑得一个人影都没有。摆小摊的老大爷急急把烟柜，往檐下挪。他的猫儿也嫌这雨急，一纵身跃上了藤椅。椅边的杉树，裸黄着干，经过水洗，变得黝黑，仿佛能闻到木的清香。没伞的人，三三两两躲在檐下看雨，人看，猫也看。

老街的雨是有魅力的。雨少而精，总给人一种丰腴之美。

老街的雨是有魅力的。雨少而精，总给人一种丰腴之美。

因为有雨，老街的人都说："马窟山有三宝，地皮，苋菜，芝麻苗。"一场雨后，遍地冒出地皮藓，丰而不肥，脆而不腻。人们都到城郊去，山坡上、树荫下，去捡这指甲大、墨绿脸的尤物，一捡就是一竹筐。河水一淘，沥个半晌，或葱爆鸡蛋，或烫粉蒸包，野味十足。马齿苋也不示弱，被这江上的雨催得像贵妃，圆圆的叶，圆圆的茎，一派盛唐风韵。撒点盐巴，掺面一蒸，切成薄片，就着卤菜，二两小酒，乐得逍遥。雨下得透墒，芝麻苗挤得像小鸡的娃娃头，妇人们就下地间苗。间回的芝麻苗，图的就是一个嫩，或晒或烫或腌。江南人喜腌的，小菜就香油，讲究一个斯文。恍若吃着小鱼，听评弹。陕西人喜晒的，芝麻叶大把一抓，往面条锅一丢，讲究一个粗犷。端着大海碗，蹲屋檐下，一碗糊烫面劲劲儿吃，仰脖下肚，那才叫一个爽。

老街的果子，就是枇杷、柿子和桃子。通常，人们不大喜欢枇杷，它味淡一些。树长得老高老高的，也不去修剪，任枇杷果子长到树尖上。一兜兜的果儿，放让布谷鸟随意叨啄。柿子，长在北京路上，一条枝上七八个，压得树儿笑弯了腰，人们也不去摘。他们说：等柿子红了，才好看呐，人在画中游。桃子，与它处自然不同。街北的村子，有桃花坞、桃花浔，总有人着汉服唱着《桃花源》。果子又脆又甜，洪家的女孩子儿，戴着草帽在街口吆喝：卖桃咧，卖桃，洪山嘴的大仙桃，声音娇滴滴的。

要说这雨季的花，自然有栀子花。南街，一位中年妇人骑着三轮上街卖菜，总要捎上一车栀子花。一元一把，有的打着苞儿，有的开着花，透着浸髓的清香。拿回家，盛一杯清水，放进去，能给你一屋的浪漫。魏家井的石榴花开了，开得像火红的蝴蝶，飞满整条街道。人们总要去看一看，因为这棵树有一百六十多年了。它虽然长在院里，花果却伸在街上，幸福了一街的人。

老街的雨，依旧很短。不像苏杭的雨，缠缠绵绵，下个不停。也不像太原的雨，狂风大作，鸡飞狗跳，挖地三尺。它干脆利落，淋漓一宿，就停了。一大早，隔着窗，不再作声。天不热，街不燥，清爽多了。男人，依旧被女人嚷嚷，要去上班，屋里传出埋怨声：爷儿俩，没一个让人省心的。接着，又蓬着发给孩子洗脸。展眼一看，地，润润的；山，已泛红了；风，含着凉。又是一个晴天。

展眼一看，地，润润的；山，已泛红了；风，含着凉。又是一个晴天。

俗话说："六月不划船，来年咋种田。"这雨，来得及时。路上，一个个种菜的妇人，正忙着装车进城。雨后，菜鲜，她们想图个好价钱。

老河口外滩

说到老河口有个外滩，绝对没有与上海比的意思。它不富丽堂皇，也不风姿妖娆，但绝对是一个值得的好去处。你可以在这里看一看、逛一逛、住一住。它会让你躲开尘世的喧嚣与烦扰，拥有宁静。

老河口不老。真正老的是阴城镇、老县衙。它们因河水侵蚀，早已沉没在江水里。上了年岁的人，总爱唠叨:“牛头对马面，金鸡对桫椤，四眼井对着温水河。”这说的都是古县城的景观。这些终没有敌过洪水和岁月的肆虐，幻变成了文人墨客的一缕愁烟。

这些终没有敌过洪水和岁月的肆虐，幻变成了文人墨客的一缕愁烟。

外滩指的是望江楼至洋油栈的滨江地带。一路向南。应该去感受一下太平街的雕梁画栋、风花雪月。忙忙碌碌的各色铺子，药材、山货、棉花、豫盐等十三行依次而建，多为一进三院，四水归堂。公平买卖，不欺不诈，有钱交钱，没钱交言。这里，承载着历史的厚重，展现着商家的诚信。当然，去一家叫大宅门的院落是可以的。它有一副对联，上书“野香而文明尽高人逸士，园幽且雅坐皆才子明公”，文字遒劲有力。

过正兴街码头，如果不去品戏、品茶、品小吃，那叫没有真正读懂老河口的恬静与舒缓。老河口有句顺口溜叫“三天不吃菜，看看周新爱；三天不吸烟，看看张凤仙；三天不喝茶，看看刘玉霞”。在晴川楼、洋油栈、水西门的各家茶馆里，无论剃头挑夫，还是提篮小卖抑或商号掌柜，人们总能找到悠闲的消遣方式。一赏花旦名角的魅力，总是快慰的事情。

要招待外地客人，那必须得有马悦珍的锅盔馍、清真寺的牛羊肉。若是本地人，或十人一席，或三五知己，或一人独坐，均可在罗盛街、巡司街点上卤鸡、顺风、猪蹄等卤菜，倒上一海碗地封黄酒，侃千古奇事、道街巷烟云。有些老街坊酒浓话浓，便口无遮拦："你知道啥子是'三十六步不见天，七十二步不见干'？"不知情者，当然是尴尬无语。其实，他所指的是翔鹤楼城门的纵深和杨泗码头的台阶。

老河口外滩看景，最好要到晚上。从巡司街到线子街，观灯、品戏、秀舞等各类雅趣，你均可参与。夜幕下，只需放下官员的架子，脱下商人的西装，褪下书生的铅华，扔掉为生活背负的纤绳。站在柳荫下，借助树枝的荧光，听任江风的娴静与优雅，犹自品"永夜不欲睡，虚堂门复开。却离灯影去，待得月光来"。踱步钟楼下，欧式的铜钟、意大利式的墙柱，一派文艺复兴的格调。你不管它是汉江关，还是关汉江，尽可与老票友唱戏听曲，与广场大妈手舞足蹈。在繁华的喧闹中，试着用一颗沉寂的心感知红尘。此时的洋油栈，岸上高楼流光溢彩，岸下河埠暗流涌动。老河口外滩，它不是欲望，不是追逐，而是包容，是舒缓。

站在柳荫下，借助树枝的荧光，听任江风的娴静与优雅，犹自品"永夜不欲睡，虚堂门复开。却离灯影去，待得月光来"。

古城的树

树，于古城的人来说，是什么呢？

是房中梁？是灶中火？或许吧。这里有一个故事，或许能说明一些这个疑问。老河口的袁冲乡，有一书香人家，主人叫袁理堂，送子袁之英赴日本留学。1921年，回国后，之英加入共产党，留武汉工作。不巧的是，他却与国民党右派郭聘帛合流，任《民国日报》主编，对此，家人多方劝慰，无果。父理堂说："子弟亦众生之一也。生为松柏，可作栋梁，生为荆棘，可作柴烧。"如此一说，树，亦为人。

我想起古城的树来。

冬日，静静的村子里，狗吠随着风飘得很远。去看树，要过一老城。城是没有了，城外的洗马池没有了，自然也没有了洗马的人。只有一段城墙的基堑，一排排黝黑的树。城，像一粒粒尘埃，飘散在田野中。我不禁钦佩起这树儿来，它的枝梢像遮阳的双手，比城要看得长远，要活得长久。

冬日，静静的村子里，狗吠随着风飘得很远。去看树，要过一老城。

说这古城，就得说东汉王朝说刘秀。说刘秀，就得说他贤惠的夫人，娶妻当娶阴丽华。她，恭谨俭约，不好赏玩。这阴丽华就出生在当下的老河口，彼时叫阴城县。更早，阴城县南边有个酂县，是西汉萧何的食邑。宋朝的赵家，两县一合，弄了个军政府，叫光化军，下边设小县，称乾德县。欧阳修不情愿，说"荻笋时鱼方有味，恨未佳客共杯盘"，从夷陵，勉勉强强跑来当了两年县令。老朱家当权后，改为光化县。一叫叫了七百年。雍正时，汉江改了道，兴起了一座新镇，辛亥革命时古城才叫老河口。

江水滔滔。多亏了，这里有树，老百姓，才在漫漫深山下，滚滚河坎上，活了下来。在西关邓侯祠内，种有一棵桫椤树。树高丈余，树荫蔽日，如金缕铺地。明朝，诗人张冈说它是“婆娑自是清虚种，和月移来泮水旁”，“自是异材终大用，扶持正直赖穹苍”。人们敬奉它，信仰它。只可惜，清咸丰年间，红巾军以为桫椤树是襄阳的锁钥，伐其树，掘其根。一代名树，才毁于一旦。

为什么人们敬畏桫椤树？据说，因其干内，剖开呈八卦图形。谓“道可道，非常道”。人们的困惑，它是可以帮助解决的。于是，不少老百姓，拿了桫椤树的叶子入药，取了桫椤树的枝干作梯，企求一种生活的平安。清知府唐义渠中丞《从征记》中记载，此树为倭罗，只有京口和光化有两棵，实为名贵。

树，对于古城人来说，有时，是一种信仰，巍巍峨峨，仰之弥高。

树，对于古城人来说，有时，是一种信仰，巍巍峨峨，仰之弥高。

名树虽好，长势耸云。可我还是喜欢一些接地气的树，总想起这方土地上长着的竹、桑、柳、桐、桃，想起树与人的故事。

据《光化县志》卷五“宦迹”记载：“县多竹，多编为屋。”竹，在人们生活中，成为一种必备的材质。后因竹屋易发生火灾，知县叶康直，才教会人们以陶瓦筑屋。百姓欣喜，人歌之曰：叶光化，丰谷城，清如水，平如衡。对于竹而言，它就是老百姓的一个家，一种眷念。后来，人们在县东的福严寺里种了一片竹坞，了却这一思念。有诗云：万竿何处绿，曲槛我来凭；柏叶还同秀，桃花任自憎。清风无俗子，幽径有山僧；岁暮惭迂拙，长思旧友朋。

听老人们说，树，有时，也就是吃穿用度。

常言道：前不栽桑，后不栽柳。它讲的是，住宅风水学。但于平民百姓来说，桑和柳，是生活的至亲。道光二年（1822），周凯放任襄阳知府，巡视属邑，只见到处是杨树和柳树，而事桑蚕者很少。俗话说，民间之利，稼穑外，惟桑蚕为最。周凯遂编《种桑十二咏并序》，指导生产，鄂西北一隅，顿成桑梓之地。柳树林，是老河口特产，它处在鄚头江边，是抵御江洪的法宝。据太平街一位老住房说，他们上世纪六十年代，在河堤修泵站，见过百年不朽的柳条和膏泥。江柳，对江城来说，就是一座生命之堤。还有泡桐，当然，走在街巷里，偶尔出其不意地站着一棵泡桐，也不奇怪。泡桐是什么？它是上世纪三十年代，老河口人的发财树。在太平街上，三帮十八行，桐油行是最赚钱的买卖。正是因为有了桐油行，太平街才称为老河口的“银窝窝”。现在，不兴油纸伞了，泡桐，成了一种怀旧的念想。

在马窟山下，老城的南边。老姚就是这坎上的植树人。他的树是果树，有梨和桃。据说，老姚有一棵从城北移植的老梨树，成活了，是镇园之宝。要说，一山不容二虎，或许是真的。过去，在马窟山上，有一座寺庙，叫登云寺，是镇山之宝。人们都爱摩肩接踵地登高，看江水滔滔，田畴浩渺。而这寺却最终没经住日月风霜，倒掉在山脚下。山下，唯有老梨王，经过老姚的妙手，依然勃勃生机，在风中摇曳，享受阳光雨露。

山下，老姚背着手，走在他的果园里。当树枝上最后一片叶子落在地上的时候，老姚笑了。他不仅收获了一个丰硕的秋季，而且收获了一园勃勃的清新。我与老姚聊天，桃胡是可制成船的，桃枝是可制成箭的。听着此话，一群黑黑的狗跑了上来，摇着尾巴，像老姚的兵士，兴奋极了。

树，于古城人来说，是什么呢？是梨花大道的香樟，是丹渠的樱花。我说，树是古城人生活的根。你给它多少阳光，它给你多少果实。老姚点点头。

树，于古城人来说，是什么呢？是梨花大道的香樟，是丹渠的樱花。

飘落的叶子

冬天，不知道是生活条件好了，还是天气变暖了，太阳总金晃晃地挂在这汉江河上，院子里格外地暖和。暖和的街上，不知从哪冒出那么多老人，三三两两扯着闲话。暖和的，让杉树的叶子，稍遇上点风，就星星点点地散落下来。

一个男人说，老街就是好，北边山峦重嶂，淅川的横山像木梳背，由西往东分开着林茂山、玉带山、马窟山这些梳子齿，阻遏着北来的寒风，要不这里，历史上还叫过顺阳、酂阳。有人嘀咕，没听说过顺阳，眼下只有一个酂阳。见男人说得像模像样，几位混浊着眼的老汉也不理会，只点头附和。

院子里，栽着十六棵杉树，叶子变得越来越褐色了。与相邻的女贞子和桂花叶子的墨绿相比，它显得格外的不堪。早晨六七点钟，杉树叶，还像黄褐色的衣针，一根一根地飘散下来，掉在石桌、石凳子上，瘦瘦的。八点钟，太阳一探头，杉叶便一坨一坨地掉下来，地上一层一层的叶絮，胖起来。门口的老妇人扫了又扫，它总是掉了又掉，很是无奈。

而女贞子要显得高贵很多，青青的叶，显得婀娜多姿，灰紫的果儿，成熟得诱人，人们张着口袋，摘了入药。桂花一月一开，骄傲地香气逼人。人们进了院，总是对它欣慰地点头。人们不再注意这杉叶了，它还是一片一片地往下掉。可惜，街上的住户，大多烧天然气，不再烧叶子。它只有不堪地送到城外，随风而散，归入尘土。

而女贞子要显得高贵很多，青青的叶，显得婀娜多姿，灰紫的果儿，成熟得诱人，人们张着口袋，摘了入药。

我小的时候，可稀奇这些叶子了。一入冬，就背着背篓上山，拿着一支竹耙，去山坡上耙松叶，也是一根一根的。上世纪七十年代，烧不起煤，更不说气了，唯有山柴。我们先耙成一堆一堆，再装进竹篓，填满再填，拘成小山，弓着腰拄着棍回家。树叶易燃，煨蚕豆煨红薯，是最佳的柴禾。

而现在，叶子却不入流了。城里，人们把杉树伐了去，种上了银杏，银杏叶也落，只不过银杏的叶更炫酷罢了。人们说，那才叫一种风景。就是在农村，满山的树叶，也没有人去耙柴了。母亲说：哪家住的不是楼房，烧了烟杠杠的，自然就不耙叶柴了。

有时，回忆少时想去耙柴的山上走一走。不禁想，一个时代，真是一个时代的命运。在那个物质贫乏的年代，读着“哆啰啰，哆啰啰，寒风冻死我，明天就做窝”，我懂得了“今日事，今日做”。不然，变蹉跎。其实，叶子归入泥土，那是生命的沉淀，让人知道感恩那个艰难的岁月，让自己成长。

其实，叶子归入泥土，那是生命的沉淀，让人知道感恩那个艰难的岁月，让自己成长。

一把蒲扇

在我家里，有一把蒲扇，看似很平常，就是用一枝蒲葵的叶子，剪成的一个桃心的扇子。

在我家里,有一把蒲扇，看似很平常,就是用一枝蒲葵的叶子,剪成的一个桃心的扇子。

几年前，这把扇，在岳父家，我经常见到。他有事没事，坐在阳台上，放一出豫剧，摇着这把扇，怡然自得。不管他似听非听的，但他最中意的，是这把扇子。

如今，它却落在我家。岳父母来，我提醒过好几次，他们都没有拿回去。

一日，我无意中拿起这把扇子。看了看，它，很破了。包沿的线，断断续续，崩出一段篾黄。硕大的葵叶，裂出几条缝，看得见对面的手指。又不是什么稀罕物。我想，把它搁置起来。妻知道后，说还是放一放。改天，爸妈来了，让他们拿回去。什么宝贝？这么珍藏。这时，我发现，它葵叶上，有着两行粗大的字。用墨笔写着“待到山花烂漫时，她在丛中笑”。这是《卜算子·咏梅》中的句子。

我知道了，这是一信物。我的岳母出生在冬天，名叫腊梅，岳父，在北京当雷达兵，一去当了十三年。戍京与守家，两地分居，岳母一个人拉扯三个孩子，颇为艰难。无奈，上世纪七十年代初，岳父要求转业，回到老家，找了一份平凡的工作。一家人算是团了圆。这把蒲扇，寄系着两位老人的一生恩爱相携的梦。

这把扇子，怎么会落在我家呢？

我想，有可能是岳母落下的。像我这种人，尽管是一刀笔小吏，可忙起来，不着家。妻子，一个教书匠，当个班主任，工作起来，也是拼命三郎。小孩子也没人照顾。岳母当仁不让，成了我家的保姆。她，白天来，忙忙叨叨，晚上，急急匆匆，赶回自己的家。有时，路上一身汗，或许是岳父让她带上的。

几年前，妻子身患恶疾，上不了班。岳母来得更勤了，洗衣做饭，忙得晕头转向。早上，岳父就送她来，有时手里，就拿着这把蒲扇。两个人，老爷子给老太太扇两把，老太太给老爷子扇两把，我们也不太在意。两个老人，一个忙闺女生活，一个忙儿子生活。真不容易。像是被抓了壮丁，逃脱不了。没过多久，心急上火。岳父的牙松动了，吃不了硬食。岳母，还得提前给他煮面籽，再来我家。

有时，我说:“妈，我们年轻，没事。你别着急。你在家照顾老爸吧。”可她也宽心地说：“他还好，没事。”风里雨里，依然每天来。我想，他们两个老人家，五十年前，一个人在北京，一个人在湖北；五十年后，一个人在城北，一个人在城南。依旧奔奔波波，何时是个头。或许，两个老人唯一的牵挂，就在这把蒲扇上。

半年后，岳母的高血压犯了，面部出现一些面瘫。她再也爬不上我这看云的楼了，只能躺在病床上，自责自难。儿女们很是遗憾，去看望，也就一时半会。还是岳父陪着岳母去针灸、按摩，倒水、服药，一日复一日。看着这一对善良的老人，我想，他们本来就是一把蒲扇。岳父是蒲扇的柄，岳母是蒲扇的叶。我们，永远是这蒲扇下乘凉的孩童。我讨厌哲学，它太理性。叔本华是个悲观主义者，好在他的预言，在我家没有出现。不久，岳母的面瘫，竟然好了。

我想，他们本来就是一把蒲扇。岳父是蒲扇的柄，岳母是蒲扇的叶。

冬日，全家相聚。我说：“爸爸，您的扇子落在我们家了？”他说，留给你们吧。我挺乐意的。拿着这把蒲扇，它仿佛变成了一树梅花，香沁心脾。

挂榜岩

一个夏天，我们一行五个朋友去看挂榜岩。它，是房县境内上桥乡的一块高大的山岩，像刀削一般，如榜垂地。

鄂西北的山，经过冰川的造山运动，山势是千姿百态的，很诱人。诸如有谷城南河的马肺岩、付家寨的玉带山、茨河的白虎山。马肺岩，说的是周文王巡察南河，驭马坠崖的地方。玉带山，说七仙女，下凡遇上牛郎的事。白虎山，说的是白虎与青龙争食江鱼的传说。真真假假，人们赋于它们奇特的想象，说的都是天庭王朝那点事儿。其实，它也蕴含着人们改变现实生活的一种神圣意念。

其实，它也蕴含着人们改变现实生活的一种神圣意念。

这偏僻的山野，是不是有周文王策马巡山？有姜子牙挂榜荐才？谁都说不清。

传说，总归是传说，是一种神话。而挂榜岩，历史上，真有其事。有人说，是唐朝房陵王李显招贤纳士的地方。其实，也就是武周皇帝武则天第三个儿子李显流放的地方。

要说，这皇三子李显。本事不大，弄个皇位，屁股还没坐热，就说起了胡话。母亲大人一生气，他就丢了官。嗣圣元年（684），李显继位，在任用辅臣裴炎与皇亲韦玄贞上，出现分歧。两方意见不一，李显大怒：我就是以天下给韦玄贞上，也无不可。社稷大事系一身，黎民百姓居一庭，自然不是一句气话解决的事。李显如此分不清国与家的轻与重，只有灰溜溜地来到房陵，在这个穷乡僻壤，醒醒他的脑子。

如果不是亲眼所见，在这鄂西北的巴山峻岭中，我一直认为，流放，自然是荒芜之地。是愚昧、贫困与闭塞的寓所。或许，满目尽是炊烟袅袅，鸡犬狗吠，老林障目，老死不相往来。

当我们这些走南闯北的江上人，见到这一片山野、河谷和山岩，脑袋瓜子那点陈腐的想法彻底改观了。你不能不感慨：好一个清幽之地，好一个世外桃源。这挂榜岩，如天坠宝塔，约五丈有余，其间，绿树点缀，伸手蓝天，脚踏大地，天地人，三者合而为一，乃三仪之地。天地君亲师，山岩上，绿幔森森，叶哨萧萧。山岩下，沟壑溶洞，泉水渗渗。房屋，犹如女子出浴一般，墙如粉面，瓦如黛眉，躺在幽静的山谷里，看云淡风轻。山路，好比一条绶带，随意地系在腰间，拂过山谷，穿过林海，显得优雅惬意。有人感慨，长恨春归无觅处，不知误入此中来。

有人感慨，长恨春归无觅处，不知误入此中来。

我想，流放者，不愧为皇室子弟。这里的民风，尚有一些皇室的气息，有一些宫闱的优雅。就像房县九道乡农民杨家管唱的民歌《年年难为姐做鞋》，他唱：关关雎鸠（哎）一双鞋（哟），在河之洲送（哦）起来（咿哟），窈窕淑女（哟）难为你（耶），君子好逑大不该，（我）年年难为姐（哟）做鞋（咿哟）。房陵与王畿，是如此接近。

随行的房县朋友说："这没啥奇怪的。我们就是诗经之乡。湖北正打造鄂西北生态旅游圈，十房高速马上就开通，老百姓的日子更好喽。"

山如一幅画，民撷山中宝。挂榜岩下的农家，主人拿出他们自酿的房县黄酒招待我们。

主人说："酒，就是掬山泉，蒸糯米，酿造的。"朋友问：不是地封的吧？主人的妇人，显然知晓客人的忧虑，插话说"不是"。因为如若地封黄酒，喝时绵甜可口，喝过一出门，见得山风，会醉的。这一醉，就醉得三天头重脚轻。朋友说，有一外地游客来到挂榜岩，不识黄酒的厉害，饮酒时，来者不拒，自然是酩酊大醉，卧于地榻。几个小时后，醒来，见一只小猫也醉在枕前。说：我都没喝醉，你怎么喝醉了呢？如此编撰，你一言我一语，侃罢，大家会心一笑。只说好酒哇。

一个人，是甘于沉浸其中，还是慎而独自清醒？是关系成败的至真哲理。

挂榜岩，是杖石，更是醒石。人间有万物，万物皆有诱惑。一个人，是甘于沉浸其中，还是慎而独自清醒？是关系成败的至真哲理。就像多亏有了挂榜岩，让李显选贤任能。这李老三，才得以重新回到洛阳，坐上了他曾经失去的位子。挂榜岩依然耸立在那里，我走出山谷，走出农家院的篱笆墙。山风，依旧这样吹过，它爬上山巅，仿佛要看看这山川中，人们在争执着什么？导游介绍说，挂榜岩，在县城的南边，高山地区。往南，是神农架，往北，是秦岭……山风是清爽的，山水是清澈的，山色是黛绿的。她的话，像溪水咕咕地流着，我似听非听，有点醉。

登武当山记

一个秋天，我从老营坐上公共汽车，晃晃悠悠到乌鸦岭，去登武当山。

金秋时节，因路途尚远，就在岭上一家宾馆住了一晚。那一晚，只看得见窗外黑黝黝的枝丫，乌茫茫的一片，唯有扑簌簌的水滴落在叶子上，叮咚作响。人的心境，犹如这清脆的水滴声，是那么的空濛。你甘愿变成一片叶子，去承受这大自然的美妙。

人的心境，犹如这清脆的水滴声，是那么的空濛。

我去武当山的理由很简单，是看日出的。因为，八月底，就要参加工作了，给自己一个犒赏。仿佛自己的人生一样，也有了一个盼头。

那时的登山，没有索道。是从榔梅祠开始的。行人很少，三三两两。脚步与心情一样散漫甜蜜。我不知道，这冷飕飕的石山上，怎么能长出这么甜美的榔梅果？这里没人售卖。听说徐霞客，到武当山，得到几枚，像金橘一般。走在窄窄的石条路上，两边的杂草，稀稀疏疏，像女人分开的发髻。拐角处，偶尔蹲着一个老农，面前的竹篮里，放着些茶水和鸡蛋。你是找不到榔梅的，它太稀有。

初登山的兴致，是昂扬的。不管是石道迂回，还是清泉漱石，脚步总是轻快的。纵然有一枯树横亘，我亦步履画中。徒步一个时辰，便解开衣扣，依然兴致盎然。慢慢地，待山风不断吹凉了脊背，常年的疾足便痛了起来。我初想，我会登上三天门的。可走上两步，病足只有让我望洋兴叹。没有滑竿的登山，是郁闷的。这是一条明朝修成的蹬道，俗称三百六十级。对一个没有历练的人，走了十余步，已疲惫困乏，举步维艰了。我坐在道旁，像一个废人，无奈地看这层峦叠嶂。想着，要是能站在朝佛街码头上，看这金顶的光芒就好了，那是多么的悠闲，何必来这铁杵磨针的无聊？

颓废中，我见到了一位老妇人。年约七旬。她拄着拐棍慢慢地上来了。在老营汽车站，好像就有她，她没有上车，沿着公路，从玉虚宫、回龙观、老君堂、太子坡，一路上来了。她没有我这般长吁短叹，而是屏住呼吸，一步一步地向前，抓住蹬道的石柱缓缓向前。原来，从朝天宫登天柱峰，是有两条路的：一条是清朝修的，由南而上，蹬道屈曲，路势缓坦。一条是明朝修的，蹬道奇险，彩霞抚面。这老妇人，有这般气魄，亦然上来了。有人说，走在清虚仙境，欲唱一首歌。我觉得，该为她唱一首歌，她就是这山中的闲云鸾鹤。两个时辰，我是咬着牙上山的。正午，我在紫金殿又遇见了她。这时，她已是要下山了。金顶上，我自然没见到日出，只见得一片茫茫的云海。

多年后，我又去过一次武当山。上山的路很便捷了，十五分钟，乘索道就可从乌鸦岭登上金顶。可它，却没有了徒步登山的韧劲。我想，人生一世，你若不是回归自然，又有多少乐趣？不是一步一个脚印，又能看到多少风景呢？

我想，人生一世，你若不是回归自然，又有多少乐趣？不是一步一个脚印，又能看到多少风景呢？

吃场子

阴历十一月十八，是表哥闺女出嫁的日子。

我去谷城县的白果树吃喜酒。乡里的土话,叫吃场子。这白果树，在大集体时，叫八五大队；改革开放后，叫白果树村；新农村建设了，改叫后湖社区。吃场子，大集体时，吃流水席，席面薄，一桌吃来一桌看。改革开放后，腰包有钱了，吃场子讲排场，大都上酒楼，堆得盘子摞盘子。搞新农村了，吃得有讲究，我想去看看表哥家酒席的场面。

凌晨，一掰开眼儿，我想提前一些去。抬头一看，好一窗浓浓的白雾。大喜的日子，自然是个大晴天。要说，天公凑美。这雾，就像新娘子的婚纱，曼妙摇曳，害得树儿草儿都不好意思，羞得躲起来了。楼房，也像被人从眼帘里插了门儿，只有递了红包，才能开门见到那扭捏的新娘。走在街上，这雾儿，像给你散开了一条道，小贩、行人、学生娃儿，穿着鲜艳的冬衣，像一支支盛开的花朵，簇拥迎亲的车队。一出城，这雾儿，又像一条暖暖的纱，亲热地拥来，披在俏丽新娘的肩上。俗话说得好，新娘，美三天，大约会有一个不错的场子。

这雾儿,像给你散开了一条道，小贩、行人、学生娃儿，穿着鲜艳的冬衣,像一支支盛开的花朵，簇拥迎亲的车队。

去白果树,很方便。出门,抬脚就是公交车。下车，就到门跟前。百十里地，就一根烟的工夫。日子选得好，说话也顺耳。车上，听谷城人的秦腔秦调，挺喜庆的。他们说话比豫人的腔软，像南河的水，柔柔弱弱的。“师傅，到谷城多少钱？”上来一个小伙子，不像本地人。这车师傅，五十开外，胡子拉碴，拿刚兑的开水杯，熟门熟道地说:“三块钱慢，老价钱，莫搞一伯（百），找不开。”小伙子像急着赶时间，接着问:“啥时候到？”“上车斗（就）走，十点二十五。”车师傅也精明，反正多拉一个是一个。这乡里乡音，听着，像喝着老海的糊辣汤，熨帖味美。怪不得弟弟说一百叫一伯，弟媳妇是谷城人，耳熏目染。

一进村，我发现表哥这个社区的书记，置办酒席，与我想象的真是不一样。他没有上酒楼，就设在村里。没有送亲车队，小两口步踮回门。在家门口，撒开桌子，家门打围。水果、点心上桌，一点不差，赛比酒店，美过西施。最热闹的，当属知客的吆喝曲，自编自说，好比吹拉弹唱。这知客，油头粉面，七尺有余。一甩膀子就暖场，他也不持话筒，就高喉咙大嗓子起来。

“各位亲戚，来道喜，十人一桌，都坐齐咿。坐齐下来，别坐挤。再来安（晚）了，斗（都）有席哟。”亲戚们，千里迢迢，见到亲人，自然是家长里短，小孩子跑东跑西。他喊这一嗓子，酒席开始，大人都得看紧小孩，生怕让端菜托盘的油水泼到烫到了。场面稍定，他的贼眼珠子好像发现秘密，有贵客没有入席。又嚷嚷起来：“刚（帮）忙的，盘子碗儿，都备齐，姑爹舅舅，坐上席哟。”表哥表嫂，忙晕头了，才想起小姑父，又邀去堂屋里坐。

片刻，鞭炮齐鸣，厨倌上菜。新时代，不少子女是开车赴宴的。席上，没有邀请一个同事兄弟，长辈浅尝美酒，聊聊家常，晚辈以茶致贺。这油头知客，又上场了：“今儿的，回门是大喜，大家喝酒，别客气。菜好，您就多吃点儿。酒好，您就多喝点儿。吃好，您就打牌多玩点儿，照顾不周，您就担待点儿。”油嘴滑舌，其乐融融，宾主满意。

好雾好村好日子。今儿的场子，很有村的味道。

好雾好村好日子。今儿的场子，很有村的味道。表哥说，“闺女，在武汉上班。把酒席办在村里，让他们不忘自己生长在这的根儿。”

杨寨村

冬日的夜晚，一人一扇窗，淅淅沥沥中，城南那片厂子搬走了。

厂子外，有一个村子，叫杨寨。杨寨不大，百户人家。有朋友，邀约我去过。去吃它的金疙瘩，油炸知了和地皮藓。这真是一尤物，会让人吃出一点陈年的味道。

要说，这杨寨，没有别的物产，有两件大宝贝儿。一是萝卜，二是庙宇。走在城里，哪家铺子的包子卖得好。掌柜的，就会说，馅是杨林铺的萝卜。人们就会吃得香甜。杨林铺，有人说是叫杨林的人开的铺子，其实是出城向南的一个驿站。有铺兵两名。铺子边上，杨姓的族人，建有一座庙宇，叫下太山庙，与洪山嘴的上太山庙，遥相呼应。上世纪四十年代，李宗仁，在庙里办过军官培训学校。只有师团以上的大人物，才享有殊荣，在此受训。老百姓，逢年过节，都去烧香拜佛，祈求家人平安。文革时，人们把庙里的观音菩萨，扔到庙外的堰坑里，是谓扫去牛鬼蛇神。

叫下太山庙，与洪山嘴的上太山庙，遥相呼应。

改革开放，人们搞工业生产。王守业说："粉粉子，往罐子里一投，加桶水，出来一吨就是七千块。躺着，就赚钱。"厂子建起来，地里的萝卜便少了。童叟老儿，想念那天鹅蛋萝卜。据说，村儿里，还发生了一件怪事。自从青海锡铁山在村里建了一个铅厂。那卢三妹家养的八头母羊，一生下羊羔，就夭折。人人称怪。这家的男人，在厂子里上班，女人，也生不了娃。羞羞答答，在村里闹了许久。后来，厂子搬走了。那女人才生了个大胖小子。人们打趣说，今年的春节，三妹家，又是大红灯笼高高挂喽。

顺着一串霓虹灯下去，路的两边，银杏树的叶子都全落了地。视野的尽头，就是杨寨的村口。那里不知从什么时候冒出一个菜市。这菜市，也不算是一个菜市，就是三三两两的菜农，堵在人行道上，摆十数几个菜摊。看似尽是些芹菜、萝卜、蒜苗大路菜。间或有一些肉架子、鱼盆子、鸡笼子。锡铁山厂子的女人们，不想进城，就在这摊点上买一些。偶尔，还能买到野鸭、山鸡和大田鳖等野味。

厂子关了，男人只有再去青海的矿上，女人留在村里，守护着一个家。时间长了。锡铁山的女人，发现一个窍妙。城里的萝卜，二块五一斤，不让价。村口的，才一块二三。而且个顶个的，像天鹅蛋，水灵灵的。大家少跑了路，还捡到便宜，更听到村的故事。说颐高电子和大型物流汽车站，花钱真不少，足有十九亿元。说修车子的卢老汉，城南拆迁，这次还房竟还了三套。伍小六的儿子，可惜在山西煤矿，塌废了两条好腿，要房有啥用。钱多钱少，都是过日子。村里的人，就这么的豁达。菜，是自家产的，也不图个好价钱。就在村口，度过一个清闲。有一个河埠头的渔妇人，每天裹着她的花袄子，来到菜市，守着她的几桶鲨丁鱼、爆米虾、大田鳖，为让这锡铁山的女人们，吃鲜。

庙宇，是信仰。土地是希望。

雨，针脚一般，密密地浇灌着这片土地。我觉得，农民是最质朴的。庙宇，是信仰。土地是希望。就像杨寨这个村，你还了她挚爱的土地和庙宇，她就拿出自己百倍的汗水回报你。

这一夜，我，仿佛又吃着杨林铺的萝卜，还是原来的味道。

镰刀弯弯

抬头，顶着火辣辣的太阳。一眨眼，岗上的麦子，说黄就黄了。

一大早，庄户人家，男男女女肩扛尖担，尖挽拘绳，快步走在田地上。风吹着麦穗，一颤颤的，像江上的浪。手里拿着镰刀，射出白亮亮的光，宛若一条白龙，游走在黄灿灿的麦浪上。

风吹着麦穗，一颤颤的，像江上的浪。

俗话说：一晌麦黄。时间等不得，要动镰了。

那时候，我家穷，一缸米来，一缸面，一窖红薯过完年。对割麦子，格外重视。前一天晚上，母亲是个急性子，抱着收音机，掰着指头算，耳听八方，夜观天象。嘴里嘟嘟嚷嚷：三天晴来一天雨，割起麦来要及时。一闻晴天，一掐子抱出七八把曲尺镰，呼哧呼哧，磨得锋利无比，割绳如断发。

我老家的地，是黄土地，土质硬。种麦，麦根紧。不像北方，沙土，手一薅，麦就起。镰刀一定得利。钝了，容易带麦兜，割二茬。紧重要的是，镰，要上手轻，揽麦宽，割茎利。邻居家的牛娃妈偏着脖问：四娃子，你家的镰刀咋恁轻巧呢?

那是肯定的。我家的曲尺镰，是母亲精心锻造的。巧在背薄如眉，柄长如弓，刃平如尺。像一个叫喳喳的小岳云，一上阵，削铁如泥。拿起来，铁青脸、白鱼脊、扁平口，弓背的柄恰恰到虎口，图一个轻如燕，快如风。

嘴上说得好。五黄六月，可苦了乡下的娃儿。白天，一定是疯玩疯玩，恨不得上了天。晚上睡不着，早上起不来。改革开放，土地承包，收的粮是自己的，家家抓得紧。像我这八九岁的娃，是个小牤牛，就得派上用场。三声叫不起，母亲就拎耳朵，一顿臭骂。我嘟噜着嘴，带着眼屎下了地。

这一刻，东山的脊上鱼肚白，约摸卯时六点。露水不重，麦秸不湿不脆。田埂草含水，麦叶已无青。动镰的时辰，最好。既不会钝刀割牛肉，也不会碰掉麦穗头。

割麦，有讲究。两腿叉开，身体前倾，左手臂揽麦入怀，右手着镰，齐根平拉，两三刀，一抱麦子铺地。三抱一捆，拎腰窝紧，顺手树竖。那时候，柴禾少，麦茬要留少，麦秸当柴烧。

我是没睡醒的半小子，头去身不来。母亲又骂：揪着麦脑壳儿，割到啥时候？刚伏下身子，一镰刀割着了腿，鲜血直流。父亲听到叫声，一步赶来，抓把黄土敷在伤口上，裤腿管儿绾紧，怯怯地对母亲说：让他回家做饭吧？

前锅煮粥，后锅炟馍，后边一根黑烟囱，升到房脊上。

那个年月，夏忙，饭简单。前锅煮粥，后锅炟馍，后边一根黑烟囱，升到房脊上。菜是酱豆萝卜丁，棄蒜泥。只是，我掌握不好米糁与水的配比。就一碗米糁、半锅水，一顿火攻，粥成了半干饭。

如此，心慌。硬着头站在田埂上，双手掩口一顿高喊：爹！妈！回来吃饭喽！那派头是，煮粥甕锅，还佯装立功。

父母齐力，一板车儿小山似麦个，拉到屋。不忙着卸，先吃饭。因为好歹人是铁、饭是钢啥。父亲问：咋稠了呢？母亲端着稠稠的粥，不恼，笑眯眯地说：稠点好，吃了不饿，好干活。好惊险，没挨骂，窃喜。不洗碗，拎着书包上学去，逃得像兔子。

事实上，这种自残逃单的行为，次数很少。我这个小壮丁儿，多半是一竿到底。尖担挑麦，是常有的事。有人说，麦熟，是静谧的沉淀。我觉得，那是诗人的意象。他只知燃烧自己的渴望，不知股肱无毛的疾苦。

当然，割麦也有很多乐子。在田垄中，捡到一窝鹌鹑蛋，发现一窝兔仔，就能逗起一个顽童欣喜的笑脸。一群割麦人，像老鹰一样，伸着脖，吆喝着，追逐一只野兔。它无路可逃，像利箭一般顺着地沟飞奔，逃到了村庄，人类一伸手，兔入虎口。看着一阵四肢的弹跳，我又看到了吃货的残忍。

三五天，麦秸成堆，刀镰挂墙，犁耙水响。一片呱呱的叫声，又在催忙。日子就这样，笨重着，欢笑着，叫骂着，周而复始。但是，好在苦与累，一直伴着我们成长。

三五天，麦秸成堆，刀镰挂墙，犁耙水响。

那巷 那人 那画

年逾七旬的老者都知道，上世纪三十年代，东乡民众北进老河口古镇的化城门必须要经过一座老桥，桥下曾有湍湍急流，是谓拦马河。传说明朝末年，李自成与张献忠双雄会，拍马追杀昏庸的官兵，在此遭遇河水阻隔，遂终止了一场厮杀，拦马河因此而得名。

多少年来，尽管尘埃掩盖了沟壑，老桥隐没于地下，但拦马河的遗迹仍坚守在这里。它的魅力，不仅在于拦住了一匹烈马，挽救了生灵，更在于拦住了古镇历史长河中人杰与地灵，拦住了过往商贾祈求的平安和财气，拦住了混沌中原南下艺人身怀的超人绝技。

多少年来，尽管尘埃掩盖了沟壑，老桥隐没于地下，但拦马河的遗迹仍坚守在这里。

老河口的街名，好比大川南北城镇一样，叫什么北京路、汉口路、南京路，不容争辩地深深烙上那山那水那城的历史印迹。而这条老酒般的进城故道却隐逸于民宅之中，陈义文——南派木版年画的第三代传人，就品着这壶老酒，隐居在故道旁的一条老巷里，后人慕其名，尊其为陈义文巷。

已丑年初伏，承蒙查德元、卢苇、鄢红年、涂宏伟诸名士抬爱，有幸识得大隐于市的陈义文老先生。对于年画，愚人幼年曾贴过符在门上，大凡门神、门画、中堂之类，应是耳熟能详，妇孺皆知。可面对南派木版年画的迥异风格，顿生尴尬，猛然警醒自己知之甚少。漫步在修葺一新的巷道中，铅灰的巷壁、朱赫的宅门、鎏金的匾联、镇邪的窗棂，就像一轴厚重的画幅，让人爱不释手。

仰望逸仙斋，仿佛见得主人的神斧天功。文神诸葛亮轻摇羽扇，飘逸走来；武神关羽威风凛凛，提刀横马；福神钟馗炯炯双目，驱邪降妖。难怪行商坐贾总要请回赵公元帅，祈求财神多给予一份眷顾，感慨南派木版年画上敢与日月争辉，下可与苏州桃花坞、天津杨柳青、潍坊杨家埠、河南朱仙镇的尤物相媲美。

步入陈老先生的这宅府第，六尺厅堂不见方，两层小楼躲一旁。没有太平街“信昌茂”钢铁号富甲一方；没有谭家街“金堡楼”巍峨高大；没有秦川楼“天昌丰”金屋藏娇。它建造的独具匠心的树根寿椅和些微天井院着实昭示一代民间艺人的精神富有。

事实上，祖籍河南社旗的陈义文命途多舛。十四岁就师从父亲陈国卿勤学木版年画的雕刻技艺，浪迹天涯，画坊雕版，讨口卖艺，苦度时日。曾在“松昌福”作坊做过工，亦为门神开过铺。文革时，木版年画被打成“牛鬼蛇神”，禁止印刷。陈义文历经千辛万苦，和父亲冒着极大的风险将几十块雕版、资料藏进废弃的木材堆里。私下里，依然坚持练习雕刻技艺。

“旧时王谢堂前燕，飞入寻常百姓家。”烽火硝烟年，他浪落街头风餐露宿；馆坊歇业季，他一条扁担走街穿坊；斜阳没落时，他埋头墓地篆刻为生。就是这些在雕刻图章、制作乐器、篆刻墓碑的困顿日子里，他依旧凭着一双粗壮的艺术大手坚守在木版年画的王国里，挥斧凿刻九州华章。

“一刀镌就子午线，七彩染成乾坤图。”正是因为坚守，南派木版年画才打磨得主次分明、线条密实、造型夸张、色彩强烈，形成线条朴拙浑厚、粗犷简洁、极富装饰的南派独特风格。正是因为坚守，画家边广兰女士一直研究陈义文木版年画作品的特点、风格、样式，盛赞陈老木版年画为原生态艺术。正是因为坚守，南派木版年画才得以走出国门，风

“一刀镌就子午线，七彩染成乾坤图”。

迷东南亚各国，被诸多博物馆所收藏。

品一壶老酒，品一段人生。陈老年画就是从历史戏剧、演义小说、民间传说中品出来的。大部分作品是祖上单传，涉猎神像、门神、门画、喜画、中堂种种。神像有赵公元帅、灶王爷，门神有岳飞、郑成功、孟良、秦琼、尉迟恭、钟馗，喜画有福禄寿禧、一团和气、和合二仙，中堂作品仅有百寿图一种。

陶渊明曾言：问君何能尔，心远地自偏。在这条城北老巷，陈老偏居一隅，心幽自得，游走市井外，闲逸人群中，树荫下吟唱《捉放曹》，亭台上品尝《过昭关》，无不快哉。拂去红尘欲土，七十多个春夏秋冬，他就这样默默坚守着一颗淡定的心，甘凭着一缕寂寞的情，雕刻着一段精彩人生。

拂去红尘欲土，七十多个春夏秋冬，他就这样默默坚守着一颗淡定的心，甘凭着一缕寂寞的情，雕刻着一段精彩人生。

有感于斯，吾辈凡夫俗子此行足矣。

木屐巷

鄂西北的老河口是一座百年码头，码头的街巷自然有街巷的故事。

“彭篾匠，马杀羊，闫之库挑水水满缸。申四墨，徐染坊，马子洲说书书飘香。”这里说的是木屐巷的故事。与巷子的老人攀谈，他们总会念叨这些。马子洲是冯玉祥旧部，安徽人。

20世纪二十年代，老河口发生一起警察因欠饷围困商会事件。马子洲作为督察长受命拘捕这十几名闹事警员。其上司杨元民未经庭审，糊涂断案，枪杀了这批警员。武汉军政府问责，马子洲不幸成了替罪羊，被革了军职，流落木屐巷，在巷东肖家茶馆说书为生。

木屐巷的确是一个有故事的巷子。

我不知多少次走过这条弄堂。这里，没有作坊的遗迹，没有深宅大院，没有亭台楼阁，唯有挑夫、屠户、篾匠、戏子穿行其间。我总觉得它窝窝囊囊矗在那里，像一个落魄的商人，没有了一身体面的衣裳；又像一只过了气的木屐，被遗弃在河埠头，任风吹雨打。

我总觉得它窝窝囊囊矗在那里，像一个落魄的商人，没有了一身体面的衣裳。

巷子不长，一百多步；也不宽，一个展臂有余。东连中山公园，西接商业街。周边的天宝楼、怀庆馆、协盛堂高大堂皇，它尴尬地站在中间，好似破落户要低落在尘埃里。巷子南侧，一律新派的高楼，影楼、家电、服装数十家店铺一字摆开，光彩华丽。北侧，一溜低矮的瓦屋，荒芜得有些卑微。巷道着实清冷，两侧临街的户主无奈只有把门扉外开谋生。庆幸的是，巷口还有四五家老店还在坚守，经营着“马悦珍”老字号的清真小吃，或干些缝缝补补的营生。巷道过去摆置的青石条，早已被挖起拿去修了路。突兀的路基边，青蒿、苔藓正拼命发芽长大。逢下雨，低洼处污水溢流，你得跳着踮过去，它还溅你一身水。

我不知道，这般破旧的老巷，会不会像稻田的稗子，被当作一个异类，失去自己的生命。

巷口，老大爷支着一个热面摊，擀面、拉面、切面，他做得精心、细致。

一个秋天，我再一次经过这条老巷。巷口，老大爷支着一个热面摊，擀面、拉面、切面，他做得精心、细致。风从河上来，肉香弥漫老院。越过马家院子，我带着李家大妈温和的招呼，来到一口水井前。三三两两的老妇人，围坐一团，淡然地拉着家常，“贾家的姑娘嫁到上海，冷家的兄弟回到老宅，郑家的公子考取官学，申家的老汉搬去蓬莱。”像是讲着别人的故事，又像述说自己的家珍。猫儿躺在妇人脚旁，听到来了陌生人，微微睁开一只眯着的眼，见无大碍，便又安然睡去。

听说花布街、五福楼、柏树院在屡建屡毁中轰然倒下，成为一种回忆，她们也不惊奇。你给别人出路，别人总会给你出路的。这条街上的住户，有河南穰东的，有山东兖州的，有安徽桐城的，有广西桂林的，一直亲如一家。他们的日子虽苦一点，却总是不悲不喜。几十年前，日本人轰炸怀庆会馆，烧了木屐巷一街房屋，他们用苞谷秆夹了间窝棚，日子也过了。

雍正三年（1725），老河口码头开埠，为让南来北往的商人摆脱污泥之苦，木屐作坊便日渐兴盛。它比谭家街的天宝楼、南大街的晴川阁、两仪街的川主宫要早很多，可谓老河口码头手工业的鼻祖之一。老河口人素来讲究吃穿，街坊邻居消夏，木屐是必置的行头之一。无论士农工商，傍晚归家，都卸下包袱，居家常装，脚踩木屐，踢踏踢踏，渐行渐远。若是家境稍差者，也只有到打绳场买双草鞋，弥补遗憾了。上世纪二三十年代，老河口城区人口一度达十七万人，姑娘出嫁，作漆画屐，五彩为系，送彩屐还是一种时尚。汉口开埠通商后，美、德、英、日等国相继在老河口开办洋行，经营石油、烟草、棉纺、生漆等紧俏行业。徽商周友仲设“利生裕”漆庄，买办顾海峰置春大公司。机织布绣花鞋、皮革胶鞋受人追捧。洋货旺销，无不利市三倍。无奈木屐巷“廊坏空留响屐名，为因西施绕廊行。可怜伍相终尸谏，谁记当时曳屐声”。

一条街巷，与一个人的人生一样，总有喧嚣的时候，也有落寞的时候。

一条街巷，与一个人的人生一样，总有喧嚣的时候，也有落寞的时候。

洋油栈的夜

入伏的天热得厉害，乌蒙蒙的，像是一瓢水要泼下来，可又泼不下来。街上像蒸笼一样，让人透不过气来，满脸出油，后背粘衣。天刚有点风，吹过天主堂的钟楼，灰灰地暗下来的时候，人们便鸭子般涌向河埠头，要把自己丢进这凉凉的江水里。

夜雨

天很怪，暗一会儿，亮一会儿，偶尔挤了丁点雨水，打在热乎乎的手臂上，像知了撒尿，星星点点，解不了闷。烦热的河岸，像人的脾气一样，随着晚风，渐渐冷静下来。抬头一看，远处的山静成一蚕卧眉，黑黑的。眉下的江，像幽深的眸子，亮亮的，又像说话的姑娘，眨巴着秀丽的眼。近前的岸，依然是十数里的岸，十数里的烟柳，十数里的风帘，却不再有泊船。

眉下的江，像幽深的眸子，亮亮的，又像说话的姑娘，眨巴着秀丽的眼。

老船夫们说，老河口，过去是“十四个码头，孟益泰的船，孙刘白的挑班，湿漉漉的岸，最惹眼的，要数洋油栈”。这一众码头，各有千秋，人们记起洋油栈码头，似乎是盼望着这岸上犹有洋油栈一样的富有。洋油栈是美国人查理·詹姆斯沿水西门水师营建造的，一溜的铁皮房、别墅、花园，经营美国的煤油、英国的烟。而今，这栈桥真成了英国的烟，吸一口便没了。木头的栈桥朽于江水，栈桥上，取而代之的是一座飞架东西的石桥。倒是桥下，还守着一群老遗民，支一方桌，喝着粗茶，深一句浅一句说着淡言。

夜茶

半个时辰，天暗下来了，街灯亮了。经营晚茶的摊主，一男一女，用板车从弄堂里拉出一叠叠桌椅来到岸上。或转置于柳荫之下，或置于绿丛之中，或置于江台之上，算是这栈头夜茶的开端，但此时真正喝茶的人寥寥无几。这夫妇也不急，就是十数里码头上，唯一的一艘茶船也静静地泊在那里，没有什么茶客。这男女，像会掐着指头算命一样，心里思忖，今晚一定有个好茶市。这女人是船上长大的，约摸五十七岁，模样还挺讲究。夫妇就只生得一姑娘，年岁二十五六，长得像这江水一般秀丽。外孙还是吃奶的男娃儿，是女人带大的。片刻未见，男人便掏出电话，拿腔拿调起来：浩浩哟，想爷爷没？女人白他一眼，老了老了，没个正形。风轻轻地吹，话依然咸一句淡一句，男人跷着二郎腿，像个逍遥公。

在老河口，过去喝茶是买卖人交际的手段，是水上交易的时尚范。紫荆关来了贩山货的掌柜，主人冲一杯浓茶，恭敬端上，客人持碟揭盖轻抚，深饮一口，便会喝去一路的困乏。黑眼珠子白银子，买卖不差分毫子。如今，跑买卖的江船是没有了，但人们喝茶的习惯却保留下来，喝茶成了休闲。似乎只有在茶里，才能找到人生的归宿。

如今，跑买卖的江船是没有了，但人们喝茶的习惯却保留下来，喝茶成了休闲。

夜卤

这洋油栈的岸上，此时，茶还没有上桌，真正上桌的是地摊卤食。老河口吃卤，算是鄂西北一绝。绝就绝在，人多，似乎满城的人都齐齐地坐在街巷的步道上，撒桌海吃，不受那酒楼的拘束。卤厚，浓浓的卤味够足够劲，一街两巷，到处飘荡着卤香，邓州人舍弃了肥羊和烈酒，丹江人舍弃了江鱼和醉虾，宁愿沉醉这一江卤的包容和喧哗。

一长长的葡萄架下，有詹家、向家、刁家卤馆三五家。

你若爱吃酒，可到乐盛街。一长长的葡萄架下，有詹家、向家、刁家卤馆三五家。它的卤，色淡味浅，讲究菜品的真味。配以自酿的黄酒，一喝甜甜的，二喝苦苦的，再喝绵绵的。有人吃过乐盛街的卤，总得意地说，我喝着缸撇了，它像风姿绰约的女人，软软的。但是，你对它，不能贪。人若有了贪心，它会让你醉得撕心裂肺。又爱吃美味的，可到巡司街，有一老汪卤店。黑瓦铺面，油腻腻的卤柜置在堂前，它的卤，色浓味重，讲究入口的滑感。或提篮小卖，或商贾老板，或一介书生，皆可找到自己可食的毛豆、鸡耳、牛肚、鸭蛋、顺风等等。掌柜是一对乡下进城的夫妇，女人戴着一副眼镜，油乎乎的手，斯斯文文的脸，似乎昭告天下：诚信为本。有人吃过说，老汪的卤虽咸，但味香呐。店中有一玩味的招牌，歪歪扭扭写着几个字，“小本生意，概不赊欠，勿开尊口，面阻无光。”食客们，不在意这些文字，也不会差一分钱，只兀自地享受卤的氤氲香气。

当然，还有吃鲜的，卤菜作主，烤鹅、闷虾、炒鳝，像一众丫鬟陪侍左右。食客总会扯着嗓子嚷道：小二，上啤酒。这小二却不是男人，只见一系围裙的中年妇人，夜色中也看不清脸，举手就来，几箱啤酒哐当放在地上，回应说，温的冰的各一半喽。红脸黑脸的男人，便豪气地瓶颈相吻，推心置腹，好如兄弟。这些卤店，出入方便，它不隐在小巷，而是露在江岸。席间，有些摩登女郎，像江上的烟柳，又像桌上的菜肴，点缀着这里的热闹。女人的一声浪笑，就会让男人的荷尔蒙爆燃。有的拿起啤酒瓶吹，爷们好汉筋骨般的鬼劲上身了；有的三两干白一口下肚，赤膊上阵，露着白花花的肚囊皮；有的有点戏词，恍若襄阳道台的女儿冯素贞再世，一派豫言的南腔北调起来，“忽听李郎投亲来，怎不叫人喜开怀？”哇，好！东家，还会跑到炭烟袅绕的肉摊前，抱回一大把烤串助兴。

夜谈

有人说，民国时，老河口茶馆多、蚊子多，到处是湿漉漉的街，赤脚挑夫，黑衣臭汗，断然是没有这般卤摊的。地摊放肆地成长，是近十年的事情。有人给出了正当理由:酒楼太贵，家里太累，吃在卤摊，真是实惠。在卤摊，人们可以畅谈宁泽涛入围奥运军团，登巴巴被孙祥踢折了腿，詹姆斯续约骑士，南海美国尽是他捣鬼。尽是扯淡的话题，说到企业的工资，有的人便变成了红脸汉子，这供给侧什么时候是个头?

也有一些雅士，不愿做装在套子里的人，他们也会上街吃卤。离河埠不远，梧桐树下，树叶透过微弱的街灯，沙沙作响，静得出奇。卤店，照例是两口子，男人掌勺，女人打围。女人五十开外，圆圆的脸，质朴无华，看淡风云。没有食客时，她就抱着一本厚厚的书，坐在凳子上，虔诚地读。食客问，读经书哟?女人莞尔一笑。继续打趣，耶稣的受难日，是哪一天呢?女人胸有成竹，复活节的上一个星期五吧。食客也不知道对与不对。女人遂直率地说，你们两人，菜不要浪费。牛肉、猪头肉，一份蒸面就够了。食客无聊地说，你要知道马萨达城堡在哪，我们就两荤一面。女人摇摇头。菜自然是节俭的。以她的学问，她是不知道马萨达城堡的，更不知道是以色列“长城”，抵御过罗马的外侮。但她的神情，却是那么笃定，是那么友善。就像这曾经华贵的洋油栈码头一样，是那么的恬静与从容。

当夜色占领整个河面，街宴的食客便慢慢地散去，酒水和着汗水洒在街面上。人们怀着酒的欢畅，乘着风的清凉，到岸上观江品茶。岸上夜，才真正在人们的心里热腾起来。

人们怀着酒的欢畅，乘着风的清凉，到岸上观江品茶。

夜听

其实，许久以前，这洋油栈的夜也曾人喊马叫，船桅林在幽幽的岸上，嫁作了他人，有了自己的生活，有了自己的儿女。

立，酒幌招摇。岸上的女人会遮着喇叭状的双手，对船上的人喊，从汉口上来，还来呀。船上的人会说，会的，一定会。江水滔滔，岁月轮回。男人没有再来，女人也没有再等。在幽幽的岸上，嫁作了他人，有了自己的生活，有了自己的儿女。而今，这岸不再单单是一泊岸，只会抛锚解缆。人们筑起观景步道，植入绿树修竹，置上亭台楼阁。它像王府的后花园，安静婵娟。江是幸福的江，岸是幸福的岸。嫁作人妇的女人，有着她的女儿，不谈虚谎的誓言。

"当、当……"几声钟响。岸北，有一钟鼓楼，黑黑的耸入深空中，哥特式的拱形圆门，闪烁着耀眼的光，一副欧派的味道。楼顶写着三个大字"关江汉"。有人说，应读作汉江关。建楼的人，说对。有人说，应读作关江汉。建楼的人，说也对。这番回答，它不是中国人的中庸之道，市侩敷衍，却是一种文化人对码头文化，对城市因水而兴的不舍的情怀。说汉江关，因为老河口是秦楚通衢、襄郧要道，是南船北马的重要渡口，是历史。说关江汉，码头的繁华早已不再，何时君再来？这样的码头，能不能关住一江人才呢？是未来。

楼前，有一广场。临江凭栏处，有几处音乐休止符，"青年涉江去，功成把家还"，是纪念一代奇才张光年的。铿锵的音乐，妩媚着这夜的妖娆，女人们在这里舞动她们矫健的身姿，挥洒着她们沸腾的娇情。她们对生活完美的追求，犹如对男人壮美的追求一样，有更高的标准。有人说，男人征服江山，女人征服男人。这不，江不再是泊船的江，岸不再是忙碌的岸。在江的征战中，男人们拦出一座雄壮的大坝，低水头发电，电网翻山越岭，温暖万家。这，不知是不是这个道理呢？此时，一对年轻人情侣依偎在一起观江水漾漾，看着这江河阑干，吴语呢哝。

"憨娃们后继有人喽！"老头说。

"太爷，他们是做什么的？"老头带的重孙子问。

“谈恋爱的吧，”老头说，“他们好像外地人，你好好读书，赶明儿也娶个苏州姑娘回来。”

重孙子三四岁懵懵懂懂。

夜问

岸南，一排排高楼耸立，楼灯霓虹，姿态妖娆。一排排老楼推翻在地，乌突突的砖，黑乎乎的椽，都撕开人们在这地上穷扒苦作的伤痕。岸上的老船夫说，再也看不到洋油栈了，看不到汽车轮渡了。现代的楼市像恐龙一样啮食着栈桥的堤角；线子街、三多庵正倾塌在尘埃里；宏慈医院，要南迁了。这一切，像一声一声叹息，和着晚茶一起，咕咚咕咚咽进老头的嗓子里。他说，胡大爷是洋油栈的看门人，旧时，他总会放一把太师椅，置一壶热茶，拿一把五尺长的铁锏，守护着这栈桥的尊严。这黑咕隆咚的夜，倒也让他威严扫地。

这一切，像一声一声叹息，和着晚茶一起，咕咚咕咚咽进老头的嗓子里。

老头说，他人老三代就在这码头的船上谋生。一年四季，就是驾船、打渔、磨豆腐。一家的宅子，就是二十米长、二米五宽的泊船，前舱住男人，后舱住女人，中舱住父母。十二岁就开始拉纤走货，跑老日八年，没见过细米白面，都是苞谷糁就野菜。娶个媳妇生个娃，才花了两块银元。人的命，是多么的轻贱。

“真苦了您，这么大年纪了。”有年轻人搭腔。

“哪里！一辈子不还是过来了，多亏有碗粗茶，一天不喝个十几碗，让人身体发发汗，壮壮筋骨，不然早就散了架。开心的事，就是送完货，逛名胜，吃饺子，喝小酒。”

老头说着哈哈大笑。茶摊的女人，白眼过自己的男人，又来白这老头，说你尽瞎吹，你就一土命，还逛窑子吃饺子喝花酒。听客见女人误会自己的父亲，一阵窃笑。老头却不在意，好像没听见，自言自语地说:“在谷城格垒嘴，货船搁浅，你掉到水里，要不是我眼尖手快，你不晓得到哪嘍。”嘟嘟囔囔一番，老头又喝着自己的粗茶，它够苦够劲。

夜醉

这当口，茶摊的一个老茶客醉醺醺地来了，大手大脚，与女人相当的熟络。他瘦瘦高高，白干白净，人称“毛哥”。不像女人的男人发稀面黑，一副苦大仇深的样子。毛哥给男人递上一支烟，男人推脱不抽。哎、哎，嫌烟害哟。三哥，你在知青点上偷生产队的鸭子，肉都能吃，烟都不能抽。抽烟有三个好处：友谊的桥梁，寂寞的伙伴，开启心灵智慧的钥匙。要想发财，抽支烟来。男人只得接了烟，茶毒生灵。人与人交往，怪酒不怪菜，要按礼数来，老头的烟也要敬。可老头八旬有六，真是不抽烟。“老哥，你要不抽烟，还怪我不懂礼数。”这话刚出口，女人冲上来，扯着毛哥的胳膊，嚷道：你个鬼娃叫啥，叫啥，叫叔叔。见此差辈的情状，听客又是一阵哄笑。

明天，男人要过六十大寿，要回家准备筵席，他不能在岸上呆太久了。过了这个寿辰，他就有工资了，不再受这闷热的煎熬。女人说，你把浩浩的爷爷一定要请到哟。别让人家破费，人来了就行，就图一个喜庆。蛋糕，要现做的。对了，你要把老爷子送上楼，他腿脚不方便，要注意安全。说完这些，男人走了。女人有点遗憾，可惜，南方的女儿女婿回不来祝寿。

入夜，这洋油栈的风刮得格外清爽。街凉了，喝茶的人少了。

岸上茶摊的女人，仍守在这岸上，幽幽地望着黑漆漆的江，江上倒映着街的灯火。

岸上茶摊的女人，仍守在这岸上，幽幽地望着黑漆漆的江，江上倒映着街的灯火。

乾德石堤记

远远的，一脉群山上，南方的台风像黑叫驴，与北方的热浪白叫驴，在鄂西北的汉江上撕咬起来。谁也不服谁，奋蹄撞脖，宁愿自伤八百，也要杀敌一千。滚滚的雷声仿佛他们的嘶叫，马窟山摇曳的松仿佛它们的鬃毛。主人都劝不住，黑叫驴还是把天上那盆中水踢翻了，雨便潇潇地泼了下来。檐下，雨水像幔帐一样飞舞，我不由得想起窑屋川的一段石堤来。

远远的，一脉群山上，南方的台风像黑叫驴，与北方的热浪白叫驴，在鄂西北的汉江上撕咬起来。

窑屋川是出均口建窑宅子的地方，也是江水出峡谷入平原的隘口。丹江未修大坝前，这里，水势凶猛。据史料记载，唐代，汉水涨溢就达十三次之多。“汉水泛溢，坏城廓，居民溺者甚众。”在这样的江上，风声潇潇，雨帘漫漫。我好像见到一群群的兵士，荷担而往，抬着川上的大青石，垒筑在这津渡的驳岸上，上下十二级，十数里，它犹如一条石龙蜿蜒在江的东岸，保护着川下的城廓。它又像一把链锁，锁住丹汉两水的狂羁与放荡。山川之下，河谷原野，风吹稻浪，一派青香。城镇集市，船桅林立，熙熙攘攘。

这石堤就是窑屋川石堤，史称乾德石堤。所谓乾德，即宋乾德二年（964），以襄州阴城镇建光化军，析谷城三乡置乾德县，现称老河口。998 年，汉江“水悍暴而岸善崩”，光化军知军李仲芳主持修筑护岸石堤，沿岸居民“赖以安”。在老河口的历史上，有遇乱弃城的知军，有进山毁林驱民的知军，如李仲芳孝悌乡里，江汉之间翕然归心的，实属难得。

乾德石堤的修筑，不仅扭转了汉江侵蚀东岸的现状，使江水往西南而流，而且使乾德城址稳固达三百七十年之久。堤防的安定，使得官府腾出精力发展经济。庆历年间，光化军措置酒务，榷酤酒税达六万六千七百六十七贯。司职茶马交易，由茶洞去往南阳骡队络绎不绝，从孟楼镇杨庄村出土大批钧窑、龙泉窑、景德镇窑瓷器来看，山南孔道贸易繁盛。设立互市，经营南船北马，使百姓避免了侵扰之苦。

在这温婉的江上，我仿佛看见，一艘艘货船顺江而下，放帆沪杭，一群群纤夫溯江而上，徒步紫阳。

在这温婉的江上，我仿佛看见，一艘艘货船顺江而下，放帆沪杭，一群群纤夫溯江而上，徒步紫阳。南方的丝绸、茶叶、陶瓷、布匹，北方的木炭、桐油、棉花，在这堤上囤积、分储。“掌柜的，湖南船，住客六人，茶货，八十包，请接船呐。”天生行，总有伙计如此安排生意。

如此风平浪静的江上，自然号声阵阵，泊船排排。公元1038年，欧阳修任乾德县令。既行汉上，见窑屋川下，治室屋聚居，大约数千家，都安然自若。水出峡谷，滞缓暴洪肆流，舟行平稳，洲植桑麻。他不禁喟叹，仁人没于无述。遂撰《尚书屯田员外郎李君墓表》，让他的孙子刻石在道路旁，彰其功绩于后世。朝廷拜其为三司户部判官，李仲芳称病不就。求知汉阳军三年后，仍回到汉上。人们感其恩德，把他居住的地方，叫作友于村。十年后，叶康直任县令，凡政务也以其为榜样，以利民为要。当时，县境内老百姓多用竹木建屋，叶康直就引导民众用陶瓦建房，杜绝了不少火灾。民间流传一句谚语：“叶光化，丰谷城，清如水，平如衡。”颂扬他也是一个为民解忧的好官。

不得不说，遇上这些兴水利、利农田、晓民生的官吏，是人民之福。时光荏苒。古堤经历着多少风雨，经受着多少浪击，它仍坚守在汉江之滨，抚摩着人类的文明和荒蛮的历程。当然，世间万物不是一成不变的。元末明初，汉水向西迁徙，乾德石堤没于尘土中。就像有位名士为此题诗说，“枕郭一峰立，到门双眼开。市烟浮地出，汉水接天来。气向龙涡畜，名空马窟猜。醉翁曾醉处，难问旧碑苔。”咸丰年间，水复啮东岸，堤逐年坍塌。在江中横亘数十丈，当地人称作石龙。每年夏秋泛涨，往来的船碰上它，多有倾覆。

雨仍哗哗地下着。一座堤就像一个人一样，长年的风雨侵蚀，无人呵护，它自然有颓废的一刻。有没有人因势利导，让它焕发新的活力呢？我想是有的。1868年春，山高水浅。邑人程瑞本修补新镇堤防，凿断古堤，用水师炮船运巨石筑岸，高达二十级。由于砌筑细致，石堤从未溃毁。

一座堤就像一个人一样，长年的风雨侵蚀，无人呵护，它自然有颓废的一刻。

四川琐忆

在我老家襄阳的东山上，有一座军营。部队上，不少当兵的都是四川人。大冬夜里，北风萧萧，村里人都钻进被窝昏昏欲睡了，有的人却站在山冈上，唱哪门子的折子戏。咿咿呀呀，没完没了。有的村里人，听得倒也饶有兴趣，床头的女人嘟囔一句，鬼哭狼嚎，没味没品。其实，或许，这是他们甘守寂寞的一种方式吧。

大冬夜里，北风萧萧，村里人都钻进被窝昏昏欲睡了，有的人却站在山冈上，唱哪门子的折子戏。

英子

春上，听说隔壁的英子要结婚了，嫁的是四川人，就是这山上的当兵的。结婚那天，英子妈哭得一把鼻涕一把泪，说嫁那么远，想见你一面咋办，孩子？英子穿着红绸衣，手里拿一面镜子，想劝也劝不住。英子爹也娘娘腔起来，说我们这王堤村都没有一个好男人，你跑到四川那穷山沟里。哭归哭，英子还是排排场场地嫁了出去。村里的人羡慕不已。后来，我才知道，英子妈这一哭，是楚巴地区的哭嫁。那个用粮票用布票的年月，当兵是一种荣耀，她哪有不愿意的。小青年参军，都会穿着绿军装，戴着红绶带大红花，敲锣打鼓，一派风光，是长脸的事情。

可是，房子后面，有一户人家，主人家叫老秋爹。他对英子嫁四川人，有看法。他说，1945 年，日本人打老河口，江上溃退下来的士兵，在牛车沟，还抢老百姓粮食吃。黑压压的村里人追到胡叶山捉住一个，起初以为是日本兵，一问是四川兵，三天没吃饭，饿得没法。上世纪六十年代，还有四川人到王堤村讨饭吃。老秋爹对这门婚事，一百个不顺心。

老秋爹除拽着大石磙在马窟山修飞机场出过远门，他一辈子都守着王堤这一亩三分地。他哪里知道，老河口城是一个团的四川人守的。一连打了十三天，没有退到河西去。我倒觉得四川人，是有股硬气的。之所以家住穷山沟，是另外一回事，祖辈选的地，人不是还有一双手吗。

老冉

对于穷山沟四川人的生活是怎样的？英子为什么要嫁过去？我其实是知道不多的。只到多年以后，我遇到老冉，才知道更深一些。老冉是四川忠县人，先前在房县当兵，转业到了老河口，算是扎根老河口了，住在巡司街。

我笑他说，你一辈子，就当个巡司衙门的命。他说，噢，要得。四川人说话，有个习惯，每说一句话总爱在前缀加一个“噢”字，意思是明白。老冉当过团政委，在市政协工作。一日，他邀我去做百岁老人调查。对于他的热心，我是佩服的。他女儿在武汉工作，自己也退休了，没有去享清闲，仍守着这一方百姓，难得。

四川人说话，有个习惯，每说一句话总爱在前缀加一个“噢”字，意思是明白。

刘营，是一个比较富裕的村子。村书记说村里有一个叫刘家政的老人，已经百岁了。在这汉江平原的村里，砂石就是宝，家家户户都办有预制厂。我们见到刘家政时，眼前，尽管一幢高楼风光气派，老两口子却晃就在一个窝棚里，穿着脏脏的娃娃罩衣，劈着柴禾。干瘪的嘴，无力了，长长的眉，花白了。这一切，预示着一个人老了。

老叟老妪见了来者，恍若见到亲人，只顾擦着干枯的眼哭起来。老爷子说，老奶奶从小生在八间房子。我劝慰道，那家境不错哟。老爷子继续说，八间房子是地名，哪有房子住。她出生几个月，妈都死了，人都装棺材里，她还在棺材上找奶吃。我愕然，犹记起郑板桥的诗，“我生三岁我母无，叮咛难割襁中孤。登床索乳抱母卧，不知母殁还相呼。”人世间，真有其事。老人说，老两口在汉江河边挖芭茅根吃，养活俩儿子。二儿子说，爸爸，你把老房子卖了，与我们一起住楼房去。可第二年，儿子病死了。人老了，不受人待见，孙子一发脾气就嚷“滚”。

面对人情的淡漠，老人的无力，老冉从衣兜拿出一元钱说，老爹爹，钱不多，你割点肉吃。有困难，我们想办法解决。老人推脱。老冉说，你这么大岁数，与我父母有什么两样呢？拿着。老两口颤巍巍地站起来，满眼感激。事后，我说老冉，你是一个有良心的衙门。他说，自己也是穷山沟的苦娃子。那时候，家里吃不起肉。母亲到村里吃席，就洗一片白菜叶，把舍不得吃的肉，包一包，带回家，放在锅上蒸一蒸，给孩子们吃。父母生了我们，养了我们，就算儿子倾其所有，有什么不可以呢？村道上，一辆卡车呼啸而过，卷着灰尘在村树上飘荡，然后落了下来。我回头看了看，这华丽的楼宇再美，落满了灰垢，有什么美的呢？

我回头看了看，这华丽的楼宇再美，落满了灰垢，有什么美的呢？

老冉这四川人，胡子一大把，骨子里透出的善，就像这流淌着汉江的水，是那么清澈。我想，英子嫁到四川，可能就是一个原因，那男人的“善”。人好了，生活必然坏不了哪儿去。

彭坤

读书的人，都知道“乐不思蜀”，说刘禅是扶不起的阿斗。还有一词，叫“少不入川”。说四川的山美、水美、人美，少壮者去了，容易沉浸在这温柔乡里，便不愿回到故土。

人，对于生活，是应该有斗志的。到四川，一个人会丧失斗志么？

2009年冬，我与朋友一行四人，去了趟四川。走时，下着淅淅沥沥的雨，我们都把自己包裹得严实，心里设着一道坎，生怕被四川的美雾迷惑了眼。但一落脚四川的地界，一切都变了。到四川，如果没有被川音所迷倒，你没有真正到过四川。彭坤是四川遂宁的朋友，经营着一家三元猪企业，我们叫他二师兄。车子还没到酒楼，他的兄弟刘德昌就嚷嚷起来：你个肥脑壳，我们青城山都看过了，你在那里跑啥，我安逸得很。德昌兄在二楼候客，六十岁，肥头大耳的，性格直爽。见客人到齐，手一招：幺妹，上茶噻。只见一个少年手持一米多长壶管的铜壶，杂耍般从肩上翻过，茶已进碗，滴水不漏。对于酒席的安排，有点歉意，德昌便又嚷道，“成都人的钱没挣够，就是爱耍。只要一到星期天，大家都出城喽，郊区遍地都是农家乐噢。”外省人去成都，总爱去宽窄巷子，吃一下文殊院的龙抄手、钟水饺。可他们却爱在乡间，这是一大怪。

彭坤，这个四川人，待人总是很热情的。他会带着去吃成都火锅。若是贵客，那必须上小火锅的。十一二人，自然上十一二个碗大的火锅，一盏灯，一锅碗烫料，热气腾腾，香味四溢，食客各得其所。鱼是活鱼，入口柔而有劲。牛肚讲究鲜，吃来脆而有声。他会带你去峨嵋山，山有报国寺，说蒋先生介石题有一匾“精忠报国”，文革时，红卫兵差点要拿出烧掉，老和尚手书“毛主席万岁”，盖在上面，算是实现国共“三次”合作，匾幸运地保存下来。他会带你去射洪县，品一品舍得酒。吟一吟，“银烛吐青烟，金樽对绮筵。离堂思琴瑟，别路绕山川。明月隐高树，长河没晓天。悠悠洛阳道，此会在何年。”一路上，大谈鄂楚情谊。仿佛他是湖广填四川迁来的。

“明月隐高树，长河没晓天。悠悠洛阳道，此会在何年。”

站在在大英县“死海”居所的阳台上，迎面扑来湿漉漉的空气，树林中滴滴答答的水珠，打在落叶上，显得是那么清脆。三三两两的游人穿过薄雾的树林，喁喁私语，显得是那么悠闲。四川是温柔乡么？我想，是的，是个温柔的好地方。他们是舍出汗水和勤劳,得到的是生存与温柔。它与襄阳人的智慧有差别吗？一样的聪明绝顶，一样的休闲潇洒。在这川中大地，有大英的筒子盐，有眉山的豆花鱼，有乐山的大佛，英子的生活当然是不会差的。走在陈子昂的故里，看着古沱泉的水井，听着柳沱镇的轱辘声，他们是有理由在江岸上喝茶品茗的。

天晚了，夜静了。同行的朋友还沉浸在四川奇异的景致中，钟情在峨嵋山的雪，青城山的绿，乐山的佛，都江堰的水，嬉戏于“蚯蚓长得像裤腰带，蝴蝶影宽得如树叶盖。青蛙叫得像少女谈恋爱,猴子肥得当猪卖”。我却记起那些劳作的人们，记起耍茶艺的少年，乐山划船的船夫、射洪酿酒的幺妹，记起劳累中他们对生活的柔韧度。我觉得，一个人只要拥有了竹子一样对生活的柔韧度，他又何惧生活的重压，又何惧穷山沟呢？在四川也就五天，只可惜，我没有见到英子。

我觉得，一个人只要拥有了竹子一样对生活的柔韧度，他又何惧生活的重压，又何惧穷山沟呢？

乡村院子遐想

在乡村院子，你会见到一位乳娘，她滋润着挚爱儿女的生命。

现在的乡村，如若不经过战争的摧毁、人为的拆除和自然的腐朽，总会有遗漏的几处院落的，像一位历史的老人，讲述它的人生，倾诉着它的文化。三年前，自从县政府从城里搬到城郊，我见到这样一处乡村的院子。

梨花山庄

这院子，叫梨花山庄。是青海一铁矿公司的家属区，他们千里迢迢在汉江边筑一院子，似乎不是住，而是寻找一种水的灵性。要说，楚国的女子芈月，能成就一个秦王朝，就是因为她的血液里流着楚国人的血，流着汉江河的髓。西域人与楚国人携手，绝对能创造一个新的文明。院子不大，住着三三两两的老人，一个显著的特点，树木葱郁，优雅静谧。院外，有农家的炊烟袅绕，鸡鸣声声。院内，有楼宇掩映，枇杷、桂花、石楠、楠竹，花香一地，枝枝蔓蔓。院中，有三两间石亭，耸立在偌大的天井旁，飞龙吐水，泉水叮咚。树丛中，更有石象、石鹤、石羊惊望四顾，充满了野趣。纵然这些，仍满足不了主人归乡的情结。他们在院角处，掘一方荷塘，植一屏弱柳，养一群白鹅，展着飞翅，嘎嘎入水，方能咀嚼到一缕乡愁。

院子不大，住着三三两两的老人，一个显著的特点，树木葱郁，优雅静谧。

游走乡村，我最惬意的一件事，就是逛一逛这绿绿的院子。

这院子，说远不远，说近不近，五十分钟路程。路上，巧的是还有一排银杏树陪着，叶子黄澄澄的，随着深秋的雨飘飘洒洒，落在你的身旁，像一个身着风衣的女子，猛然见面，惊喜地拍一下你的肩膀，叫一声“嘿，找乡村院子嘛”，挺调皮的，又不失优雅。晚上，不到六点，天色已暗淡下来，她碰巧又遇上你，街上，不停地闪着车灯，她都不在意，只在意遇上你。再穿过那道城门，回到城里，听一些酒肉的吆喝。那是怎样的人生。一座城门，隔开了城与村。十八年前，从村进城，二十八年后，从城进村，这就是我的人生。它经过一次又一次的涅槃，造化着我自己想要的生活。

我痴恋乡村院子很久了。盼望着在慌乱中，可以慢慢积淀自己的人生，长回乡村土地里苗子的样子。它会像乌镇的院子么？小桥流水，曲曲蜿蜒，偶有一宅，古朴典雅，酿造着三白酒，你可带回一瓶，尝一尝它土法酿造的原汁原味。它会像淮安总理故居么？幽幽深深的院子中，那棵空着树洞的老榆树还在，真希望它老干能发新枝。它会像父母居住的院子么？墙壁上映着他们一生忙碌的影子，瓦砾上响有他们经年的脚步声。

偶尔，我对妻子说，真想拥有一宅乡村的院子。其实，也不是真要建一乡村院子。只是怀念那院子的风骨，它是土地里长出的宅子，让人朴实，让人励志。

只是怀念那院子的风骨，它是土地里长出的宅子，让人朴实，让人励志。

简家花园

我是“七零”后，读过一点书，考取了大学，似乎像范进中举一样，拿到了一张进城的门票。城市是掐尖的地方，在别人看来出出进进，是体面的。但是，可谁又知道，市井之间多有浮华，生命是慌乱的呢？望着一条条喧嚣的街道，我想，它要是有乡村院子土得实在，土得泥味，土得沧桑，就好了。

在城里，我也见到一些院子。像简家花园，是外放知县简时登的居处，它处在南街的背后，闹中取静，阁楼之上，可吟诗诵词，品茗揽月。陈家道子，是大明王朝户部尚书陈大道的老宅。它的院子里，有一处庵宇，供奉着观音菩萨。香火袅袅，几位妇人蒲团祈福，祈求多子多福多寿。是谓三多庵。而如今，这些院子已破落得不成样子，坍塌在泥泞的角落里，散发着浊世的味道。尽管这样，有的人盯着它，仿佛它能平白无故地长出一幢楼宇起来。

当然，这里的院子富丽堂皇，巍巍峨峨，迎来送往，图的是一世繁华。结果，世事难济，一日，它不可救药地倒下了，还有人盯着它，浸淫着浊世的铜臭。它自然不如我老家的院子，把浮华剥得干脆干净，把生活愁得够苦够劲儿。

落魄古院

在秋丰路口，有一桐油行，掌柜的起早贪黑，挣得几院家产。日本人战败后，不少市民的房屋被烧毁，多方商洽，租住在这家桐油行里。平时里，人们谦谦君子，可经过战争的摧毁，缺衣少食的年月，人的生活，无奈发生着变化。没有鞋，就从院子的阁楼上拆下一块板，锯成木屐；没有床，就卸下格栅窗当床板；没柴烧，就拿檩条烧。为此，桐油行的主妇，没少与租户争吵。在阶级论的日子，这女人，赤着脚被租户揪上街，羞辱一番。

在乡村，人们一身布衣，只求吃饱穿暖，就幸福了。它不浮华，有着山中槐叶的苦涩，又有着田野淡淡的清香。人们日出而作，日落而息，春种一粒籽，秋收一斛谷。尽管院

它不浮华，有着山中槐叶的苦涩，又有着田野淡淡的清香。

墙拆毁了，人们用荆条插出一座属于自己的院落，聚人气，聚财气，追寻着属于自己的幸福。它不富有，有着一窖红薯、一缸米面，端着饭碗，蹲在粪堆前，与邻居说着地里的收成，饥饥寒寒，看花开花落，看叶青叶黄。父辈们踩着犁耙，吆喝着老水牛，只求地再均匀一些，苗子长得再匀实一些，来年有个好收成。

在乡村院子，人们习惯随着太阳的起落，河流的潮汐，季节的变幻，分配着社会资源。一份耕耘一份收获，没有春风哪有夜雨。当神农氏遍植五谷，耕耘的产生，井田的形成，天井院便成就了南方的乡村院落文化。人们以族群聚，开天辟地。虽然穷，但我们有一双手。

当一轮朝阳在乡村院子上升起，而村外，也有孔道航运的存在，汉江就有“南船北马”，有了城镇。

当一轮朝阳在乡村院子上升起，而村外，也有孔道航运的存在，汉江就有“南船北马”，有了城镇。当人们发现，不再需要靠土地耕耘、靠院落作坊能创造财富的时候，他们就会靠一张嘴，去忽悠着四邻。

在破“四旧”的时代，人们打着破除封建遗毒的旗号，对传统文化，是什么“襄郧要道，秦楚通衢”，不分青红皂白砸掉这牌坊，那书箱，大肆抹杀着人类历史的痕迹，甚是可惜。

穿过一道城门，走过一个村庄，瞥过一条河堤，去一处乡村的院子。在这条路上，拆毁掉不少乡村的院子，土地上矗立起高大的楼宅。我却抬不起头来，有一种负罪感。

村戏

七月，去看一出村戏，是挺好的。唱戏的村，在岗上，像一个威武的士兵，一身的绿。绿的苞谷，绿的黄豆，叶上长茸毛，像没开脸的绿。中间，有一个赭红的广场，赭红的舞台，像帽子上的红五星。知了在柳树上，像舞台上开着的喇叭，不知疲倦地唱，唱这里的山，唱这里的水。

绿的苞谷，绿的黄豆，叶上长茸毛，像没开脸的绿。

村庄的名字，自然有山野的味道。姓张的多了，叫张营，姓赵的多了，叫赵岗。我们去的村，叫罗湾。也就三两户姓罗的，挤在一片岗上。岗下有湾，湾里有水，芝麻苗就长得很壮。这个村藏得很巧，不靠大路，满眼的苞谷地，见不到一丁点人烟。

不然的话，车就错过开到镇上。熟悉了，中途，从岗上曲扭小路一拐，又是一番洞天。村口，就树有一面知青浮雕墙。男的戴雷锋帽，女的剪着齐耳短发，恍若在说：不到城里吃闲饭。

这墙，是李白的创意。此李白非诗人李白，因姓李，长着一头白发。常自嘲：我姓李，叫李白。然后语气一顿，一个拖音：李白毛儿。仿佛中了大奖，颇为得意。因为李白，罗湾村出了名。村里人说，人家李白虽然在村里当过知青，但回城转了干，放电影，写剧本，练就了一身真本事，还当上市里的政协主席。

罗湾村的老百姓见人就腰杆儿硬，气马儿足。见到外村人，罗湾人说：俺村出了个县官，你们有么？外村自然没有。

可李白不把当官算个事。罗湾人很失望。他说，我原本就是个农民，拉板车出身。不信，你听。李白爱唱，张口就是陕北小调：

走头头的那个骡子呦，
三盏盏的那个灯，
带上了那个铃子噢，
哇哇得那个声。
白脖子的那个哈巴呦，
朝南那个咬，
赶牲灵的那个人噢，
就过呀来了！

啪嗒着两口纸烟，粗喉咙大嗓子，粗犷的味，就像站在山梁上，望着一练一练绕在山脚下的水唱。一个湖北老汉，痴爱黄土地上长出来的调子，有点土腥子味，只差头裹一条白毛巾了。

这大，城里来的人多。一辆辆小车进了村，黑狗算是知道怕了个人，躲得远远的。过去，村子有多大，它的地盘有多大。李白不讲究，穿一身黑黑半短褂、大裤衩子，走在村里，好像这村就是他的家。他说，他与知青菜板儿、老修、尾巴儿一起摸黑到村东头偷柿子。有人说，一个堂堂市里的头头，写偷村里瓜瓜果果不妥，可他执意写为偷，还被人撵着顺着芝麻地沟里逃跑。

李白不讲究，穿一身黑黑半短褂、大裤衩子，走在村里，好像这村就是他的家。

村里来了客，就算是红砖铺的场子和天上的云，都是喧闹的。李白见了一位穿花绿绿的妇人，拉她来到树下一指：

“大姐，你弟媳妇。”

“噢，噢。好。”当年，妇人也是村里的一枝花，她为村里娶了个城里的媳妇叫好。

“娃子呢？”一个问。

一个答：“两外孙，一个上小学。”

听说，上午有年代戏，新编豫剧《朝阳沟》，村里人都簇拥到广场上。妇孺孩童依在门檐下，看着一群扎腰带的女民兵，上上下下，就是不开场。有人等得无聊。就到村委会去看书，说是外地人捐的书，有《静静的顿河》《梁白话说书》。小猫避着生人，蹲在台阶上，用右爪弹着脸上的灰，隔墙闻得着炒焖煎熘、萝卜炖排骨、酥藕蒸炸烩的味道，它伸出舌头，舔了一圈嘴。一个商店前，当年十七八岁的女知青，成了老妖婆，花花绿绿，搔首弄姿。老头子干脆一屁股坐到桌子上，叉着腿等戏开演。

有人就问，丹江口有戏么？《秦香莲》。

谷城呢？《放花牛》。接着就哼：

妹在山下放花牛，
哥在山上打石头，
石头打在花牛背，
看你抬头不抬头。

这山歌唱得软手脚，挑不起绫儿织不了罗。又问，谷城的山，是荆山，还是巴山？有人觉得巴蜀远。就说，是荆山。问者说，是巴山。汉江西岸，是巴山；东岸是秦岭。不是有“巴山夜雨涨秋池”么？

事实上，河西人腔调软。河东人腔调硬，“他大舅他二舅都是他舅，长板凳短板凳都是木头”。一会儿的《朝阳沟》就是河南梆子。一块梆子，一把二胡，一支唢呐，往台上一坐，就是上山下乡。

一会儿，村口一阵骚动。两辆小车进了村，是襄阳的客人来了。李白迎了上去。两双手相握，像大热天刮起凉风，方才平静，不再焦躁。戏可开演了。人们向台子拥去。女人挤在前排，小娃儿蹲在地上，男人站在后排翘着首。村里的人懒散惯了，就依在门框上听。李白上台，说戏开门，台下的女人凑成一团调笑：哥哥在台上呦，妹妹在台下听。李白的

两双手相握，像大热天刮起凉风，方才平静，不再焦躁。

媳妇赶紧拎着相机，往人群里走，女人们头也不回，只顾笑。

"哐，嚓唉，哐嚓哐嚓"。戏开演了。上台的，是扎腰带的女民兵，一派飒爽英姿。一律背对着观众，排成一排，左腿弓，右腿松，左胳膊戴着"女民兵"的红袖箍，屈肘搭在伙伴的嫩肩上。台下就叫：看那腰姿，那肩头，好有年代味哟。队伍后，队长左手掐腰，右手掩嘴喊："集合！"姑娘们一个转身，退着碎步排成一排。报数"一二三四"。

随着音乐的激起，女民兵散作一团，两拳紧握，昂扬向前，好似怀握着一把钢枪。台下的人，不自觉也攥紧拳头，脚下用着劲。要是唱《磐石湾》，巧莲的一个俏嗔，一个跺脚，观众就跟着一起酥，一起急。巧莲抹泪，观众抹泪，一起叹气。观众们喜欢看熟悉的戏，演员怎么走位，下一句是什么唱词，台下的人，都记得。

这时，舞台上响起村民们熟悉的旋律，二胡一拉，银环出来，"呀哩咿呀嘿，呀哩咿呀嘿，走过一道岭来翻过一架山，山沟里空气好实在新鲜"，李白站在人群中，带头叫好，"一行行果树一道道堰，那梯田层层把山腰缠"。罗湾有十二金钗，她们想着自己在村里点个瓜、壅个秧、爬个莛的日子。

当人们沉浸在渲染的气氛中，音乐却戛然而止。舞台上，一个女知青扮着银环喊：来来来，小尤，姐妹们快来看呐。罗湾的变化大得很呀。建广场，修新房，家家装有小太阳。说着用手一指，指着庄户人家装的太阳能。接着，向台下喊白：你们看你们看，市里的头头们都来了咧！李白设计的红色年代大舞台，他便听到有味，望着襄阳客人，一阵乐呵。

爱戏的人，总会嘁嘁喳喳，每个角色出场，他都在找自己的影子。

爱戏的人，总会嘁嘁喳喳，每个角色出场，他都在找自己的影子。李白年少时，身子骨弱。村里要是来了板车剧团，就让他写海报。写着写着写成了电影放映员。老涂高中毕业，争着要当播音员，爱听《朝阳沟》。听着听着村里有姑娘看中了他，订情物就是一双鞋垫，一只上写着：我的。另一只上写道：拴保。

戏台上，高潮迭起。一出出熟悉的乡音，激荡在田野上，“咱两个在学校整整三年，相处之中无话不谈，我难忘你叫我看董存瑞，你记得我叫你看刘胡兰。董存瑞为人民粉身碎骨，刘胡兰为革命把血流干，咱看了一遍又一遍。”李白也干过这事。当年，小尤想从村里到公社，让李白这个秀才写个稿，李白却给她看《西厢》《三国志》，气得小尤只皱眉。李白怕她告状，马三横撇撇地说：“小婆娘，惹翻了，老子敲断她的腿。”后来，小尤先进了城。李白、马三、尾巴儿都秧了劲。马三咕嘟“老子只想进工厂，娶老婆生一堆娃”。一年后，马三进了汽车修造厂。娃却只生了一个，是个丫头。

三岁的娃，双手揪在奶奶的脖子上，身子扑在怀里问：

“她们唱的啥？”

“《朝阳沟》。”

娃娃又问：“看戏的人是哪的？”

“城里的。”

看戏的人离舞台越来越近，自动散成一个扇圈。脖子伸得老长，乌云都要从树梢压过来，也不管不顾。放暑假的小姑娘，站累了，舍不得离开。蹲在地上，一手拿根冰棍，一手拿着手机，要拍台上的人。有人却在她背后拍她，拍她羡慕的表情。

脖子伸得老长，乌云都要从树梢压过来，也不管不顾。

“好看吗？”一个声音问。

小姑娘一扭头，是个陌生人，一扯裙子跑开了。跑到一个老爷爷身边，老爷子坐在石头上，掏个纸片在写字，歪歪扭扭地划着：刷黑坦途弯进邨，红褂挥手把路引；放花芝麻傍广场，可意野风舞旗旌……恍若都是这村里的人。

村里，李白没有把自己当外人，他一头白发，混在黑发中，像一粒白色的棋子，在人生的棋盘中，出去了，又进来。他昂着脖子可劲地看戏，看自己生命中，曾经度过八百天的村庄，一段温暖的时光。别人在演戏，自己也在演自己。

一个乡村画馆

五尺长的，三尺宽的，一件中国山水画，张贴在村庄画馆的墙壁上，虽然有些普通，但却吸引住了我的目光。嫩绿嫩绿的田野，镶嵌在湛蓝湛蓝的河面上，仿佛能让人感受到白赤赤的阳光。小桥上，一位农妇戴着斗笠，牵着黄牛，去追寻着绿的光芒。这江河叫排子河，三五少年摇橹曳网，鱼跃人欢。我看到它是 2018 年 4 月 28 日的薛集青笠湾。

小桥上，一位农妇戴着斗笠，牵着黄牛，去追寻着绿的光芒。

我认为，它是一件妙品。它比荷锄暮归、塘上放鹅、小鱼锅贴、田间植禾，更有指向性，具有鄂西北独有的水乡特色。这是我第三次到薛集。其实，乡村乡情乡景都是一幅画，是人们对生活的一种愿景。第一次，是 2000 年 5 月，关停陈庙粘土砖窑。一片碧绿无垠的麦田，像厚厚的棉被平铺在河埠之上。窑，藏在地平线下，犹如平陆的地窨院。“入村不见窑，平地起炊烟”。一位老妪坐在门前，搂着幼儿唱着“板凳娃儿歪歪，里面坐个乖乖；乖乖出来买菜，里面坐个奶奶；奶奶出来梳头，里面坐个小猴；小猴出来穿衣，里面坐个公鸡”，突然，窑上的耕地成方成方地垮了下来。老妪一声惊叫：“哎哟，塌啦”。差点伤着八个工人。第二次，是 2014 年秋，从丹江口迁来的苏亚养殖公司租赁了 1200 亩的水面，养殖毛绒蟹。艺人老乾唱了一首民歌，挺有味：襄阳有个排子河，岸上姑娘唱情歌；妹在门前织纱罗，哥在江上摆渡河；采下屋后好桑果，等哥回来好解渴。听得豫腔豫调，但也有点岭南的味道。这一次，南阳人程文前建青笠湾社区，把农民画馆作为社区招牌，智臣说：陕西户县、上海金山、湖北光化，曾是华夏三甲。这下，找到根儿了。

第一次是忧,第二次是盼,第三次自然是喜了。喜的是乡村，有了自己的文化底蕴。读着这样一幅妙画，我觉得“鱼乡排灌”“生猪喜悦”“稻场碾谷”，皆有水的灵性，有禾的纯真，有亭的雅致。它的色彩虽有些普众，但骨子里却有东乡人与水共融的勤劳。唯有如此，画便有了生命的意义。

看着这样一个画馆，我想起幼年时，村里的大叔扛着铁铣寻着沟渠看水的故事。夜里，他借着灰白的月光，卷着裤腿，赤着光脚，坐在湿漉漉的田埂上，闻着花香，听着虫鸣，抽一袋烟，看着白花花的河水咕嘟嘟流进田里，像吃了蜜一样的甜。看着这样一幅画，我仿佛看着一位五岁的小姑娘，脱去外袄，穿着马甲，蹩着脚，含着手指，天真地站在画前，给人以无限的希望。她又与一男孩子追逐，显得是那么的无忧。

我知道，这画比不上西洋的油画，来得坚实，比不上苦禅的国画，来得大气。但起码它画得安静，画得平和，画得灵动。它的绿，是麦穗、稻苗的绿，它的蓝，是天的蓝、地的蓝，它的绛，是木骨渗透的绛。在天地间，有了这一抹绿，你才觉得自己活得真实，活得踏实，活得洒脱。

在天地间，有了这一抹绿，你才觉得自己活得真实，活得踏实，活得洒脱。

晚上，我睡不着觉。推开柴扉，走到树下，踯躅前行。月下，没有一人，我的灵魂得到升华。不认识秦雪朴，却认识一个优雅的水乡；不熟识程文前，却看到一个有文化的乡村。

鹊巢之下

湖北人，总自诩为九头鸟。可又有多少个九头鸟呢?

老河口人说，仙人渡人能耐。说鸭子过马路，还知道左右看看。人家霸王坟儿挖出来的虎座鸟架鼓，那鸟就是个凤。活了四十多岁的人，谁又见过凤凰，见得多的倒是喜鹊。

一开春，它们就一展翅膀，嗖地掠过屋脊，一爪落在绿晃晃的枝丫上。

喜鹊恬欢人。一开春，它们就一展翅膀，嗖地掠过屋脊，一爪落在绿晃晃的枝丫上。两相对鸣，蹦上跳下，搭起密匝匝的鹊巢来。晌午，院门口，老谢瞪着一双牛眼，嚷嚷他的老婆：别喳喳喳，像个喜鹊，院子里，哪家没你过得好?

老谢跷着二郎腿，坐在摊前，先悄声把老婆子唤回，见面就是一顿压腔的低声恶语。老谢是水库上退下来的老干部，阔脸杏目，剃着板寸头，说话声如洪钟，有股狠劲。在友于街的院门口，做点小生意。

院子里住的大都是些官太太，没事就聚在门卫房口，探讨些衣着打扮。老谢的媳妇也就想瞧个稀奇，没有多言语。见这阵势，老谢气不打一处来，老婆子了，一老半货，凑个什热闹。更气的是，老谢的隔壁，一个驼背弓腰的憨娃，硬生生把一辆白铁皮包的补鞋车，也堵到院门口，招来一堆女人。

早上六点钟，老谢掰开眼，就支上麻花摊，扎实没卖上一斤。付老馆卖鸡蛋的女人、赵岗卖菜的老头、桃花村补鞋的憨娃，就挤在门口，似乎来抢他的生意。有时，还来个收名酒的小伙，手持张幡，活像个半仙儿。老谢夹着根烟枪，逮几口，直冒火。

干着急也没用，老谢就是个老鸹命。叫多了，人烦。不过一个时辰，倒蛋女走了，她的老公在工地做砌匠，她得回家做午饭。卖菜老头走了，姑娘在杭州打工，他得接放学娃。只是这憨娃依旧埋头钉他的鞋，有做不完的活。院子里上过山下过乡的女人们，哪有恁多钉钉补补的旧鞋子。

老谢守着摊，望着院里一排排杉树，高高大大。打头的一棵，最高。树顶上，俩喜鹊安一个硕大的鹊窝儿。喜鹊登门，好事来临。老谢感觉日子有盼头了。孙女子上大学，姑娘买房，自己能补贴俩钱儿。没想到，倒蛋、老头、憨娃都来凑热闹。

树顶上，俩喜鹊安一个硕大的鹊窝儿。喜鹊登门，好事来临。

尤其，这憨娃，还有个外号，叫花喜鹊。说是他妈一连串生了五朵金花，没一个带把的。有一年，喜鹊登枝，才怀了他。赤脚医生接生，一撩门帘，接下娃娃是个驼背。尽管这样，他妈稀奇地像个宝贝蛋子。还起个大名，叫花德恒。听说，这憨娃是个拐枣，好拌女娃子墨水，扯人家辫子，才没上学。

老谢想到这，心里舒畅许多。起码，自己一儿一女都上完了高中，孙女是尖子生，上一类大学是板上钉钉的事。憨娃四十二岁，还没娶上一个婆娘，造孽。下午，要烧锅炸锅巴，老谢顾不上你的鼻子我的眼睛，让老婆子打下手，揉起面团。擀叶、切片、下锅，老两口忙得腰酸背痛。老谢嘟囔：一年学费 × 千，巴掌大的地儿 × 千，蒜薹 × 块，还让人活吧。

锅巴出锅，老谢嗓子直痒，想抽支黄鹤楼，别的抽不惯。扭着头，就着锅火，烟烧黑一节。老谢一瞬瞅见那憨娃还在埋头钉钉轧轧，不由得佩服他的吃苦劲。

问：嘿，憨娃，你咋不回家吃饭？

小伙子才停下手里的活计，抬头说：谢叔。明儿初八，我小舅子结婚。趁早忙完算了。

老谢一惊，你什么时候结的？

前年都结婚喽，媳妇小我十七岁。今年生了一对双胞胎。憨娃脸上显得由衷幸福。

噫？老谢调侃：你娃子前拱后翘，都对不住眼，小心娃子是别人的。

反正我有门儿。我在这友于街干了二十三年，房子也有了。学府路还开了家皮具店，媳妇打理，都是老主顾。叔，你盘这店子，得学人家惠丰路的贺记锅巴，网上销售。

憨娃将老谢一军。老谢是个囫囵人，听得懂孬坏。骂道：老子七十五，总要会呀。我那儿子，要有你一半吃苦就行喽。搞什子眼高手低，图个清闲坐机关，一杯茶来一支烟，一张报纸看半天。老谢只管骂他的，老婆子只当没听见，憨娃还是埋头钉他的鞋。人的一生，是搭鹊巢的一生，五味杂陈，只有认清了自己，才能活出真滋味。

人的一生，是搭鹊巢的一生，五味杂陈，只有认清了自己，才能活出真滋味。

要说，过去，这城里哪有喜鹊。它，飞过城南的大烟囱，会惹一身的黄尘。掠过街面的梧桐树，会沾一身“毛毛雨”。而今，闹心的大烟囱拆了，毛毛雨嫁接了，呼的气儿都是舒畅的。还图个什子呢？老谢想到这儿，恶狠狠地吐了一口痰让狗吃，狗一惊站了起来。痰落到狗身上，它惊恐万分地跑开。越跑越大，越跑越高，恍若站起了一个人。

老谢深吸一口烟说：老婆子，今黑夜让妮娃子来，开网店。

冬日

听风

冬天的早晨，我到码头散步。

说来也怪。水墨的街道上，总会窜出一串串的人，围巾的，缩脖的，哈欠的，到江岸上，去呼一腔汉水的清爽。

搓搓手，扶一下鼻，空气中，还有水草的味道。这里，虽没有暖气，说冷也说不上太冷。雾蒙蒙的丹江，从紫荆关一出山，粉水、筑水，也像这山里妖娆的女子，簇拥而来，温润着这一街的黑瓦木铺。

雾蒙蒙的丹江，从紫荆关一出山，粉水、筑水，也像这山里妖娆的女子，簇拥而来，温润着这一街的黑瓦木铺。

江面很宽，三五里。码头上，天冷，却有郧西人喝茶，与文人老戴闲谈，“好一江水呀，比襄阳、汉中的江水都宽。”说罢，两个老头儿，望着江连着雾，雾连着天，水天一色。

抿一口茶，老戴定定地瞅着一划子，在雾中网鱼。感慨：真是“江流天地外，山色有无中”。难怪日本人鱼助孝义都说，这里是牛郎织女鹊桥相会的地方。

景是好景。郧西人听得虽有理儿，口中却不服。

他说：“老家有个天河口，那才是天河相会的地方。”老戴瞥一眼，不置可否。

“孟老幺，胡说！”这时，又一熟人，街坊海大爷过来：“去你伢的，天河口丈把宽，老子一篙就撑过河了，哪有我们玉带山、牛王庙响亮。”

老变小，爱抬杠。这耿直暴躁的脾气，让两下无语。海大爷依旧遛他的鸟。街口，他把鸟笼往光秃秃的梧桐枝上一挂，谁也不顾。直直地瞅着笼，望着两只黄莺，在抓杆上，上下蹦跳，欢愉地啁啾，享受着一江的舒畅。仿佛刚才的争执，没有发生。

要说，这汉水，均州下来，没有山峙的束缚。水宽了，地沃了。一泊岸，十四个码头，南来的，北往的，多了个去。海大爷什么江湖没见过。

山入江，唤洪山嘴、格垒嘴。江入山，叫羊皮滩、鸳鸯滩。江右，有种谷子的镇子，人们起名叫谷城。江左，有保护百姓的军营，便称作光化军。

听说过，没见过。老街的人，大多不在意，说过就撂过。他们更在意，一清早的闲暇，在意这江上，一排排的金丝垂柳。咿咿呀呀，吹号的，弹琴的，鸣笛的，吟唱的，汇聚一处，“今宵酒醒何处？杨柳岸，晓风残月。”其实，柳永断然是没有来过这襄郧要道的，古镇的人，只是品味着这柳条依依另一种独特的味道。

老戴说，这柳条，皮厚劲实，过去是编守堤岸的铁锁。柳条可以编筐，可以制箕，可以搓绳。以柔克刚，它护住了堤，守住了一方街衢，守住了一街的生意，守住了一家的幸福。现如今，却成了一种景致。叶如柳眉，腰若瘦枝，确实是好。

然而，在这样一个暖冬，人们更盼望，遇上一场弥漫的大雪，北风呼啸，天地一色。

“前人栽树，后人乘凉。”然而，在这样一个暖冬，人们更盼望，遇上一场弥漫的大雪，北风呼啸，天地一色。有年轻人说，冬天，不下雪，算什么冬天。

话说真巧。不几日，码头上，大雪真扬扬洒洒起来，满目无痕。一大早，好事者，约上三两知已，红衣踏雪，去看柳下扁舟自横，舟中品茗，寻个更好的心境。

若真有人，要去荡舟。他家里下江蛮子的老爹一定会嚷：

你娃子臭品儿？浪么事浪。

蛮老爹上半句诘责，下半句就断言。他是不懂年轻人的心的。冬的积累，就是春的出发。傻一回，闲一冬。开春，这群年轻人，又要去南方喽。

围炉

老戴从上海回。下雪的日子，约吃羊肉，是最好的事情了。

在老河口，这南船北马的地方，不吃上一顿汉水的羊味，算是白走一遭。

雪纷纷地下，几个汉子，顶着毛毛雪，湿一路，滑一路，从友谊路到东启街，去找一个不起眼的巷子，马悦珍道子。

要说，马悦珍曾唤作马悦真。是回族兄弟膜拜真主的意思。老街上，马悦珍餐馆，已是一百年的老字号了。它的招牌菜就是手扒羊排和锅盔馍。

老友相聚，知已围炉。一定要去吃这间老字号的，因为它的食材，是上等散养的山羊，肉紧实，膻味小，薄薄的一扇排，烤出滋滋的油，香辣不腻。食时，再撒几粒炒熟的白芝麻，配几茎青嫩嫩的香菜。一入口，一番滑嫩，三两脆香。

食时，再撒几粒炒熟的白芝麻，配几茎青嫩嫩的香菜。

馍，是一道发酵的面，指厚擀成的馕，平锅微炕。三五分钟，馍盔油浸，适时翻转，撒上一些干盐末，便得脆馍香了。掰一块儿馍，嚼一瓣儿蒜，蒜味就焦香，足足地让人口舌生津。

有人说，吃蒜，老婆嫌弃。此人自解：吃肉不吃蒜，营养减一半。知趣的人，只摇头，这痞货歪理儿。

一条江，一圈的人，围着一团火，手抓羊排，大口吃肉，海碗喝酒。恍若错走了人间，便是异域的风情。在颜家湾、陈家埠口，有人还建上几穹蒙古包，铺上毡布，似乎回到了广阔的草原。

席上，羊杂、羊蹄、羊肝，间或配些牛肉，花生米，一碟臭豆腐，喝上二两半白干，话匣便打开了。老戴说:“置席要到宴乐春，小吃要到马悦珍。这羊味，上世纪三十年代，就红火喽。”

“那时候，是流水席，一茬接一茬。老爹，随李宗仁部队从山东来到老河口，兜里没几个钱，就吃这马悦珍。”

“老马家，说是安庆人。其实，不是。他们是山东的，祖上做过两江总督，躲祸而来。”众人不信，“刺马案么？”老戴煞有介事，“戴、马两家是亲戚呐。”

老纤们都知道，码头上，丁家、马家、答家、海家、水家，足有三千多口。他们不喜耕种，是从陕甘流贩而来。没有油盐钱了，就往清真寺阿訇麻衣玛目处借。隔日，有了钱银，再拜归还。

在老街，吃羊味，能吃出花样。或许，这跑马的汉子，只有能烹调出汉江的口味，才能生存下去，还上麻衣玛目的钱。

烧羊脸，两仪街的清真寺算是一绝。它讲究“现卤、现炒”，除去葱姜蒜，印度椒的辣，一定要有的。爆火，炒出一屋的辣香。太平街独味鲜的卤羊蹄，一根筷子长的羊腿，去油去腥，要的是一个嚼劲。

喝羊肉汤，一定要去秋丰路的。

盛一碗滚烫的羊汤，加几片熟透的羊肉，稍添盐巴和胡椒。

那一锅大羊骨咕噜噜的水煮，煮出浓浓的水白。盛一碗滚烫的羊汤，加几片熟透的羊肉，稍添盐巴和胡椒，几叶蒜苗，就着一个冒气的蒸馍，独吃的就是些许的膻味，吃出一个草原的纯天然。

雪，一直下，没有停。

吃羊味，能吃出一个人间百态，吃出一个世事艰辛。雪来，今儿无事。老憨说，晚上，可吃红焖羊肉。老丁应，嘴已馋。

我想，这又是怎样的一碗羊味呢?

踏雪

六七点钟，天已黑下来。

我一个人，踏着白皑皑的雪，咯吱咯吱地响，挂念起楼下的喜鹊来。

早上，走的时候，它还从此树飞向彼树，扑棱棱的。巢鹊是筑好了。这个雨雪天，它吃些什么呢?

我家，是有吃的，一袋薯干。

小的时候，大人都说，“晴带雨伞，饱带干粮”。我家一直有冬藏的习惯。秋收的薯藤，晒干切茎，揉些盐巴，便是寒冬的佳肴了。在床下，挖一五尺深的薯窖，铺一地稻草，藏一冬红薯，一直能管把春咬到。

父亲爱酒。这红薯，虽藏得巧妙，可一沾酒气，便也烂若稀泥。于是，奶奶便早早地趁着天晴，把这甜滋滋的物什，切片，晒干，制成薄薄的薯干。

在泉州，薯干叫作地瓜干，那是诗人余光中吃不到的乡愁。身在异乡，薯干总能缩短他乡与故乡的距离。

因为有薯干，有家乡的口味，雪，怎么下，飘飘洒洒，掩盖了街树，掩盖了泥土，掩盖了一脉根茎。可你想，它总掩盖不了那一缕乡愁吧。

可你想，它总掩盖不了那一缕乡愁吧。

有菜根，真不错。喜鹊要像人一样，藏有一袋菜根的冬粮就好了，不再为生计而愁。

一个月前，夫人煮粥，我说：“要有几块薯干就好了。”她是城里人，平素里吃得少。而我骨子里，却钟情这乡下儿时的味道，劲儿劲儿的甜。不几日，她竟然顾了我的意，买回一袋薯干。自然是白白的、劲劲的、甜甜的。

这会儿，我把薯干煮熟，放在窗台上。顺风吹去，期盼着那雪中的喜鹊来食。

要说，在这样一个雪天，《红楼梦》里的十二金钗，也有过映雪烹食的故事。这十二个斗篷的女子，是随着贾母，踏雪赏梅，烈火烹油的。早饭摆出来，头一道是牛乳蒸羊羔，甚是气派。殊不知，这样一个大家业，早已崩然破亡了。

如此熟烂甜腻，自然让我们这些咬菜根的人，消受不起。

早上梆梆梆，晌午靠山桩，晚上变个样，还是红薯汤。

记得东乡人，有句俗语："早上梆梆梆，晌午靠山桩，晚上变个样，还是红薯汤。"喝碗薯干粥，啃块卤豆干，开胃，挺好。

不是说，咬得菜根香，寻出孔颜乐么。

过年

我的老家，在茶庵。它沿袭巴山风俗，过年与他处自然不同。

你说也怪。一箭之地，喊一嗓子，过华家沟，是老河口的地盘。撑一篙，过汉江刘家嘴，进入谷城的界面。腔调却怪怪的。

江东同地不同俗，江东江西却同音。江东，越往北走，豫音越重。往南有点软语妮侬。年三十，老河口叫吃饺子，茶庵却叫吃抄手。饺子，是北方叫法，抄手，就多了一点巴蜀风情。

年三十，老河口叫吃饺子，茶庵却叫吃抄手。

印象中，茶庵过年，是格外看重祈福仪式的。

首一件，就是缝新衣。茶庵，离集镇稍远，别处叫赶集，他们却叫上街。一入冬，女人们就抖落出平日里的碎布头，粘壳子，那是准备拉底子缝新衣了。

我奶奶当姑娘时，在谷城粉阳街，开过针伙铺，当然是村里裁衣缝纫的一把好手。当奶奶在堂门口借着亮儿纺着线时，隔壁子的婶子们，就会来讨叫鞋帮子的剪裁。

一小脚老太，有多大能耐呢？头挽旧式的簪，身穿灰蓝色的大襟袄，黑黑的束脚灯笼裤，真像一只细脚伶仃的圆规，可她的手艺就不差，不管给哪家缝衣制裤，都是针脚只见点，不妄拉横纤。那时候，娃儿小，不懂得大襟袄、布丁扣、千层鞋，是慈母手中线一针一针的温暖，是怎样一种成衣文化，是何等的珍贵。

每每缝好的棉衣、棉裤、棉鞋，总是要打捆，虔诚地搁到黑乎乎的衣柜上，我们哭哭闹闹，恨不得当天就穿到身上。奶奶温婉地劝着小调皮，初一才能穿新衣的。

分田到户那一年，我上小学二年级。过年时候，奶奶照例缝好了一件新衣。问我：你晓得，这上面绣的是啥子字吗？我读过《小燕子，穿花衣》，抹着鼻涕说：晓得，燕子双飞。奶奶欣慰。一幅春燕图，表达着农村人对美好生活的祈求。从那以后，我家的日子越来越红火了。

俗话说："二十七，扫堂尘；二十八，发面发；二十九，蒸馒头。"二十九，奶奶挺讲究，她先是把烧了一年的黑锅，置在屋外，用铁铲反扣，刮了又刮。再回到屋内，用热水把灶台擦了又擦。天微微黑的时候，又躲在灶门口，悄悄烧上几张火纸，饱含一腔的敬畏。有时，被我们这群调皮鬼抓个正着，她却小声地说：别说话，敬灶王爷。

照例，我家蒸馍，也不让说话的。屋外，白雪皑皑，屋内，红火在堂。几个着粗布的妇人，屏着呼吸，看着笼栅的蒸气，均均地一股股上窜。有时，有个孔出气大了，奶奶忙忙又用纱布湿上水，盖一下。这叫气不均，馍不熟。

约摸一个时辰，奶奶揭开笼，用食指轻轻点一下，馍面瞬间弹了起来。她才欣然地说：气圆了。然后，拿一平碟，用红纸浸水。再用红头绳捆住的四个芝麻茬儿，在湿纸上，一沾，一扣，像芝麻花一般，开得白白的大地上，一红，一白，把生活映衬得格外绚丽。

杀年猪、磨豆腐、包抄手，是过年必备的年事。

杀年猪、磨豆腐、包抄手，是过年必备的年事。我家不看重这些，说这是享福人家的事。我家看重是贴对联。

"穷不丢书，富不丢猪"。那个缺衣少食的年月，我爷爷在谷城街上，读过私塾，写有一手好字，十里八乡都会来讨对联，意喻门庭兴旺。奶奶说，爷爷的字"富态"。就像我们家的抄手，皮儿薄叶儿大，猪耳朵一般的富态。年三十，我家门神依然是尉迟公、秦琼，与他家无异。唯有不同的是，春台上，总要悬挂一幅中堂，是一上山威虎。对联贴上，奶奶盛上一块净肉，插上竹箸，放在神龛前，口里念念有词。

我问：您念的是啥呀？奶奶说，你长大就知道了。

过大年，山上有茶，山下有庵。早晨，这样一个沉静一夜的村子，顿时鞭炮声响，新的一年开始了。初一着新衣，呼童扫雪还。我们好说话的三个鬼娃儿给奶奶拜年，奶奶坐在春台前：一磕头，一角钱。

早晨，这样一个沉静一夜的村子，顿时鞭炮声响，新的一年开始了。

我们挺乐。

来电无声

人总是有些惰性的。像我的名字，俗的像一座山旮旯里的茅草房，仍不想去动一砖一瓦，总借口父母之命，不可相违。

鄂西北的老河口，保存有不少散发着历史味道的百年老街，也隐居着不少智者潜行的文化奇人。譬如查德元、汤礼春、卢苇、叶宗佩、彭泉瀚诸公人等。敝人学无所长，仅存皮毛，慵懒自眷，但时不时像一颗孱弱的小火苗，一闪一闪，受这些奇人待见，被老师们邀些文字，犹如油灯拨斋前行。

这不，一大早，德元老师来电，相约茶叙，相邀写些书画的文字。

也许是路途稍长，也许是心境迟疑？当我尚犹豫地踱向大宅门的茶肆，两位师者已等候多时。古墙下，虚竹旁，三杯两盏淡淡清香。石磨当桌，枯藤为椅，二月杏花八月桂，惶恐着我又何能？章荣发公，谓书界名流，可畅聊“金殿臣淡笔浸染，游鱼如生；孙万青重笔挑刺，墨叶随风；郭夫之顿笔画柱，卧床凌空”。德元先生耋耄老者，佳作累榻，锦书四海。我又作何呢？不是欧阳修再世，不是唐伯虎下凡，也不是张三丰得道，仅是一介田野村夫，只有低声附和的本分。我心中明白，断不可有半点傲气，仅虚于托词，但终拗不过老师们推介，相邀餐叙。

石磨当桌，枯藤为椅，二月杏花八月桂，惶恐着我又何能？

执拗不过？怕担青果一枚的罪责。因由还有一个“酒”字。“对酒当歌，人生几何？”“常记溪亭日暮，沉醉不知归路”。愚人过四旬，世事皆不及，可否算，落花踏尽游何处，笑入胡姬酒肆中。或也心存侥幸，假请卢苇先生入席，聊以解脱。因为他是最懂襄阳鹿门山的。尽管胸中稍有释然，然而“嘟嘟嘟嘟”“嘟嘟嘟嘟”不断，显然是，来电无人接听。无奈，德元公说，再致电居室。纳闷，自然纳闷。唯有尝试一番，巧得很，竟一语中的。通了。来电通了。挚友相约，自是欣然前往。卢苇先生致歉，稚女要其手机，响铃损尽。席间，举杯换盏，端上盘盘佳肴，《喝咖啡的女人》《鸿沟》《古塞杂鸣》，个个文思泉涌，篇篇沉鱼落雁。虽是停杯投箸不能食，可这一道玉盘珍馐，真值万钱。感恩老师们的提携，来电无声，差点丢失一唱和为友的机会，可总还是得到了一些弥补。

“白墙黑瓦雨蒙蒙，恰似清面柳眉容。自古佳人称粉黛，源自江南屋舍中？”好的文字自然就是佳丽美人。谁人不肯抚琴踏歌，与其共舞呢？这也许就是生活。回归陋室，我自另有一番心境。虽喜于游走市井老巷，甘于充当平民百姓，但怎可辜负古镇这些久富盛名的文人骑士呢？于是，有了一些斗志，少了一些惆怅，便有了因特观浪的冲动。想寻找吉庆街那位在夜幕下拿烟的女子，呷品她的指间情愁。《生活秀》，我们都是生活的戏子，生旦净末丑，谁人均有机会秀一秀。屏幕上，潮湿的街，昏黄的灯，妩媚的女子，却也是喧闹无声。拍拍打打，仍是一片寂静。显然，也如“来电无声，响铃不响”，音箱坏了呗。生活总有捣蛋鬼，你放它一码，它却不会给你一条生路。无奈呀。唯有购齐新装，生活便才涛声依旧。

《生活秀》，我们都是生活的戏子，生旦净末丑，谁人均有机会秀一秀。

这时，我想起何乐老先生。八旬又三，可是身世传奇。曾祖父是前清秀才，父亲是行商巨贾。1947 年，考入南京国立剧专，后入中南军区政治部。荒唐年代，海外关系和买办家庭下使他沦为牛鬼蛇神。待至平反，已年过五旬。他的生活也坏了“音箱”，损了“响铃”。纵是这样，何乐仍笔耕不辍。撰有《老河口旧事》《老河口老码头老故事》《记忆老河口》等史诗性文字。何乐诙谐逗趣，别人不解。他说：“愉快是人找的，痛苦也是人找的，天堂与地狱一步之间。”

来电无声，或许是响铃坏了；来电无声，或许是音箱坏了；来电无声，或许是生活坏了。人生一世，总有诸多的期许，也可能对官位来电，也可能对金钱来电，也可能对女色来电，可她却没有回声。为什么呢？究其原因，无不是像手机、电脑、生活一样，此时此刻，期许的“响铃”不响了，自身出了问题，需要修复。人，总会谈“人过四十，万事休”，身为田野村夫，父母给咱这般境地，这只是一个借口罢了。想一想，查老、章公、何乐，这般人生历练的智者，仍勤耕不辍，他们还把握着一个又一个机会。

人，总会谈“人过四十，万事休”，身为田野村夫，父母给咱这般境地，这只是一个借口罢了。

生活是眷顾每一个人的。来电无声，我们是不是该摒弃懒惰，修复“响铃”，在人生数轴的正方向上快步前进呢？

童年那点事儿

我是出生在一个叫茶庵的地方。过去叫青泥湾，1360年，世事动荡，有人说，农民起义军刘福通经过，独见这里歌舞升平，锣鼓喧天，遂叫太平之店。可是，解放后，我爷爷一个教书匠，省吃俭用，买得一些土地，自然便打成了地主。他愤愤不平，没多久，便投水自尽了，做了一个历史的溃逃者。

我奶奶一个人带着四个姑娘，只能住在一座干打垒的宅子里。我出生时，就住黑瓦黄墙的屋子里，毛燥燥地坐落在村子边上，像一个边缘化的人，没人理睬。它没有前院，也没有后院，更没有围墙，像一个脱了鞋，扒了短衫，游街的家伙。我家的口粮，一年只有半缸米半缸面，外加一窖红薯。我的父母，总是会为半缸米争吵。有一次，吵急眼了，我爹在灶前，能把孩子重重地扔在地上，惊呆了一屋子的人。多年后，奶奶给我看腿疾，让我原谅他们。我说命都是父母给的，又有什么不可原谅的。

它没有前院，也没有后院，更没有围墙，像一个脱了鞋，扒了短衫，游街的家伙。

老宅的后边，有一座山。山上满山的刺槐，春天的时候，一村的槐香，人们撷下槐花当面吃。秋天的时候，人们背着背篓拉槐叶，卖到药铺当药材。母亲说，我们是山西大槐树下迁来的。我不信。她就脱下我的布鞋，掰开脚拇趾，说你的小指甲盖是两半劈开的。后来，到城里工作，走访老县城、仙人渡、莲花堰，都有这一说法，也就信了。不过，我还是愿做楚国人。因为，晋国的重耳，死在荒山中，也太惨了点。

可几百年来，种槐思乡，又是怎样的一种情怀呢？

那个物资缺乏的年代，好在宅门口有一棵枣子树，宅后院有一畦菜地，帮我们度过了荒芜的岁月。枣树是1950年栽的，意喻早得贵子，可我的奶奶终究只生得四个姑娘，传不了家门香火，只得招婿入门。我的父亲是石匠出身，也算是个手艺人，在生产队打榨油，叮叮当当，一辈子，算不得有多出息。这枣树一种就是四十年，真灵验，到我母亲这一辈，生的尽是一色的男丁。我奶奶说，儿子没闺女贴心，要转运生个贴心的闺女。他们终于把枣树锯掉，去做了一张厚实的床。结果，母亲也没有生得一个丫头，依然吵吵闹闹一辈子。

我的大姑嫁到谷城的后湖。说家境，算是嫁给皇城根脚下了。论身份，姑父家贫，又红又专，成分好。讲手艺，姑父算是赤脚医生，有个养家的好把式。可他一辈子没给人看过病，可见，他是一个学有不实的医生。人们常说，远处的是风景，近处的才是人生。事实就是这样，后湖夜月、高古渔台、仙人古渡都是谷城的八大景之一，也算是嫁得世外桃源。可再好的月亮不能当饭吃。每年春节，父亲都会用竹篓筐挑着我乘火车去拜年，姑父家的宅墙是芭茅夹的，风一吹，沙沙作响。为此，姑母总会取笑说，自己大学没上成，嫁给好郎中。

这困顿的岁月，她就像一位曾经婀娜的女人，哺育着一代人。

这困顿的岁月，她就像一位曾经婀娜的女人，哺育着一代人。她拨弄开自己的秀发，挤干了自己的奶水，让我们度过那个饥荒的年代。她的青丝渐渐变白了，她的身子渐渐变弯了，她蹒跚的脚步渐渐变慢了。日子，她随时都会随风而逝，而乡愁是苦苦的，是永恒的，永远烙在人们的心中，刻在人生的记忆里。每一个人，都逃脱不了那方土地的心灵羁绊。

石碾的情结

人，一生能读到好书，不难。但能读到启蒙自己的好书，真还有些难。

1980年秋的一天，三间毛坯房前，五棵黄楝树，一副破碾盘。几个穿着蓝的卡褂子的娃儿，爬在石碾上，瞅着一本《一千零一例》的算术书，津津有味地看。我是个看偏旁脖的，这话在鄂西北叫旁观者，正主儿叫王小平。他爹是镇上的兽医，姐姐是老师，家里比我家要宽裕得多。

几个穿着蓝的卡褂子的娃儿，爬在石碾上，瞅着一本《一千零一例》的算术书，津津有味地看。

听说，书是在镇上书店买的，我很羡慕。

我在十一岁之前，农村娃儿，住在襄阳县太平店镇王堤村，村子偏僻，压根儿没有上过街。家里东西都是自制的，奶奶纺线，妈种地爹打油，没必要上街。没有黄挎包，没有黄跑鞋，更没有闲钱来买书。说实在的，这书让我很馋。三年后，在镇上参加小学毕业集中考试。那天中午，我还偷偷打听到镇中卖书的地方，听说叫新华书店。看着女店员昂着头，把票据和钱一夹，穿过铁丝一滑，便到书柜中央。我不知道，这是啥玩意。因为，我只有三角钱，买不起书。

我上学的学费，一学期是一元五角。三年级以前，我不知道自己在干什么。只听到砖头码的课桌上，娃儿们唱的“啊喔哦，咿呜吁”。小敏，在课堂上，尿了裤子，大家哄堂大笑。大胡子老师，依旧拿着一根扫帚棍，找那个混世的魔王。我们逃出臭臭的教室。春天，捉蜜蜂；夏天，粘知了；秋天，割稻谷；冬天，拎火钵。

物质匮乏的年代，这本书，让我懂得珍惜。书非借不能读也。我把《寒号鸟》《半夜鸡叫》《多收了三五斗》读了又读。母亲问："你读的是什么书哇？"我说："童第周，借厕所的路灯读书。"她露出了欣慰的笑容。

在这村民们拉绳打桩分田地的日子，我的灵魂，已不可救药地迷上了《一千零一例》。一放学，我跟着小平屁股后边，跑进他家。嘴甜甜的，违心的叫人。只为他把书拿出来，让我看一眼。他倒也大方，可就是不能拿走。在这本书上，我懂得了100＋1、99＋2…56＋45，再101乘50，加减乘除的简便综合运算，而不是1＋2＋3…＋100，叠加的笨办法。

没书的时候，我就听广播。我家的后山上，驻守着一支部队，大多是四川人和湖南人。它经常按时放广播，有起床号、休息号、熄灯号，有新闻联播，也有评书、电影转播。当那美妙的声音，飘荡在绿油油的田野上，就像刮着一阵和煦的风，是那么温暖和深情。广播也是书。在这本书中，我认识了，身残志坚的张海迪，《人生》里的高加林。

课堂上，大胡子老师再也没有打过我。总是乐滋滋地看着我写作业，别人答不上来的问题，他就让我来答。下课了，一群娃子，依旧到秧田里，找蝌蚪，我却能背出《小蝌蚪找妈妈》的课文。

一个秋天，秋叶在大地上翻卷，像翻开的一页页书。

一个秋天，秋叶在大地上翻卷，像翻开的一页页书。兽医老伯帮我领到了上镇重点初中的录取通知书，大胡子老师说："你是七八年恢复高考以来，王堤村小学考得最好的，全镇八万人，你考了前十名。"清人张潮在《幽梦影》中说"藏书不难，能看书为难；读书不难，能用为难；书能用不难，能记为难"。此时，我记起的一本好书，就是《一千零一例》，是它，开启了我人生的智慧。

多少年以后，我到了北京，没来得及去看一看新华书店。可我见到了与书店一样拥有智慧的新华门。我深深懂得，"新华"，是一本读不完的书，永远是一个睿智的灵魂。

踏雪夜归

天渐渐入冬了。

我记起 1988 年正月十五那一个雪夜经过格垒嘴的寒冷。那一夜，我懂得，冷，就是手脚不是自己的。

原本我是应该从谷城黄康乘火车回太平店的，因为要读书半年后就中考了。可是，从重庆过来的列车一驶入火车站，就发现车箱里黑压压挤成一团。人挨人，人挤人，搞得像压缩饼干。车门打不开，车下人上不去。为了赶上这趟车，站台上的人，像地老鼠一样往车里钻，又把自己当作麻袋扁担筐子往车窗里塞。我是假斯文，自然落了单。站在月台上，我像一只雪地里晚上被主人关在笼外的鸡，焦急地张望。

车走了，我傻了。更傻鸡的是，自己竟能让自己从黄康、格垒嘴、龙王冲、柴店岗、梁庄沿襄渝线一路徒步走了回去，足足有八十华里。当时，脑袋瓜里是有老娘一句紧箍咒，“兵仔，这回学不好，真得回家打牛后半头了。”意思是犁田耙地。我是说过，“妈，童第周在厕所看书，我能。张海迪身残志坚，我手脚健全。”可真让我傻到要走回去自励读书。以当时心智，骨子里不太可能。走路回家可以，萤囊苦读不可能。是怕老娘的扫帚棍子吧。

天暗下来了。草垛、麦田、房屋，慢慢地模糊起来。但我清楚地知道，这条铁路，它会通往我家的屋后和邻郊的军营。小时候，总会在铁道沟子里捡纸烟盒订本子，在军营工地上捡砂纸缝书包。可眼前的路是一条黑黑的没有尽头的铁

天暗下来了。草垛、麦田、房屋，慢慢地模糊起来。

轨，怎么办？

硬着头皮走。大约二三里，庄户人家越来越少了，夜幕下的山越来越高了。黑漆漆，阴森森，静得出奇。静得能听到远处村庄里的狗叫声;静得能听见自己咯吱咯吱的脚步声;静得能听见山上松针随风舞动的嗖嗖声。听说这山叫老军山，有个寨子叫格垒。是东汉末年刘表派兵修筑的堡子，用来抵抗曹操的部队。格垒嘴就是寨子伸到汉江里的尖角。我没有帽子，穿着棉鞋，盲目地走着。雪风越刮越大，像一把扫帚扫在木木的脸上，雪水从头发尖往下滴答，棉鞋里的脚趾尖已经湿了，不知是浸的雪水，还是汗水。

雪花从天空顺江而下,江风往裤腿里不停地吹灌,人像挂在桥栏上的风筝,摇摇欲坠。

渐渐地，黑山没了，一条白河出现了。无疑，这是汉江。四野空旷，雪风比山旮里要更大一些。定眼一瞧，从格垒嘴上，伸出一座长长的铁路大桥，三里有余。它是钢结构，黑乎乎一片。桥面上，没有一丁点灯光和人影。这样的画面，不知道画家画过没有，抑或是《风雪夜归人》。雪花从天空顺江而下，江风往裤腿里不停地吹灌，人像挂在桥栏上的风筝，摇摇欲坠。这桥与水面足有二十米高，又黑又暗。仿佛风筝一旦从桥栏脱手，它会从这冰冷的桥面无声无息地掉下去。我觉得，安静不可怕，没有人不可怕，这黑黑滑滑的大桥，确实有些可怕。在格垒嘴这个隘口，我遇上了人生一个黑暗的关口。我不断鼓励着自己，可还是恍惚看见奶奶在厨房点着煤油灯给我擀着长寿面，爷爷穿着中山装手拿一幅画站在堂儿前等我回家，老爹老妈烧着柴灶炸着油条。这不是我久留的地方，我得回家。

这座铁桥，没有箱式人行道。我只有紧紧抓住桥栏的钢筋，脚一步一步向前探着走。手冻僵了，便缩进半只手掌，用衣袖牢牢地捏着钢筋。恐高，不用往下看，告诫自己走在平地上。祈盼着火车不要呼啸而来，它会把我震摔到江里。这黑甬道黑得就像《马兰花》里的那黑妖猫，它正祸害着百姓。我要像《一滴血》里的史泰龙，要像《瓦尔特保卫萨拉热窝》里的瓦尔特，战胜这只妖猫。不知何时，见到连接铁桥的水泥桥。这意味着走过一半了。水泥桥的人行道是全封闭的。就是来一列火车，也不会把人震到江里去。而且，前面有村庄了，星星点点还亮着灯。让人看到了生存的希望。我放松了，一身汗变冷了。走着走着，我的脚掌不见了，我是用脚跟在走路。手指伸不直了，拉衣扣的力气都没有，不要手了。我的鼻子丢掉了，只剩下一双眼睛，只能用鹰一样的眼睛，到处搜索着亮光。水泥桥越来越短。当脚踏上了地面的一刹那，我回望格垒嘴那黑秃秃的岩冈，深深地叹了口气，问道：这辈子，还会再走这样路么?

雪依然下着，风依然刮着，路还有五十里。要穿过田野、坟茔、沟壑。我不再怕。我总有意无意地把铁道上的石子踢到沟里，让它发出哐当的声响，与我相伴。总时不时把自己眼光顺着有温度的方向，变成一片叶子，贴在那有灯光温暖的窗棂上。我头顶着雪花，雪人般扛撞开了自己久违的家门。妈妈惊奇得像遇见外星人。我不想多说话。让她给自己倒盆热水，烫烫脚。她问你咋回来啦？我低着头望着针扎一般的双脚，既痛又咽地说：要读书撒。

总时不时把自己眼光顺着有温度的方向，变成一片叶子，贴在那有灯光温暖的窗棂上。

多年以后，我当了老师，进了机关。总不愿讲格垒嘴这样一件傻事。而如今，格垒嘴还是那座山，山还是那座格垒嘴。时间如流水般流淌，儿子上高中了。一天，我给他讲这段故事，没别的意思。只是说，我们读书，就是为了找口饭吃，多一些选择工作和生活的权利，为自己，也为他人。

一碗面

20世纪七十年代初，我出生在一个南北朝向黄泥巴垒筑的屋子里。记事时，村里家家户户都开始养鸡了。每逢生日，奶奶总会做一碗鸡蛋臊子面，打牙祭，算是少时穷困的幸事。

那时的屋子，永久地支着一顶黑黑的蚊帐，黑黑的桌前，点着黑黑的煤油灯儿，依然看见的是黑黑的蚊帐。三间黑瓦房，像个得了黄疸病似的佝偻着身子上了年纪的农夫，咳咳喘喘，低低矮矮，不敢言语。屋子里的人，整日里在生产队长的号令中，忙忙碌碌，犁田耙地，没空搭理我们这些小孩儿。

那个年月，厨屋成了我的天堂，鸡蛋成了我的念想。

那个年月，厨屋成了我的天堂，鸡蛋成了我的念想。

说是天堂，就是正屋东墙，搭一间偏旁厦儿，溜着低檐的屋子。里边东角，照例用黄泥巴筑了两口锅黑漆漆的小灶，前锅煮饭炒菜，后锅烧水炖汤。后锅根树一高高的黑乎乎烟囱，灶门前支一呼呼啦啦的风箱。西角有一鸡笼，两层，下面是鸡舍，上面是鸡窝，笼门就是黄土墙下掏一门洞。像晏子使楚，要爬着出去。往外，亮堂堂，往内，黑沉沉。我们是田间疯长的野孩子，在村外野累了，总会顶着芭茅般枯的黄毛，污着泥土般瘦的黄脸，伸着松皮般粗的黄爪，像小鸡子似的，钻进厨屋里找食儿，要是能捡到几枚鸡蛋更是一件美事。

这厨屋的主人是奶奶，是我的陪伴，也是教我道理的人。她是一位六十多岁干净利落文雅的老妇人，总是齐齐地挽着簪，穿着灰布大襟衫，脚踩黑色灯芯绒敞口鞋。她的品位，不像是农村人打扮，脾气温婉，大家闺秀。记忆中，她总是在厨屋里张罗好吃的。孩子们的口头禅是，“奶奶，我要吃鸡蛋。”她总是摸着你的头，夹带着秦音，暖暖地说，“我们就过生儿了，做臊子面吃，好不哟？”看到了盼头，孩子就不再调皮，便独自在门口找蚂蚁玩。

老枣树，树荫密密匝匝，印在地上像一张网，却网不来一条鱼。这树，一年到头都黑着个脸，五月份，勉强吐点绿色儿了，还带着刺。青枣，是吃不得的，就是打一竿子，放在嘴里也淡然无味。奶奶就在树荫下，侍弄她的鸡苗。鸡苗是自家老母鸡在鸡窝里孵的，小鸡叨破壳，得在火笼缸里，垫上棉褥暖一暖。腿有力时，轻轻地把它放在筛子里，晒一晒，见见阳光。撒些许米粒，让它们挤破头地抢一抢，鸡苗就更强壮了。过些日子，就可从鸡冠上分出公母。如若是母鸡，就意味着这家的日子能开枝散叶、兴旺发达的。

老枣树，树荫密密匝匝，印在地上像一张网，却网不来一条鱼。

在农村，鸡打鸣也是一种学问。一只公鸡在鸡笼，或在麦秸垛，“哥哥高哦，哥哥高哦”，引颈长鸣，村子里便此起彼伏粗喉大嗓起来。这鸣就意味着日头上山，一天的清晨便开始了，男人该披衣起床，稼穑农桑。如果是“哥哒哥哒，哥哒哥哒……”，便是母鸡的鸣声。大白天，一靓鸡儿从鸡笼里哥哥哒哒地跳了出来，就是它宣告已然站立弓腰产蛋了。我们便会飞快跑进厨房，把它轻轻拿在手里，温温地，把玩一番，放进瓦罐里，攒起来，等到过生日吃。

我不知道为什么生日才吃臊子面，但我知道自己的骨子里已浸润着臊子面的温暖。这温暖犹如村屋里一盏摇曳的油灯，或是村屋外一支月亮上的清笛，抑或蚊帐边一首柔柔的摇篮曲。凌晨，黑帐里的孩童猛然醒来，伸手不见乳娘，便哇哇大哭。老妇人急急赶来把他抱在怀里，生怕得了惊漏。抖着双臂，跺着双脚，秦音楚调地唱道：哥哥高哦，天亮了，娃娃妈没见了。干啥了？割麦了。割回麦子，好蒸馍。蒸好馍馍，喂宝了。来来回回，低声吟哦，孩子蒙蒙哝哝，便安然睡去。

其实，吃臊子面是有故事的。或许是纪念一个人，或许是一种好日子的期盼。

其实,吃臊子面是有故事的。或许是纪念一个人,或许是一种好日子的期盼。

我奶奶是讲究体面的人，从石花街嫁到谷城，是因为爷爷是个识文断字的教书匠。嫁过来，在谷城街上开针活铺的。我的千底鞋、中山装、翻领衬衣，都是她亲手缝制的，针脚密麻均实，不紧不松，穿起来不皱不扯，体体面面，舒舒坦坦。

后来爷爷的小爷觉得他在谷城街上流浪，丢了家门的人。差人丁抓了回来，送到茶庵看宅子。不巧，成了四清的对象。突然的变故，爷爷见带着妻儿回不到城里，恍恍然。

有人说我像我爷爷，有读书的聪慧，有知礼的眉目。可我不以为然，没他一点剃平头、着中山装、拿画轴的书生的作派，也没有他对生活压力的脆弱。

活着是王道，活着是艰忍，活着是人性的温暖。十月初四晚上，奶奶对这一餐晚饭比较用心。她早早把酵头和面，放在灶台上醒一醒。

一切停当，收拾案板，先用凉水把案板擦一遍，再用热水擦一遍，约十分钟再晾干。撒上星星点点的灰面，用手一抹，案板白花花的洁净。这时，开始揉面。颠来倒去的揉，翻来复去的揉。案板上的灰面没有了，再撒些灰面，抓住面团一层层再揉。

如此反复，面坨便紧实了。她才拿出一根擀面杖，抓一把灰面一抹，双手抓住擀杖两端，使劲把面团碾开。因为用劲儿，她的胳膊一屈一伸，肩一耸一耸，腰一闪一闪。把面擀成薄片，一折一折堆成长长的轨。拿着菜刀轻压拉切，她撩一下散落的鬓发，把切完的面条撒上灰面顺势撒开。

接下来，拉动风箱，点着松针。锅热了，把一碗拌均鸡蛋往油锅里一倒，听着嗞嗞啦啦的响声，鸡蛋焦黄，拿筷子在锅里一划拉，蛋块便成了鸡蛋花。浇点麻油，把葱姜一炸，加上丝瓜，加火翻炒。加一瓢水，煮开，投入蛋花，臊子便成了。

热气腾腾的臊子在锅里翻滚，不晓得从哪来一股风，葱香姜香蛋香油香直入脑际。一家人围着小桌，点着油灯，吸吸溜溜地吃着面，奶奶总多盛一碗放在桌上，好像是一个人过生日，更似一家人的生日，心里格外香甜。

好像是一个人过生日，更似一家人的生日，心里格外香甜。

当然，这样的日子不多。一年四季，就是吃面也是黑面，锅里见不得点油水，生产队分的油也就一坛，得吃一整年。这样村子，我认识了油吊子、斗、升等吃饭的家什。村小时，我的书包是废砂纸缝的，我的作业本是铁道沟的纸烟盒钉的。有一次，我要小聪明，偷偷从鸡窝里拿了一个鸡蛋装在书包里，想到茶庵的商店里换一作业本。

不巧的是，东庄上的同学不小心给我挤破了。我很苦恼，不让他赔，只求不告诉家人。可是母亲还是知道了，拿出扫帚棍子，一顿暴打。不光是我的屁股开了花，还送了一句话：从小偷鸡蛋，长大挖窟眼。虽疼，还好有奶奶护着。此后，我依然用着烟盒纸的作业本，成了村子的另类。

一个秋天，黄楝树落果的日子。村上的兽医，从镇上回来拿回一个录取通知书，说是村里只有我和叫万军的两个小孩考取了镇重点中学。那一晚，奶奶破例又做了鸡蛋臊子面。

我吃得很香很甜。

槐树与老屋

跑“老日”那年，我的老辈，从谷城石花街，过仙人渡，流落到襄阳一个偏远的村落讨生活。这个村叫王堤村。村东，是一山槐花的味道；南北，是两条沟壑的清香。山和水勾勒出一个独立的王国。村，悠悠地活着。

山和水勾勒出一个独立的王国。村，悠悠地活着。

多年不见，我想起它的味道。

树影是淡淡的。一众歪歪扭扭的槐树，一个偏偏静静的村，远离尘嚣，日子确实安然很多。欲淡则清。乡野的土地贫瘠，家无斗米，日子自然也贫乏很多。女人就从槐树上撷花为菜，掬水为食。刺骨芽、地皮藓、野山菌、黄花苗，总能变着戏法登上一家人的餐桌。槐花，却成了家里的主食，挣来一家人的饭菜香。这个女人就是我的外祖母，我叫她奶奶。因为在那个靠男人犁田耙地的年代，外祖父是一介书生，瘦瘦弱弱，不经风雨，家有四朵金花，或叫换，或叫改，终没有生来一个强壮的男丁。奶奶说，多亏了槐花养人。就是后来为二丫招一个石匠的儿子入赘，她仍念叨槐花的好。

这二丫，是我的母亲。生下来便是大脚撒丫的村妞，认得一些文字，但她不为荣，最喜欢做的事就是农事。她总把自己扮作一个男人，宁愿在刺槐林里捉刺猬，砍柴禾，挑荆棘，也不愿侍弄针头线脑；宁愿制一把油纸伞，斡一把藤条椅，锄一垄新苗地，也不愿纺纱织布。女红的事，与她无缘。有一次，她勉强给我缝制了一条夏裤，却也是张不开腿、迈不开步，让我沦为隔壁大婶子的笑谈。

尽管这样，母女两人却把家里的米缸盛得满满的，孩子们衣食无忧。荒芜的日子，虽然像槐花一般平平淡淡，但却也持久余香。以至于，我成年后一直认为自己是吃白米饭长大的。

村屋是暖暖的。我记事的时候，村里的房屋，一街两巷，多半是用黄土墙砌筑的。它的墙有夯筑的，有铧犁的，有制模的。夯筑的，叫干打垒，毛毛草草，蠢笨一些；铧犁的，是趁秧田半干时犁起的砖块，要细密得多；制模的，沙土混合，小小巧巧，最受亲睐。

我的爷爷读过书，成分不太好，只能住干打垒的房屋，低矮低矮的，像见不得人。其实，这屋子冬天暖暖的，充满阳光的味道；夏天爽爽的，充满薄荷的清凉。它并不像人们想象的那么糟糕。邻居富贵的爹，是贫农小组长，他家住的是铧犁砖，房子高大，上面用白灰写着“农业学大寨”，也没好到哪去。

我奇怪的是，富贵的哥哥，为什么叫牛娃儿、狗娃儿？后来，牛娃儿当了兵，转业到了县城里，我才知道成分和名字的重要性。当时，我的母亲也给我起了一个乳名，叫小兵子。仿佛一夜间也成了有身份的人，可我一辈子没当上兵，没混出个有头有脸儿。

村屋的秋日是最美的。黄澄澄的山，湿漉漉的棉，亮晶晶的露珠在叶上转。三三两两的村民背着背篓，站在村屋背后的棉田中，趁露水软化着棉叶，一颗颗把开炸的花桃采摘。白色的朵，赭色的楷，古铜色的脸，恍若一幅秋日劳作图。

村屋的秋日是最美的。黄澄澄的山，湿漉漉的棉，亮晶晶的露珠在叶上转。

当山头太阳升起，黑瓦上炊烟袅然，人们田桑归来。黄土墙前，冒着臭汗的男人们无聊地端着饭碗，无聊地蹲在地上，无聊地胡吃海谈，无聊地家长里短。老太太们懒得听这些男人吹牛侃山，谁又知道明年的日子是不是依旧暖暖？他们站在墙角下，手爽在袖里，迎着太阳，眯望着光的遥远。

村果是甜甜的。要说，在这干打垒的屋子里，有许多宝贝，钢笔、手表、砚台，照片都是农村的稀罕物，是我爷爷从谷城县城粉水街带来的，他是一个教书匠。

我懵懂无知，却不在意这些，在意的就是嘴头子，房前的枣树，房中的厨屋，房后的菜畦。八月割稻时，我能拿出竹竿，打下不少枣子，装在荷包里去村头显摆。或者与村童光着脚丫子和泥炸碗，污着手偷偷去灶台上拿馍。没有了锅贴馍，就跑到屋后的菜畦里，把愣青愣青的西红柿，摘几个填进嘴里，大嚼一番，十分得意。

对于我的好胃口，我的兄长贫儿，照例不会带我玩的。他会用一米长的竹棍篾夹着蚌壳，制成一个撮，去村里捡鸡粪，为菜畦增肥。他会在村头，与兽医家的红娃劈甘蔗，吃到别人家不花钱的美味。

家人会夸他的，我却不能。只会拿一个小药瓶，口对着土墙上的蜂洞，用扫帚钎捉十蜂，听它嗡嗡的叫声。哥哥贫儿，确有点小聪明。带我去村小读书，老师在教室门口支一桌问:什么成分啦？我胆小支支吾吾。贫儿挤到桌前高声说，我们是贫农。那大胡子老师也不管是不是这个成分，大笔一挥，在学生登记表上写上“贫农”二字。不知是大胡子傻，也不知是贫儿精，更不知讨得多大的巧。他快快跑开，像吃了蜜，兀自甜甜地笑。

村小的房屋是全村最气魄的。高门楼，大山梁，比民宅要高一头大一膀，巍巍峨峨的，让人咋舌。旁边有一油房，高约两丈，深宅大院，莫请不能入。却总是幽幽地飘出热乎乎的芝麻香，让人口舌生津。我的父亲，大字不识，石匠出身，会锻磨凿碾，是油房的大师傅。

我的父亲，大字不识，石匠出身，会锻磨凿碾，是油房的大师傅。

学堂上，父亲沙哑的号子声比老师的讲课声还要大。唱一句“胡老三，齐努力，打完这舵，喝酒去，嘿哟哟”。说着哐当一锤，打得油舵颤抖抖。“陈老四，锤拿紧，一锤下去，油直淋，接到好油，炒菜去，嘿哟哟。”没几天，有人找到父亲，说号子喊得太甜，让村童没法上课。此后，作坊号子就变成“嘿哟哟，加把紧，打完这舵，回家去。嘿哟哟”。没有一点生气。

时光如梭。三十年了。我们兄弟都进了城。听说，家乡的槐树成金橘，土屋变高楼，我却仍怀念那个土土的村子的味道。

听说，家乡的槐树成金橘，土屋变高楼，我却仍怀念那个土土的村子的味道。

九月读书向郑州

天刚麻麻亮，儿子就一骨碌爬起来，收拾自己的行旅，准备去往郑州读书了。

我是要去送他的，却高兴不起来。这个秋天，是个多事之秋，父亲患上恶疾，由城里送回老家茶庵村静养。去郑州的前一天，我带着妻子和儿子宇昂去看望他。

偌大的院门，紧紧地关着，空旷的湿地，长满苔藓，没有一丝生气。篱笆外，是一片乡村的原野。沿着一条条窄窄的田埂，歪歪扭扭，可通往大路上的校园。原野上，我好像又看见父亲胳膊夹着油纸伞去接孩子的身影，或者是父亲喘着粗气扛着粮袋去镇上给学生送粮的身影。

原野上，我好像又看见父亲胳膊夹着油纸伞去接孩子的身影，或者是父亲喘着粗气扛着粮袋去镇上给学生送粮的身影。

而今，轮我送孩子了，他却混沌着眼躺在病床上。

一个嘶哑的声音，从窗户里传出来，“是宇昂，回来了嘛？”“是的，父亲。”我答道。“院门没有上锁。”父亲一个人守着孤独的痛。走进卧室，只见他消瘦的身板，奄奄地靠在床头，长长的胡子，几天没刮了。被子，有些凌乱，像是他枯枝般的手，难忍刮骨的痛，抓了又抓的凌乱。见到宇昂，父亲的眼神顿时亮了起来，欠了欠身，“万般皆下品，唯有读书高。考上大学，好哇。”不知何时，他从枕头下，窸窸窣窣摸出一沓钱，卷在宇昂的手里，痛楚潸然地笑着说，“我送不了你了，拿去做路费用。”

这钱是万万不能收的，一方推，一方让，几经推让，大家都眼泪扑簌。爱默生说，即使断了一条弦，其余的三条弦还是要继续演奏，这就是人生。父亲这个穷困的农民，在病痛中，仍用他的灵魂之弦，给我们以力量。我说:“中药，一定要喝。人有了精神，有了胃口，比什么都强。”父亲咬着牙，肯定地点着头。

望一眼屋顶上那瓦蓝瓦蓝的天，看一眼屋前那累累的柿树，扶一把院子里结实的篱笆，仿佛都洒着父亲温暖的眼神。这一草一木一土，如食之父母，可谓难舍，值得珍惜。

这一草一木一土，如食之父母，可谓难舍，值得珍惜。

行旅箱的轱辘声，穿过街道，划破鱼肚白寂静的夜空。襄阳站，几个生意模样的女人叽叽喳喳，显得格外兴奋。宇昂去郑州读书，我是有信心的。中原地区的安阳、长葛、轩辕丘，历史上，都是有故事的地方。安阳的朋友曾问过我：“门上的福，是倒贴好，还是正贴好呢？”我不置可否。朋友说，“福，在甲骨文中，是一双手捧着一坛酒祭祀祖先的意思。”倒过来，便损坏着神秘的祭祀。

车上，女人们，仍在喧闹着她们的衣物、发式。我却想起了《诗经》中的《七月》:“七月流火，九月授衣。一之日觱发，二之日栗烈。无衣无褐，何以卒岁。”“天冷了，要多加些衣服。”宇昂说:“郑州不远，我会回来看你们的。”哐当哐当的车响，一个东北的汉子和豫中的女人，在过道上攀谈:老板，让从秦皇岛回来，说襄渝线上有学生和大兵，没见一个兵毛。他们是随车的售货员，没赚几个钱，一顿埋怨。

列车在中原大地上奔驰。窗前，划过邓州、鲁山、临颍的站牌。我问:“唐宋以来，有几人便下襄阳向洛阳做出成绩的呢？”在我居住的城市，或许也就只有杜甫、张士逊、欧阳修罢。于是，对宇昂说：“欧阳修，曾经登过襄阳的岘山，在岘山亭下，找到过一块唐独孤府君碑，做学术的坚忍，让他成为一代金石家。”老河口人感其开化民风，在马窟山上，还筑有登云寺纪念这位老欧阳头。

到郑州，有朋友约去闲逛，逗留数日。由于记挂着父亲，我却只记起商都大道的轩辕雕塑，黄帝开创的一世基业。儿子要回送，我拒绝了，只央他把自己安排妥帖。吃烩面时，我说：中原，每一粒泥土，都浸润着不朽的文化。要珍惜当下。

中原，每一粒泥土，都浸润着不朽的文化。要珍惜当下。

写文章时，儿子发来短信：只争朝夕。送子不如送书，甚慰。

木瓜树

庭院里，人们种树是有讲究的。种石榴，祈盼的是人丁兴旺；种桂花，求的是花开富贵；种修竹，意喻着品格高雅。

像我的老家，门前，就种一棵枣树。因为，我的奶奶，一连串生下五朵金花。盼望着早得贵子，便种下这棵枣树。

我不知道，城北的陈大爷，讲究的是什么？他的家门口种着一棵木瓜树，挨着屋檐下，像个进城躲雨的小商贩。据说，他家人老四代都爱种木瓜树，没有人知道这树是哪座山上的神仙。可眼下的树，说它有瓜果吃，它就单单的一株，也指望不上能结多少果儿。说它花香满径，小巷是有的，却看不到风伴花开。

木瓜普通。我去看陈大爷。

他就住在一个巷子里，新修了宅子。逼仄的三层小楼，铅华褪尽，勾勒出古朴的味道。门口，一窝毛竹，三五乔木，郁郁葱葱，森森严严，倒像一身裙袂，包裹出楼阁儿的幽静，好像与世无争。

不知情者，是找不到木瓜的。它，一介平民，就掩映在柿树的枝林里，不细看，那真叫“双兔傍地走，安能辨我是雄雌”？木瓜树，擀杖粗，枝旁逸，乌青色，枝枝蔓蔓，一丈有余。朋友说，这木瓜的种子，是陈大爷从河南社旗老家带来的。

木瓜树，擀杖粗，枝旁逸，乌青色，枝枝蔓蔓，一丈有余。

要说，过去，尚有一棵木瓜是种在宅院里的，一种种了三十年。五年前，雕刻室扩大，院子变成了房子，木瓜树无奈才砍掉。陈大爷舍不得扔掉，便把碗口粗的檩子堆在楼梯间，树枝放在雕刻室。木瓜赛亲人。陈大爷说，这木瓜树，又叫木梨，结的木瓜，不仅可以泡酒喝，而且可以酿酒的。陈大爷爱喝两口，爱唱《捉放曹》。木瓜，既治病，又养生。一天，陈大爷随手抓了一把木瓜籽，往门口一扔，这树儿竟忽忽悠悠长了起来。

我想，命硬、实用，或许是大爷种木瓜的一个缘由吧。一会儿，陈大爷从房间里出来，去整理几案。这一案的《乌衣巷》《陋室铭》，行笔凝炼，刚劲有力。想不到，陈大爷，这九旬老翁，木瓜枝般的铁手，竟能写出这般好字。我说："大爷，这木瓜树寻常，你刻版的年画不寻常，舞文弄墨更不寻常呀。""嘿嘿，人不学要落后，刀不磨要上锈撒。祖上的手艺，丢不得。"他红额皱纹一抖，咧出一个笑脸儿说。

草木一生，有草木葳蕤的生命。

草木一生，有草木葳蕤的生命。

与朋友攀谈，朋友说，陈大爷种木瓜，其实是有一段故事的。他与父亲陈国卿原来是在松昌福、雕刻社、乐器厂雕版为生。家境贫寒，租住着别人家一间瓦房度日，算是挡得点风雨。可是没多久，主人家添丁加口，要收回房屋。陈家父子没得法子，只有流落在城外，搭间土房度个饥荒。这一年，他们种下一棵木瓜树。大爷的父亲说："别埋怨。我们世代种木瓜。老书上讲得好，投我木瓜，报以琼琚。要懂得感恩的。"

感恩，投木报琼，这不仅是一个手艺人朴素的生活理念，而且也是年画人人性向善的文化传承。这会，从窗口往外看，木瓜的树叶近在眼帘。阳光照在叶子上，它竟是这般神奇。

陈大爷从一摞字迹中，找出一幅字，说"手艺人，要有感恩的心，要吃得起苦。不患人之不己知，患不知人也"。他读给我看。意思是，莫怕别人不知道你吃苦，要看到别人吃了多少苦。听着这一席话，我静静思索：人给一果儿，当给人美玉，是多么高尚的品格。一个民间的雕刻师傅，他的刀下，刻着的人生哲理，竟是这么的深沉。

一个民间的雕刻师傅，他的刀下，刻着的人生哲理，竟是这么的深沉。

木瓜，感恩。陈大爷，这个永远记着别人好的人。

他叫陈义文，襄阳南派木版年画的传人。

一只山涧飞跃的精灵

——读周瑜的散文集《走出尘埃》

《走出尘埃》，这是一本稍有禅意的日记体散文集。

读完全书，你仿佛看见一只智慧的精灵在鄂西北的山涧飞跃。远远地，它展动着美丽的翅膀，飞越在重山，寻找着生活的亮色。它渗透着作者调侃人世的狡黠，也浸润着一个山乡女子内心灵魂的脆弱。周瑜，恍若一个飘荡的精灵，需要一个驻足的港湾。他从人性的感悟入手，对生活的一枝一叶，信手拈来，皆成文章。

何为尘埃？是出世，是入世？这也是写作者挣扎的一个宿命。

何为尘埃？是出世，是入世？这也是写作者挣扎的一个宿命。南北朝时期，佛教禅宗第五祖弘忍大师在湖北的黄梅讲学，让弟子以诗论道。神秀很想继承衣钵，半夜起来，在寺庙的院墙上写道：身是菩提树，心为明镜台。时时勤拂拭，勿使染尘埃。第二天早上，众弟子都说好。而厨房的火头僧慧能听说后，不以为然，说“菩提本无树，明镜亦非台。本来无一物，何处惹尘埃”。弘忍法师遂传衣钵给了慧能，创立了禅宗南宗。

追求功名也好，淡泊名利也罢。慧能达到了出世的最高境界，四大皆空。对凡夫俗子而言，都只不过是人性成长的一个向度。把握好人生的态度，就是一个人幸福的温度。周瑜铭记父亲的“过好日子”、四姐的“读完师专，读本科”，四姐以嫁给年长十二岁男人的代价，换来全家人温饱的生活，更葬送了自己如花似玉的青春，可悲可叹。但也炼就了写作者坚韧的个性，诸如《你敢，我就敢》《别动我的内裤》，就是这般个性的写照。从写作上而言，周瑜是幸福的，因为作为一名作家，她的灵魂是自由的。

读《走出尘埃》，感受周瑜的身世，她无疑与军旅作家阎连科、书院作家晓苏一般，出自穷乡僻壤的山野。阎连科少时穷得吃土，千辛万苦当了兵，谋得个当干事的差使，首长要看看这个好小伙的作品，可母亲不知手稿的金贵，把它当作做饭的引火纸放在柴灶里烧了。在那个不管“吃喝”，只管“革命”的年代，这就是宿命。晓苏是湖北省襄阳市保康大山的苦孩子。年长其四十岁的堂哥，扛着根扁担，挂着只酒瓶，甜甜悠悠地走了几十里山路，想回家喝一口的时候，酒瓶却无情地摔碎在山坡的大石上。堂哥撅着屁股，满嘴是血地舔着碎成玻璃渣子的酒。是酒鬼乎？是匮乏。在以“成分论”的年代，谁家都有一本难念的经，但不可磨灭的是人性的“善”。

生活就是这样，它给了你苦难，也给了你才情。

生活就是这样，它给了你苦难，也给了你才情。

“沧浪之水清兮，可以濯吾缨；沧浪之水浊兮，可以濯吾足。”沧浪是江，是水；沧浪是诗，是文；沧浪是哲理，是人生的指针。站在鄖阳古渡的汉江边，鸟儿擦着水面掠风而过，是那么的轻盈。它就像一只精灵，永浴在文化的河流里，自由自在。我与周瑜毗邻而居，她在丹江口，我在老河口。就像君居汉江头，我在汉江尾，却素未谋面，就连她工作的单位也知之甚少。经作家查德元先生推荐，我得知还有《沧浪》这方文学的沃土。

一个优秀的作家，在自己时代的历史条件的局限下，能够正确或者比较正确地把握自己的人生观、价值观和世界观，是难能可贵的。它的倾向就是赞扬真、善、美，鞭挞假、恶、丑，主张“究天地之际，穷古今之变”，“不虚美，不隐恶”。周瑜剖白自己的灵魂，记述自己经历的一个时期，展现了这一时期给予的希望与失望，正义与邪恶，她的笔下流的是泪，是血。

识沧浪，识周瑜，甚幸。

《走出尘埃》收录周瑜一百一十四篇随笔散文。记述的对象大多是家人、友人、恋人，每篇文稿，就像她的性格一样，不拘于形式。可以是女人男相，可以是梦幻虚拟，可以是深情倾述，可以是低叹沉吟。有话则长，无话则短。它就像一个任性的小妞，撒娇、忸怩，但又浑身装满着深沉的故事。你浅浅去搭讪攀谈，她飘然而去。你静静地去揣摩观瞻，她寂然而聚。她的爸爸是识文断字的地主少爷，也是沦落乡间手把锄头的一介农夫。妈妈是手推石磨的老水牛，也是白发苍苍手持红木匣的痴情人。啃手指、抠脚丫的小石头，从东北打来了感慨的电话。潇背我过河，我却扔了她的伞。诸如兰姐姐、彦哥哥、万峰，一百一十四篇文字，篇篇渴望着人性的温暖与关怀。写作者的《流年琐记》《今生的姐姐，来世的爱人》，还有《五二〇》《郁闷的春节》《中秋节，与谁团圆》，无不是对亲情、爱情、友情的倾述，这也是人存于世亘古不变的真善美的祈求。

它就像一个任性的小妞，撒娇、忸怩，但又浑身装满着深沉的故事。

周瑜的书，没有浓墨重彩，而是一只笔，不经意轻轻地划在纸上，它便会刺痛你的心。它让你重温了她的天真浪漫，她的清贫纯洁，她的青春火热，她的感恩孝道，她的纯情依恋。你不能不用心去读，去品，去尝，去悟。关键是这本书在这几个方面作了些有益的尝试。

一是敢于解剖灵魂，沉浸浓郁乡情，书写一个山区儿女孝道的情怀。从某个角度上说，作家是为人和人类的记忆和感受而活着。因此，记忆和感受，使我们成为热爱写作的人。一个优秀的作家，他以自由的灵魂，或褒扬，或鞭挞，或忧患这样一个社会，这是一个共同的特质。

在《走出尘埃》中，周瑜以缺憾的美做到了。在《流年琐记》一文中，市委宣传部要借调其到南水北调指挥部，恰逢四姐姐病故，周瑜回到了日渐荒凉的老家柳林。她看到的是“白发飘飘的母亲略微颤抖着的手”，“母亲吃力推开在岁月浸染中变形的木门”，母亲已垂垂老矣。她想到的是“忠莲，老天没有压头，我们会有活路的”，“老五，教书是个良心活，无论咋样，都要对得起子弟”。而在此之前，一面是宣传部安排写一篇四十万字的报告文学，一面是病入膏肓的四姐姐，周瑜大哭:“我现在医院！我四姐姐得了癌症！我什么资料都不看！什么书都不写！”四姐姐移动枯瘦苍白的手，铺盖在妹妹的手心，劝慰道:“姐姐知道你喜欢写书，做梦都在写，现在是个好机会，千万别错过。或许，你把这部书写好了，领导赏识同情你，以后答应你不教书只写书了呢！”面对自己满意而读者推崇的文字，周瑜再一次哭了，甚至视这些文字为垃圾。人性不是非白即黑，她可以拒绝，可以蔑视，但她却完成了。这就是一个立体的主人公形象，具有鲜活的生命力。

面对移民搬迁，文章写道，离别故土，母亲没有她那么难舍难分。“母亲所有的东西都在她怀里的小包袱里，我知道那包袱里是一个狭长的红木匣，木匣里装着与父亲关系密切的几件小东西：父亲生前砍柴用的弯刀，刮胡子用的剃刀，父亲的印章，父亲最后一次洗澡用过的肥皂。”母亲不止一次地跟她说：“要有一张你父亲的照片就好了。”朴实的老百姓“舍小家为大家”重情重义的形象就跃然纸上。

面对移民搬迁，文章写道，离别故土，母亲没有她那么难舍难分。

这种“小爱”在周瑜拒绝、痛哭、缺憾中升华了。没有对家庭的爱，哪有对国家的爱？没有对家人的孝，哪有对国家的忠？小人物有缺憾的灵魂更闪耀着人性的光芒。

二是敢于忠实自身的感受，用自己的嗓子说话，书写一个文学工作者对生活的抗争。我们过去一直说，一个时代有一个时代的文学，一代人有一代人的文学。我们很多时候在前辈的惯性中写作，并习以为常。如果总是停留在这样的写作中，文学会不会有鲜活的生命力？失去自我？《人民文学》编辑徐则臣说，一个作家如果不忠实于自身的感受，就不能发现自己与时代的关系，只能用别人的眼光看问题，写出来的作品就没有意义。

周瑜的文字多半是直来直去，直抒胸臆。像《我是多情鬼》《我是人妖我怕谁》《我是"同性恋"又何妨》。以至于别人都劝她：心情好一点啊！心情好了身体自然就好啦。比如《镯子》，写在深圳兰姐姐送自己一只玉镯，在武汉的途中被识出是假货。结果还是摔碎了。摔碎的不仅是心情，摔碎的是人的良知泯灭和道德沦丧。周瑜出生在竹山的小山沟，父母是村干部指头点的成的家。而父亲的识文断字是她一生的骄傲。作家潘能军说她骨子里尚流淌着贵族的血液，有点小清高；周瑜说她好多时候是混沌的错乱的，有点小糊涂；上海一朋友说她是生活重压下情感的宣泄，有点小放肆。这都是一个山乡小女子对生活的不甘。她需要亲情，因为母亲能一整夜抱着自己的脚暖一夜，可她却老了。她需要爱情，"农夫山泉，有点甜，愿得一人心，白首不相离"，可自己却是一个自作主张的人。她需要友情，好男人都有妻子和女儿，自己注定是以文字为友的人。

爱是最美丽的语言，爱是温暖的阳光，爱是避风的城堡。

爱是最美丽的语言，爱是温暖的阳光，爱是避风的城堡。书中，周瑜还是走出了生活的困顿，是值得欣慰的。那个《贫病交加的女人》，曾经过《离题的中秋节》《泪落如雨，心碎如尘》，还是迎来了《君从远方来》《那一刻，最美》。虽然是一部女作家随笔散文，它却是一路寻爱的旅程，好在有万峰同行。

三是敢于语言犀利、幽默，调侃众生，书写一个无畏无悔破茧成蝶小女子的才情。我是襄阳人，自然关注周瑜写襄阳的文字《襄阳，无故事》。说的是君 A 长得一副小白脸，像夏天带着奶腥味的婴儿脸，无端地少了些光滑与脂嫩，爱对女士评头论足。周瑜立即指着君 A 说："比他还漂亮？"君 B 和君 A 愣住了。君 A 很认真地说："我是男人啊！"周瑜继续看着君 B 说："他是个男人？"这字里自然含着讽喻君 A"幼稚"的味道。这篇文章，与南阳才女作家廖华歌《与陌生人一起喝咖啡》有异曲同工之妙。华歌先生依一位科技专家所托见一位商人，其偶在南阳经商，两人相约喝咖啡。席间，商人总是不经意打开海蓝色的大提包，露出整捆百元大钞。华歌试图与其谈文学艺术，没想竟十分困难。鉴于学识、气质、姿态、神韵与想象差距太多。结束！华歌毅然掐断了这次谈话。喝咖啡不仅没有拉近彼此距离，反而两人变得更加陌生。道不同，不相为谋。周瑜划的是一个圈，华歌是直接的干脆。不同的形式，都是一样的潇洒。

周瑜是网红，自然有网络的"官司"。有人说，男人基本等于色狼。她犀利地说，试问有哪一个女人不希望自己的男友或老公长得高大帅气？如果让你选择在武松和武大郎中选一个做老公，你会选那个"三寸丁谷树皮"吗？有人说看男人要看他的事业，她却说事业成功处加好皮囊，女人，你会拒绝吗？采写周瑜这个笔名，虚拟书写者的名字。它给了人物故事更多的延展空间。它可实可虚，亦梦亦幻，尽情释放作者的才华。故事的细节与情节，也可有所变化。正是周瑜雅俗有致的文字、凄美动人的故事，吸引了诸多"瑜粉"。周瑜可以哭，可以笑，可以疯。但人性向善的光芒是永远不会变化的。

周瑜可以哭，可以笑，可以疯。但人性向善的光芒是永远不会变化的。

多情未必懂爱，剪去一丝忧愁。周瑜，何处染尘埃？人的生活可能不平坦的，但你有幸有一方自己耕耘的田野。你会像一只精灵，在文学的原野上越飞越高。

感悟四题

——致沈学印先生

甚幸捧读《沈学印小小说十篇》，有的人物极其普通，有的情节极其荒诞，有的寓意极其深远。明代的学者王夫之说过："无论诗歌与长行文字，俱以意为主。意犹帅也；无率之兵谓之乌合。"沈先生小小说以高度的社会责任感，在方寸之地，从一个点、一个片段、一个瞬间、一个现象入手，在短小的篇幅中，对社会、对人生进行描述和深思，确值称道。现仅撷数篇，书些感悟，以欲自勉。

"唯我"的代价

以狼为体裁的寓言小说，屡见不鲜。襄阳小说家尹全生的《狼性》，它生动描写着一只独狼不断地刀口舔血，结果自寻死路的故事，剖析着狼性的贪婪。保康作者吕先觉《下河打狼》，叙说人类拦河筑坝，一只饿狼流落河滩的尴尬境地，进而审视人类的野蛮。沈学印先生《狼心》，直视狼群之内兽性的厮杀，探寻生存权下物竞天择、唯我独尊的代价。

沈学印先生《狼心》，直视狼群之内兽性的厮杀，探寻生存权下物竞天择、唯我独尊的代价。

狼王之所以称为狼王，是因为狼家族其它成员的存在，杀害了父母兄弟，失去赖于生存的土壤，其就不算是狼王，必然为大自然所淘汰。《狼心》的最大价值在于，它找到了艺术与生活的共通点。没有生活哲理的艺术，它没有存在的价值，没有艺术的生活，它同样会失去耀眼的光环。当今社会，多为生活挤压，自我意识不可避免。人人需要自我保护，需要自我展示，但断不可伤害他人，不可过河拆桥，不可卸磨杀驴。就像狼兄凯宾斯一样，父母生，父母养，却为一口奶水大动干戈。设计残害弟弟，无情咬死老母，作家用“两目如锥”“忿忿不平”“疯狂咬住”等仇视性的词语，揭示着它狼心不改、结果必然是咣当自毙。

鲁迅先生说过：浪费别人时间等同于谋财害命。谁也没有资格要求读者“听”你唠叨一个只有你自己才关注的事情。小说的故事只有赋予它人性和社会“大爱”的内涵，哪怕是新奇巧的、非常意外、超常甚至是荒唐的事件，也会被受众所喜爱。更有人说小小说的创作就是螺蛳壳里做道场，在有限的空间施展艺术才华，《狼心》算是一碗可口的汤。

臭嘴济世

对准备结婚的青年男女，他说“你们准备登多少年的记”；对懵懂无知的孩童，他说“你们知道，超育、超生和不按计划生育的后果是什么吗”；对仕顺志得的官员，他说“下面让我们用热烈的掌声欢送领导亲自下台”……

如此之类的话语，很显然小说的主人公老仇是个嘴上没个把门的，不分对象，不分场合，不分地点，什么话均不过脑子，典型的口无遮拦。要不然，就是一醉汉酒鬼。然而，沈学印先生正是用这样一个人物形象折射出一种社会的责任。

然而，沈学印先生正是用这样一个人物形象折射出一种社会的责任。

冯骥才说过，真正的作家，都是有一辈子的敌人，如丑恶、虚伪、庸俗、懦弱等等。现在老的少的都是在一起一个劲地“闪婚”，今个刚刚结婚，明天就来离婚，简直是狗配猪，何来婚姻的责任？上有政策，下有对策，超生超育，何来社会责任？少数官员嘴上跑火车、不实实在在办实事，何来工作责任？沈学印先生把笔头凌厉对准社会虚伪的一面，“笑话”般给予调侃。

作家为何写文字？当有济世之心，不能放弃对崇高理想与真理的追求，不能放弃对人类同情与人道主义精神。老仇“顶风臭出四十里”，他以孔乙己的姿态出现在大众面前，就像江河的急流，以它特殊的形式，冲刷着阻碍它的淤积或顽石。

老仇，一个臭嘴就懂得生活的怪异，更何况我们这些贤人？

酸醋鱼酸了谁

从小小的一扇窗口，能够看见窗外一轮悬月，从小小的一滴水粒，能够折射一束阳光，从《酸溜溜的“浇汁鱼”》小小处选材，却隐射出人性深处的劣根性，嫉妒作祟。

沈学印先生是一位扎根基层的优秀作家，他钟情于基层的百姓生活，《酸溜溜的“浇汁鱼”》没有从小我角度认识事物，而是从“大我”社会现象的视角，去发现去揭示去发掘，剖析表现社会生活的内在，“不患贫而患不均”的精神境遇。现今社会，人人都有欲望，人人都有嫉妒，老白当然也不例外，他自诩为“雅”，鄙视对面的老头“一副酸相”“与这优雅的环境很不协调”，当自己得来一盘比人家“又瘦又小”的浇汁鱼，无奈“雅”不起来了，“满肚子的怨气都是端了过去”。建设和谐社会，当有包容、感恩之心，感恩别人的付出，包容别人的不足，调整好自我的舒适度、幸福感，自在地生活。

建设和谐社会，当有包容、感恩之心，感恩别人的付出，包容别人的不足，调整好自我的舒适度、幸福感，自在地生活。

无独有偶。据史载：明洪武年间，朱元璋微服私访，行至一破庙前饥饿难耐，张目四望，幸得一农夫送来一碗茶聊以慰藉。回朝后，感其恩德，封其为一七品县令。这一行为，却招至一书生嫉妒，遂在庙门上书一联“十年苦读书不如一壶茶”，朱元璋得知后，不以为然，接下书一联“他才不如你你命不如他”。我们倡导感恩、行善、积德。农夫为他人行了善，他当得到回报。人何以感恩？沈学印先生从小处取材，从大处放眼，对这一理念给予了很好诠释。虽一瞬一点，寥寥数行，却寓意深远。

酸醋鱼酸了谁？尚不要紧，关键是需自知、自省。

深沉的爱

众所周知，百姓的语言才是最朴实的语言，百姓的生活才是最真实的生活，百姓的梦想才是切实的梦想。一个优秀的作家，只有像沈从文那样，把笔触对向普通的民众，写他们所思所想所望，文字才得以隽永。《那是！那是！》里的老酷就是普通民众的一员。他生性木讷，却渴望得到真爱，他口齿愚钝，却一腔美梦。可问题是，谁人天天都在做“白日梦”呢？是我，是你，抑或他？

他生性木讷，却渴望得到真爱，他口齿愚钝，却一腔美梦。

老酷，30 岁了，还单身。老酷，刚 30 岁，却冠以“老”字，却不是“小酷”。原因何在？老实木讷。沈学印先生写这篇小说，作家仿佛端坐那里，一边品茗，一边娓娓道来，向读者讲述着一个既老又新的故事。读者时而屏声叹气，时而轰然大笑；时而沉默附和，时而欢呼雀跃。

在当下，关注现实生活中处于基层的普通人生活命运及心理情绪的作品，较前些年减少了，尤其是真实描绘心理需求的作品更少的情况下，《那是！那是！》给读者带来了难能可贵的心灵的激荡和振奋。我认为，“小小说是平民艺术”，要求作品的语言“平民化”，“下里巴人”看得懂。《那是！那是！》做了有益的尝试。

怕猫说人话

与三五知己喝茶,谈及大导演陈凯歌拍摄的电影《妖猫传》。说的是,一只猫附了人体,会说人话,潜入官员家中,作威作福,受到追查的故事。因为电影在襄阳的唐城拍的,谈及这样一只猫,大家便也饶有兴致。

一只猫,浑身黑亮亮的毛,长着鹰一样锐利的眼。它,在城内,洞晓了多少宫闱之事,权欲、苟合、分赃,了然于胸。一日,它会说人话了。这是一件大事,更是一件奇事。搞不好皇位,原来是留给三太子的,在宣旨当晚,四太子暗暗纠合西宫娘娘,改了圣旨。猫要是说出了黑幕,城内城外,岂不是人心惶惶?就是在平常人家,猫说人话,也是很可怕的。女士洗澡,它爬过窗户。老人过寿,它盯过红包。一只猫,从小养大,要吃给吃的,要喝给喝的。睡觉,同床共枕;外出,怀抱其中。它却说出了人话,说出了诸多羞以启口的东西,太不应该了。

有人说,猫情状和蔼可掬,是一种假象,是一种伪善。

有人说,猫情状和蔼可掬,是一种假象,是一种伪善。它说,我只爱水秀山青,茅屋竹林,绿草铺满的小径,案头常有花香,窗外带有鸟鸣,嫁一个会种田的,最好会弹唱,又会作诗文。它,整日蹲在椅子上,等主人回家。可它最终是,见不得半点鱼腥味。有了鱼腥味,它会忘记了它整日静静的守候。它本质上,是恶的。

猫,真是恶的吗?

我生在农村,倒也没见到过猫有多恶。乡下人打了谷子,总要装在一口木制的粮仓里，或者用竹席高高地篾起来。这样，仍抵不过老鼠的尖嘴。如此，家家户户总要养一只猫。让它，昼伏夜出，看家护院，恪尽职守。南宋时，大诗人陆游就有诗云："执鼠无功元不劾，一箪鱼饭以时来。看君终日常安卧，何事纷纷去又回？"赞赏它的可爱。外国作家弗吉尼亚•伍尔夫说，"善良的老妇人告诉我们，猫对人的好坏有着最棒的判断力。他们说，猫总是会跑到一个好人的身边。"看来，猫还是向善的，忠于职守的。

最近，读过新疆阿勒泰女作家李娟的一篇记猫的文章，颇为震惊。猫忠于人，人却逆于猫。文章记述，外公好赌，输得只剩下一只木箱一面铁锅和五个碗了。外婆藏了一只铜磬，养了一只猫。外公先卖了磬，没有卖的东西了，就卖猫。第一次，清早卖到二十里地的放生铺，晌午就回来了。结果第二天一大早又被外公捉了去，蒙在布袋子里，卖到三十里外的永泉铺，这猫神奇地又找到了家。不久，邻县龙林铺逢集，五十多里，外公又把猫逮走卖了。外婆盼着它还能再回来。这一次，猫却再也没能找回来。

这个故事告诉我，人，有时也有恶的一面，他会让挚爱的猫深深受伤，找不到回家的路。现如今，街道上，有多少猫受人虐待，伤残，拘禁。它对谁说去，这些难处又该不该对外去说？朋友说，他家养的猫，这几天老是喵喵叫，把沙发都挠得一个一个洞，太可恶。听此一言，众人一笑，打趣道，猫遇上青春期了吧？你拴着它，猫太无辜喽。没有猫的生殖繁育，怎么有一个食物链的生态平衡？猫会说话，多好，沙发也保全了。其实，猫通人性，知晓好坏。法国作家大仲马的猫，有超能力，能够预知主人什么时候工作结束。看它挪不挪窝，就知道大仲马是不是要到家了。怕猫说人话，事实上，是人们对自我隐私暴露的一种恐惧，是对自我安全距离的一种防范。

人，有时也有恶的一面，他会让挚爱的猫深深受伤，找不到回家的路。

我要说的是，不做亏心事，何惧猫能言？

灰色的幽默

——读叶宗佩先生《官之惑》的感悟

一只直面官场起伏的冷眼

认识叶宗佩先生已经有些年了。他在机关工作很有年头，是个有才华的作家;早已挥毫泼墨，有所成就。《官之惑》是他很重要的一部精短篇小说集，构思准备了许多年，写作的时间也有十几年。最近方握卷在手，如捧珍馐。

老河口这个地方是个出文学奇才的宝地。像汤礼春、卢苇、查德元,他们都倾情于老河口的地方文化。汤礼春的《李宗仁在老河口》、卢苇的《文雅英芬》多以小说或散文的笔触书写对老河口的热爱,发思古之幽情。叶宗佩的《官之惑》与其他作家不同的是,他把关注的重点放在他所熟识的官场,或暗讽，或隐喻，或提醒，用情颇深。虽然表面上看起来是写官场的些微琐事，实际诠释着做人、做事、做官的深刻哲理，更用俏皮的文字、黑色的幽默给受众耐人寻味的启迪。

与其他作家不同的是，他把关注的重点放在他所熟识的官场，或暗讽，或隐喻，或提醒，用情颇深。

小说《证明》讲述老县委马书记退休后赋闲在家，分外失落，其妻子组织部副部长代其为老朋友地区副专员刘春华做证建国前参加工作的故事。小说矛盾的爆发点在其妻子证明刘春华是建国前参加工作，因为文化大革命中，刘春华保护过马书记，且现在贵为地区副专员，总得还人家一个人情。而马书记固执地坚持刘春华是种麦时入伍、建国后参加工作，还拍了桌子、打了举报电话，简直不尽人情。短短几百字把一个“脾气坏、下级服他又怕他”党员干部形象刻画得入木三分。脾气坏，说一不二，服他正直、坦率，怕他不圆滑世故。小说是对生活的隐喻，在这一点上,《证明》有很好的体现。小说刻意描述马书记脚下是拖鞋，前边是凉鞋，再前边是布鞋、皮鞋，在他面前，有一条从沙发到床边用鞋铺成的路，叶宗佩用“鞋”这个符号，通过官场升迁去职冲击之下党员干部的生活和心理变化，用“穿什么鞋，走什么路”抨击个别干部弄虚作假无组织无原则的歪风。

老河口是个文化多元且来源复杂的城市，在以往的研究中，人们多将注意力放在市民文化和码头文化上，叶宗佩先生不畏一团和气勇于将官场文化给予描绘展现，可敬可佩。正如他在小说集前言所述，我深信真实是文学的生命，只有真实反映生活才不悖于文学，不愧对读者。叶宗佩在《官之惑》中所做的尝试，不论是对他个人的文学创作，还是对地域文化的再现，都是一个良好的开端，是值得赞扬的文化和文学自觉。

我深信真实是文学的生命,只有真实反映生活才不悖于文学，不愧对读者。

一句随口官场冷暖的调侃

这是一个变幻难测的世纪，也是一个催人奋进的时代，希望、困惑、机遇、挑战，随时出现每个人的生活中。我欣赏汤礼春先生的文学态度，文学其实就是人学，亦谓心灵学。一个人，把握好了自己的心灵，也就把握好了整个人生；一个社会塑造好了群体心灵，也就塑造好了当今世界和人类的未来；一个作家，只有泅渡人类心灵长河，才能真正抵达文学彼岸。叶宗佩小说《搭车》《楼上楼下》《好字儿》《死者无过》《作家妻子难当》总是通过具体的物象物语,具体的动人故事,来传达人生理念,来表达心灵感悟。《官之惑》收获了自己大量的官场小小说，其中有很大一部分是以机关为题材的，而具体写机关干部，又占了很大比例，它像一部犀利的笔录，刻画着作者深深而锐利的思考。

叶宗佩先生是一位生于襄阳东津的本土作家，做过40多年的机关干部，工作后又长期深入党政机关体验生活，对官场有着非同寻常的了解，并对其进行了深入的思考。《搭车》《生财之道》作为《官之惑》小说集的压箱底作品，可谓叙说着官场文化人的尴尬与无奈。这几篇小小说，完全是采用幽默现实主义的风格。小说讲述文化局副局老谢升任文联主席后单位困难尴尬出行的故事。第一次遭遇是老谢搭人大的顺风车，结果人家开会借麦克风车子误点，副市长不问青红皂白劈头盖脸一顿批评，“原来听说文联散漫，我不信，今天我信了。连文联的头儿就这个作风，文联的干部精神状态能好得了吗。”第二次遭遇是老谢搭企业的顺风车，自我感觉良好的他遭到厂子里女职工的奚落，被人赶起了座位。《楚江》杂志主编本职工作就是负责纯文学作品刊发，然而迫于经费紧缺，无奈去办什么汽车节油项目，拉赞助，结果被欺骗被忽悠。知识改变命运，作为新时代文化的旗手，文化人如何得到保护和尊重？引人沉思。

知识改变命运，作为新时代文化的旗手，文化人如何得到保护和尊重？引人沉思。

1983年，老河口经历了县市合并，机关干部同样经受着一次艰难的蜕变。它不仅是10年、20年，可能一晃就是40年，一个人的一生都打上深刻的烙痕。改革发生数十年后，这一时期机关干部的生存状态和情感心理成为诸多作家的关注对象。汤礼春《洒笑世态》中“滑稽官场”，叶宗佩《官之惑》就记述了变革掀起的社会深层波澜，回溯了机构改革历程。而地处鄂西北的县市机关自改革以来政治、经济、文化等方面又有着怎样的经历和变化，生活在其中的党员干部的心理情感又有着怎样的激荡，则是叶宗佩在《官之惑》里面所展现的内容。

小说集比较吸引我具有调侃意味的应该是《材料是否印发》。小说讲述的是县委办公室几位副主任工于心计、玩弄城府的故事。一个本不该印发的材料，到了几位主任手里，大家揣度再三，相互推诿，玩弄权术，怕担担子。一位主任既想拍领导马屁，又怕领导批评，有意踢皮球。一位主任本可对领导直言不讳，可汇报工作言不由衷，左顾右盼而言它。而只有愣头青打字员小李憨不隆咚说，“朱书记，你在教育会上的讲稿和彭书记的差不多了，发出去有啥用？”“嗬，小李倒成内行了哩，我同意你意见，不印发。”顿时，三位主任六只眼睛瞅住小李，感到浑身轻松了许多。仿佛套脖子上枷锁终于被解除了。官场如战场，县委办公室几位主任的出场，别具匠心，这些人物的生存状态与现今我们生活的时代很一致。作者对机关注入了更多的思考，是诚实守信，还是圆滑世故？面对官场上各种变故，如何在领导前讨喜？难道身经百战的主任们真不知该如何应付？但无论如何，他们必须面对和迎接这变化。

官场如战场，县委办公室几位主任的出场，别具匠心，这些人物的生存状态与现今我们生活的时代很一致。

现今基层官场文化的问题，恐怕远不止让大家过上好日子那么简单，更重要的，是生活在基层干部的精神和价值观。不同岗位，不同身份，不同性格，这就不得不促使我们思考，在价值与生存问题上，到底我们该选择什么？

一笔顺手官场涂鸦的无奈

人生于世，无论识文断字，还是目不识丁，他都是有心灵的。不管是书记、市长，还是茶水工、保洁工，每一位都是有个人诉求的，不过是表现形式、表现时机不同罢了。叶宗佩先生《官之惑》可以说是最好的写照。尽管他纠结小说集的书名，有些茫然，但终归是这集小说的精髓所在。冯小刚用黑色幽默来反映时代、刻画人性，电影《一九四二》中就有不少让人笑过后想哭的片段。老舍《骆驼祥子》中刻意描写，祥子给曹先生拉包月，两人在路上被绊受伤，为表示歉意祥子还买了不登大雅之堂的夜壶送曹先生，乍看荒诞，细品却倍感悲哀。而我们看叶宗佩这部小说集收录的开篇之作《官之惑》，一个荒诞的玩笑，一个茶水工的命运，一个老百姓的欲望，构思精巧，颇具黑色幽默。

小陈不小了，大家都还叫他小陈。他大约有四十五六岁，但看上去有五十开外。因为没有结婚，别人只能叫他小陈，他也乐意别人这样喊他。个矮、罗圈腿、脸部是整个受压迫的形象，眼睛紧压着塌鼻子，眉毛紧压着小眼睛，额头部位很窄，一看，便给人“不得开心颜”的感觉。小陈本是一个遇事无争，踏实干活的角色。可另一位主人公尚武为了个人的升迁，无意中竟捎上小陈，使他的生活发生了重大变故。

市委办秘书科副科长尚武为了晋升秘书科长，找到分管安副主任提出升迁要求，“机关有什么好？熬夜、挨批、受穷，人们来图个啥，不就是图个一官半职吗？”分管主任反驳，“我看不见得，烧开水的小陈一年到头起早摸黑，就不是图的当官。”这话一出，小陈命运大戏拉开了帷幕。尚武杜撰的成立门卫局竟让小陈上了当副局长的套。从给领导送礼，到出台任命假批文，到与寡妇秋月谈情说爱，一个个情节隆重登场。结果这一切都是一个骗局，秋月无奈离开了小陈。小陈投河自尽了，尸体停在殡仪馆最小的“无欲厅”中，安副主任、尚武来了，两人你看我我看你，一句话也没说。当他们在离去的时候，都向“无欲厅”三个字瞅了一眼，都发觉，那“无”字不知什么时候掉了。这是一部下接地气，真正下基层、讲实话，逼真到机关最底层生命存在的原始形态，正像摄像师拍摄的黑白照片那样本色的官场调查“报告”。也是一部上接天理，自己不动声色不发议论，却以散点透视、白描传神、留白艺术等朴实而含蓄的巧构，让倾向从场面和情

让倾向从场面和情节中自然流露，质疑官场现形的美“文学”。

节中自然流露，质疑官场现形的美“文学”。

叶宗佩先生，是一位谦逊低调、具有高度社会责任感的作家，他写自己经历的人和事，真实反映生活，在矛盾中思索和探寻人生哲理。他的视角，就像一部摄像机，延伸到基层机关的角角落落，去发现被领导所忽略的角落，看见被富裕所遮蔽的精神赤贫。所著文字简约鲜活，泥土味浓，人情味十足。形散而内敛，平朴中见文采，淡泊中寄至味，自始至终让真理说话，让主人公细微的故事、不尽的惊愕、无奈和期待诠释一个又一个道理。

他的视角，就像一部摄像机，延伸到基层机关的角角落落，去发现被领导所忽略的角落，看见被富裕所遮蔽的精神赤贫。

《官之惑》，情不惑。叶宗佩就是这样一个老河口本土文学的布道者。

后记

文学是什么？是我思索的一个课题。

2019 年 1 月 10 日，我参加了雷伟光先生从上海回来的游记发行仪式。倘若以雷先生广阔的人生阅历，我是有些不愿意发言的。但是，就文学而言，我在其书的发行仪式上，还是讲了一句话：生活是文学的根本。又啰嗦地作了诠释。2018 年 11 月 9 日，我参加湖北省作家协会襄阳行中，湖北文艺评论家协会秘书长蔡家园老师也讲了这种观点的。谷城的许建国老师写了一篇《哑语》，也是从生活中浸润的文字，有百姓情怀，有生活的烟火之气。

恰巧的是，我也写了类似的文章，觉得可以拿出来，与爱好烟火味的诸君探讨。2018 年 8 月 7 日以来，我先后参加了丹河谷三地采风活动。与谢伦、王大春、高飞、帅瑜诸多作家促膝长谈，似乎又让我找到了写作的方向。年过八旬的肖代夫老师，也是不厌其烦地给予热情指点，写下数千字评论，并校正文字，唯有在心中感恩。

本辑闲谈，耗累涂玉国、席星荃老师厚爱，多有谏言。此前，初以汉上行、或泥土醒了为题，但怀强先生觉得生在这地上的天河，享受着天河般幸福生活，应宜以《天河倒影》为题，方能真正显现黎民百姓追求幸福的美好愿望。刘谷本才疏学浅，不忘根本，唯有以百姓情怀述天下大事，感悟世间冷暖。

静水流深，沧笙踏歌。愿读者能理解文中烟火之味。